Edeltraut Dols

Woodland – Verlorene Herzen

Südstaatenroman

Edeltraut Dols

Woodland – Verlorene Herzen

Südstaatenroman

Bibliografische Information der Deutschen National-
bibliothek:
Die Deutsche Nationalbibliothek verzeichnet diese
Publikation in der Deutschen Nationalbibliografie;
detaillierte bibliografische Daten sind im Internet
über http://dnb.dnb.de abrufbar.

Impressum:
Woodland – Verlorene Herzen
© Edeltraut Dols, 2014
Alle Rechte beim Autor
Coverfoto: Fonti Flora Plantation
by Bill Fitzpatrick /Wikimedia/ Commons
Korrektorat: Dr. Katrin Scheiding
Herstellung und Verlag: BoD – Books on Demand,
Norderstedt

ISBN: 9783739218793

Woodland – Verlorene Herzen

Schwungvoll betrat Rowina Bradley den Salon. Fassungslos blickte sie auf ihre Söhne.
„Was ist hier los?" In ihrer Stimme lag eine unüberhörbare Spur Traurigkeit. Die beiden Kontrahenten verstummten und blickten einander verärgert und mit verkniffener Miene an.
„Man hört euch im gesamten Erdgeschoss." Auf eine Erklärung wartend, blickte sie ihren Älteren an. Der drehte sich schuldbewusst zur Seite, die Arme vor der Brust verschränkt, und starrte aus dem Fenster. Mit zügigen Schritten ging sie auf ihren zweiten Sohn zu und hinderte ihn, sich ebenfalls abzuwenden, indem sie seinen Arm festhielt.
„Worum geht es dieses Mal? Warum müsst ihr ständig miteinander streiten? Ich verstehe es nicht. Bitte erklärt es mir!" Ihre Stimme wurde energischer. Rowina machte klar, dass sie nicht eher gehen würde, als dass sie in Erfahrung gebracht hatte, was vor sich ging.
„Ich kann es nicht leiden, wenn sich der Bengel in meine Angelegenheiten einmischt", fuhr David mit donnerndem Tonfall herum und trat vom Fenster zurück.
Ramon entzog sich dem Griff der Mutter und stürmte schnaubend auf seinen Bruder zu. Rowina entwich vor Entsetzen ein spitzer Aufschrei.
„Nenn mich nie wieder Bengel, oder du wirst es bereuen. Das schwöre ich!" Ramon blieb unmittelbar vor ihm stehen und funkelte ihn aufgebracht an. „Ich bin ein erwachsener Mann! Es wird Zeit, dass du das akzeptierst."

Rowina hatte den Schreck überwunden und schob sich entschlossen zwischen die Streithähne, um zu verhindern, dass die Situation eskalierte.
„Ich bitte euch, das ist doch Kinderkram", versuchte sie, die Angelegenheit herunterzuspielen. Sie sah beide eindringlich an.
„Mutter, ich lasse mich von ihm nicht länger wie einen dummen Jungen behandeln", beschwichtigte Ramon, „aber darum geht es nicht. Wusstest du, dass er einen Sklaven auspeitschen lassen wollte?"
„Wie bitte?" Rowina erbleichte. Schockiert hielt sie die Hand vor den Mund und wandte sich David zu. „Sag, dass das nicht wahr ist! So etwas hätte dein Vater niemals geduldet, und das weißt du. Was ist los mit dir?"
David stöhnte gequält auf und fuhr sich mit gespreizten Fingern durch sein dichtes, dunkles Haar.
„Hier leben annähernd dreihundertfünfzig Sklaven. Ich kann keinen Ungehorsam durchgehen lassen. Achat sorgt immer wieder für Ärger. Jetzt hat er sich mit Kemal zusammengetan und ihn aufgewiegelt. Kemal hat früher nie Probleme gemacht und ..." Er brach ab. Er konnte seiner Mutter offenbar nicht in die Augen sehen. Stattdessen warf er einen wütenden Blick in Richtung seines Bruders.
„Es gab keinen Grund, sich einzumischen und meine Autorität zu untergraben. Ich hätte das Problem schon gelöst."
„Indem du ihn auspeitschen lässt?" Ramon konnte es nicht fassen. Was war aus seinem Bruder geworden?
„Nein, natürlich nicht! Hier wurde noch nie ein Sklave ausgepeitscht und wird es, so Gott will, auch in Zukunft nicht. Aber die Drohung wirkt Wunder und bringt sie in der Regel zur Vernunft."

„Verstehe ich das richtig? Es sollte nur eine leere Drohung sein? Du hattest nie vor, von der Peitsche Gebrauch zu machen?", hakte Ramon verwirrt nach.
„Nein, selbstverständlich nicht! Ich bin doch kein Barbar", entrüstete er sich. „Ich plante, Achat zur Strafe aus dem Baumwolllager zur Feldarbeit zu versetzten. Aber dank deiner unüberlegten Einmischung ..." Er sah ihn tadelnd an. „Wie stehe ich denn jetzt da? Normalerweise müsste ich nun die Androhung wahr machen, um mein Gesicht zu wahren. Halt dich in Zukunft aus meinen Angelegenheiten heraus."
Ramon atmete tief durch und schüttelte kaum merklich den Kopf. Einerseits war er erleichtert, dass David die Peitsche nicht zu benutzen gedachte, andererseits wunderte es ihn, wie hart und undurchsichtig sein Bruder geworden war. Er zeigte kaum ein Lächeln, wirkte andauernd verärgert, und seine Laune bewegte sich fortwährend zwischen aufbrausend und aggressiv. So kannte er ihn nicht.
Sicher, er hatte es in der Vergangenheit nicht leicht. Als ihr Vater damals an den Folgen einer Blutvergiftung gestorben war, war David gerade einundzwanzig Jahre alt geworden. Er war gezwungen, sein Studium abzubrechen und die Plantage zu übernehmen. Er, Ramon, war zu der Zeit erst elf und konnte daher keine Hilfe sein. Er ist auf das neu gegründete Elite-Internat für Knaben, in der Nähe von Vicksburg, geschickt worden. Dort war er allein auf sich gestellt. Auch er hatte frühzeitig erwachsen werden müssen.
Ramon machte seinem Bruder keinen Vorwurf. Es war zu der Zeit die nächstliegende Lösung. Vielleicht hätte er an seiner Stelle dasselbe getan. Im Übrigen ist David immer für ihn da gewesen, wenn es ernsthafte Probleme gegeben hatte, und die hatte es häufiger

gegeben. Er war kein einfacher Schüler gewesen, war des Öfteren in körperliche Auseinandersetzungen verwickelt, und selbst ein Schulverweis hat zur Debatte gestanden. Nur durch eine großzügige Spende seines älteren Bruders konnte die Angelegenheit aus der Welt geräumt werden. Ein Umstand, für den er sich immer noch zutiefst schämte.
Sie hatten sich während seiner Internatszeit nicht oft gesehen. Gewöhnlich nur, wenn er zur Ferienzeit nach Hause kam. Selbst dann konnten sie nur wenig Zeit miteinander verbringen, da die Geschäfte immer Vorrang hatten.
David hat im Laufe der Jahre die Plantage zu einer der größten und erfolgreichsten im gesamten Umkreis geführt. Er hat die ungenutzten und nur mit niederem Buschwerk bewachsenen Grundstücke, die im Osten an den Besitz grenzten, erworben und diese für den erweiterten Anbau von Baumwolle urbar machen lassen. Dazu hat er den Bestand an Sklaven aufgestockt und die notwendigen zusätzlichen Sklavenunterkünfte bauen lassen.
Ramon liebte und bewunderte seinen Bruder. Aber es ärgerte ihn maßlos, dass David ihn immer noch als kleinen Jungen ansah. Infolgedessen wich er jeder Diskussion oder Argumentation die Plantage betreffend aus.
Als David so alt war wie Ramon heute, hatte er bereits seit vier Jahren die Plantage geführt. Warum traute David ihm nicht zu, dass er dazu ebenfalls imstande wäre? Zumindest könnte er ihm heute eine Unterstützung auf der Plantage sein. Immerhin hatte Ramon, im Gegensatz zu David, ein abgeschlossenes Studium, sogar mit den besten Empfehlungen. Nur die langjäh-

rigen praktischen Erfahrungen seines älteren Bruders fehlten ihm. Denen zollte er großen Respekt.
Vater wäre sehr stolz auf David gewesen.
Aber diese Plantage war auch sein Zuhause, das er liebte und vermisste.
Wortlos waren sie der Sklavin Ruane ins Speisezimmer gefolgt, wo das Mittagsmahl aufgetragen wurde. Rowina, die am Kopf der Tafel saß, versuchte, ein belangloses Gespräch in Gang zu bringen. Der Erfolg war mäßig. David blickte kaum von seinem Teller auf, während er sich auffallend sorgfältig dem geschmorten Hühnchen widmete. Seine Antworten fielen recht monoton aus. Ramon saß ihm gegenüber und beobachtete ihn verstohlen, während er sich auf die Plauderei seiner Mutter einließ. Er wusste, dass sie am meisten unter der angespannten Situation litt. Er hatte ihre glänzenden Augen gesehen.
Mutter hatte nie einen Unterschied zwischen ihm und David gemacht, obwohl sie nicht Davids leibliche Mutter war, diese starb kurz nach seinem dritten Geburtstag. Mit der Heirat hat sie ihn wie ihren eigenen Sohn ins Herz geschlossen. Nach kurzer Zeit ist es ihr auch gelungen, seine Zuneigung zu erlangen, obwohl er damals schon neun war. Im Jahr darauf wurde er, Ramon, geboren. Sie sind eine glückliche Familie gewesen.
Die Erinnerungen schmerzten. Wehmütig betrachtete er seine Mutter. Sie war immer noch eine attraktive Frau, ungeachtet dessen, dass sie in diesem Jahr die Fünfzig erreichen würde. Einige kleine Fältchen hatten sich um die Augen abgezeichnet, und vereinzelte hellere Strähnen durchzogen ihr hellbraunes, langes Haar, das sie stets sorgfältig frisiert trug. Ihre Figur hatte sich in all den Jahren nur unwesentlich verän-

dert. Sie war nicht in die Breite gegangen wie viele Frauen ihres Alters. Seine Tante Luise fiel ihm ein, die jedes Mal ihre Mühe hatte mit den stilvollen, aber schmal gebauten Ohrensesseln im Salon. Wenn sie sich erhob, musste sie stets darauf achten, den Sessel nicht mit anzuheben.
Ein Grinsen entfloh ihm bei dem Gedanken.
David verließ wortlos den Speiseraum, kaum dass er seinen Teller geleert hatte. Ramon leistete seiner Mutter weiterhin Gesellschaft, bis sie sich ihrerseits erhob und der wartenden Sklavin die Anweisung zum Abräumen erteilte. Er fand David in seinem Arbeitszimmer. David nippte an einem Glas Brandy und starrte gedankenverloren aus dem Fenster. Ihre Blicke trafen sich kurz. Ramon signalisierte ihm per Handzeichen, dass er sich ebenfalls gern einen Brandy nehmen würde. David nickte kurz und richtete seinen Blick erneut aus dem Fenster.
Mit dem gefüllten Glas in der Hand ging er einige Schritte auf seinen Bruder zu. Das Schweigen zog sich in die Länge.
„Du willst nicht, dass ich hier bin, oder?", begann er zögerlich. Irritiert blickte David ihn an.
„So ein Unsinn! Es ist dein Zuhause." Endlich drehte er sich um. „Aber du musst dich zurückhalten. So etwas wie vorhin darf nicht passieren. Die Männer unterstehen meinem Befehl. Und nur meinem!"
„Meinetwegen!", gab er sich geschlagen. „Auch wenn ich die Art und Weise nicht in Ordnung finde, ich ..."
„Nicht in Ordnung?", wiederholte David erregt. „Hast du jemals eine Plantage mit Hunderten von Sklaven geführt? Kannst du mitreden?"

Ramon verdrehte die Augen, nicht schon wieder sollte die Unterhaltung in einem Streit enden, deshalb überging er den Vorwurf.

„Ich könnte die Buchführung übernehmen, dann hättest du mehr Zeit für andere Dinge."

„Nein", entgegnete David scharf, „das habe ich bisher allein geschafft, das werde ich auch weiterhin. Ich muss meine Fakten kennen, um planen zu können."

„Dann sag mir, was ich machen kann, um meinen Beitrag für diese Plantage zu leisten. Wie kann ich dich unterstützen? Was kann ich dir abnehmen? Verdammt, warum bist du so verflucht stur? Ich kann nicht nur herumsitzen und Däumchen drehen." Seine Stimme wurde lauter und schärfer.

David nahm einen kräftigen Schluck Brandy und stellte das leere Glas mit einem lauten Nachhall auf dem kleinen Silbertablett ab.

„Sei doch froh, dass du dich um nichts kümmern musst." Seine Stimme triefte vor Sarkasmus. „Die Damen wären entzückt, deine ungeteilte Aufmerksamkeit zu haben."

„Ach, darum geht es dir? Dir missfällt mein Lebensstil?"

„*Lebensstil*", äffte David nach. „Sagen wir, dein Ruf eilt dir allmählich voraus."

„Höre ich da so etwas wie Eifersucht?" Jetzt legte Ramon es darauf an. „Was kann ich dafür, wenn du es vorziehst, auf der Plantage zu versauern?"

Davids Schnauben überhörte er bewusst. „Ach nein, verzeih: Du ziehst es ja vor, lieber im Schutze der Dunkelheit deine Mätresse Belinda aufzusuchen, oder Lysann und Loreen, die Damen aus Molly's House …"

„Spionierst du mir etwa hinterher?", empörte sich David, während er sich erneut einen Brandy einschenkte und somit geschickt seinem Blick auswich.
„Nein, nicht nötig. Du gibst dir keine große Mühe, es zu verheimlichen. Jeder weiß davon", triumphierte Ramon, fühlte aber gleichzeitig Unbehagen in sich aufsteigen. Entgegen Ramons Erwartung schwieg David.
Es war sinnlos zurückzugehen, stellte Ramon resigniert fest. Es hatte sich nichts geändert. Er hatte sich vorgenommen, diese Tage zu nutzen, um in Ruhe mit David über die Angelegenheit zu sprechen. Aber aus irgendeinem Grunde war keine normale Unterhaltung möglich. Enttäuschung übermannte ihn.
„Was ist aus dir geworden, David?" In seiner Stimme lagen all der Schmerz und die Traurigkeit, die er in diesem Moment verspürte.
Verständnislos schaute David ihn an. „Was meinst du damit?"
„Schau dich an. Merkst du nicht, wie du dich verändert hast? Du führst dich auf wie ein rücksichtsloser, kaltherziger Machthaber. Du lässt keinen Menschen mehr an dich heran und stößt jeden zur Seite, der sich deiner persönlichen Sicherheitszone nähert."
„Es reicht!", fuhr David dazwischen. „Falls du wieder auf die Sache mit Achat und Kemal anspielst, ich habe versucht, dir zu erklären, dass …"
„Es geht nicht nur darum", fiel ihm Ramon ins Wort. „Das war ein Beispiel von vielen. Du schuftest tagein, tagaus für die Plantage. Du kennst nur noch Anweisungen und Befehle. Wann hast du das letzte Mal eine gesellschaftliche Veranstaltung besucht, einen Tanzabend, oder einfach nur einen Abend im Club verbracht? Wann lebst du, David?"

„Es geht mir gut", entgegnete er eine Spur zu scharf. „Nur weil ich nicht wie du bin, heißt es nicht, dass mit mir etwas nicht in Ordnung ist."

Ramon ließ sich davon nicht beirren. „Warum hast du nie wieder geheiratet? Das mit Susanna ist Jahre her und ..."

„Das geht dich nun wirklich nichts an. Ich möchte über dieses Thema nicht reden, basta!"

Mit einem harten und verärgerten Gesichtsausdruck, der die stumme Warnung enthielt, derlei Fragen tunlichst zu unterlassen, starrte er Ramon an.

Verblüfft über die harsche Erwiderung, vergaß er, was er antworten wollte. Im Gesicht seines Bruders las er neben der Wut, die den Schmerz überdeckte, auch noch etwas anderes. Etwas, was viel tiefer lag und er nicht deuten konnte.

„Hat Mutter dich beauftragt, mich das zu fragen?", erkundigte sich David und seine Stimme bekam einen eigenartig belegten Klang.

„Was?" Ramon war irritiert, dann schaltete er, „Ach so! Sie ist demnach der gleichen Ansicht? Nein, sie hat nichts damit zu tun. Aber es zeigt, dass wir uns Sorgen um dich machen."

„Also, das ist wirklich lächerlich!", entrüstete sich David und schüttelte verständnislos den Kopf. „Ich versichere dir, es ist alles in bester Ordnung. Mutter geht es hervorragend, seit sie aus dem Sanatorium zurück ist, und du hast auch keinen Grund, dich zu beklagen. Ich habe mich stets nach bestem Wissen und Gewissen um euch und unser Zuhause gekümmert, das habe ich Vater damals auf dem Sterbebett versprochen. Meines Erachtens habe ich mir keinerlei Vorwürfe zu machen. Die Plantage wirft guten Profit

ab, es geht allen gut, und damit bin ich zufrieden und glücklich. Sonst noch Fragen?"
Mutter hatte den Tod ihres geliebten Ehemannes seinerzeit nicht verkraftet. Sie wurde apathisch und depressiv, hatte nur selten ihr Bett verlassen und letztlich sogar die täglichen Mahlzeiten verweigert. David blieb nichts anders übrig, als sie in ein Sanatorium einzuweisen, wo sie nahezu zwei Jahre verbrachte.
Während dieser Zeit hatte David die bildschöne Susanna geheiratet. Erst ihr tragischer Tod, im siebten Monat schwanger, rüttelte Rowina wach und katapultierte sie in die reale Welt zurück. Heute erinnerte nichts mehr an diese tragischen Ereignisse. Rowina führte den Bradley-Haushalt mit sicherer Hand und genoss ansonsten ein zufriedenes, unabhängiges Leben. Sie verbrachte ihre freie Zeit mit den Damen ihrer Teegesellschaft oder war gern gesehener Gast auf diversen Dinnerpartys.
Ramon stöhnte und fuhr sich mit der Hand durch sein dunkles, lockiges Haar.
„Du verstehst es einfach nicht. Du willst es gar nicht verstehen, oder?" Er wusste nicht, wie er den Panzer seines Bruders durchbrechen sollte. „Du warst immer für mich und für Mutter da, wenn wir Hilfe brauchten, das stimmt. Dafür danke ich dir! Ich weiß, es war nicht immer einfach für dich ... ich war nicht immer einfach", setzte er entschuldigend hinzu, „aber ich bin erwachsen geworden und würde dir gern zur Seite stehen. Warum kannst du diese Hilfe nicht annehmen?" Er hatte nicht beabsichtigt, auf die emotionale Schiene zu gelangen, aber es entlockte David zumindest eine Reaktion.
„Hör zu ...", lenkte David ein und trat näher. „Ich weiß die gute Absicht zu schätzen, aber ich brauche

keine Hilfe! Mutter ist überglücklich, dass du daheim bist und ihr Gesellschaft leistest, und auch ich freue mich, dass wir alle zusammen sind. Du kannst tun und lassen, was du möchtest, solange du dich aus meinen Angelegenheiten heraushältst. War das deutlich?"
„Verdammter Sturkopf!", fluchte Ramon. „Mit anderen Worten, ich werde geduldet, solange ich vor jeglichem Geschehen Augen und Ohren verschließe? Ist das dein Ernst? Der große David Bradley, der Fels in der Brandung, er braucht niemanden."
Entmutigt und verärgert stellte Ramon sein Glas auf der Kante des Schreibtisches ab und verließ mit schnellen Schritten das Arbeitszimmer. Erst im Korridor angekommen, gestattete er sich durchzuatmen. Aus dem Inneren des Arbeitszimmers vernahm er lautes Gepolter, anscheinend flog dort allerhand unsanft zu Boden. Ebenso vernahm er einige leise und derbe Flüche, offenbar hatte ihre Unterredung doch Spuren hinterlassen.
Aber dennoch, es ergab keinen Sinn. David war eigensinnig und dickköpfig. Jeder Versuch, eine vernünftige Unterhaltung zu führen, scheiterte kläglich. Er kam nicht an ihn heran, dieser Punkt machte ihn wütend und traurig zugleich. Wann hatte das angefangen? Hatte er zu spät versucht, auf ihn zuzugehen? Mutter machte sich seit langem Sorgen um David. Ihrer Meinung nach lag es daran, dass ihm eine Gemahlin fehlte, eine Familie. Ein Thema, das David verabscheute und dem er grundsätzlich aus dem Weg ging.
David war ein bemerkenswerter Geschäftsmann, erfolgreich und nach wie vor aufstrebend. Seine Ziele und Vorstellungen setzte er bewundernswert um. Aus

geschäftlicher Sicht war er einzigartig und ein harter und unnachgiebiger Verhandlungspartner.

Niemals würde er freiwillig zugeben, dass es ihm nicht gut ginge. Aber Ramon spürte es, schließlich war er sein Bruder. David war nicht der harte Mann, den er vorgab zu sein. Irgendwo tief drinnen, da war sich Ramon sicher, war er noch immer der David, den er kannte. Was versuchte er zu verbergen? Warum hatte er sich so sehr in sich selbst zurückgezogen? Irgendetwas belastete ihn, das fühlte er instinktiv. Aber was sollte er tun, wenn David mit niemanden redete?

Für Ramon stand nach diesem Gespräch fest, er würde nicht bleiben.

David hat nicht einmal gefragt, wo er sich die letzten Monate gewesen ist. Wahrscheinlich ging er davon aus, er hätte die Zeit ausschließlich mit amourösen Abenteuern verbracht. Dass David ihn so falsch einschätzte, schmerzte ihn. Natürlich hatte er sich auch dem einen oder anderem Abenteuer gewidmet, aber nicht vorrangig.

Er verdiente sein eigenes Geld, obwohl er es nicht nötig hatte. Die regelmäßige finanzielle Aufwendung, die David ihm zukommen ließ, hatte er seit Monaten nicht mehr angerührt. Wenn David es bemerkt hatte, so hatte er es mit keinem Wort erwähnt. Auch besaß er noch seinen Teil des Erbes, der ebenfalls nicht unerheblich war.

Ihn strebte es danach, auf eigenen Füßen zu stehen. Vielleicht war das der einzige Weg, die Anerkennung und den Respekt seines Bruders zu gewinnen. Er redete sich zwar ein, dass es ihm nicht darum ging, doch tief in seinem Herzen konnte er diese Tatsache nicht vollständig leugnen. Er hegte die stille Hoffnung, dass

eines Tages ihre Differenzen der Vergangenheit angehörten. Dass sie sich von Mann zu Mann gegenüberstehen konnten und die Kluft zwischen großer Bruder – kleiner Bruder nicht mehr von Bedeutung sein würde.
Der Name David Bradley war weithin bekannt, darum gebrauchte er zur Deckung den Namen „Black", Ramon Black.

***

Die Plantage, auf der er Arbeit gefunden hatte, war nicht die beste Adresse und die Bezahlung unterhalb des allgemeinen Standards. Für jemanden, der wahrhaftig auf das Geld angewiesen war, eine schlechte Wahl. Dennoch hatte er genau diesen Job gewollt, schon wegen der attraktiven Tochter des Plantagenbesitzers, Miss Amanda Franks.
Als er sie das erste Mal getroffen hatte, war sie in Männerkleidung unterwegs. Ihr langes, seidiges Haar hatte sie geschickt unter einer dunkelbraunen Schirmmütze verborgen. Sie hat versucht, die Stimme tiefer klingen zu lassen, und ihre Aussprache entsprach der eines heranwachsenden Flegels. Trotzdem hatte er sofort erkannt, dass es sich nicht um einen gewöhnlichen Jüngling handelte. Kein Mann würde beim Gehen die Hüften schwingen. Vielleicht war ihr nicht bewusst, dass sie es getan hatte.
Mit Frauen kannte er sich aus, schließlich war er ein gut aussehender, stattlicher Mann, dessen Charme die Damen dahinschmelzen ließ. Nicht, dass er sich etwas darauf einbildete, aber er genoss seine Beliebtheit in der Damenwelt und flirtete gern und ausgiebig.

Er tränkte seinen Hengst an dem kleinen Bachrinnsal, als er donnernde Hufe herannahender Pferde vernahm. Sie lenkte einen zweispännigen Planwagen und war auf dem unwegsamen Waldweg viel zu forsch unterwegs. Erst auf den zweiten Blick erkannte er, dass der Fahrer offenbar die Kontrolle über die Tiere verloren hatte. Sofort eilte er zur Rettung heran.
Anfangs war er ziemlich wütend, nachdem er das Gefährt endlich zum Stehen gebracht hatte. Die armen Tiere hätten sich bei dem halsbrecherischen Tempo wer weiß was brechen können. Während er lautstark seinem Ärger Luft machte, fiel ihm auf, dass der vermeintliche Jüngling am ganzen Leib zitterte. Sofort drosselte er seinen Groll und inspizierte stattdessen wortlos das Gespann auf eventuelle Schäden.
Anstelle eines Dankes wurde er beschimpft. Das Kerlchen versuchte, ihm glaubhaft zu machen, „er" hätte alles im Griff. Zu dem Zeitpunkt keimte in ihm der Verdacht auf, dass etwas nicht stimmte. Der Junge vermied es, ihn anzusehen. Zudem wirkte er sehr nervös und fingerte ständig an seiner Mütze herum. Seine Flüche waren eher belustigend und passten irgendwie nicht zu seinen Aussagen. Als „er" ihm den Rücken kehrte, um nach der verrutschten Ladung zu sehen, nahm Ramon diese schwingenden Hüften wahr. Dennoch spielte er ihr Spiel eine Weile mit, ließ aber keinen Versuch aus, sie in Verlegenheit und Erklärungsnot zu bringen. Schließlich tat er, was er am besten konnte – er zog sie in seine Arme und küsste sie verführerisch und leidenschaftlich.
Anfangs hat sie versucht, sich zu sträuben, doch dann lag sie wie eine Geliebte in seinen Armen. Er spürte ihren rasenden Herzschlag und bemerkte ihre Unsicherheit während des innigen Kusses, offenbar wurde

sie nie zuvor auf diese Weise geküsst. Diese Erkenntnis erregte ihn zusätzlich und trieb seinen eigenen Puls in die Höhe. Die Neugier war stärker, und so zog er ihr langsam ihre Mütze vom Kopf. Eine Flut von kastanienbraunen Locken fiel ihren Rücken hinab. Sie war schöner, als er es sich jemals unter diesen Bedingungen hätte vorstellen können. Die Faszination währte nur kurz, und die darauffolgende schallende Ohrfeige hat er sich wahrhaft verdient.

Dennoch hatte er sich ein Grinsen nicht verkneifen können. Diese Frau war faszinierend und mit einem ungebremsten Temperament gesegnet. Wobei nicht alles, was sie von sich gegeben hat, der Schicklichkeit einer vornehmen Dame entsprach.

Ihr Wesen harmonierte mit ihrer kleinen, von zarten Sommersprossen gezeichneten Stupsnase. Viele Damen hätten diesen Umstand vermutlich als Makel bezeichnet, doch in ihrem Falle unterstrich sie nur das Sinnbild ihrer Schönheit. Selten war er auf Anhieb von einer Frau so überwältigt gewesen.

Am liebsten wäre sie nach ihrer Demaskierung auf dem schnellsten Wege vor ihm geflohen, aber die Pferde benötigten eine kleine Verschnaufpause. Zudem war das Geschirr nicht sachgemäß und viel zu locker angelegt, was nicht ungefährlich war. Er mutmaßte, dass sie die Pferde eigenhändig eingespannt hat. Daher versuchte er, seine Erklärungen wie ein Selbstgespräch klingen zu lassen, während er die Mängel behob. Der Plan ging auf. Sie zeigte sich aufmerksam und interessiert. Auf diese Weise gelang es ihm, sie in ein Gespräch zu verwickeln und ihren Namen zu erfahren. Er stellte sich als Ramon Black vor, ein Fremder auf der Suche nach Arbeit.

Dann kam ihm der Zufall zu Hilfe. Auf der Plantage ihres Vaters wurde dringend eine Kraft gesucht. Wie sie ihm überzeugend darzustellen versuchte, seien gute Arbeitskräfte rar und extrem schwierig zu bekommen. Diese Aussage verwunderte ihn. Er wusste, dass es bei angemessener Bezahlung in der Regel kein Problem darstellte. Er beschloss, vorerst darüber zu schweigen.

*

Dass die Umstände erheblich schwieriger waren, als er angenommen hatte, erfuhr er am darauffolgenden Tag, als er die Plantage der Franks aufsuchte.
Ein Mann namens Benjamin Pearl führte dort das Kommando. Dieser zeigte sich über sein Auftauchen gar nicht erfreut. Er versuchte ihn mit unfreundlichen und schroffen Worten, ganz unmissverständlich auf diesem Wege loszuwerden.
Aber so schnell ließ sich Ramon nicht beirren. Welch ein Widerspruch, was wurde da gespielt?
Natürlich war ein erhofftes Wiedersehen mit Amanda Franks sein Hauptanliegen. Deshalb berief er sich auf das mit ihr geführte Gespräch und behauptete Mr. Pearl gegenüber, sie hätte ihn herbestellt.
Das verschlug Pearl die Sprache, danach lief er zornrot an und stapfte aufgebracht zum Herrenhaus hinüber. Er konnte eine heftige Diskussion zwischen ihm und Amanda Franks auf der Veranda beobachten. Mit einigem Abstand war er gefolgt. Dieses Mal trug Amanda ein schlichtes, hellgraues Tageskleid, das am Oberkörper mit weißer Spitze abgesetzt war. Es war relativ hochgeschlossen, aber unter dem eng anliegenden Stoff zeichneten sich eine schmale Taille und wohlgeformte Brüste ab. Ihr langes Haar hatte sie in

einem einfachen Pferdeschwanz gebunden. Er glaubte, ein kurzes Lächeln über ihr Gesicht huschen zu sehen, als sie ihn erkannte.

Der Zufall wollte es, dass just in dem Augenblick seitlich der Veranda ein Tumult unter den Sklaven ausbrach, bei dem Pearl einschreiten musste. So hatte er einen kleinen Moment mit ihr allein. Selbst in dieser tristen Bekleidung erschien sie ihm schöner und reizvoller als alle Damen der Gesellschaft in ihrer schönsten Garderobe.

„Sie müssen sein Verhalten entschuldigen, Mr. Black. Er mag keine Einmischungen, wie er es nennt. Aber wir brauchen Leute, und Sie suchen Arbeit. Wenn Sie also mit den Bedingungen einverstanden sind, heiße ich Sie auf der Woodland-Franks-Plantage herzlich willkommen."

Ihr Lächeln hatte etwas Gewinnendes, er konnte nur stumm nicken.

„Mr. Black wird ab sofort für uns arbeiten." Der zurückkehrende, leicht keuchende Pearl nahm die Aussage mit Zähneknirschen und Augenverdrehen auf.

„Wir werden später darüber reden, Amanda", brummte Pearl gereizt. „Es geht so nicht! Du kannst nicht hinter meinem Rücken eigenmächtige Entscheidungen treffen." Der vertrauliche Ton zwischen ihnen überraschte Ramon.

„Noch treffe ich die Entscheidungen." Mit einem kecken Lächeln nahm sie ihm den Wind aus den Segeln und verschwand ins Haus.

„Na los …" Mit einem Stoß gegen die Schulter schob Pearl ihn unsanft vorwärts. „Sie haben es gehört. Aber ich warne Sie, treiben Sie es nicht zu weit." Obwohl Ramon die Situation und das Verhalten des Mannes nicht verstand, war ihm unvermittelt klar, dass er sich bereits in den ersten Minuten einen Feind gemacht hatte. Nachdenklich stand er eine halbe Stunde später neben den Pferdeställen und starrte dem zwielichtigen Mr. Pearl hinterher, der erneut zum Herrenhaus hinüberging.

„Seien Sie vorsichtig, der Mann ist wie eine Hyäne. Unterschätzen Sie ihn nicht!" Die Warnung kam von einem Mann, der aus dem Schatten von hinten an ihn herangetreten ist.

„Ich bin Joe, Joe Preston. Freut mich." Die Männer stellten sich einander vor und gaben sich die Hand.

Im Gegensatz zu Pearl war ihm Joe Preston vom ersten Augenblick an sympathisch. Ein aufgeschlossener, natürlicher Mann im gleichen Alter wie er selbst.

Woodland erwies sich als vernachlässigte und etwas heruntergekommene Plantage, wie er bei näherer Betrachtung feststellen musste. Mr. Pearl schien das wenig zu kümmern. Er war ein aufgeblasener Wichtigtuer, der gern herumkommandierte, aber sich selbst nur ungern die Finger schmutzig machte.

Je weiter man sich vom Herrenhaus entfernte, desto gravierender wurden die Zustände. Im Grunde kein Wunder, dass niemand dort arbeiten wollte. Daher schien Mr. Conner, ein älterer Herr, sehr verwundert, als ihm Ramon zugeteilt wurde.

„Woodland ist nicht mehr das, was es mal war", erklärte er traurig auf Ramons Gesichtsausdruck hin. „Seitdem der arme Mr. Franks nicht mehr kann und Pearl sich zum Herrn über Woodland aufspielt, geht es den Bach runter." Sie liefen entlang der Sklavenquartiere in Richtung der ersten Baumwollfelder. Ramon fiel auf, dass viele Sklaven tatenlos herumsaßen, anstatt zu arbeiten. Auch das Auftauchen des Aufsehers Mr. Conner schien sie nicht zu stören.

„Wir haben zu wenige Leute, um die Sklaven optimal zu kontrollieren." Conner zuckte mit den Schultern, zeigte aber keine Ambitionen, die Sklaven zum Arbeiten anzutreiben. „Mir ist es mittlerweile egal, solange ich meinen Lohn bekomme. Letzte Woche sind vier Sklaven geflohen ..." Er kratzte sich verlegen am Hinterkopf.

Ramon konnte das Ganze nicht fassen. Ein seltsames Gefühl beschlich ihn. Hier stimmte etwas nicht. Nur mit halbem Ohr lauschte er Conners weiteren Erklärungsversuchen, während er die verheerenden Bilder in sich aufnahm. Die Baumwolle zeigte bereits erste Anzeichen von Verrottung, wenn nicht bald etwas unternommen wurde, würde das fatale Auswirkungen haben. Solch eine mutwillige Vernachlässigung machte ihn wütend. Er hatte Mühe, sich nichts von seinem inneren Aufruhr anmerken zu lassen.

Das hatte nichts mit zu wenigen Arbeitern zu tun, hier funktionierte offenbar das gesamte System nicht. Er vermutete einen finanziellen Hintergrund, aber dann wäre es unlogisch, neue Arbeitskräfte anzuwerben. Sklaven zumindest schienen für die Größe der Plantage in ausreichender Form vorhanden zu sein. Das vergangene Jahr ist ein hervorragendes Jahr für den Baumwollanbau gewesen, und auch dieses Jahr versprach ein sehr gewinnbringendes zu werden. Überall in Mississippi florierte das Geschäft mit der Baumwolle.

Hier ging irgendetwas Merkwürdiges vor sich, das spürte er instinktiv. Die Plantage war der beste Beweis völliger Inkompetenz. Hier mangelte es an Engagement und Geschäftssinn, Führungsqualitäten und anscheinend auch an grundlegenden Fachkenntnissen, einfach an allem ...

Wollte ihn Mr. Pearl deshalb so schnell loswerden? Die süße Amanda tat ihm leid. Er würde wohl ein direktes und ernstes Wort mit ihrem Vater reden müssen. Noch war vielleicht etwas zu retten, bevor Woodland auf den Ruin zusteuerte. Conner hatte ihn eine Weile schweigend beobachtet. Er schien seine Gedanken erraten zu haben, denn er kam plötzlich auf Amanda zu sprechen. Sofort war Ramon wieder ganz Ohr.

„Ich bezweifle, dass es nach der Hochzeit den dringend notwendigen Aufschwung geben wird." Conner schnaufte leicht, als sie den ansteigenden Pfad bezwungen hatten. Er blieb kurz stehen, um tief Luft zu holen.

Hochzeit? Was für eine Hochzeit?, fragte sich Ramon entsetzt, ahnte aber bereits, was Conner ihm gleich erklären würde.

„Miss Franks und Mr. Pearl sind verlobt." Ein wenig verwirrt schaute Conner ihn an.

Ausgerechnet dieser Pearl? Ramon fühlte sich, als hätte er einen Faustschlag ins Gesicht bekommen. Wieso war er nicht von allein auf die Idee gekommen, eine so schöne Frau wie Amanda könnte bereits vergeben sein?

„Mr. Pearl hat einiges auf der hohen Kante. Auch wenn mir schleierhaft ist, wie der Mann zu Geld gekommen ist, aber nun ja ..." Er blickte nachdenklich in die Ferne.

„Wenn das so ist, warum unternimmt er nichts? Ich meine ..." Ramon verstummte und machte eine vielsagende, ausschweifende Handbewegung. Conner erweckte beinah den Eindruck, als wäre ihm die Unterhaltung peinlich. Gespannt verfolgte er das Mienenspiel des alten Mannes, der sich mit seiner Antwort Zeit ließ.

„Er meint, er würde erst nach der Hochzeit sein Geld investieren. Dann, wenn diese Plantage wirklich die seine ist. Kann man schon verstehen, er will auf Nummer sicher gehen." Dafür, dass sie einander erst wenige Minuten kannten, war der Mann sehr gesprächig. Ramon betrachtete ihn von der Seite, während er versuchte, die neuen Informationen zu verdauen. Conner musste auf die Sechzig zugehen, schätzte er, obwohl er von der Statur noch recht kräftig wirkte. Doch ein Blick in sein wettergezeichnetes Gesicht, mit den tief hängenden Augenlidern und gräulichen, buschigen Brauen verriet die Wahrheit. Unter seinen breitkrempigen Hut lugten zudem weißgraue Haare hervor.

Eigentlich hätte Ramon nach dieser Erkenntnis, dass er bei Amanda keine Chance mehr haben würde, die Plantage wieder verlassen können, um sich einen besser bezahlten Job zu suchen. Doch irgendetwas hielt ihn davon zurück. Was es war, konnte er selbst nicht in Worte fassen.

Er war nicht der Mann, der mit Damen flirtete, die verlobt oder sogar verheiratet waren. Das hatte er nicht nötig. Zudem konnte er auf den vorprogrammierten Ärger mit einem gehörnten Verehrer, gut und gern verzichten.

Die Enttäuschung saß tief, und der leidenschaftliche Kuss zwischen ihnen machte die Sache nicht einfacher. Trotzdem entschied er sich, vorerst zu bleiben, um den Hintergrund der Schwierigkeiten der Woodland Plantage, zu ergründen.

Einige Tage später ging er daher zum Herrenhaus hinüber, nachdem er sich vergewissert hatte, dass

Pearl ihm nicht in die Quere kommen konnte. Von Joe hatte er erfahren, dass es dem alten Herrn gesundheitlich nicht gut erging, er aber keineswegs im Sterben lag. So hatte er zumindest die Hoffnung, Mr. Franks würde ihm zuhören. Vielleicht wusste er nicht einmal, wie es um seine Plantage bestellt war.
Durch den Eingang an der hinteren Veranda betrat er das Haus. Ein angenehm frischer Duft stieg ihm in die Nase, offenbar sind die Fußböden kurz zuvor gewienert worden. Ohnehin wirkte alles sehr sauber und ordentlich. Topfgeklapper und Stimmen plappernder und kichernder Sklavinnen aus der nahe liegenden Küche drangen an sein Ohr. Die erste Person, die ihm begegnete, war ein junges Sklavenmädchen. Sie kreischte erschrocken auf, als sie ihn erblickte. Sofort verstummten alle Geräusche. Dutzende Augenpaare waren aus allen Richtungen auf ihn gerichtet.
„Was tun sie hier, Mister?", fragte eine gutbeleibte Frau. Sie kam aus der Küche und trocknete sich nebenbei die Hände an ihrer Schürze.
„Ich würde gern ein paar Worte mit Mr. Franks reden. Kannst du mich zu ihm führen?", kam er sofort zur Sache.
„Zu Mr. Franks?", wiederholte die Sklavin irritiert. „Verzeihung, aber Mr. Franks empfängt niemanden mehr außer seinem Arzt." Dann wandte sie sich dem Mädchen zu. „Schnell, lauf und hol die Miss." Das Mädchen rannte los, und kurz darauf erschien Amanda Franks.
Offenbar war sie soeben von einem Besuch zurückgekehrt. Während sie überrascht auf ihn zukam, zog sie die letzten Haarnadeln heraus, die ein kleines, farblich zum Kleid passendes Hütchen auf ihrem Haupt sicherten. Ramon musste schlucken. Sie sah bezaubernd

aus, in ihrem dunkelgrünen, weit ausschweifenden Seidenkleid. Das lange Haar kunstvoll aufgesteckt, sodass nur kleine Lockensträhnen ihr zartes Gesicht umrahmten. Als sein Blick auf ihr wunderschönes Dekolleté fiel, musste er sich räuspern. Erst das Kichern einiger Sklaven hinter ihm brachte ihn wieder vollends zur Besinnung.
„Miss Franks, ich muss Ihren Vater in dringender Angelegenheit sprechen."
Verblüfft riss sie die Augen weit auf und starrte ihn sekundenlang mit offenem Mund an.
„Folgen Sie mir, Mr. Black", die Antwort kam knapp und schroff.
Sie führte ihn ins Arbeitszimmer und schloss unmittelbar nach seinem Eintreten die Tür mit lautem Knall. Noch ehe er die Möglichkeit hatte sein Anliegen zu erläutern, fuhr sie ihn an. Ramon war verblüfft über ihren wütenden Ausbruch und fragte sich, was er denn so Falsches gesagt hatte.
„Wenn Sie etwas zu sagen haben, reden Sie mit mir."
Aufgebracht funkelte sie ihn an. „Soweit mir bekannt ist, gehören Sie nicht zum Hauspersonal", giftete sie weiter und fuchtelte wild mit den Armen. „Also, warum haben Sie Ihre Fragen nicht an Mr. Pearl gerichtet? Er ist dafür zuständig. Falls es noch nicht bis zu Ihnen vorgedrungen ist, mein Vater ist ein kranker Mann. Sie können ihn nicht sprechen. Ganz davon ab, würde er Sie ohnehin nicht verstehen ..." Sie brach abrupt ab, holte tief Luft und schien plötzlich mit den Tränen zu kämpfen. Zittrig atmend wandte sie sich von ihm ab.
Ramon war die Situation äußerst unangenehm. So amüsant er auch ihr ungezügeltes Temperament fand, aber die Angelegenheit war in jeder Hinsicht ernst.

Nachdem er sich in aller Form für seinen Auftritt entschuldigt hatte, begann er behutsam, die gravierenden Mängel der Plantage aufzuzeigen und seine Besorgnis kundzutun. Amanda schwieg währenddessen, blickte ihn auch nicht an. Er wusste nicht, was sie dachte oder fühlte. Auf keinen Fall aber wollte er ihr das Gefühl geben, er wolle lediglich kritisieren. Auf seine vorsichtige Nachfrage, wie diese vorherrschende Lage sich entwickelt habe und ob es eventuell noch andere Gründe gäbe, die das begünstigten, erhielt er keine Antwort.

„Was wollen Sie?" Die Frage war kaum mehr als ein Flüstern. Er trat einige Schritte näher. Sie tat ihm leid. Schmerz und Angst klangen aus ihren Worten. Er konnte ihr nicht sagen, wer er in Wirklichkeit war, darum drückte er sich etwas umständlich aus.

„Ich möchte Ihnen helfen. Ich verstehe etwas von den Dingen. Noch ist es nicht unmöglich, die Plantage wieder auf Vordermann zu bringen. Aber wenn die kommende Ernte keinen Gewinn bringt, sieht es schlimm für Woodland aus."

„Das ist mir bewusst." Endlich blickte sie ihn an. In ihren schönen, braungrünen Augen glänzten Tränen. „Ich finde des Nachts oft keinen Schlaf, weil es mir bewusst ist und ich andauernd darüber nachdenke, was ich noch tun kann. Wissen Sie, wie das ist?"

Ihm wurde erst bewusst, wie nahe sie einander standen, als er die Arme ausstreckte und ihre Oberarme berührte.

„Das ist nicht die Aufgabe einer Dame", flüsterte er. Sie gab ein undamenhaftes Schnauben von sich. Er ließ die Arme sinken und blickte sie mitleidvoll an.

„Wissen Sie ...", begann sie zögerlich. „Diese Plantage war immer der ganze Stolz meiner Familie. Einst

war hier nur dünn bewaldetes und wild wucherndes Gestrüpp. Mein Urgroßvater hat das Gebiet erworben. Er hat es gerodet und das erste Haus, ein gemütliches Holzhaus, an dieser Stelle erbaut. Auf den großen Weideflächen, die heute die Baumwollfelder sind, wollte mein Urgroßvater damals Zuckerrohr anbauen. Vater und Großvater haben in jahrelanger Arbeit dieses Haus, wie es hier steht, errichtet und aus Woodland eine profitable Plantage gemacht. Es ist uns immer gut gegangen." Sie machte eine Pause und blickte gedankenverloren aus dem Fenster. „Mein Bruder Adam sollte es einmal weiterführen ..."
Ramon zog überrascht die Augenbrauen hoch, von einem Sohn hatte er bislang nichts gehört. Doch die Traurigkeit in ihrer Stimme ließ ihn erahnen, dass ein schreckliches Unglück die Familie heimgesucht haben musste. Deshalb fragte er nicht mehr, ob er verstarb, sondern nur, wie es passierte.
„Es war vor drei Jahren. Adams Traum war das Reisen. Er wollte etwas von der Welt sehen, bevor er auf der Plantage fest eingebunden sein würde, aber ..." Sie brach ab und betupfte mit einem weißen Spitzentuch ihre Augen.
„Es tut mir leid, ich wollte keine schmerzlichen Erinnerungen wachrufen", beteuerte Ramon, „kam er bei einem Schiffsunglück ...?" Er sprach es bewusst nicht aus.
„Nein." Ihre Stimme bebte. Er weilte gerade in London, als ... als dort die Cholera ausbrach ..."
„O mein Gott! ..." Ohne nachzudenken, was er tat, nahm er sie in die Arme, strich ihr mit der Hand beruhigend über den Rücken und murmelte tröstliche Worte an ihrem Ohr.

Einen Moment lang ließ sie es geschehen, dann zuckte sie erschrocken über die intime Berührung vor ihm zurück und verschränkte die Arme vor ihrer Brust.
„Er hatte dort ein Mädchen kennengelernt und sich verliebt. Er wollte sie heiraten und mit nach Woodland nehmen, aber dann erkrankte sie an der Cholera. Adam hat sie bis zu ihrem Tod gepflegt. In seinem letzten Brief schrieb er uns, dass sie in seinen Armen gestorben ist. Aber wir sollten uns keine Sorgen machen, ihm ginge es gut und er selbst hätte keinerlei Anzeichen einer Erkrankung. Da ihn dann nichts mehr in London hielt, wollte er auf dem schnellsten Wege nach Hause kommen. Er schrieb, er hätte noch eine Passage auf der Seadog bekommen, die in zwei Tagen von England in See stechen würde." Ihre Stimme begann wieder, vermehrt zu zittern. „Adam ist nie hier angekommen. Es kam auch keine weitere Nachricht. Es herrschte eine furchtbare Zeit der Ungewissheit."
Eine Weile schwiegen beide, nach einem tiefen Seufzer fuhr sie fort. „Vater hatte sogleich Nachforschungen angestellt und irgendwann erfahren, dass die Seadog den Hafen nie verlassen hat. Man hatte sie unter Quarantäne gestellt! Vermutlich befand sich Adam schon auf dem Schiff, oder er hat es gar nicht mehr bis dorthin geschafft. Wir wissen es nicht. Alles, was wir wissen, ist, dass Adam tot sein muss, sonst wäre er nach Hause gekomen. Er ist einfach fort, und es gibt nicht einmal ein Grab. Wir wissen nicht, was mit seiner Leiche geschehen ist, es gibt keine Unterlagen, nichts! Er ist ganz allein gewesen und weit fort von seiner Familie ..."
Die Geschichte ihres Bruders bewegte Ramon tief. Vergeblich versuchte er auszudrücken, was er empfand. Fassungslos schüttelte er den Kopf, während

sich schreckliche Bilder in seinen Gedanken formierten.
Er hatte seinerzeit von der schlimmen Choleraepidemie, die im Frühjahr 1832 in London ausgebrochen war, gehört. Es war das ein oder andere Mal Gesprächsthema gewesen, nachdem im Juni 1832 in den Zeitungen berichtet worden war: Die Cholera hat den Atlantik überquert! Fälle in Quebec, Montreal und vor allem in New York waren bekannt geworden. Tausende Menschen waren aus den Städten aufs Land geflohen.
Cholerakranke starben meist innerhalb einer Woche. Bedingt durch starken Durchfall und Erbrechen drohte dem Körper durch den hohen Wasserverlust die Austrocknung. So zu sterben, musste eine harte Strafe Gottes sein.
„Vater hat es nie überwunden. Er hat sich danach völlig zurückgezogen, und knapp ein halbes Jahr später hat er den Schlaganfall erlitten."
Ramon blickte sie voller Mitgefühl an. Wie gern hätte er sie an seine starke Brust gedrückt und getröstet. Er wagte es nicht, seinem Impuls ein weiteres Mal nachzugeben, um sie nicht zu erschrecken. Er wusste nicht, wann er sich das letzte Mal so hilflos gefühlt hatte. Das bedrückende Schweigen zwischen ihnen zog sich in die Länge. Endlich löste sich ihr abschweifender Blick vom Fenster, und sie schaute ihm in die Augen.
„Sind Ihre Fragen damit beantwortet, Mr. Black?", fragte sie mit zurückgekehrter, sicherer und deutlich kühlerer Stimme. Ramon war überrascht von ihrem plötzlichen Stimmungswechsel und nur zu einer gestammelten Antwort in der Lage. Sie wich seinem Blick aus.

„Der Arzt meint, dass nur seine tiefverwurzelte Hoffnung, Adam könnte nach Hause kommen, ihn noch nicht hat sterben lassen. Aber Vaters Zustand verschlechtert sich zusehends. Er vergisst vieles, und an manchen Tagen erkennt er nicht einmal mich." Sie versuchte verkrampft, eine gefasste Miene aufzusetzen, und straffte ihren Rücken. Ramon wusste um die Fassade. Sie versuchte, stark und gefasst zu sein, um sich selbst zu schützen. Was für eine bewundernswerte Frau. Weil ihm die Worte ansonsten fehlten, was ihm nicht häufig passierte, sprach er diese Bewunderung in aller Form aus. Ihre Verlegenheit gab ihm Bestätigung, dass er richtig gehandelt hatte. Aber ihm wurde auch die gegenwärtige Situation wieder bewusst, in der er sich befand.
„Ich hoffe, Ihr Verlobter steht Ihnen in dieser schweren Zeit zur Seite und spendet Ihnen die Kraft und den nötigen Halt, den Sie verdienen und dringend brauchen." Ihr kurzes Zusammenzucken entging ihm nicht. Ihr Ton nahm einen eigenartigen Klang an, als sie ihm antwortete und hinterließ bei ihm einen bitteren Beigeschmack.
„Er tut sein Möglichstes, um Woodland zu erhalten. Er kümmert sich um die Bewirtschaftung der Plantage, und ich führe den Haushalt und kümmere mich um die gesamte Buchhaltung von Woodland." Es gelang ihm nicht, sein Erstaunen darüber zu verbergen.
„Ja, das mache ich", antwortete sie wie zum Trotz, „aber wenn die Plantage das Geld nicht einbringt, was sie müsste, dann ... dann entstehen eben die Zustände, die Sie anfangs angedeutet haben." Offenbar glaubte sie, sich verteidigen zu müssen. Er nickte, sprach aber nicht aus, was er wirklich dachte. Die Frage war doch: Warum ging es Woodland so schlecht?

Die Nachfrage nach Baumwolle war gewaltig. Immer mehr Plantagenbesitzer hatten in den letzten Jahren von Zuckerrohr- oder Maisfarmen auf Baumwolle umgestellt, da sie profitabler war. Seit der Erfindung und Einführung der Cotton Gin, einer Egreniermaschine, die die Baumwollfasern von den Samenkapseln und manchmal klebrigen Samen trennte, entfiel das arbeitsintensive Rupfen der Baumwolle von Hand. Die Sklaven konnten effektiver als Pflücker eingesetzt werden. All das ermöglichte letztlich den Baumwollanbau im großen Stil und brachte dem Süden den nötigen Aufschwung.

Woodland passte nicht in dieses Bild. Er würde herausbekommen, was vor sich ging und welche Rolle Benjamin Pearl in dieser Sache spielte.

Er hatte kein Zeitgefühl mehr und konnte nicht sagen, wie lange er sich mit Amanda im Arbeitszimmer aufgehalten hatte. Er versuchte, sich vorzustellen, wie die zierliche Amanda hinter dem breiten, klobig erscheinenden Mahagonischreibtisch saß und sorgfältige Zahlenreihen in die Geschäftsbücher eintrug. Der Ausdruck „verloren", fiel ihm dazu lediglich ein. Versunken starrte er auf das Möbelstück, das schräg in der rechten Ecke des Zimmers so platziert war, dass das einfallende Tageslicht optimal genutzt wurde. Kratzspuren auf den Bodenbrettern zeigten, dass er nicht immer so gestanden haben konnte.

Bevor er aussprechen konnte, was ihm noch auf der Seele lag, wurde die Tür nach einem eiligen Klopfen aufgerissen. Eine aufgebrachte, verängstigte Sklavin stürmte herein. Sie erstarrte kurz, als sie ihn sah, wandte sich dann aber Amanda Franks zu.

„Schnell, Miss, Ihr Vater! Er irrt im Korridor umher. Er meint, er müsse zu den Feldern und ..." Mit großen,

runden Augen flehte sie Amanda an. Mit Schrecken bemerkte Ramon, dass sie kalkweiß geworden war. Einen Moment dachte er, sie könne ohnmächtig werden. Ohne ein Wort zu sagen, raffte sie ihre Röcke und rannte los.
„Kann ich helfen?", rief Ramon ihr nach. Sie schien ihn nicht mehr zu hören, auch die Sklavin schenkte ihm keine Beachtung mehr. Plötzlich war er allein. Nach einer Schocksekunde lief er ihnen ungebeten hinterher. Er hatte in diesem Teil des Hauses nichts zu suchen, aber vielleicht brauchten die Frauen seine Unterstützung. Im Gang der oberen Etage entdeckte er Amanda und zwei Sklavinnen. Allesamt redeten sie verzweifelt auf den wie ein Tier knurrenden, wild um sich schlagenden Mann ein. Ohne nachzudenken, rannte er zwei Stufen auf einmal nehmend die Treppen hoch. Amandas entsetztes Aufkeuchen ignorierte er.
„Einen schönen Tag, Mr. Franks", begrüßte er den Herrn mit lauter Stimme und musste dabei dessen linken, unkontrolliert ausschlagenden Arm ausweichen. Seine rechte Körperseite schien gelähmt. Der Arm hing kraftlos herunter, auch seine Gesichtshälfte zeigte eine Lähmung, wodurch das Gesicht verzerrt wirkte und der Mundwinkel unnatürlich hing.
Er nahm den alten Mann in einen festen Griff und erklärte ihm freundlich: „Was halten Sie davon, wenn wir jetzt in Ihre private Räumlichkeit gehen und Sie ruhen sich ein wenig aus? Sie wirken sehr aufgebracht. Etwas Ruhe wird Ihnen sicher guttun." Beherzt schob er den Mann ein paar Schritte vorwärts.
„Wo ist sein Zimmer?", raunte er der vollkommen überraschten Amanda zu.

„Äh ... ähm ... da vorn die erste Tür", stammelte sie und lief eilend voraus, um die besagte Tür zu öffnen.
„Kommen Sie, Mr. Franks", lächelte Ramon. Er zog den, nun ganz friedlich wirkenden Mann, langsam mit sich. Von der Sklavin hinter ihm vernahm er ein erleichtertes Aufatmen.
Mr. Franks versuchte, ihm etwas zu sagen, aber er konnte diese brummenden unartikulierten Laute, die er von sich gab, nicht verstehen. Mit fast freudiger Verwunderung starrte der Mann ihn an. Für einen Moment wurde Ramon unsicher und hoffte, er würde in ihm nicht seinen Adam sehen. Schnell verwarf er den Gedanken und bugsierte ihn wie einen kleinen Jungen zu seinem Bett. Die Sklavinnen eilten herbei, schlugen die Decken zurück und waren bereit einzugreifen. Nach wenigen Augenblicken war der Spuk vorbei. Erleichtert und zufrieden atmete Ramon auf und wandte sich zum Gehen.
„Mr. Black?"
Wortlos drehte er herum und schaute direkt in Amandas Augen. Sie hatte wunderschöne, warme Augen, in denen er hätte versinken können.
„Ich danke Ihnen für Ihre Hilfe. Es war überaus freundlich von Ihnen."
„Ich bitte Sie, das war selbstverständlich! Wann immer ich helfen kann, lassen Sie es mich wissen. Ich stehe Ihnen jederzeit zur Verfügung, Miss Franks."
Ein wenig verlegen senkte sie den Blick. Ihre Hände hielt sie nervös ineinander verschränkt, während sie offenbar verzweifelt nach den richtigen Worten suchte.
„Tut mir leid, dass Sie das mit ansehen mussten. Ich muss Sie bitten, über den Vorfall zu schweigen. Die Menschen sollen ihn so in Erinnerung behalten, wie er

war. Sie sollten ihn nicht in dieser Verfassung sehen, das hätte Vater nicht gewollt." Ihre Stimme zitterte und sie starrte verbissen auf ihre Hände.

Wieder verspürte Ramon das Gefühl, das ihn schon im Arbeitszimmer zu übermannen gedroht hatte. Er schluckte kurz, griff entschieden nach ihren Händen und zwang sie, ihn anzusehen.

„Miss Franks, Ihnen muss nichts unangenehm sein. Seien sie dankbar, dass Sie Ihren Vater noch haben. Selbst wenn er nicht mehr der Mann ist, der er einst war. Er ist immer noch Ihr Vater! Ich habe meinen verloren, als ich elf Jahre alt war."

„Das tut mir leid", hauchte sie. Wie von selbst hob sich seine Hand und berührte ihr Gesicht.

Sie ließ es geschehen, ihre Blicke versanken ineinander. Sanft fuhr sein Daumen über die zarte, leicht gerötete Haut ihrer Wange. Seine Augen wanderten zu ihren weich geschwungenen Lippen. Wie gern er sie geküsst hätte, sein Verlangen wuchs. In seinen Gedanken überschlugen sich die Bilder verschlungener Körper. Er unterdrückte ein Stöhnen. Sein Daumen fuhr unterdessen zärtlich die Konturen ihrer Lippen nach. Mit hungrigen Augen verfolgte er sein Tun. Sie öffnete leicht ihren Mund, und er hätte um ein Haar seine Beherrschung verloren.

„Ich muss jetzt gehen." Mit eiserner Disziplin riss er sich los und verließ das Herrenhaus, ohne sich umzudrehen. Er brauchte einen Moment, um seine Gedanken und allen voran seine Gefühle zu ordnen. Warum übte diese Frau eine solch enorme Anziehungskraft auf ihn aus? Es hatte einige ausgesprochen attraktive Damen in seinem Leben gegeben. Keine von ihnen hatte es vermocht, ihn so zu fesseln wie Amanda Franks.

Er überquerte mit großen Schritten den Hof, vorbei an den Pferdeställen, entlang der Sklavenunterkünfte, ohne etwas um ihn herum wahrzunehmen. Erst auf dem Hügel seitlich der ersten Felder machte er Rast und setzte sich auf einen Felsen nieder.
Zum Teufel mit meinen Prinzipien. Sollte er wirklich Amanda kampflos diesem selbstgefälligen Benjamin Pearl überlassen? Sie hatte etwas Besseres verdient. Aber war er selbst etwas Besseres? Was sollte er tun? Gedanklich spielte er mehrere Varianten durch. Letztlich wusste er am Ende weniger als zu Beginn seiner Überlegung. Mit einem Stöhnen erhob er sich. Er hatte keine andere Wahl, als vorerst abzuwarten und zu schauen, wie sich die Lage weiter entwickeln würde. Er beruhigte sich mit der Idee, sein Augenmerk vorrangig auf Pearl zu richten. Sollte er herausfinden, dass er sie schlecht behandelte oder irgendetwas im Schilde führte, würde er eingreifen.
„Hast du dich beruhigt?", aufgeschreckt zuckte er zusammen. Er hatte Joe Preston nicht bemerkt.
„Pearl hat dich gesucht. Ich habe ihm gesagt, du kümmerst dich gerade um die Einteilung der Sklaven für den Aufräumdienst im Lager."
„Ah ... äh, ja danke, ich erledige das gleich ...", antwortete er fahrig.
„Nicht nötig! Habe ich schon geklärt! Was war denn los? Du bist völlig kopflos an mir vorbeigelaufen." Abwartend musterte er ihn. „Also doch, es ist die Kleine, die dir im Kopf herumspukt", mutmaßte er wenig überrascht. „Mann, pass bloß auf, dass Pearl dich nicht erwischt, wie du seiner Braut schöne Augen machst."
In freundschaftlicher Geste klopfte ihm Joe auf die Schulter. Er mochte Joe, er hatte ein offenes und na-

türliches Wesen und war ihm in der kurzen Zeit schon ein Freund geworden. Anders als seine sonstigen Freunde, mit denen er sich umgeben hatte, wo es in erster Linie ums Vergnügen gegangen war, um Mitgliedschaften in irgendwelchen Clubs, Dinnerveranstaltungen oder Kartenspielrunden, Zeitvertreib der besseren Gesellschaft.
Zu seinem eigenen Erstaunen musste er zugeben, dass ihm das Fehlen derlei Lustbarkeiten nicht sonderlich störte.
„Was weiß du über Pearl?"
„Nun ja, du weißt ja selbst, er ist ein Wichtigtuer." Es klang ausweichend, empfand Ramon, als wüsste er weitaus mehr.
„Und weiter?", drängte er deshalb unbeirrt.
„Zurzeit ist er im Grunde nur Verwalter von Woodland, zumindest so lange der alte Mr. Franks noch am Leben ist. Aber er führt sich auf, als gehöre ihm Woodland längst. Dadurch hat er sich bereits die Mitgliedschaft in einigen Clubs erschlichen. Er mischt in einer Liga mit, die für unsereins unerreichbar ist. Um seine Macht und seinen Lebensstandard zu erhalten, muss er Amanda Franks heiraten. Wenn Mr. Franks stirbt, hat er alles verloren."
„Dieser Dreckskerl", fluchte Ramon. Er stieß seine Stiefelspitze in eine Grassode und wirbelte Gras und schwarzen Sand auf.
„Hey, vergiss die Frau. Sie wird einst die Erbin von Woodland sein, da kannst du nicht mithalten. Selbst wenn es dir gelingen sollte, sie zu verführen, du kannst ihr nichts bieten. Du handelst dir nur unnötigen Ärger ein."
Ramon schwieg, er konnte ihm nicht die Wahrheit sagen. Dennoch fühlte er sich unwohl, diesen Mann,

der es nur gut meinte, zu belügen. Das Gefühl der Resignation jedoch war echt.

„Was hältst du davon, wenn du heute Abend zu uns zum Essen kommst?", versuchte Joe, ihn abzulenken und auf andere Gedanken zu bringen. „Meine Schwester würde sich über ein wenig Abwechslung freuen. Sie ist eine hervorragende Köchin."

Eigentlich eher aus Höflichkeit hatte er dem Vorschlag zugestimmt, aber die Aussicht auf ein appetitliches Mahl war verlockend. Die Mahlzeiten, die ihm seine Wirtin vorsetzte, waren oftmals ungenießbar und sahen aus wie schon einmal gegessen.

Joe hatte ihm erzählt, dass er seiner Schwester Unterschlupf gewährte, nachdem sie zur Witwe geworden war. Obwohl er nicht ganz verstanden hatte, warum sie nicht im Haus ihres verstorbenen Gatten wohnen blieb – aber das hatte Ramon nicht zu interessieren! Es entsprach voll und ganz Joes Wesen zu helfen, wo er konnte. Er sprach immer sehr liebevoll von seiner Schwester, das schätzte er an ihm. Immerhin würde er selbst genauso handeln. Ein kleiner Zug von Traurigkeit legte sich auf seine Miene, wenn er an die momentane angespannte Beziehung zu seinem Bruder David dachte.

Joe hatte nicht übertrieben, das Essen war vorzüglich, auch wenn es für ihn gewöhnungsbedürftig war, dass die Sklavin Nala mit ihnen zusammen am Tisch saß. Für Joe und seine ältere Schwester Jillian schien dieser Umstand zumindest normal. Die Küche war klein, wie er von seinem Platz aus erkennen konnte. Es gab nur das eine Esszimmer in dem gemütlich eingerichteten Cottage. Nalas Tischmanieren waren ganz passabel, bemerkte Ramon. Daher versuchte er, ihre Anwesenheit zu ignorieren, zumal sie vorrangig um die kleine Sarah, Jillians Tochter, bemüht war.

Nach dem Abendmahl war die Fünfjährige völlig überdreht, alberte und kicherte. Sie versuchte, der Sklavin Nala auf der Nase herumzutanzen, als diese sie davon zu überzeugen versuchte, dass nun Schlafenszeit sei. Überraschend sprang Joe auf, schnappte die ahnungslose Sarah und wirbelte sie durch die Luft. Die Kleine strampelte, lachte und quietschte vor Vergnügen.

„Nun ist aber Schluss", warnte Jillian im spielerischen Ernst. „Wir haben immerhin einen Gast", mit einem Seitenblick versuchte sie, Ramons Befinden zu ergründen.

Die Quirligkeit des Mädchens empfand er keineswegs als lästig. Im Gegenteil, es war ein amüsantes und vergnügliches Bild. Er musste herzhaft mitlachen.

„Ja, ja, ja", rief Sarah, während Joe sie neckte und am Bauch kitzelte.

„So! Wenn du artig bist, lese ich den Rest der Geschichte vor", verkündete Joe schließlich mit mahnendem Unterton.

„Au ja, bitte, bitte." Joe stellte sie auf ihre Füße und sie hüpfte aufgeregt von einem Bein auf das andere.

„Nur wenn du brav bist, hat Onkel Joe gesagt", griff Jillian ein. „Also verabschiede dich, wie es sich gehört, und dann geh mit Nala."

Mit Schmollmiene schaute sie zu ihrer Mutter auf, die sie streng ansah. Daraufhin entschied sie, dass es wohl besser wäre, die Mahnung ernstzunehmen. Schwungvoll drehte sie sich herum, ging auf Ramon zu, machte einen artigen Knicks und wünschte eine gute Nacht. Ramon behandelte sie formvollendet wie eine kleine Dame. Die Stimmung war locker und belustigend. Er konnte sich nicht erinnern, wann er sich das letzte Mal so wohlgefühlt hatte.

Von da an war er des Öfteren Gast im Hause Preston, wann immer ihm das Alleinsein in seiner Pension zu langweilig oder einsam wurde. Es verhielt sich beinah so, als gehöre er zur Familie. Sarah jubelte jedes Mal, wenn er vorbeikam, und umarmte ihn strahlend. Er hatte ihr bei seinem zweiten Besuch ein kleines Kinderbuch geschenkt, das viele Zeichnungen von bekannten Tieren enthielt. Dazu war er extra in die nächste Stadt geritten, um es zu besorgen. Die Freude der Kleinen hatte ihn für den Weg bei Weitem entschädigt.

***

Amanda Franks sah er manchmal tagelang nicht, aber sie ging ihm dennoch nicht aus dem Sinn. Zwar hatte er versucht, ihr aus dem Weg zu gehen, gleichzeitig aber bedauerte er es, sie nicht gesehen zu haben. Es war ein Auf und Ab seiner Gefühle. Er hatte gehofft, durch den Besuch eines gewissen Etablissements auf andere Gedanken zu kommen. Selbst dort hatte ihn ihr liebreizendes Antlitz verfolgt. So etwas war ihm noch nie passiert! Die rothaarige Gina hatte sich wirklich die größte Mühe gegeben, ihn zu erfreuen, trotz allem war er nicht bei der Sache. Zwar hatte er körperliche Erleichterung gefunden, doch in seinem Kopf war das Chaos seitdem perfekt. Irgendetwas musste er unternehmen, nur was?

Joe war sein Dilemma nicht verborgen geblieben. Joe wusste ohnehin, dass er Gefallen an Amanda Franks gefunden hatte, so zögerte Ramon nicht, ihm seine stärker werdenden Gefühle zu beichten.

„O Mann", stöhnte Joe und fuhr mit der Hand durch sein dichtes, braunes Haar. Nachdenklich starrte er seinen Freund an. Ramon saß gedanklich abwesend neben ihm auf der Bank.

Die hereinbrechende Dämmerung hüllte sie langsam ein. Ein spärliches Licht fiel von dem erleuchteten Esszimmer auf die kleine Veranda vor dem Haus.

„Und Amanda?", durchbrach Joe die entstandene Stille. „Empfindet sie dasselbe für dich?"

„Was?" Verblüfft blickte Ramon ihn an, bis er allmählich die Frage zu verstehen begann.

„Ich weiß es nicht ... ich denke ..." Er zuckte die Schultern. „Ich hab keine Ahnung."

Joe verdrehte die Augen. „Dann finde es heraus, bevor du dich zum Narren machst."

Ramon stöhnte abgrundtief und streckte sich der Länge nach gegen die Rückenlehne. Ausgiebig starrte er gen Himmel, wo die ersten Sterne der Nacht sichtbar wurden und die leuchtend gelbe Sichel des Mondes ihren Schein in die nahen Bäume warf.

Sarahs fröhliches Kichern, gemischt mit einigen Kreischattacken, drang von der oberen Etage, und die verzweifelte Stimme von Nala, die offenbar erfolglos versuchte, die Kleine zur Räson zu rufen. Ramon und Joe sahen sich an und mussten schadenfroh lachen.

„Ich sage dir, wenn die erst erwachsen ist, die wird jedem Kerl den Kopf verdrehen", amüsierte sich Joe.

Beide scherzten herum, wurden nach kurzer Zeit jedoch wieder ernst und nachdenklich.

Der Abend war sommerlich mild und beinahe windstill. Endlos saßen sie draußen auf der Bank und führen intensive und tiefgründige Gespräche.

Das schlechte Gewissen quälte Ramon, als er sich weit nach Mitternacht auf dem Heimweg zu seiner

Pension machte. Er hatte Joe immer noch nicht erzählt, dass sein Name nicht Black, sondern Bradley war. Würde Joe sich ihm gegenüber weiterhin so offenherzig verhalten, wenn er die Wahrheit kannte? Würde er ihm die Lüge verzeihen? Ramon wusste, wie Joe über reiche Herrschaften dachte und welche Erfahrungen er mit ihnen gemacht hatte. Er stöhnte. Natürlich war ihm klar, dass sein Geständnis schwieriger werden würde, je länger er damit wartete. Aber er musste es tun, bald. Ein Knoten schien sich in seiner Kehle zu bilden allein bei dem Gedanken daran. Die Freundschaft zu Joe Preston war für ihn zu wertvoll geworden, um sie jemals wieder zu verlieren.
Umso mehr verwunderte es ihn, dass Joe ihm die Tage darauf offenbar aus dem Weg ging.
Ahnte Joe etwas? Er musste mit ihm sprechen. Auf der Suche nach ihm, entdeckte er Joe zusammen mit Pearl in einer Nische hinter den Pferdeställen.
Die Situation war eigenartig und verursachte ihm aus unerklärlichem Grund eine Gänsehaut.
Er beschloss, sich verdeckt zu halten und leise anzuschleichen. Er war zu weit entfernt, um zu verstehen, worüber gesprochen wurde. Irgendetwas stimmte nicht. Warum wirkten die beiden so vertraut? Er wusste genau, Joe konnte Pearl nicht leiden. Aber das sah gerade ganz anders aus. Joe stand mit dem Rücken zu ihm, sodass er nur Pearl ins Gesicht sehen konnte. Er schien gedämpft auf Joe einzureden. Seine linke Hand ruhte auf Joes rechter Schulter, mit der anderen Hand fuchtelte er vor seinem Gesicht.
Ramon fluchte innerlich; er kam nicht nahe genug an die beiden heran. In gebückter Haltung kletterte er über einige auf dem Boden liegende Gerätschaften und drückte sich an die Holzwand dahinter.

„Du weißt, was auf dem Spiel steht", drohte Pearl. „Eine Hand wäscht die andere!"
Ramon zog verwundert die Stirn in Falten. Was meinte Pearl damit?
„Schon gut! Ich werde sehen, was ich machen kann", vernahm er Joes kleinlaute Stimme.
„Na, siehst du", erklang Pearl triumphierend. „Warum nicht gleich so? Aber beeil dich gefälligst. Ich habe keine Zeit zu verlieren." Er klopfte Joe mehrfach auf den Rücken und entfernte sich pfeifend. Vorsichtig verließ er seinen Beobachtungsstandort. Er lief wie zufällig vor den Ställen entlang, um wie erwartet Joe in die Arme zu laufen.
„Was wollte Pearl von dir?", fragte er und bemühte sich, seine Stimme belanglos klingen zu lassen.
„Ach, ähm … nichts Wichtiges", wehrte Joe nervös ab. Ramon entging nicht, dass Joe leichenblass aussah und ihm offenbar nicht ins Gesicht blicken konnte. Er wollte nachhaken. Zu seiner Enttäuschung bog Mr. Conner, gefolgt von einigen Sklaven, um die Ecke und hielt geradewegs auf sie zu. Joe schien das gelegen zu kommen, er ging, ohne zu zögern, auf den älteren Mann zu.
Verblüfft blickte Ramon ihm hinterher. Was sollte Joe für Pearl erledigen?
Wieder und wieder gingen ihm die gehörten Worte durch den Kopf. Hatte Pearl etwas gegen Joe in der Hand? Aber was könnte das sein? Unmöglich, es musste eine andere Erklärung geben. Nur welche? In der Hoffnung, Joe könne ihm sein eigenartiges Verhalten erklären, ritt er am Abend zu ihm. Joe war er nicht zu Hause. So trat er nach einer knappen halben Stunde den Heimweg an.

Gegen Mittag des folgenden Tages kam Joe auf ihn zu, kurz bevor er zu den Baumwollfeldern reiten wollte.
„Du siehst schlecht aus", stellte Ramon verwundert fest und musterte sein Gegenüber von Kopf bis Fuß. Joe wirkte übernächtigt und fahrig. Der Geruch, der von ihm ausströmte, ließ keinen Zweifel offen – er hatte sich am Vorabend sinnlos betrunken. Joe verzog keine Miene. Sein desolater Zustand schien ihn nicht zu interessieren.
„Ich brauche deine Hilfe, kann ich auf dich zählen?", stieß er hervor, bevor Ramon die Möglichkeit hatte zu fragen. Der verzweifelte Ausdruck in den Augen seines Freundes ließ bei ihm alle Alarmglocken schrillen.
„Joe, was ist los? Steckst du in Schwierigkeiten? Ich bin dein Freund, das weißt du. Also raus mit der Sprache", drängte er unbeherrscht.
„Die Sache ist kompliziert …" Nervös blickte er in alle Richtungen. „Ich musste sie doch schützen. Was hätte ich denn … ich hatte …" Er verstummte.
„Verflucht Joe! Ist etwas mit Jillian, oder mit …"
„Nein, mit Jillian und Sarah ist alles in Ordnung", fiel Joe ihm heftig ins Wort. „Hör zu, ich werde dir alles erklären, dann kannst du immer noch entscheiden, ob du mir helfen willst. Heute Abend bei mir, aber von diesem Gespräch kein Wort zu Jillian."
Die Sache wurde immer eigenartiger. Warum hatte Joe nicht eher erwähnt, dass er offenbar in ernsten Schwierigkeiten steckte?
„Spann mich nicht auf die Folter, worum geht es?"
„Nicht hier!" Er klopfte ihm auf die Schulter und nickte. „Ich habe noch etwas Wichtiges zu erledigen, wir sehen uns heute Abend." Noch bevor Ramon reagieren konnte, hatte sich Joe umgedreht und entfernte

sich mit großen Schritten. Ramon stöhnte, er musste sich wohl oder übel bis zum Abend gedulden.

Nur mit halbem Ohr widmete er sich kurz darauf den Beschwerden eines Feldsklaven, der offenbar zum Redenführer auserkoren worden ist, und sich nun in aller Form über zu geringe Essensrationen beklagte. Es war nicht das erste Mal, dass ihm Derartiges zu Ohren kam. Warum kamen sie mit solchen Beschwerden andauernd zu ihm?

Pearl war der Verwalter dieser Plantage. Gleichzeitig war ihm klar, dass sich Pearl keinen Deut darum scheren würde. Deshalb nahm er diesen Aspekt zum Vorwand, Amanda darauf anzusprechen. Wenn jemand Einfluss auf Pearl nehmen konnte, dann sie. Er hatte schon die Hälfte des Weges zum Herrenhaus zurückgelegt, als er plötzlich stutzte.

Joe stand mit Amanda auf der Veranda. Er schien sich gerade zu verabschieden. Ohne in seine Richtung zu blicken, steuerte er auf sein Pferd zu, saß auf und ritt von der Plantage.

Sie entdeckte ihn, ihre Blicke trafen sich. Eilig raffte sie ihre Röcke und lief zurück ins Herrenhaus. Kaum der rechte Augenblick, sie auf die Essensrationen der Feldsklaven anzusprechen. Schnaubend lenkte er seinen Weg zurück zu den Sklavenunterkünften.

Der Tag schien nicht enden zu wollen. Ungeduldig ging er Mr. Conner zur Hand, der seine Arbeit sehr gelassen nahm. Pearl war schon vor Stunden gegangen und hatte ihnen eine Liste mit Aufträgen hinterlassen.

Es dämmerte bereits, als sich Ramon schließlich auf den Weg zu Joes Cottage machte. In Gedanken versunken grübelte er, was seinem Freund wohl Kummer bereiten könnte. Sollte es sich um finanzielle Sorgen handeln, konnte er dem sofort Abhilfe schaffen. Er musste ihm nur seine wahre Identität offenbaren. Ein wenig beruhigt spornte er sein Pferd zu einem schnelleren Ritt an. Nach wenigen Metern wirkte das Tier unruhig und schreckhaft. Irritiert verlangsamte er sein Tempo. Sein Hengst warf sträubend den Kopf hin und her.

Dann bemerkte er es auch – Rauch! Es roch nach Rauch, irgendwo brannte etwas. Er hielt die Nase in die Luft und schnupperte intensiver. Der Brandherd lag eindeutig hinter dem Hügel zu seiner Linken. Hinter dem Hügel lag Joe Prestons Cottage. Panik erfasst ihn!

Erbarmungslos trieb er sein Pferd geradewegs über den Hügel, anstatt den Pfad eine halbe Meile entlang des Hügels zu nehmen.

Dichte Rauchschwaden schlängelten sich aus dem Vorratslager neben dem Pferdestall in die Lüfte. Was war passiert? Missy, Jillians betagte Stute, entdeckte er unterhalb des Hügels, neben der ersten Baumreihe stehend. Offenbar hatte schon jemand die Pferde befreit. Instinktiv suchte er nach Joes schwarzem Hengst, konnte diesen in der Dunkelheit jedoch nirgends entdecken. Er gab seinem Tier die Sporen und ritt in halsbrecherischem Tempo den Hügel hinunter. Auf dem Grundstück herrschte bereits hektische Betriebsamkeit. Er hörte einen ihm unbekannten Mann Befehle brüllen, die sich an vier Sklaven richteten, die mit Eimern am Brunnen hantierten. Offenbar musste es sich um Mr. Carter handeln, der nächste Nachbar der Prestons. Unweit des Brunnens entdeckte er Nala, die die kleine Sarah an sich presste und regungslos auf das Geschehen starrte.

Abrupt brachte er sein Pferd zum Stehen und sprang im gleichen Moment aus dem Sattel.
„Nala! Wo sind Joe und Jillian?", brüllte er. Als sie nicht reagierte, packte er sie mit hartem Griff bei den Schultern und schüttelte sie heftig.
Völlig verstört und mit schreckgeweiteten Augen blickte sie ihn schließlich an. „Sie sucht Mr. Joe. Er ist nicht nirgends zu finden."
„Was heißt das?" Seine Stimme kippte vor auskommender Panik. Dann sah er in das tränennasse Gesicht der kleinen Sarah, die ihren Kopf kurz aus Nalas enger Umarmung löste und ihn angstvoll ansah. Er dämpfte seine Stimme etwas. „Wann hast du ihn zuletzt gesehen?"
„Beim Abendessen."
„Und danach? Nala, was war dann?" Er war versucht, sie erneut zu schütteln, als er Jillians verzweifelte Stimme vernahm, die nach ihrem Bruder rief. Er ließ Nala stehen und rannte in die Richtung, aus der die Stimme kam. Mittlerweile waren weitere Nachbarn eingetroffen und man versuchte, eine Löschkette zu bilden.
„Ramon! Gott sei Dank", stürzte sie in Panik auf ihn zu. „Ich kann Joe nirgends finden. Im Haus ist er nicht. Ich hab überall nachgesehen, aber hier draußen ist er auch nicht." Verzweifelt rief sie mehrfach seinen Namen.
„Er kann nur noch im Stall sein", kreischte sie. Sie presste sich ein nasses Taschentuch über Mund und Nase und wollte auf den Stall zurennen.
Energisch hielt er sie zurück. „Nein, ich gehe! Geh du zu deinem Kind." Ohne auf ihren Protest zu achten, stieß er sie zur Seite. Er entriss dem ersten Mann der Kette den Wassereimer und übergoss sich mit dem

gesamten Inhalt. Achtlos warf er den Eimer zur Seite, prustete kurz und schüttelte den Kopf, dann rannte er mit großen Schritten in den Pferdestall. Der Wind kam heute sehr ungünstig aus östlicher Richtung. Er konnte nur hoffen, dass der Brand rechtzeitig gelöscht werden konnte, um ein Übergreifen der Flammen auf das Wohngebäude zu verhindern.
Der Stall war leer, wie er relativ schnell erkannte. Aber wo steckte Joe? Seine Gedanken überschlugen sich, wo konnte er sein? Bilder reihten sich aneinander: *Joe sieht das Feuer, er rennt zum Stall, befreit als Erstes die Pferde, dann ...*
Hektisch drehte er sich um seine eigene Achse. Noch mehr Adrenalin schoss durch seine Adern. Das Feuer war nebenan ausgebrochen. *Joe würde wissen wollen, was es ausgelöst hat und er ...*
Inzwischen war er derart von dunklen Schwaden eingehüllt, dass er kaum etwas sehen konnte. Der beißende Qualm brannte höllisch in seinen Augen. Eine eiserne Entschlossenheit, Joe zu finden, trieb ihn unnachgiebig voran. Er musste sich bemühen, seine Orientierung nicht zu verlieren. Hustend und die schmerzenden Augen zusammenkneifend, tastete er sich fast blind vorwärts. Flammen züngelten um ihn herum und schienen nach ihm zu greifen. Das Gebälk knarzte über ihm gefährlich laut. Die Hitze war unerträglich, das Atmen fiel ihm schwer. Jeden Moment konnte alles in sich zusammenstürzen, er musste hier schnellstmöglich raus. Wenn er jetzt das Bewusstsein verlor, wäre es um ihn geschehen.
Er stolperte über irgendetwas und ging unsanft zu Boden. Ein stechender Schmerz durchzog seinen Schädel. Er stöhnte und stieß einen derben Fluch aus. Er kämpfte sich hustend auf alle viere hoch und taste-

te vorsichtig nach der Ursache. Schlagartig war er wieder voll da. Das, was seine Hand dort ertastet hatte, war eindeutig ein Bein.
„Joe? Joe? Joe, wir müssen hier raus", keuchte er, verzweifelt bemüht, seiner Furcht nicht die Oberhand zu gewähren. Mit beiden Händen tastete er den reglosen Körper ab, bis er dessen Oberkörper erreicht hatte. Seinen eigenen Schmerz vergessend, versuchte er, seinen Freund hinauszuschaffen. Seine Kehle fühlte sich wie rohes Fleisch an, das Atmen wurde zur Qual. Er versuchte, sich auf ein Gebet zu konzentrieren, welches er in Gedanken langsam aufsagte, in der Hoffnung, auf diese Weise nicht das Bewusstsein zu verlieren.
Mit lautem Gezische und Gepolter brach die Dachkonstruktion zusammen, genau an der Stelle, an der Joe eben noch gelegen hatte. Die Flammen erlangten dadurch neuen Sauerstoff und schossen explosionsartig in die Höhe, Funken stoben in alle Richtungen. Von draußen hörte er die Menschen erschrocken aufschreien. Ramon sackte in die Knie und keuchte. Er hätte nie gedacht, dass Joe so schwer sein könnte. Noch ein paar Schritte, er musste es schaffen. Ihrer beider Leben hing davon ab. Schwankend kam er wieder auf die Beine und sammelte seine letzten Kraftreserven. Fest krallte er seine Hände in die Kleidung seines Freundes und schleifte ihn hinter sich her, zu mehr fehlte ihm die Kraft. Endlich war er draußen, es kam ihm wie eine Ewigkeit vor. Einer der Sklaven hatte ihn entdeckt und brüllte den anderen die Nachricht hinüber. Sofort spürte er kräftige Arme um sich herum, erleichtert ließ er sich fallen. Er versuchte, etwas zu sagen, aber heraus kam nur ein Krächzen,

gefolgt von heftigem Husten und dem Bemühen, Luft zu bekommen.
„Wasser!", rief einer der Männer neben ihm aus voller Kehle, während man ihn vorsichtig ins kühle Gras sinken ließ. Er versuchte, durch seine brennenden und tränenden Augen in der nur vom Feuer erhellten Dunkelheit etwas zu erkennen. Mehrere Personen waren mit Joe ein paar Meter zu seiner Rechten beschäftigt. Erleichtert atmete er aus. Er hatte es geschafft, er hatte ihn aus der Feuerhölle befreit. Sein Körper schmerzte, Erschöpfung machte sich breit. Die Stimmen um ihn herum klangen unnatürlich lang gezogen. Die Gesichter derer, die sich über ihn beugten, verzerrten sich zu Fratzen, dann hüllten ihn Stille und vollkommene Dunkelheit ein.

Er hatte keine Ahnung, wie lange er bewusstlos gewesen war. Als er langsam wieder zu sich kam, brauchte er eine gefühlte Ewigkeit, um sich klar zu werden, wo er sich befand. Er wollte sich aufrichten, sogleich wurde ihm schwindelig und er sank zurück ins kühle Gras.
„Ganz ruhig", hörte er den älteren Mann neben ihm beschwichtigend sagen.
Verwirrt schaute er den Unbekannten an. Er wollte etwas sagen, doch er brachte keinen Ton heraus.
Im nächsten Moment hob der Mann Ramons Kopf an, er spürte einen Becher Wasser an seinen Lippen. Begierig griff er danach, sein Hals war trocken und schmerzte.
„Mein Name ist Henderson. Ich bin der Arzt hier im Dorf", stellte sich der Unbekannte vor.
Arzt? In seinem Kopf begann es, zu arbeiten. Nein, er brauchte keinen Arzt. Er kam schon zurecht.

„Joe?" Krächzte er nach dem Becher Wasser, doch der Arzt schien ihn nicht gehört zu haben und redete unbeirrt weiter.

„Sie haben viel von dem schwarzen Rauch eingeatmet. Ihr Hals wird noch ein paar Tage schmerzen und Ihre Stimme beeinträchtigt sein, aber da kann ich Ihnen was zur Beruhigung geben. Einen Schlag auf den Kopf haben Sie auch noch bekommen …" Er nickte in Richtung des Kopfes, während er einem anderen Mann den Becher zum Nachfüllen überreichte.

Ramon befühlte seinen Kopf, der von einem provisorischen Verband geziert wurde. Alle Bilder des schrecklichen Ereignisses waren wieder da. Abrupt richtete er sich auf. Dieses Mal blieb der Schwindel aus. Schockiert starrte er auf das, was das Feuer übrig gelassen hatte. Die Flammen waren erloschen, nur der starke Brandgeruch war allgegenwärtig. Hellgraue Rauchwolken zogen noch immer gen Himmel. Durch den ungünstigen Wind hatte das Feuer selbst das Wohngebäude erreicht und es größtenteils vernichtet. Das Dach war vollständig verschwunden, vom unteren Teil standen nur noch einzelne Wände. Instinktiv bekreuzigte er sich.

O mein Gott! Joe und Jillian – sie hatten alles verloren. Er musste sofort zu ihnen. Der Arzt und ein weiterer Mann, den er jetzt als Mr. Carter identifizierte, hielten ihn fest. Er versuchte, sich zu befreien, doch seine Kraft reichte noch nicht aus. Das machte ihn wütend.

„Ich muss sofort zu Joe. Ich meine, zu Mr. Preston. Ich muss …" Der eigenartige Blick, den die beiden Männer sich zuwarfen, ließ ihn augenblicklich verstummen.

„Es tut mir außerordentlich leid. Ich ... ich weiß, er war Ihr Freund", begann der Arzt mit gesenktem Haupt. „Ich konnte nichts mehr für ihn tun. Er ist vermutlich an den giftigen Dämpfen erstickt, noch ehe Sie ihn rausgeholt haben. Es tut mir leid."
Fassungslos starrte er Dr. Henderson an, unfähig, sich zu bewegen. In Zeitlupe schien sein Gehirn die Nachricht aufzunehmen. Tot? Joe? Nein, das konnte nicht sein. Das durfte nicht sein, nicht Joe! Erneut unternahm er einen Versuch, sich loszureißen, und geriet heftig ins Straucheln. Fast wäre er zu Boden gegangen, da die Männer ihn dieses Mal nicht festhielten. Man hatte ihn offenbar während seiner Bewusstlosigkeit an anderer Stelle abgelegt. Taumelnd rannte er so schnell es sein derzeitiger Zustand vermochte, zu der Stelle, an der er Joe zuletzt gesehen hatte.
Tatsächlich, dort lag eine reglose Gestalt am Boden. Neben ihm kniete eine weinende Frau. Jillian! Wie ein Echo hallte es in seinem Kopf wieder. Es war also wahr. Eine Welt brach für ihn zusammen. Der Schmerz schien sein Innerstes zu zerreißen. Er rief verzweifelt ihren Namen. Beim dritten Mal sah sie verwirrt auf. Als sie ihn erkannte, sprang sie flugs auf die Beine.
„Ramon, Gott sei Dank!" Sie fiel ihm weinend und am ganzen Leib zitternd in die Arme. Er verstand kaum ihr verzweifeltes Gestammel. Über ihre Schulter blickte er erschüttert auf Joes friedlich daliegenden Körper.
Er hatte ihn doch rausgeholt. Warum war er tot? Seine Gedanken überschlugen sich wild.
Das war nicht gerecht. Das hatte Joe nicht verdient. Warum?

Warum tust du mir das an?, rief sein Unterbewusstsein. Unbewusst drückte er Jillians von heftigen Weinkrämpfen geschüttelten Körper enger an sich. Das Beben ihres Körpers nahm allmählich auch von ihm Besitz. Seine Verzweiflung brach sich Bahn.
Irgendwann spürte er eine Hand auf seiner Schulter, es war die von Dr. Henderson.
„Es tut mir so entsetzlich leid. Ein so junger Mann ... Es ist wahrlich eine Tragödie."
Ramon löste sich von Jillian und ging neben seinem toten Freund in die Knie. Lange sah er ihn schweigend an, seine Tränen liefen ungebremst seine rußverschmierten Wangen hinunter. Sein Geist wolle es nicht akzeptieren und verstehen. Warum? Warum Joe?
„Mach dir keine Sorgen, mein Freund. Ich werde mich um deine Schwester und Sarah kümmern. Ihnen wird nichts geschehen. Das schwöre ich!" Nach den Worten erhob er sich und versuchte durchzuatmen. Er brauchte einen klaren Kopf, er musste nachdenken.
„Wo ist Sarah?" Ihm ging auf, dass er sie seit seiner Ankunft nicht mehr gesehen hatte und sich die Masse der freiwilligen Helfer allmählich lichtete.
„Ich habe sie mit Nala weggeschickt. Sie sollte das nicht sehen", schniefte Jillian und blickte ihn mit dick verquollenen Augen an. „O Ramon, was soll ich nur machen? Wovon sollen wir jetzt leben? Wir sind obdachlos ..." Ein weiterer Weinkrampf schüttelte sie.
Stunden waren vergangen, die ersten Vögel begannen ihre Morgengesänge. Die Nacht wurde langsam heller, alles war ruhig und friedlich, als wäre nie etwas geschehen. Doch die Ruinen dessen, was einst ein gemütliches Cottage gewesen war, zeugten von einer anderen Wahrheit.

„Wir sollten aufbrechen", mahnte Ramon. Die beiden Frauen sahen ihn verständnislos an. Die kleine Sarah schlief verschlungen zwischen ihnen, halb in Jillians, halb in Nalas Armen.
„Aufbrechen? Wohin?", fragte Jillian verwirrt.
„Ich werde euch zu meinem Bruder bringen. Dort könnt ihr fürs Erste unterkommen."
„Aber wir sind zu dritt. Er wird nicht begeistert sein, zumal er uns nicht kennt und …"
„Mein Bruder hat ein großes Haus, das wird kein Problem sein", antwortete Ramon barscher als beabsichtigt. Nein, begeistert würde er bestimmt nicht sein.
„Aber ich …"
„Hast du einen besseren Vorschlag, Jillian?", unterbrach er ihren Einwand erregt, mäßigte sich aber, als er ihren erschrockenen Gesichtsausdruck sah. „Ihr braucht ein Dach über dem Kopf, und das ist im Augenblick die einzige Lösung, die mir einfällt. Joe war mein Freund, deshalb werde ich euch nicht im Stich lassen. Also kommt jetzt bitte, die Pferde sind bereits gesattelt." Seine Stimme klang rauer als gewöhnlich, und das Sprechen war unangenehm.
Erschöpft nickte Jillian und schob vorsichtig ihre Tochter weiter zu Nala. Schwankend erhob sie sich.
„Ich werde nur auf Missys Rücken steigen", stellte sie klar.
Ramon bemühte sich, nicht die Augen zu verdrehen. Mit dieser alten Mähre würden sie doppelt so lang benötigen. Aber er hatte damit gerechnet und widerwillig das Tier bereits gesattelt. Er kannte Jillians unbändige Angst vor Pferden.
„Die Kleine werde ich auf meinem Pferd mitnehmen."
Er drehte sich zu der Sklavin um, die ihn mit großen

runden Augen fragend ansah. Sie schien zu ahnen, was das für sie bedeutete.
„Ich kann dich nicht auch noch mit aufs Pferd nehmen. Meinst du, du schaffst es allein?"
Sarah war erwacht und blickte verschlafen zwischen den beiden hin und her.
„Ja, Mr. Ramon", erwiderte sie mit klarer Stimme. „Ich schaffe das, ich habe keine Angst."
„Gut!" Ramon war überrascht, er hatte mit Gejammer gerechnet.
Tatsächlich zeigte sie keinerlei Furcht, als er ihr half, auf Joes Pferd aufzusitzen. Es schien ihm sogar, dass sie es mit freudiger Erregung aufnahm. Er wollte lieber nicht darüber nachdenken, welches eigenartige Bild sie abgaben. Eine Sklavin auf einem stattlichen Hengst, während eine Weiße auf einer altersschwachen Stute ritt.
Es war höchste Zeit, dass sie aufbrachen.
Wie erwartet kamen sie nur langsam voran. Bewusst hatte er eine Strecke abseits der bekannten Straßen gewählt. Sarah lehnte an seiner Brust. Ihre gleichmäßigen Atemzüge zeugten davon, dass sie wieder eingeschlafen war. Vorsichtig drehte er sich zu Jillian um, die unmittelbar hinter ihm ritt. Sie hing auf Missys Rücken wie eine Marionette. Den Blick permanent nach unten gerichtet, wirkte sie verloren und teilnahmslos, selbst ihr Kopf wippte im Takt von Missys Schritten. Die Stute erstaunte ihn, das Tier schien tatsächlich robuster zu sein, als es den äußeren Anschein hatte. Ein Blick in Nalas Richtung zauberte ihm ein Schmunzeln ins Gesicht, diese Frau war ein Naturtalent. Nie zuvor hatte sie auf dem Rücken eines Pferdes gesessen. Ein paar kurze Anweisungen zu Beginn ihrer Reise, und sie wirkte, als habe sie nie

etwas anderes getan. Mehrfach musste er sie ermahnen, nicht übermütig zu werden. Der Hengst war an dem stetig langsamen Ritt nicht gewöhnt und beschwerte sich schnaubend. Nala sah aus, als täte sie nichts lieber, als dem Tier seinen Wunsch zu erfüllen und im wilden Ritt über die Felder zu galoppieren.
Der neue Morgen wirkte so friedlich. Die Strahlen der aufgegangenen Sonne wärmten ihre Gesichter. Der Wald zu ihrer Linken erwachte mit all seinen Geräuschen zu neuem Leben. Raubvögel zogen hoch über ihren Köpfen ihre Kreise.
Nachdenklich starrte er gen Himmel. Wie würde sein Bruder reagieren? Nach dem vergangenen Streit vermochte er, die Lage nicht recht einzuschätzen. Sicher würde er nicht erwarteten, ihn so schnell wiederzusehen. David würde mit Sicherheit die Ansicht vertreten, *er käme angekrochen*. Schnaubend verzog er das Gesicht zu einer Grimasse. Dann sollte er halt so denken, hier ging es nicht um ihn. Er brauchte Davids Hilfe, aber er brauchte sie nicht für sich. Trotz aller Differenzen, die sie zurzeit hatten, konnte er sich immer auf seinen Bruder verlassen. Ein Anflug von Schwermut überfiel ihn. Nach all den furchtbaren Ereignissen wünschte er sich, ihr Verhältnis wäre noch wie früher, wo er sich seinem Bruder anvertrauen konnte und dieser ihn tröstend in den Arm genommen hatte. Er musste schlucken und kämpfte gegen die aufsteigenden Tränen in seinen Augen. Nie hätte er geglaubt, dass eine simple Umarmung ihm einmal so viel bedeuten könnte.
Verärgert, sich dieser Sentimentalität hingegeben zu haben, griff er nach der Wasserflasche und nahm einen kräftigen Schluck. Immerhin war da noch seine Mutter. Sie zumindest wäre entzückt, ihn zu sehen,

und würde sich mit Freude ihren neuen Hausgästen widmen.
Völlig entkräftet erreichten sie das Bradley-Anwesen. Es roch nach frisch gemähtem Rasen und den unterschiedlichsten Blumen, Bienen surrten um sie herum auf der Suche nach köstlichem Nektar. Vor ihnen erschienen die hohen weißen Säulen des imposanten Herrenhauses, welches im typischen Greek-Revival-Stil erbaut worden war.
„Wo sind wir?", fragte Jillian verwirrt, die zu ihm aufgeschlossen hatte. Ramon wusste nicht, was er sagen sollte und druckste herum.
„Bei meinem Bruder."
„Du hast nicht gesagt, dass dein Bruder für einen so mächtigen Plantagenbesitzer arbeitet." Sie blickte hektisch und verstört in alle Richtungen. „Im Gegensatz zu den anderen Anwesen, die wir passiert haben, scheint dieses das Größte zu sein."
Ramon fühlte sich in die Enge getrieben, er wusste, dass er jetzt Farbe bekennen musste.
„Ja, es ist das größte in der Gegend", entgegnete er mit gesenktem Kopf, „aber mein Bruder ist hier nicht beschäftigt. Er ist der Besitzer dieser Plantage."
Schuldbewusst registrierte er, dass Jillian kreidebleich geworden war. Ihr entsetztes Schweigen kam ihm wie eine Ewigkeit vor.
„Was?" Es war nur ein Flüstern, aber in seinen Ohren hallte es wie ein Schrei.
„Mein wahrer Name ist Ramon Bradley. Ich wollte von meinem Bruder und seinem Geld unabhängig sein, deshalb dieses … ähm … Versteckspiel." Er konnte sie nicht ansehen.
„Du hast uns die ganze Zeit belogen?", fuhr Jillian wütend auf.

„Nein! Alles, was ich über meine Familie erzählt habe, ist wahr." Er wollte nach ihrer Hand greifen, doch sie entzog sie ihm schnaubend.
„Sag mir eines Ramon Black oder Ramon Bradley, wie immer du heißen magst … Wusste mein Bruder davon? Wusste er es?" Noch nie hatte er Jillian so aufgebracht und zornig erlebt.
„Ich wollte es ihm an dem Abend sagen …" Beschämt blickte er zur Seite.
„Ich hasse dich, Ramon Bradley! Wie konntest du uns so belügen? Hat es dir Spaß gemacht? Hat es dich amüsiert, das Leben eines einfachen Bürgers zu mimen und in unserer bescheidenden Hütte zu speisen, wo du doch Besseres gewöhnt bist?"
Sie hatte alles Recht, auf ihn wütend zu sein, aber ihr Vorwurf ging ihm zu weit. Sein aufkommender Ärger verdrängte sein Schuldgefühl.
„Sarah, komm zu mir. Wir reiten zurück", trotzig reckte sie das Kinn. Ramon sah auf Sarah und hatte das Gefühl, dass wenigstens die Kleine das Ganze aufregend fand und mit großen, staunenden Augen die Umgebung in sich aufnahm. Nalas Blick hingegen zeugte von nackter Angst. Ihre Fingerknöchel traten hell hervor, so fest umklammerte sie die Zügel. Nervös kaute sie an ihrer Unterlippe und beobachtete einige Sklaven, die in der Nähe des Hauses ihre Arbeit taten. An sie hatte er überhaupt nicht gedacht. Für sie musste dieser Anblick am schwersten zu ertragen sein. Jillians wiederholte, fast kreischende Aufforderung an Sarah brachte seine Gedanken wieder auf den Punkt. Sarah rührte sich nicht. Hilflos, beinahe flehend sah sie zu ihm auf. Sie hatte die ganze Zeit noch kein einziges Wort gesprochen.

„Verdammt, Jillian, werde jetzt bitte nicht hysterisch!" Sein Ton wurde schärfer. „Ich bin müde, durstig und hungrig und ich brauche dringend ein Bad! Also lass uns hineineingehen.
Ende der Diskussion!" Er trieb sein Pferd vorwärts, ungeachtet ihrer Proteste hinter ihm. Sie konnte nicht abhauen, er hatte schließlich Sarah.
Seine Mutter enttäuschte ihn nicht. Sie veranlasste unverzüglich, dass die drei mit allem Notwendigen bestens versorgt wurden. Sie zeigte sich vom furchtbaren Schicksal ihrer Gäste emotional sehr betroffen. Endlich gestattete er sich aufzuatmen. Die Anspannung fiel langsam von ihm ab. Er bemerkte erst jetzt, wie erschöpft und fertig er war. Sein Bruder war nicht im Haus. David hatte einen Geschäftstermin in der Nähe von Hattisburg und wurde frühestens gegen Abend des nächsten Tages zurückerwartet. Ramon wusste nicht, ob er froh darüber sein sollte, seinem Bruder nicht zu begegnen, oder ob es ihn enttäuschte. Es war eine seltsame Mischung aus beidem.
Trotz seiner Erschöpfung fand er lange keinen Schlaf. Immer wieder tauchten Bilder des furchtbaren Brandes auf, sobald er die Augen schloss. Wie hatte das passieren können?
Aber noch mehr bewegte ihn die Frage: Was hatte Joe ihm so Wichtiges sagen wollen? Hing das alles irgendwie zusammen?
Bewusst hatte er Jillian verschwiegen, was er an dem Abend Schockierendes entdeckt hatte. Das wäre zu viel gewesen, das hätte sie nicht verkraftet. Zudem war ihm nicht klar, ob Jillian überhaupt gewusst hatte, dass ihr Bruder in Schwierigkeiten steckte. Wie er Joe kannte, hätte er nicht zugelassen, dass sie sich ängstigte. „Von unserem Gespräch, kein Wort zu Jillian",

hatte Joe gesagt und der Satz „Ich musste sie doch schützen" hallte in seinem Kopf wider.
Schützen, wovor?
Er ärgerte sich, dass er nicht darauf bestanden hatte, dass Joe ihm sofort alles erzählte. Aber wer hätte ahnen können, dass er keine Gelegenheit mehr dazu haben würde?
Warum musste Joe sterben? Er würde es herausbekommen!

***

Verärgert ritt David Bradley des Weges. Er hatte nichts erreicht. Warum war er überhaupt nach Hattisburg geritten? Er hätte das Geschäft genauso gut mit Mr. Roberts abwickeln können, auch wenn das weniger Einnahmen bedeutet hätte. Warum war er nur so versessen darauf, immer das Höchstmögliche zu erzielen? Das hatte er nicht nötig. Er war ehrgeizig, das hatte ihn weit gebracht. Seine Geschäftspartner fürchteten ihn. Früher hatte ihn dieser Ehrgeiz befriedigt und stolz gemacht, schließlich hatte er seinem Vater ein Versprechen gegeben. Sicher wäre Vater heute stolz auf ihn, er hatte alles erreicht, und die Plantage florierte prächtig. Aber glücklich machte ihn dieser Umstand schon lange nicht mehr.
Er funktionierte, tat, was getan werden musste. Aber immer öfter stellte er sich die Frage, wofür das alles? Er hatte sehr jung nach Vaters Tod die Plantage übernommen. Hatte sich um die Erziehung und das Studium seines kleinen Bruders gekümmert und um Mutter, die nach dem Tod ihres Mannes nicht mehr sie selbst gewesen war.

Er wurde gebraucht, trug große Verantwortung, hatte Ziele. Was ist davon übrig geblieben?
Mutter war genesen und erfreute sich bester Gesundheit. Ramon war erwachsen, lebte sein eigenes Leben und genoss die Vorzüge, die es zu bieten hatte.
Und was war mit ihm? Er ist zu einer Randfigur geworden, ist dort angelangt, wo er niemals sein wollte.
„Wann lebst du"?, hatte Ramon ihn gefragt ...
Ramon hatte keine Ahnung, wie sehr ihn diese Frage verletzt hatte. Er beneidete Ramon, der unbeschwert die Freuden des Lebens genießen konnte. Die einzige Freude, die ihm geblieben war, hießen Rum, Wodka oder Brandy. Auch heute hatte er sich wieder gut derer bedient.
Sie halfen ihm zu vergessen, wenigstens für einen Moment.
Selbst die Damenwelt konnte ihn nicht mehr erfreuen. Er war fünfunddreißig und galt als ausgesprochen attraktiv, hatte einen staatlichen, trainierten Körperbau und volles, dunkles Haar. Er wurde als der begehrteste Junggeselle gehandelt. Es war fast unmöglich, ohne Aufsehen zu erregen, einen Ball zu besuchen oder an öffentlichen Veranstaltungen teilzunehmen.
Sofort scharten sich die Damen um ihn. Ehrgeizige Mütter schmeichelten sich ein und versuchten, ihre Töchter bestmöglich zu verheiraten.
Zugegeben, es waren jedes Mal recht attraktive Damen zugegen gewesen. Damen, bei denen er durchaus hätte schwach werden können, doch er wusste sehr wohl, dass es nicht um ihn ging. Sie alle sahen lediglich das Vermögen, das er besaß – er als Person zählte nicht.
Deshalb hielt er sich in der Regel von Bällen, Einladungen und ähnlichen gesellschaftlichen Dingen fern.

Er würde nicht noch einmal den Fehler begehen, sich von der Schönheit einer Frau blenden zu lassen. Das Kapitel seines Lebens lag hinter ihm.
Nichtsdestotrotz hatte ein Mann gewisse Bedürfnisse, deren er sich nicht entziehen konnte. Seine langjährige Mätresse Belinda langweilte ihn schon seit geraumer Zeit. Nur der Höflichkeit halber ließ er sie weiterhin in seinem für sie gekauften Stadthaus wohnen. Er wusste, dass sie dort auch andere Herren empfing. Sie ahnte vermutlich schon das Ende ihrer Liaison. Sie war für ihn lediglich noch eine gute Freundin. Zwei Stunden zuvor hatte er sie besucht, aber zu mehr als zu einer herzlichen Umarmung kam es nicht. Jetzt verfluchte er sich dafür. Er hätte sie nehmen sollen, vielleicht würde er sich dann besser fühlen.
Der Ritt an der frischen Luft ließ seinen Alkoholspiegel offenbar sinken und seinen Schmerz wieder an die Oberfläche dringen. Lautlos fluchte er vor sich hin.
Die Sonne war schon untergegangen, als er schließlich sein Anwesen erreichte. Mutter hat sich bestimmt schon schlafen gelegt. Er war allein mit seinen trüben Gedanken, darum steuerte er geradewegs sein Arbeitszimmer an und genehmigte sich einen Brandy.
Geistesabwesend starrte er in die braune Flüssigkeit. Alles war mucksmäuschenstill, manchmal war diese Ruhe zermürbend.
Nicht gerade förderlich für seine ohnehin depressive Laune.
Mit einem abgrundtiefen Stöhnen verließ er das Arbeitszimmer und trat in den Korridor hinaus. Plötzlich stand ihm eine unbekannte Frau gegenüber. Um diese Uhrzeit hatte er nicht erwartet, jemandem zu begegnen, was sein desolates Äußeres bekräftigte. Ganz davon ab, dass Mutter ihm nicht erzählt hatte, dass sie

Gäste erwartete. Sie schien ebenso erschrocken wie er. Sie war nur in einem hellen cremefarbenen Morgenmantel gehüllt. Das dunkle, lockige Haar fiel ihr wie Seide den Rücken hinunter. Keine Frage, wer immer sie war, sie sah atemberaubend aus.

„Verzeihung, Sie müssen Mr. David Bradley sein. Mein Name ist Jillian Preston. Ihr Bruder Ramon hat mich vorübergehend hier untergebracht", erklärte sie stockend und blickte ihn noch immer mit großen Augen an.

„Mein Bruder also ..." Er zog überrascht die Augenbrauen hoch und musterte sie ungeniert von Kopf bis Fuß, während er sich wie ein Raubtier langsam näherte. Brachte Ramon jetzt seine Gespielinnen mit nach Hause? Hierher? Das ging wirklich zu weit. Was dachte er sich dabei?

Es war wohl seinem Alkoholkonsum zuzuschreiben, dass er sich nicht wie ein Gentleman benahm. Ihre Gesichtsfarbe war deutlich dunkler geworden, und ihre Brust hob und senkte sich hastig während ihrer schnellen Atemzüge. Ein zarter Hauch von Rosenduft schwebte ihm entgegen. Sein Körper reagierte sofort und heftig auf diese betörende Frau. Wer war sie? Er hatte Ramon einen anderen Geschmack zugetraut, sie war in jedem Falle älter als er. Vielleicht stand er auf reife und erfahrene Frauen? Wenn er ehrlich war, kannte er den Geschmack seines Bruders nicht. Wusste nicht, mit welchen Damen er sich vorzugsweise amüsierte. Sie war bis an die weiß getünchte Wand hinter ihr zurückgewichen. Er war mittlerweile so nah, dass er seine Hand neben ihrem Kopf an der Wand abstützen konnte. Ihre Augen trafen sich, sie hatte wunderschöne, hellbraune, klare Augen. Sie spiegelten Verwunderung, aber auch etwas Geheimnisvolles und eine Spur von Faszination wider.

Sein Verstand setzte aus. Mit der freien Hand umfasste er ihre Taille und zog sie eng an sich. Mit der anderen umfasste er ihren Nacken, während seine Lippen die ihren fanden. Anfangs sträubte sie sich, versuchte, sich gegen seine Brust zu stemmen, um ihn fortzustoßen. Dann gab sie ihren Widerstand auf und lag wie eine Göttin in seinen Armen.

Er vertiefte den Kuss, sie fühlte sich gut an. So aufregend hatte er schon lange keinen Kuss mehr empfunden, er stand in Flammen. Obwohl ihm nicht entgangen war, dass sie überrascht reagiert hatte, als er mit seiner Zunge ihre Lippen geteilte hatte. Fast, als wäre sie noch nie auf diese Weise geküsst worden. Aber das war kaum möglich, sie war zweifelsohne eine reife Frau. Am liebsten hätte er sie auf seine Arme genommen und sie unverzüglich in seine Schlafkammer getragen. Er vergrub seine Hand in ihrem Haar und stöhnte in ihrem Mund. Erotische Bilder und wilde Fantasien spielten sich in seinem Kopf ab.

Er beendete den Kuss und blickte in ihre wunderschönen Augen, die einen verträumten Ausdruck angenommen hatten. Gerade, als er zu einem erneuten Kuss ansetzen wollte, stieß sie ihn heftig von sich. Zu überraschend für ihn. Er hatte es nicht kommen sehen, vernahm nur das laute Klatschen ihrer Hand auf seiner Wange.

„Was erlauben Sie sich, Mr. Bradley?", fuhr sie ihn erbost an. „Tun Sie das nie wieder, oder ich schwöre Ihnen, beim nächsten Mal wird es nicht bei einer Ohrfeige bleiben." Von ihrer Sklavin Nala wusste sie, dass ein Tritt ins Gemächt eines Mannes den stärksten Kerl außer Gefecht setzen konnte.

David brauchte einen Moment, um sich seiner Situation klar zu werden. Verdutzt rieb er sich die brennende Gesichtshälfte.

„Ver... Verzeihung ... Miss ... ähm ...", stammelte er immer noch irritiert. *Temperament hatte sie jedenfalls.* Niemals zuvor hatte ihn eine Frau geohrfeigt, weil er sie geküsst hatte.

„Ihr Bruder hat mich schon vor Ihnen gewarnt", erklärte sie wütend und zupfte hektisch ihren Morgenmantel zurecht. David zog überrascht die Augenbrauen hoch.

„Was hat denn Ramon über mich erzählt?", hakte er neugierig nach. Sie hielt in ihrer Bewegung inne und sah ihn an.

„Na, ähm ... dass Sie bisweilen ein wenig eigensinnig sind."

David musste lachen. Eigensinnig, ja, das mochte sogar stimmen. Ungewollt fiel sein Blick auf ihre geschwollenen Lippen, die er eben so innig geküsst hatte. Eine leichte Röte hatte ihr Gesicht überzogen. Sie mied es, ihn anzusehen. Mit dem Handrücken fuhr sie über ihren Mund, als könne sie die Spuren seines Kusses auslöschen.

„Aber er sagte auch, dass Sie im Grunde ein gutes Herz hätten." Sie straffte sich und blickte ihn geradewegs an. „Ich hoffe für ihn, dass er sich in diesem Punkt nicht geirrt hat."

Er runzelte die Stirn, doch eher er etwas erwidern konnte, schleuderte sie ihm ein „Gute Nacht, Mr. Bradley" entgegen und ließ ihn stehen. Lange starrte er den leeren Gang entlang. Er vernahm ihre schnellen Schritte auf der Treppe. Er schloss kurz die Augen und atmete tief durch. Was in Gottes Namen hatte er getan? War er von allen guten Geistern verlassen?

Wie hatte er so die Kontrolle über sich verlieren können?
Wenn Ramon von dem Zwischenfall erfahren würde, wäre er geliefert. Sein Bruder würde nie wieder ein Wort mit ihm reden. Er stöhnte und fluchte innerlich. Ihr Verhältnis war ohnehin angespannt genug.
Er schlief an dem Morgen ungewohnt lang und verpasste das Frühstück. Seiner Mutter begegnete er im Korridor vor dem Wäschelager. Sie belud die ausgestreckten Arme zweier Sklavinnen mit blütenweißer Tischwäsche und erteilte letzte Anweisungen.
„Guten Morgen", begrüßte sie ihn fröhlich. „Wie schade, dass du uns beim Frühstück keine Gesellschaft leisten konntest. Ich hätte dich gern unseren Gästen vorgestellt."
„Unseren Gästen?" Er tat ahnungslos, obwohl es ihn verblüffte, dass sie in der Mehrzahl gesprochen hatte. Die Sklavinnen huschten schwer bepackt an ihm vorbei.
„Ja, Mrs. Jillian Preston und ihre reizende kleine Tochter Sarah, begleitet von deren Sklavin. Ach, es ist ein schreckliches Unglück, einfach ganz furchtbar." Sie schüttelte ergriffen den Kopf. „Das hat kein Mensch verdient. Ramon war ebenfalls vollkommen fertig, so hab ich den Jungen noch nie erlebt." Sie gab ein lang gezogenes Stöhnen von sich.
David hingegen war verwirrt. „Mutter, ich habe keine Ahnung, wovon du sprichst …"
Geistesabwesend sah sie zu ihm auf. „Ach, entschuldige", hauchte sie, als würde ihr jetzt erst klar werden, dass er *natürlich* von nichts wissen konnte.
„Lass uns in den Salon gehen", schlug sie vor und wandte sich zum Gehen. „Jeanna, wir nehmen einen

Tee im Salon", veranlasste sie auf dem Wege. Die Sklavin knickste artig.
Was er dann im Salon erfuhr, machte ihn sprachlos. Derartiges hatte er nicht erwartet.
„Ich werde mich mit Ramon unterhalten", erklärte er bestürzt.
„Ramon ist schon fort."
„Wie, fort? Was soll das heißen?" Überrascht hob er den Kopf und starrte sie an.
„Er war nicht zu halten gewesen. Er will unbedingt herausfinden, wie das geschehen konnte. Sie müssen wirklich gute Freunde gewesen sein, dass ihm sein Tod so nahegegangen ist. Ich bin nur froh, dass Ramon nichts passiert ist, nicht auszudenken." Sie betupfte mit einem kleinen weißen Spitzentüchlein die Augenränder. David schwieg und stierte versunken auf den dicken, rotgemusterten Wollteppich zu seinen Füßen, während sein Hirn ihre Worte in Bilder umwandelte. Die Erinnerung an den gestrigen Abend versuchte er auszublenden, was ihm nicht völlig gelang. Seine Scham wuchs, er hatte sich unmöglich benommen. Er hatte ja nicht ahnen können …
Selbstverständlich würde er alles tun, damit es den unfreiwilligen Gästen an nichts fehlte. Gleichzeitig grübelte er. Der Name Preston war ihm nicht bekannt, und er kannte mindestens die Hälfte aller Plantagenbesitzer in Mississippi – zumindest vom Namen her.
Er steuerte sein Arbeitszimmer an und nahm in dem breiten Ledersessel am Schreibtisch Platz. Vor ihm lagen ausgebreitete Rechnungsbücher vom Vortag, aber er konnte sich nicht darauf konzentrieren. Immer wieder tauchte das Bild dieser Jillian vor seinen Augen auf. Die Erinnerung an den leidenschaftlichen Kuss ließ ihn nicht los und machte ihn nervös. Unru-

hig ging er hinter dem Schreibtisch auf und ab und fuhr sich mit der Hand stöhnend mehrfach übers Gesicht und durch sein Haar.
Was sollte diese Frau nur von ihm denken? Entschlossen verließ er das Arbeitszimmer und machte sich auf die Suche. Vom Eckfenster des oberen Ganges entdeckte er Mrs. Preston auf einer Bank sitzend im geliebten Rosengarten seiner Mutter. Zu ihren Füßen hockte ein kleines Mädchen, welches mit ein paar weißen Steinchen aus dem Kiesweg spielte. Er konnte nicht anders, als sie eine Weile von seinem Standort aus zu beobachten. Ihr Haar war hochgesteckt, und sie trug ein Kleid, das ihm recht bekannt vorkam. Zweifelsohne handelte es sich um ein ausrangiertes Kleid seiner Mutter. Die beiden Frauen waren zwar von gleicher Größe, aber seine Mutter war natürlich über die Jahre ein wenig fülliger geworden, sodass es kaum angemessen sitzen konnte. Er musste schlucken. Wie demütigend musste es sich anfühlen, die Kleider anderer Leute zu tragen? Er empfand tiefes Mitleid.
Eine Sklavin setzte sich neben Mrs. Preston und legte den Arm um sie. Das musste die besagte Nala sein, mutmaßte er. Selbst aus dieser Entfernung entging ihm nicht die Traurigkeit, die sich in den Gesichtern der Frauen widerspiegelte. Er zog verwundert die Stirn in Falten. Nala war eine hübsche Mulattin und schien ihrer Herrin wahrhaft treu ergeben. Eine solche vertrauliche Berührung von einer Sklavin war für gewöhnlich undenkbar, fast schon skandalös.
Jillian Preston hielt den Kopf gesenkt und nickte zustimmend zu etwas, was die Sklavin ihr erzählte. Auf der unteren Etage hörte er seine Mutter mit den Haussklaven reden. Als deren Stimmen langsam leiser

wurden, straffte sich David und schritt mit zügigen Schritten die Stufen hinunter.

„Mrs. Preston, kann ich Sie einen Augenblick sprechen?" Die beiden Frauen fuhren wie von einer Tarantel gestochen hoch. Die Sklavin trat ehrfürchtig einige Schritte zur Seite, und das kleine Mädchen blickte mit weit aufgerissenen Augen zu ihm auf. Er schenkte ihr ein kleines Lächeln, verbunden mit einem Zwinkern, bevor er sein Augenmerk auf ihre Mutter richtete.

„Allein, wenn Sie kurz gestatten."

„Sarah, geh bitte mit Nala hinein. Ich komme gleich nach", richtete sie das Wort an ihre Tochter. Diese erhob sich brav, sah jedoch verwundert zwischen ihnen hin und her.

Er hoffte, die Kleine nicht erschreckt zu haben, und nickte ihr daher noch einmal lächelnd und aufmunternd zu.

„Mrs. Preston", begann er zögerlich, nachdem sie allein waren. „Wir hatten ja bereits das kurze Vergnügen, einander zu begegnen …" Er bemerkte, dass sie sich unverzüglich versteifte, und konnte sich ein kleines, schiefes Grinsen nicht verkneifen, wurde aber sogleich wieder ernst.

„Mrs. Preston, bitte verzeihen Sie mein ungehobeltes Benehmen vom gestrigen Abend. Ich versichere Ihnen, so etwas wird nicht wieder vorkommen. Es tut mir außerordentlich leid. Und ich …"

„Sie waren betrunken", unterbrach sie ihn und sah ihn selbstbewusst an. „In dem Zustand scheint es normal zu sein, dass sich ein Mann schamlos und flegelhaft aufführt." Er hatte Mühe, sie nach dieser Bemerkung nicht mit offenem Mund anzustarren. Diese Frau war wahrhaft für eine Überraschung gut. Er überspielte sein Erstaunen geschickt mit einem Räuspern.

„Nicht so betrunken, als dass ich vergessen hätte, dass wir uns geküsst haben", setzte er leiser hinzu. Mit ihrem Erröten hatte er den Vorteil wieder auf seiner Seite.

„Nicht wir haben uns geküsst, sondern Sie mich, Mr. Bradley!", stellte sie empört klar.

„Wie dem auch sei, Mrs. Preston ..." Schmunzelnd betrachtete er ihr wechselndes Mienenspiel. Ihre Röte hatte sich weiter ausgebreitet. Sie vermied es, ihn anzusehen.

Das bronzefarbene Kleid hing an den Schultern formlos, während man die Taillenweite gekonnt mit einem schwarzen Seidenschal und rückwärts gebundener Schleife kaschiert hatte. Unter dem recht hochgeschlossenen Kleid zeichneten sich wohlgeformte Brüste ab. Unweigerlich erinnerte er sich daran, wie er sie in den Armen gehalten hatte, wie ihr Busen gegen seine muskulöse Brust gedrückt wurde und wie wundervoll zart und weich sie sich angefühlt hatte.

Über seine eigenen Gedanken schockiert, kämpfte er die Erinnerung nieder und brachte stattdessen in aller Form sein Beileid zum Tode ihres Bruders zum Ausdruck.

Gern hätte er mehr über die genauen Umstände erfahren als das Wenige, das seine Mutter ihm berichtet hatte. Im Augenblick aber wagte er nicht, sie zu sehr zu drängen. Zudem erschien wenige Augenblicke später eine Sklavin, die ausrichten ließ, dass Mutter Mrs. Preston im Salon erwarte. Die Kleider für Sarah waren eingetroffen.

Seufzend blickte er ihr nach. Eine Frau wie Jillian Preston war ihm nie zuvor begegnet. Er war froh und stolz, dass seine Mutter sich überaus fürsorglich um sämtliche Belange kümmerte. So hatte sie bereits kurz

nach Sonnenaufgang einen Boten mit einem Brief zur Plantage der Familie Herold geschickt, mit der Bitte um einige Teile nicht mehr benötigter Kinderkleidung. Die Herolds hatten neben zwei älteren Jungen eine Tochter von knapp sieben Jahren.
Die Familien Bradley und Herold waren seit Generationen eng befreundet.
Die alte Mrs. Herold, ebenfalls verwitwet, und seine Mutter trafen sich mindestens einmal pro Woche bei irgendeiner Teegesellschaft oder in lockerer Runde bei einem Kartenspiel. Der älteste Sohn war im selben Alter wie er, aber im Gegensatz zu ihm dreifacher Vater.
Der tief vergrabene Schmerz und die dunklen Dämonen, gegen die er stets zu kämpfen hatte, drohten wieder, an die Oberfläche zu dringen. Er presste die Lippen fest aufeinander und atmete zittrig durch die Nase aus. Drei Wochen vor dem Tod seiner schwangeren Ehefrau Susanna war bei den Herolds der Stammhalter geboren worden.
Lange hatte er nicht mehr an das Unglück gedacht, hatte versucht, die Vergangenheit zu vergessen. Kein einziger Mensch kannte die ganze Wahrheit. Niemand wusste von der Schuld, die er auf sich geladen hatte. Niemand – nicht einmal seine Mutter.
Er schüttelte sich, als könnte er so die Erinnerung vertreiben.
Später beim Mittagsmahl erfuhr er, was seine Mutter bereits organisiert hatte. Von Familie Herold war eine ganze Truhe mit Kleidung für Sarah geliefert worden. Dazu von Miranda Herold mehrere Schals, Hüte und andere Utensilien für Damen. Gern hätte sie auch einige ihrer Kleider gestiftet, aber das wäre problematisch, da Miranda um einiges kleiner war als Jillian.

Aber Rowina Bradley hatte ihren Sklavinnen bereits Anweisungen zum Ändern einiger ihrer eigenen Kleidungsstücke gegeben. David schwieg den überwiegenden Teil der Mahlzeit und gab nur ab und zu einen Kommentar von sich. Mutter war in ihrem Element.
Mit Bewunderung nahm er zur Kenntnis, wie unangenehm Jillian der Aufwand um sie herum zu sein schien. Sie sah es nicht als Selbstverständlichkeit an, dem zollte er großen Respekt.
Dadurch, dass er sich kaum am Gespräch beteiligte, hatte er mehr Gelegenheit zur Beobachtung. Ihm gegenüber saß die kleine Sarah, die abwesend in ihrem Essen herumstocherte, als nähme sie gar nicht auf, was um sie herum geschah. Für eine Fünfjährige war sie unnatürlich still.
Ob sie überhaupt verstand, was geschehen war? Sie war ein hübsches Mädchen, ihr langes Haar hatte die gleiche Farbe wie das ihrer Mutter. Ein cremefarbenes Band mit breiter Schleife und herunterhängenden Schleifenbändern zierte ihren Hinterkopf.
Sicher vermisste sie ihr Zuhause. Ein heller abgenutzter Stoffhase mit langen Schlappohren lag, etwas abseits von ihrem Teller, auf dem Tisch.
Auch Jillian, wie er sie gedanklich bereits nannte, bemerkte die Appetitlosigkeit ihrer Tochter und versuchte, sie mit dem Nachtisch zu ködern. Sarah schüttelte den Kopf, ohne dabei aufzusehen. Alle Kinder mochten doch Schokopudding ...
An dem sorgenvollen Blick, den die beiden Frauen sich zuwarfen, erkannte er, dass das Verhalten des Mädchens keinesfalls der Regel entsprach.
„Vielleicht sollte ich doch nach unserem lieben Doktor Vaughan schicken?", bot sich Rowina fast flüsternd an und tätschelte Jillians Hand. Jillian zwinkerte

heftig bei dem Versuch, die aufgestiegenen Tränen zurückzuhalten.
Mit einem bewegten Seufzer legte David seine Serviette zur Seite und sprach sie an.
„Sarah?" Überrascht sah sie auf. „Sarah, hast du Lust, mich zu den Stallungen zu begleiten? Wir haben drei kleine Fohlen, das eine ist nur wenige Tage alt. Möchtest du sie sehen?" Ihm entging nicht, dass ihre Augen vor Erstaunen größer wurden. Stumm fragend blickte sie ihre Mutter an, die ein verkrampftes Lächeln zustande brachte. Sarah sah wieder zu ihm und nickte so heftig, dass ihr Haarschopf zu wippen begann.
„Na, dann lass uns gehen." Er erhob sich, und auch Sarah rutschte flugs von ihrem Stuhl. Sein Blick traf Jillians, die ihn mit einem eigenartigen Ausdruck in den Augen anschaute. Etwas, was ihn tief berührte, ohne dass er den Grund erklären konnte.
Sarah hatte die Tür vom Speisezimmer erreicht, kehrte aber noch einmal um, um ihren Hasen zu holen. David wartete und reichte ihr die Hand, als sie mit dem Kuscheltier im Arm zurückkehrte. Ein wenig unsicher ergriff sie diese.
Er konnte die Spannung im Speisezimmer nicht länger ertragen. Das Kind tat ihm unheimlich leid. Er hoffte, sie mit dem Besuch bei den Fohlen aufzuheitern.
Um zu den Fohlen zu gelangen, mussten sie den gesamten Pferdestall durchqueren. Die dort beschäftigen Sklaven beäugten sie verwundert und misstrauisch. Interessiert bestaunte Sarah die vielen Pferde, die dort untergebracht waren. Kurzerhand hob er sie auf den Arm, damit sie sie streicheln konnte. Zufrieden registrierte er, dass sich ihre Gesichtszüge positiv veränderten.

„Bill, gib mir ein paar von den Möhren", wies er den Sklaven an, der am dichtesten stand.

Der Angesprochene eilte, um den Wunsch seines Herrn zu erfüllen.

„Hier, das mögen sie besonders gern." Er reichte sie an Sarah weiter. So kamen einige Tiere in den Genuss einer Extraleckerei. Nur langsam näherten sie sich auf diese Weise ihrem eigentlichen Ziel. Dann stockte Sarah, und alle Gelassenheit fiel mit einem Male von ihr ab. Zu spät hatte er darüber nachgedacht, dass auch die Preston-Tiere dort untergebracht waren. Nun standen sie dem großen schwarzen Hengst gegenüber.

Natürlich hatte sie das Pferd sofort erkannt, obwohl es nicht das einzige schwarze Pferd in seinem Stall war.

„Oh, ihm geht es gut", versuchte er, die Situation vergnüglich zu retten. „Er freut sich bestimmt, dich zu sehen." Sarah hatte sich steif gemacht und starrte das Tier an, als hätte sie einen Geist gesehen. Kemal erschien zu seiner Linken und reichte ihm wortlos eine weitere Handvoll Möhren. Mit einem Nicken bedankte sich David bei dem aufmerksamen Sklaven.

Als Sarah nicht reagierte, hielt er dem Hengst selbst eine Möhre entgegen. Das Tier schnappte gierig danach. Als David Anstalten machte, ihm die zweite Möhre zu geben, besann sie sich. Sarah nahm sie ihm aus der Hand, um sie dem Hengst zu geben. Danach beugte sie sich vornüber und umarmte den Kopf des Pferdes, das sich prustend dazu äußerte. Die letzte Möhre bekam die alte Stute Missy. Dann endlich waren sie bei den Jungtieren angekommen. David plauderte locker über alles, was ihm einfiel. Er spürte, dass sie ihm zuhörte, aber auf eine Reaktion von ihr wartete er vergebens.

***

„Was weißt du über diese Frau?", wollte er des Abends von seiner Mutter wissen. Er hatte sie extra aus dem Grunde in ihrem Schafzimmer aufgesucht.
„Warum fragst du?" Verwundert blickte sie ihn im großen Frisierspiegel an, während sie mit lang gezogenen Bewegungen ihr Haar bürstete.
„Sie erzählte uns vorhin: Sie und ihr Gatte hätten eine mittelgroße Plantage gehabt. Es gibt keine Plantage, deren Eigentümer Preston heißen. Weder in Brookhaven noch auf der Strecke Richtung Columbia. Irgendetwas stimmt nicht, sie hat uns angelogen."
„Na, hör mal David. Warum ist das so wichtig?", beschwerte sich Rowina Bradley. Sie legte ihre Bürste beiseite und drehte sich auf dem Stuhl zu ihrem Sohn herum. „Ich finde sie außerordentlich liebenswürdig. Sie haben einen schweren Verlust erlitten und brauchen Hilfe. Warum machst du so ein Drama daraus? Deine Fragerei beim Abendessen war peinlich genug. Du hast die arme Jillian ziemlich in Verlegenheit gebracht."
„Ja, mag sein", wehrte David rasch ab, der noch am selben Fleck stand und die Hände im Rücken kreuzte. „Hat Ramon noch etwas gesagt, was du vergessen hast, mir zu erzählen?", hakte er weiter nach.
Rowina erhob sich abrupt und griff leicht verärgert nach einer gestrickten Jacke, die über dem Paravent hing.
„Worum geht es dir wirklich, David?"
David antwortete nicht sofort, nachdenklich fuhr er mit der Hand mehrfach übers Gesicht.

„Es passt so vieles nicht zusammen. Warum lebt eine Frau mit ihrem Kind bei ihrem Bruder und nicht bei ihrem Ehemann?"
„Sie hat doch gesagt, dass sie Witwe ist", warf Rowina ein. Verständnislos sah sie ihn an.
„Ich weiß. Warum ist sie nicht auf der Plantage ihres verstorbenen Gatten geblieben?"
„Nun ja, dafür kann es viele Erklärungen geben. Fakt ist, dass es uns nichts angeht. Das ist ihre ganz persönliche Angelegenheit. Sie wird bestimmt ihre Gründe gehabt haben. Vielleicht war sie dort nicht glücklich, oder sie hatte Heimweh, oder …"
„Sie hat ein Kind, Mutter!", unterbrach er ihre Ideen. „Dieses Zuhause war auch Sarahs Zuhause. Findest du es nicht ungewöhnlich? Jetzt, wo sie nicht mal ein Dach über dem Kopf besitzen?" Eindringlich sah er seine Mutter an.
„Ja, zugegeben, es ist schon ungewöhnlich", gab sie ernsthaft nachdenkend zu. „Wenn man in Betracht zieht, dass Jillian und Sarah immerhin das Vermögen des Verstorbenen zusteht…"
„Siehst du! Das wäre beispielsweise einer der Punkte."
„Aber andererseits", überlegte sie weiter, „wenn Vermögen da gewesen wäre, hätte sie es in Anspruch genommen. Insbesondere wenn sie vorhatte, ihr Heim nach dem Tod des Gatten zu verlassen. Dann wäre sie nicht gezwungen gewesen, bei ihrem Bruder unterzukommen."
Beide blickten einander stumm an.
„Mir tut sie zumindest leid", bekräftigte Rowina. „Ich helfe ihnen gern. Fest steht, dass sie viel durchgemacht haben und ich …"

„Ich bin dir sehr dankbar für alles, was du für sie tust", beeilte sich David zu sagen. „Ramon wusste schon, warum er sie hierher gebracht hat."

Rowina schmunzelte bei den Worten und winkte verlegen ab. „Übrigens, es war ganz reizend, wie du dich heute um die kleine Sarah gekümmert hast. Ich denke, es hat der Kleinen bestimmt gefallen, die Fohlen zu besuchen." Stolz schwang in ihrer Stimme.

„Sie kam mir so still und verloren vor. Es war ein spontaner Gedanke."

„Still, ja …" Das Lächeln in ihrem Gesicht erlosch und wich einem besorgten Ausdruck. „Jillian hat mir erzählt, dass ihre Tochter ein recht lebhaftes Kind sei, aber seit dem Brand habe sie kein einziges Wort mehr gesprochen. Das arme Kind."

„Hm", machte David. „Wer weiß, wie viel sie mit ansehen musste?"

„Das ist ja das Merkwürdige an der Sache. Jillian hat sie sofort, nachdem sie das Feuer bemerkt hatten, mit Nala fortgeschickt. Die verzweifelte Löschaktion, die Bergung des Toten, das ganze Drama hat sie Gott sei Dank nicht mit ansehen müssen. Sie sind erst zurückgekommen, nachdem der Brand gelöscht war. Aber dafür bot sich ihr natürlich der schlimme Anblick ihres völlig zerstörten Hauses."

Ob dieses Bild sie so schockiert hat? Was weiß eine Fünfjährige, wie zerstörerisch ein Feuer wüten kann? Schweigend sahen beide zu Boden und hingen ihren Gedanken nach.

„Hat Ramon dir irgendwann mal etwas über diesen Joe erzählt? Wie hieß er mit Nachnamen? Woher kannten er und Ramon sich?", nahm er seine Fragerei wieder auf.

Rowina verdrehte die Augen. „Wozu willst du das wissen? Frag Ramon, wenn er zurück ist. Er wird dir mehr dazu sagen können. Aber hüte dich, der armen Jillian mit deiner Fragerei zu nahezutreten."
David beschloss ernüchtert, es vorerst dabei zu belassen, und wünschte eine gute Nacht. Er wusste selbst nicht, warum ihn das Thema so beschäftigte. Er wurde das Gefühl nicht los, dass Jillian Preston etwas Wesentliches verheimlichte. Es war so ein Gefühl, und bislang hatte er sich immer auf sein Gespür verlassen können.
Da es für seine Verhältnisse zu früh war, um sich schlafen zu legen, beschoss er, noch die letzten Eintragungen in die Rechnungsbücher vorzunehmen. Aus dem Gang, der vom Küchentrakt herüberführte, hörte er einige Sklavinnen schnattern und kichern. Sie hatten offenbar noch Vorbereitungen in der Küche getroffen und begaben sich nun in ihre kleinen Mansardenzimmer unter dem Dach, wo die weiblichen Hausklaven untergebracht waren.
Nachdem drei von ihnen den Quergang passiert hatten, ohne ihn zu bemerken, lugte er um die Ecke. Er entdeckte Nala, die ihnen mit etwas Abstand folgte. Sie schien in Gedanken versunken und zuckte zusammen, als sie ihn entdeckte. Er sah seine Gelegenheit.
„Nala", rief er sie. „Ich möchte gern mit dir reden. Lass uns in mein Arbeitszimmer gehen."
„Bitte, Mr. Bradley, es ist schon spät und ich …", wisperte sie erschrocken.
„Es wird nicht lange dauern", erwiderte er knapp und ging voraus. Er umrundete den Schreibtisch, klappte die geöffneten Rechnungsbücher zusammen und legte

sie zur Seite Sie blieb in der geöffneten Tür stehen. Verwundert sah er auf.

„Was ist los? Komm rein und mach die Tür zu." Während er noch ein paar Briefe in der oberen Schublade verstaute, hörte er das leise Klacken der Tür. Erneut blickte er auf, weil sie keine Anstalten machte, näherzutreten. Verblüfft hielt er mitten in der Bewegung inne.

Zitternd wie Espenlaub stand sie wenige Schritte von der Tür entfernt und blickte starr zu Boden. Tränen rannen über ihr Gesicht.

„Um Gottes willen, was ist denn passiert?" Er ließ den Brief achtlos auf den Schreibtisch fallen und ging auf sie zu.

„Bitte, Mr. Bradley, tun Sie das nicht. Bitte ..." Sie kniff die Augen fest zusammen.

Er war vollkommen irritiert. Was sollte er nicht tun? Dann traf es ihn wie ein Faustschlag. Er blieb abrupt stehen und starrte sie entgeistert an. Sie dachte tatsächlich, er wolle über sie herfallen? Er war so schockiert, dass er sekundenlang unfähig war zu reagieren. Fest kniff er die Augen zusammen, seine Lippen bildeten einen schmalen Strich. Unbewusst ballte er die Hand zur Faust und öffnete sie wieder. Nach einem heftigen Ausstoß seines Atems glaubte er, die Dinge wieder unter Kontrolle zu haben. Er bemühte sich, um einen sanften Tonfall.

„Ich möchte nur mit dir reden, über Sarah zum Beispiel." Abwartend betrachtete er sie. Nala öffnete vorsichtig ihre Augen und sah in scheu und ungläubig an.

„Ich wollte dich nicht erschrecken." Er wandte sich ab und schritt zu dem runden Rollwagen, auf dem die Karaffe mit dem Brandy stand. Großzügig goss er sich

ein. Nach dem Schrecken brauchte er dringend einen Drink. In seinem ganzen Leben hatte er sich noch niemals an einer Sklavin vergriffen. So etwas lag vollkommen außerhalb seiner Natur, aber woher sollte sie das wissen?
Seine Hand zitterte, als er das Glas ansetzte. Natürlich war ihm bekannt, dass es viele Herren gab, die ihre Macht ausnutzten und ihre Sklavinnen gegen ihren Willen zu Liebesdiensten zwangen. Für ihn unvorstellbar! Langsam kehrte er zu seinem Schreibtisch zurück und setzte sich. Nala hatte sich aufgerichtet, ihre Tränen waren versiegt. Sie stand da, den Blick zu Boden gerichtet, die Hände ineinander verschränkt und wartete. Er musterte sie von Kopf bis Fuß. Sie war eine hübsche Mulattin mit ebenmäßigen Gesichtszügen, einer kleinen Nase und wunderschön geschwungenen Augen, dazu eine perfekte Figur. Wie oft ihr dieses Aussehen wohl schon zum Verhängnis geworden war, fragte er sich insgeheim.
„Setz dich, Nala", bat er sanft und wies auf den Stuhl ihm gegenüber. Er konnte es nicht mehr mit ansehen, wie sie eingeschüchtert dastand und glaubte, einem Monster gegenüberzustehen. Er musste sich konzentrieren, um seinen Faden wiederzufinden – den Grund, warum er mit ihr hatte sprechen wollen.
„Erzähl mir von dem Abend, als das Feuer euer Heim vernichtet hat", bat er.
Erstaunt sah sie ihn an. „Das wissen Sie doch schon alles, Mr. Bradley." Ihre Stimme vibrierte noch leicht.
„Was war davor? Wo wart ihr?"
Nala dachte nach. „Ich war in der Küche mit dem Abwasch beschäftigt. Mrs. Jillian saß im Wohnzimmer und war über ihrem Stickrahmen eingeschlafen, und Sarah war oben im Zimmer."

„Und der Bruder von Mrs. Jillian? Wo war er?"
„Anfangs dachten wir, er sei oben bei Sarah. Er hat ihr immer Geschichten vorgelesen. Aber da war er nicht. Er muss irgendwann das Haus verlassen haben."
„Wer hat das Feuer zuerst entdeckt?"
„Das war ich. Ich hatte mit einem Mal Rauch gerochen und sofort Mrs. Jillian geweckt. Dann ging alles so furchtbar schnell. Sie rief nach Mr. Joe, aber es kam keine Antwort, und dann sagte sie mir, ich soll vorsichtshalber Sarah holen. Es war alles so furchtbar schrecklich." Sie schniefte.
„Sarah hat bereits geschlafen?"
„Nein, sie hat auf dem Bett gesessen und war noch angezogen. Ich hab ihr gesagt, dass es brennt und wir sofort raus müssten. Ich hatte Angst, ich hab sie geschnappt und bin gerannt."
David starrte nachdenklich in den Rest der braunen Flüssigkeit in seinem Glas.
„Hat Sarah irgendetwas gesagt, oder hat sie da schon nicht mehr gesprochen?"
„Ich … ich weiß es nicht. Nein, ich glaube … das heißt … Als wir draußen waren, kam schon der Nachbar angelaufen. Er hatte die hohen Flammen gesehen und … und Mr. Ramon ist kurz darauf gekommen. Ich hab Sarah an mich gedrückt, weil der schwarze Hengst sie fast umgerannt hätte, als er davonlief. Und dann sah ich Mrs. Jillian. Sie rief, ich soll Sarah fortbringen, sie müsse ihren Bruder finden. Ich bin mit Sarah zum kleinen Ententeich gegangen. Dort haben wir die ganze Zeit gesessen. Sarah hat fürchterlich geweint, wir beide haben geweint." Tränen rannen ihr erneut die Wange hinunter. Sie wischte sie mit dem Ärmel ihres Kleides fort.

„Es muss einen Grund geben, warum die Kleine nicht redet", sprach er seine Gedanken laut aus. Grübelnd spielte er mit dem leeren Glas, bevor er eine weitere Salve an Fragen losließ. Nala entspannte sich mehr und mehr und wurde lockerer.
Die Zeit war schneller verstrichen als gedacht. Der Mond warf seine leuchtenden Strahlen durch die zwei hohen Fenster des Zimmers, ansonsten spendete nur die große, breite Stehlampe neben dem Schreibtisch etwas Licht. Er hatte einiges erfahren, aber irgendwie war er dennoch nicht zufrieden. Nala war nicht dumm. Er hatte das Gefühl, dass sie sich gewisse Antworten genau überlegt hatte.
Oder war er es, der allmählich unter einem kranken Geist litt? Bildete er sich die Ungereimtheiten nur ein, oder beschwor sie sogar herauf? Warum suchte er überhaupt nach Antworten? Die drei würden eine Weile Gast in seinem Hause sein und dann wieder gehen, um ihr Leben neu zu ordnen. Ein seltsames Gefühl übermannte ihn, ein beklemmenden, das ihm unbekannt war. Er räusperte sich verlegen und setzte sich aufrechter.
„Hast du wirklich geglaubt, ich würde über dich herfallen?", brachte er das Gespräch wieder auf den Anfang.
Sie senkte beschämt den Kopf. „Es tut mir leid."
„Ist schon gut. Ich habe meine Sklavinnen nie angerührt und dabei wird es auch bleiben", versicherte er vorsichtshalber noch einmal, als ihm plötzlich ein Gedanke kam.
„War er es, dieser Joe? Hat er dich vergewaltigt?"
„O nein!", fuhr sie erschrocken auf. „Mr. Preston war immer sehr nett zu mir. Er hätte mir niemals etwas angetan." Sie senkte beschämt den Blick. „Ich habe

einige Male mit ihm das Bett geteilt, aber ich habe es gern getan. Er hätte mich niemals dazu gezwungen. Mrs. Jillian weiß davon nichts."

Preston, sie hatte *Mr. Preston* gesagt. Wie konnte Jillians Bruder Preston heißen? Zur Sicherheit fragte er nach. „Also, Mr. Joe Preston hat dir nichts angetan?"

„Nein! Er ist … er war ein guter Mensch", bekräftigte sie glaubhaft.

„Also ist das passiert, bevor du bei den Prestons warst?" Sie nickte bestätigend, aber ihr Zusammenzucken war ihm nicht entgangen. Sie wirkte plötzlich nervös.

Nein, er war nicht verrückt, etwas stimmte nicht.

Lange konnte er in dieser Nacht wieder mal nicht schlafen, aber das war keine Seltenheit. Er schlief oft schlecht und wälzte sich im Bett herum. Trotzdem war er am darauffolgenden Tag früh auf den Beinen. Er hatte geschäftliche Termine. Es war ihm wichtig, diese bis zum Mittag erledigt zu wissen. Dass es ihm ein Bedürfnis war, gemeinsam mit Jillian und Sarah zu speisen, versuchte er auszublenden. Tatsächlich war er auch ohne Eile früher zurück, als er erwartet hatte. Zufrieden über den Ausgang seiner Verhandlung, führte er den Hengst in den Stall, als ihn leises Stöhnen aus seinen Gedanken riss.

Er verdrehte die Augen, hängte die Zügel des Pferdes über den nächstbesten Pfahl und ging den eindeutigen Geräuschen nach. Konnten die Sklaven ihre niederen Instinkte nicht in ihren Hütten befriedigen? Es war nicht das erste Mal, dass er das eine oder andere Pärchen bei derartigen Aktivitäten erwischte. Doch als er erkannte, wen er dort ertappt hatte, fehlten ihm beinah die Worte. Seine Verärgerung stieg.

Erst durch ein lautes Räuspern fuhren die zwei auseinander. Wenigstens waren beide bis auf ihre aufgeknöpften Oberteile noch vollständig bekleidet, sodass ihm erspart blieb, mehr zu sehen, als ihm lieb war.
„Was hat das zu bedeuten?", donnerte er.
„Wonach sieht es denn aus?", kam unbeeindruckt die Gegenfrage, was allein schon eine Frechheit darstellte. Ohne das geringste Schamgefühl straffte sich sein Gegenüber und sah ihm, ohne mit der Wimper zu zucken, geradewegs in die Augen. In seiner weiten, bis zu den Knien aufgekrempelten Hose zeigte sich eine extreme Ausbuchtung. Selbst, wenn David sich bemühte, nicht annähernd in die Richtung zu blicken, war es dennoch nicht zu übersehen. Er richtete sein Augenmerk auf die Frau, die im Gegensatz zu ihm, vor Scham dunkelrot anlief und vermied, ihn anzusehen.
„Nala, du gehst sofort zurück ins Haus." David war schwer enttäuscht von ihr.
Sie wollte der Aufforderung unverzüglich Folge leisten, doch Kemal hielt sie am Unterarm zurück, ohne den Blick auf ihn zu unterbrechen. David fluchte innerlich, musste sich Nala von allen Sklaven auf seiner Plantage ausgerechnet Kemal aussuchen?
„Bitte, lass mich gehen", bat sie ängstlich, „mach es nicht schlimmer, als es schon ist."
Kemal gab ihren Arm frei und sie rannte blitzschnell davon.
„Tampa ta umate, mage si bordual tahe." Immer noch sah der Sklave ihn unverwandt an, während er die eigenartigen Worte aussprach.
„Lass den Quatsch, Kemal", forderte er barsch. „Sieh zu, dass du deine Arbeit erledigst."
„Sie werden brennen. Tampa te ama teshe."

„Es reicht, Kemal! Willst du mir etwa drohen? Sofort an die Arbeit, dann werde ich den Zwischenfall hier vergessen." Ärgerlich wandte sich David ab.
„Ihr Herz ist verbittert, aber ihre Flamme lodert und Sie können nichts dagegen tun."
Verblüfft drehte sich David um und sah ihn kurz an, bevor er kopfschüttelnd die Stallungen verließ. Von Kemal war er einige Merkwürdigkeiten gewöhnt.
Kemals Vater war einst mit einem der zahlreichen Sklavenschiffe in der Neuen Welt angekommen.
Gefangen genommen von skrupellosen Sklavenhändlern, die frei lebende Schwarze in ihrer Heimat jagten und sie dann zu Hunderten auf die Sklavenschiffe verfrachteten und deportierten. Bekannte Umschlagplätze lagen an der rund vierhundertfünfzig Kilometer langen Küste am Golf von Guinea, unter anderem die Bucht von Benin, aber auch anderenorts geschahen derartige Versklavungen.
Einige seiner Sklaven nannten Kemal den „Cumbahe", was wohl eine Bezeichnung für ein hochrangiges Stammesmitglied bedeuten sollte. Kemal war jetzt das fünfte Jahr hier. Im Allgemeinen war er ein ruhiger und friedlicher Mensch, der kaum Ärger machte.
Trotz dessen, dass er in Sklaverei aufgewachsen war, war sein Stolz ungebrochen. Er bezeichnete sich selbst als königlicher Abkömmling.
Durchaus besaß Kemal die Mentalität eines Führers, deshalb war er keineswegs zu unterschätzen.
Was Kemal aber im Besonderen ausmachte, war sein Umgang mit den Pferden. Niemand konnte so erstklassig mit den Tieren umgehen wie er. Oft schon hatte David gesehen, wie er mit den Tieren in dieser merkwürdigen Sprache gesprochen hatte, als kommuniziere er mit ihnen. Es wunderte ihn jedes Mal wie-

der, dass es funktionierte. Kemal konnte das wildeste und störrischste Pferd beruhigen und dazu bringen, ihm zu gehorchen. Natürlich glaubte er nicht an Magie oder anderes Übernatürliche. Vermutlich spürten die Tiere einfach nur Kemals Liebe und Hingabe zu ihnen. Er selbst tätschelte einem braven Tier auch gern mal den Hals und sprach ein paar Worte zu ihnen.
„Sie sollten mit Ihrer Nala reden", erklärte er Jillian, als sie sich später zufällig auf dem Weg zum Speisezimmer begegneten. Verständnislos sah sie ihn an.
„Ich mache ihr keinen Vorwurf, aber ..." Er beugte sich näher, damit die neben ihr gehende Sarah es nicht mitbekam. „Es geht nicht, dass sie in der kurzen Zeit, da sie hier ist, meinen Sklaven den Kopf verdreht."
Entrüstung zeigte sich in ihrem Gesicht, aber mit Bedacht auf ihre Tochter, verkniff sie sich eine Bemerkung und beschleunigte stattdessen ihre Schritte, um den Abstand zu vergrößern.
Am Tisch fiel ihm auf, dass sie nervös zu sein schien und es vermied, in seine Richtung zu sehen. Ein schwieriges Unterfangen, wenn man bedachte, dass sie ihm nur um einen Platz versetzt gegenübersaß. Er konnte seine Belustigung nicht verbergen, sodass sogar seine Mutter ihn erstaunt anblickte und wissen wollte, was ihn so erheiterte. Ein Blick in Jillians Gesicht bestätigte, dass sie den Grund kannte. Eine hektische Röte hatte ihr Gesicht und Dekolleté überzogen. Ein Glück für sie, dass in dem Augenblick die Suppe aufgetragen wurde und Mutter ihr Augenmerk darauf konzentrierte. Jillian tat es ihr, wohl aus der Verlegenheit heraus, gleich. Sarah schien der Sachverhalt nicht völlig entgangen zu sein. Interessiert beobachtete sie ihn und ihre Mutter. Als er ihr daraufhin lä-

chelnd zuzwinkerte, glaubte er, ein kurzes Lächeln über ihr Gesicht huschen zu sehen.

„Wann wollte Ramon eigentlich zurück sein?", richtete er die Frage an seine Mutter, während sie auf den Hauptgang warteten.

„Ich hoffe, recht bald." Entgegnete Jillian an ihrer Stelle überraschend. „Ich denke, es ist an der Zeit, mich den Tatsachen zu stellen. Ich möchte Ihre Gastfreundschaft nicht überstrapazieren."

„Das tun Sie keineswegs", bekräftigte er mit ernstem Gesichtsausdruck.

Mutter brachte einen ganzen Schwall herzzerreißender Beteuerungen, aber niemand beachtete sie, bis sie es schließlich selbst bemerkte. Von ihrem Platz, am Kopf der Tafel, musterte sie argwöhnisch Jillian und David.

„Ich muss mein Leben …", mit einem Seitenblick auf Sarah verbesserte sich Jillian, „unser Leben neu überdenken. Ich trage Verantwortung. Vielleicht hat Ramon herausgefunden, was das Feuer verursacht hat, aber was geschehen ist, ist geschehen. Es bringt mir meinen Bruder nicht zurück. Ich hoffe, dass Ramon es genauso sehen wird und aufgibt, nach der Ursache zu forschen."

David hatte sie nicht eine Sekunde aus den Augen gelassen. „Wollen Sie denn keine Gewissheit?"

„Die einzige Gewissheit ist, dass Joe tot ist, Mr. Bradley." Sie hielt seinen ernsten Blick. Außer dem gleichmäßigen Ticken der großen englischen Standuhr war es absolut still.

David räusperte sich und setzte sich aufrechter. „Sie sollten nichts überstürzen, Mrs. Preston. Ich kann mich nur den Beteuerungen meiner Mutter anschließen. Sie sind in diesem Haus herzlich willkommen, solange Sie möchten. Nutzen Sie es und kommen Sie zur Ruhe."

„Zur Ruhe kommen? Das kann ich vielleicht irgendwann, wenn ich weiß, wie es weitergeht", unterbrach sie ihn mit zitternder Stimme.

„Was haben Sie sich vorgestellt, wie es weitergehen soll?"

„Nun, ich muss für uns eine bezahlbare Bleibe finden und eine Arbeit."

„Eine Arbeit?", keuchte Mutter entsetzt auf. „Wie furchtbar, Kindchen."

„Eventuell als Gesellschafterin einer alten Dame oder als Näherin, vielleicht auch als Lehrerin, wenn man mich ohne Referenzen einstellen würde." Sie knetete nervös ihre im Schoß liegenden Hände und sah abwechselnd zwischen den Bradleys hin und her. Rowina versuchte immer noch, ihr Entsetzen in Worte zu fassen. „Keine Dame sollte gezwungen sein für ihren Lebensunterhalt zu arbeiten, wozu besitzt man Sklaven?"

David betrachtete Jillian ernst. Sie war tatsächlich von ihren Worten überzeugt. Er wusste nicht, ob er sie für diese Einstellung bewundern oder für naiv halten sollte. Die einzige Arbeit, die sich für eine schöne Frau anbot, war die einer Mätresse oder einer Hure in einem der zahlreichen Bordelle.

Er musterte sie unauffällig, soweit er oberhalb der Tischkante etwas von ihr sehen konnte. Das matte, dunkelgrüne Kleid, das sie heute trug, war perfekt auf ihre Maße angeglichen worden. Ihm gefiel dieser dunkle Ton nicht, da es ihr ohnehin blasses Gesicht noch blasser wirken ließ. Aber er wusste, dass sie aufgrund der Trauer bewusst dunkle, gedeckte Farben gewählt hatte. Gedanklich versuchte er, sich Jillian in

einem elegant geschnittenen roten Kleid vorzustellen. Sie müsste atemberaubend darin aussehen. Zum ersten Mal fiel ihm auf, dass sie keinerlei Schmuck trug. Er wusste, wie wertvoll einer Frau ihr Schmuck war. Hatte sie außer ihrem eigenen Leben und dem ihres Kindes rein gar nichts von ihrem Besitz retten können? Eine Welle des Mitleids schwappte über ihn hinweg. Er begann, das Ausmaß dessen zu begreifen, was sie durchlebt hatten. Dabei hatte er sie kein einziges Mal über den Verlust der materiellen Dinge klagen hören.
Ein weiterer Gedanke reifte in seinem Hirn. Sein Stadthaus, in dem seine Mätresse Belinda wohnte, würde über kurz oder lang frei werden. Belinda hatte ihm gegenüber erwähnt, dass sie gern wieder nach Monticiello zurückgehen würde. Diesen Wunsch könnte er mit einer kleinen finanziellen Zuwendung durchaus unterstützen.
Mutter hatte recht, Jillian sollte nicht gezwungen sein, ihren Lebensunterhalt verdienen zu müssen. Er würde ihr dieses Haus gern zur Verfügung stellen. Eine Mätresse mit einem Kind wäre für ihn etwas vollkommen Neues. Aber immerhin brauchte sie sich auf diese Weise um nichts sorgen und hätte zudem Zeit genug für Sarah.
Er hatte seine Mätressen immer mit Respekt behandelt und sie großzügig entlohnt. Sie würde unter seinem Schutz stehen. Wer weiß, wem sie womöglich sonst in die Hände fallen würde. Nicht jeder Mann benahm sich einer Mätresse gegenüber wie ein Gentleman. Zufrieden mit seiner Idee, widmete er sich dem Hauptgang, das aus geschmorten Hühnchen, Reis und großer Gemüseauswahl bestand.

„Hat Ihr werter Gatte denn keinerlei Vorsorge für den Fall seines Ablebens getroffen? Wer führt denn jetzt die Plantage?", hörte er Mutter fragen. Wenigstens war nicht er es gewesen, der diese brisante Frage gestellt hatte. Er bemühte sich, sein Interesse nicht allzu deutlich werden zu lassen. Daher kaute er genüsslich weiter.
Jillian zögerte und betupfte ihre Mundwinkel betont langsam mit der Serviette.
„Soviel ich weiß, ist sein Neffe der neue Eigentümer."
„Aber als Witwe hatten Sie und Sarah das Recht, dort wohnen zu bleiben. War der Neffe es etwa gewesen, der sie von dort vertrieben hat?" Schockiert sah Rowina sie an.
„Nein, nein! Aber er hat selbst Familie." Die Antwort kam zu schnell und zu hektisch. Rowina schien das nicht bemerkt zu haben – David schon. Zudem war sie noch blasser geworden, sofern das überhaupt noch möglich war. Ihre Hände, die das Besteck umklammerten, zitterten. Obwohl ihm weitere Fragen auf der Zunge lagen, beherrschte er sich und schwieg. Sie sah so traurig und unglücklich aus, dass er sie am liebsten in die Arme genommen und getröstet hätte. Er wollte sie küssen, streicheln, lieben, das Feuer der Leidenschaft in ihren Augen sehen, wenn er sie berührte. Der Wunsch kam so plötzlich und übermächtig, dass es ihn selbst überraschte.
Um sich abzulenken, wanderten seine Augen zu Sarah. Sie hielt ihren Kopf gelangweilt in die linke Handfläche gestützt, während sie mit der Gabel versuchte, offenbar speziell ausgewählte Teilchen aufzuspießen. Unweigerlich entfuhr ihm ein leises Geräusch der Belustigung.

Sarah blickte auf, und im gleichen Moment machte sich eine Erbse von ihrer Gabel selbstständig und kullerte über die blütenweiße Tischdecke, bis vor seinen Tellerrand. Erschrocken blickte sie in die Runde. Niemand hatte das kleine Missgeschick bemerkt. David blickte ebenfalls in die Runde. Dann schnippte er mit Daumen und Zeigefinger die Erbse zurück in ihre Richtung, sodass sie genau unter dem Rand ihres Tellers landete.
Sarah begann, lauthals zu kichern.
Sofort waren alle Augen auf sie gerichtet. Sarah verfiel unmittelbar wieder in ihre Apathie und starrte schuldbewusst auf ihren Teller. Jillian zeigte sich gerührt und erleichtert, überhaupt einen Ton aus dem Mund ihrer Kleinen zu hören, auch wenn ihr der Grund entgangen war. Tränen standen in ihren Augen. Sie umarmte und herzte sie liebevoll. Sarah ließ es teilnahmslos wie eine Marionette über sich ergehen. Sie sah ihre Mutter nicht an. Verwundert zog David die Stirn in Falten, während Rowina Jillian aufmunternd zunickte.
„Das Essen ist heute wirklich vorzüglich, insbesondere das Gemüse", lobte er.
„Du hast noch nie ein Lob über die Mahlzeiten verloren." Rowina Bradley fuhr in höchstem Erstaunen auf und sah ihren Ältesten so verblüfft an, als seien ihm soeben zwei Köpfe gewachsen. Sarah schielte, verbissen bemüht, nicht zu kichern, unter gesenktem Haupt zu ihm auf. Dieses Mal bemerkte es auch Jillian. Verwirrt blickte sie zwischen den beiden hin und her.
David spielte den Ahnungslosen, als sich ihre Blicke trafen.
Er hatte soeben sein Besteck zur Seite gelegt, als aufgeregte Stimmen vor der Tür zum Speisezimmer er-

klangen. Fast zeitgleich wurde die Tür von der Sklavin Ruane geöffnet, und Aufseher John Parker trat ein.
„Verzeihen Sie die Störung." Er begrüßte höflich die anwesenden Damen, bevor er sich dem Hausherrn zuwandte. „Wir haben da gerade einige Schwierigkeiten. Mr. Bradley, wenn Sie kurz …"
„Ja, selbstverständlich." Er erhob sich, entschuldigte sich ebenfalls bei den Damen und verließ zielstrebig mit kraftvollen Schritten den Raum.

„Herrje, wahrscheinlich wieder Ärger mit ein paar unbelehrbaren Sklaven", stöhnte Rowina und fächerte sich erregt Luft zu. „Nein, nein um Gottes Willen, nicht was Sie denken", korrigierte sie sich hastig, als sie Jillians Zusammenzucken bemerkte. „Körperliche Züchtigungen gibt es hier nicht, auch wenn mein Sohn manchmal ein wenig streng ist."
Die Damen verfielen in ein ernsthaftes, informatives Gespräch. Sarah rutschte von ihrem Stuhl und zupfte ihre Mutter bittend am Ärmel.
„Möchtest du, dass ich mitkomme, mein Schatz?", fragte Jillian. Heftig schüttelte Sarah verneinend den Kopf. Sie signalisierte jedoch, dass sie selbst gern gehen würde.
„In Ordnung", lächelnd strich sie ihrer Tochter übers Haar und nickte.
„Es wird schon wieder. Haben Sie noch etwas Geduld", lächelte Rowina, während sie der Kleinen träumerisch hinterhersah. „Ich glaube, sie mag David."
„In Ramon ist sie ganz vernarrt."
„O ja, bei Ramon kann ich mir das durchaus vorstellen", lachte Rowina auf. „Aber David ist immer so verschlossen. Ich mache mir manchmal große Sorgen

um ihn. Es ist so viele Jahre her, dass Susanna von uns gegangen ist. Es scheint, als habe er den Verlust nie überwunden." Sie schwelgte in traurigen Erinnerungen.

Jillians Interesse hingegen war geweckt, vorsichtig hakte sie nach. David war ganz anders als Ramon. Eine weitaus kraftvollere und maskulinere Aura umgab ihn. In gewissen Gesichts- und Wesenszügen allerdings war unverkennbar eine Ähnlichkeit zwischen den Brüdern festzustellen. Während Ramon für sie ein guter Freund war, bei dem sie sich sicher fühlte, weckte David in ihr die widersprüchlichsten Gefühle, die sie nervös und unsicher machten. Ihre erste Begegnung, als er sie auf so dreiste Weise geküsst hatte, war ihr noch lebhaft in Erinnerung. Sie verursachte immer noch eine Gänsehaut – wenn auch eine angenehme.

„Lassen Sie uns im Salon eine Erfrischung nehmen. Da können wir uns ungestörter unterhalten", schlug Rowina vor. Sie erhob sich, während sie der wartenden Sklavin einen Wink gab, dass sie abräumen könne.

Der Salon war sehr geschmackvoll und gemütlich eingerichtet. Helle, cremefarbige Polster, abgesetzt mit dunklem, geschwungenen Mahagoni, den ovalen Tisch in der Mitte zierte eine eingelassene Marmorplatte. Dicke, rot gemusterte Teppiche und farblich perfekt aufeinander abgestimmte Vorhänge und Sofakissen verliehen dem Raum die Wärme. Mehrere Bilder und kleine Dekorationsgegenstände schmückten Wände und Regale. Zudem stand auf dem Ecktisch am Fenster eine Vase mit frischen Blumen.

„Das ist ja wirklich furchtbar", hauchte Jillian, nachdem Rowina die Geschichte von David und Susanna zum Besten gegeben hatte. „Was war sie für ein Mensch?" Sie versuchte sich vorzustellen, was für eine außergewöhnliche Frau sie gewesen sein musste, dass es ihr gelungen war, das Herz eines David Bradley zu erobern.
„Nun ja", zögerte Rowina. „Wenn ich ehrlich bin, hab ich sie kaum gekannt. Ich habe sie nur drei Mal gesehen. Sie war eine wunderschöne Frau, mit langen goldenen Locken und einem Gesicht wie ein Engel."
Jillian war völlig irritiert. Rowina kannte ihre eigene Schwiegertochter kaum. Wie war das möglich? Sie hatte im Hause Bradley immer einen liebevollen Umgang miteinander bewundern können. Dutzende Fragen stürmten auf sie ein, doch bevor sie eine davon formulieren konnte, fuhr Rowina leicht verlegen fort.
„Wissen Sie, ich habe ein dreiviertel Jahr, bevor die beiden geheiratet haben, meinen geliebten Gatten zu Grabe tragen müssen. Ein schwerer Schlag für mich. Ich bin nicht stolz darauf, aber ich war danach nicht in der Lage, mich um meine Söhne zu kümmern. David war noch sehr jung und musste sich schon um die Plantage kümmern und um Ramon. Er konnte sich nicht auch noch mit Haushaltsführung beschäftigen. Wohl auch ein Grund für die überstürzte Hochzeit. Da habe ich sie das zweite Mal gesehen. Später hat sie mich noch einmal zusammen mit David im Sanatorium besucht, als ihr bewusst war, dass sie ein Kind erwartete. Die anderen Male ist David allein gekommen oder zusammen mit Ramon."
Jillian war näher herangerutscht. Dieses Mal war sie es, die Rowinas Hand tätschelte.

„Ja, und dann passierte der tragische Unfall. Den Schweinehund, der die Postkutsche vom Wege abgedrängt hatte, hat man nie fassen können. Er soll mit einer großen Summe gestohlener Lohngehälter unterwegs gewesen sein, deshalb hatte er es so eilig."
Eine Weile schwiegen beide betroffen. Nur das Geschnatter der im Korridor vorbeieilenden Sklaven und gedämpftes Topfgeklapper von der Küche war zu hören.
„Befand sich Da…, ich meine, Ihr Sohn ebenfalls in der Postkutsche?", konnte Jillian nicht umhin zu fragen. Sie schämte sich ihrer wachsenden Neugier.
„Ich frage mich bis heute, warum David sie damals nicht hat begleiten können. Oder warum sie nicht unsere eigene Kutsche genommen hat, das wäre doch viel bequemer gewesen." Rowina stöhnte herzzerreißend und griff nach der gekühlten Limonade.
„Sie werden ihn doch sicher danach gefragt haben?", forschte Jillian weiter. Rowina stellte ihr Glas ab und machte eine wegwerfende Handbewegung.
„Natürlich! Hunderte Male. Aber der Junge redet ja nicht. Er sagte nur, sie habe das so entschieden. Mehr ist aus ihm nicht herauszubekommen. David macht sofort zu, selbst heute nach elf Jahren. Nicht mal ihren Namen darf man in diesem Haus aussprechen, ohne dass er wütend wird. Er muss sie unglaublich geliebt haben …"
Rowina schenkte ihnen schweigend von der köstlichen Limonade nach.
„Anfangs habe ich gedacht, er würde sich mit der Zeit damit abfinden. Er hat sich wie ein Wilder in die Arbeit gestützt. Das Thema einer eventuellen zweiten Heirat durfte man nie ansprechen."

Die Zeit war schneller verstrichen, als sie es bemerkten. Ganz mit den Gedanken in der Geschichte, die sie über David erfahren hatte, hatte Jillian wenigstens für eine Weile nicht an ihr eigenes Schicksal denken müssen. Jetzt, da sie mit ihrer Tochter und Nala in ihrem Zimmer hockte, kam die Erkenntnis umso heftiger. Nicht nur, dass David Bradley ihrem Herz gefährlich werden konnte. Nein, sie durften nicht länger hierbleiben – es wurde für sie alle zu gefährlich. Sie wusste von Nala, dass David sie ausgefragt hatte. Er war ein schlauer Fuchs, wie Nala ihn nannte. Er würde merken, dass es Haken an der Geschichte gab. Die ständige Fragerei nach ihrem Ehemann machte das Ganze nur zu deutlich.
Unter einem Vorwand schickte sie Sarah aus dem Zimmer und wandte sich flüsternd an Nala, nachdem die Tür ins Schloss gefallen war.
„Pack die nötigsten Dinge zusammen. Wir werden morgen früh abreisen. Ich werde ihnen unseren Entschluss heute Abend mitteilen." Sie kam sich schäbig vor nach allem, was die Bradleys für sie getan hatten, und der Herzlichkeit, mit der sie aufgenommen worden waren. Aber es nützte nichts.
Entgegen ihrer Erwartung reagierte Nala keineswegs erfreut.
„Verflucht, muss ich dich daran erinnern, was passieren kann? Weißt du, dass mir vor Angst ganz schlecht wurde, als man mich nach meinem Ehemann gefragt hat?" Jillian sprang wild gestikulierend auf. „Und auf der anderen Seite ist Ramon und stellt Nachforschungen an. Ich habe keine Kontrolle darüber, was dort geschieht."
„Aber Sie haben doch selbst gesagt, dass Mr. Ramon keine Gefahr ist", warf Nala ein. Tränen schimmerten

in ihren Augen. „Mr. Joe wird ihm bestimmt nichts erzählt haben."

„Nein, das glaube ich auch nicht. Aber wer weiß, vielleicht ein dummer Zufall und …" Sie begann, im Zimmer auf und ab zu gehen. „Ramon will herausbekommen, wie es zu dem Feuer kommen konnte. Das hat rein gar nichts mit der anderen Sache zu tun. Außerdem muss ich ohnehin zurück, um Joes finanzielle Angelegenheiten zu regeln. Wir brauchen das Geld, Nala." Sie setzte sich neben ihre weinenden Sklavin und umarmte sie.

„Es wird alles wieder gut." Sie versuchte ein Lächeln. „Wir schaffen einen Neuanfang."

„Wie wollen Sie die Familie Bradley davon überzeugen, dass sie uns gehen lässt?"

Darüber hatte sich Jillian noch keine Gedanken gemacht, aber immerhin waren sie Gäste und keine Gefangenen. Sie hoffte, sie mit logischen Erklärungen überzeugen zu können, obwohl sie selbst einige Zweifel hegte.

„Sie werden wieder auf ein Pferd steigen müssen", erinnerte Nala sie grinsend.

„Oder wir nehmen die Postkutsche."

Bei dem Begriff Postkutsche fiel ihr wieder die Geschichte ein, die Rowina erzählt hatte. Für einen Moment war sie abgelenkt.

Der Abend verlief nicht nach Jillians Vorstellungen. Die Bradleys hatten Gäste zum Dinner, sodass sich keine Gelegenheit bot, ihnen von ihrem Plan zu berichten. Sie war ein wenig verstimmt, immerhin hatte sie sich alles zurechtgelegt. Es fiel ihr schwer, der Konversation zu folgen. Soweit sie verstanden hatte, war der alte Mr. Browning ein guter Bekannter von Rowinas Ehemann gewesen. Allerdings entgingen ihr nicht die anzüglichen Blicke, mit denen der Sohn, Lukas Browning, sie maß. Hätte sie nur das dunkelbraune hochgeschlossene Kleid angezogen …

Als die Herren nach dem Dinner auf eine Zigarre und einem Brandy ins Arbeitszimmer wechselten, täuschte sie Kopfschmerzen vor, um sich zurückziehen zu können. Tatsächlich verspürte sie leichte Kopfschmerzen, nachdem sie Sarah ins Bett gebracht hatte. Es war nicht einfach gewesen, Sarah zu erklären, was morgen bevorstand.

Sarah schlief in Nalas Zimmer, welches durch eine Zwischentür mit ihrem verbunden war. Normalerweise war ein solch vornehm eingerichtetes Zimmer nicht für eine Sklavin vorgesehen. In ihrem Falle machte man eine Ausnahme – immerhin war Nala so etwas wie eine Nanny für Sarah.

Der Abend war mild, die Luft trotz der späten Stunde immer noch sommerlich warm. Kurzerhand griff Jillian nach der dunklen Jacke, die entgegen der anderen Sachen ihre eigene war, und beschloss, einen Spaziergang zu unternehmen. Die frische Luft würde ihr guttun, sie brauchte einen klaren Kopf. Alles war herrlich ruhig und friedlich, abgesehen von einigen Geräuschen, die von den Sklavenhütten herüberdrangen.

Der Himmel zeigte sich wolkenlos und sternenklar. Die schmale Sichel des Mondes leuchtete in sattem Gelb. Bewundernd schaute sie nach oben, betrachtete die unzähligen Sternenformationen und zog tief die Abendluft ein. Eine lichte Brise erwischte sie von hinten und eine Haarsträhne kitzelte ihre Wange. Sie marschierte durch den wunderschön angelegten Garten. Der weiße Kiesweg war deutlich in der Dunkelheit zu erkennen. Sie nahm auf einer der Bänke Platz

und betrachtete gedankenverloren die Umrisse des Herrenhauses.
Tränen stiegen in ihren Augen auf. Unzählige Empfindungen stürzten über sie herein. Sie kam sich unsagbar verloren vor.

***

Die Brownings hatten sich später verabschiedet, als David erhofft hatte. Lieber hätte er den Abend mit Jillian verbracht und mehr über sie erfahren. Stattdessen hatte er mit Mutter ein Gläschen Portwein im Salon getrunken.
„Gute Nacht, Mutter", verabschiedete er sie vor der Treppe.
„Gehst du noch nicht schlafen?", fragte sie, obwohl sie die Antwort längst kannte.
„Nein, ich werde noch …" Weiter kam er nicht.
„Um Himmels willen, ist etwas geschehen?", rief Rowina aus. Erschrocken starrten sie auf Nala, die ihnen völlig aufgelöst entgegengerannt kam.
„Sarah ist weg."
„Was soll das heißen, sie ist weg?", fuhr er sie an.
„Aber sie kann doch nicht weit sein", keuchte Rowina zeitgleich. „Hast du gründlich nachgesehen?"
„Ja, ich habe sie schon überall gesucht. Ich kann sie nirgends finden", jammerte Nala.
„Du schläfst bei ihr im Zimmer, hast du denn nichts bemerkt?", wollte David wissen.
„Nein ich … ich war … ähm… ich war kurz mal weg."
„Kurz mal weg?"
„Nicht, David! Es bringt nichts, wenn du sie anschreist." Beruhigend legte Rowina ihre Hand auf

seinen Arm. „Wir gehen sie jetzt suchen, vielleicht hat sie sich verirrt. Weiß Jillian Bescheid?" Mutter, souverän wie immer.

„Nein, ich habe gehofft, sie zu finden, bevor sie etwas merkt. Ich wollte sie nicht unnötig belasten. Ich werde sie holen."

„Nein, lass es. Wir werden sie schon finden. Hier ist noch nie ein Kind verschwunden. Sicher, dass die Kleine nicht bei ihr ist?"

Nala nickte heftig. „Ich habe Mrs. Jillian zuletzt durch den Garten spazieren sehen, und da hat Sarah noch tief und fest geschlafen."

„Ich werde die Sklaven, die noch wach sind, zusammenrufen. Sie können uns bei der Suche helfen", ordnete Rowina an, während David mit Nala nach oben eilte.

Eine dreiviertel Stunde später waren sie keinen Schritt weitergekommen.

„Habt ihr irgendetwas?", rief er. Nala und zwei weitere Sklaven trafen an der Treppe aufeinander. Die Antwort war ein allgemeines Kopfschütteln.

„Das gibt es doch nicht. Langsam mache ich mir wirklich Sorgen", erklang Rowinas Stimme von der linken Seite. Sie hatte mit Ruane die anderen Gästezimmer abgesucht.

„Sie muss rausgelaufen sein", äußerte David seine Gedanken laut.

„Unmöglich!", gab Nala prompt zur Antwort. „Sie hat panische Angst im Dunkeln. Sie würde niemals allein nach draußen gehen, wenn es dunkel ist."

„Hm", überlegte David. „Irgendwo muss sie aber sein. Ich geh trotzdem nachsehen. Sucht ihr auf der unteren Etage weiter."

Er hatte eine Idee. Vielleicht war sie bei den Stallungen. Er hatte den Eindruck, dass sie sich bei den Pferden ganz wohl gefühlt hatte. Mit großen Schritten überquerte er den Hof. Nicht auszudenken, wenn der Kleinen etwas zugestoßen wäre. Er mochte sie und machte sich ernsthaft Sorgen.
Der Stall war größtenteils unbeleuchtet, nur im hinteren Teil brannte ein kleines Licht. Schon am Eingang vernahm er leises, gleichmäßiges Schluchzen. Ihren Namen rufend begann er zu rennen. Das Schluchzen wurde lauter und verzweifelter, je näher er kam. Sarah! Gott sei Dank, er hatte sie gefunden. Das war das Einzige, das zählte.
Sie saß zusammengekauert im Stroh, die Ärmchen um die angezogenen Knie geschlungen, den Kopf tief im Schoß vergraben. Neben ihr hockte der Sklave Kemal. Er brummelte etwas in seiner eigenartigen Sprache, was sich wie ein Gesang anhörte.
Im ersten Augenblick befürchtete er, Kemal hätte ihr etwas getan. Doch in der Art, wie er dort im Schneidersitz thronte, erkannte er, dass Kemal sie offenbar nur beschützen wollte.
„Sarah, mein Gott. Was machst du denn hier? Wir haben dich überall gesucht." Erleichtert ging er vor ihr in die Knie und berührte sacht ihre Schulter. Sie reagierte, indem sie lauter und heftiger zu weinen begann, aber nicht aufsah.
„Sarah, was ist los?", hakte er aufgeregt nach und rüttelte sie leicht. Neben ihm erhob sich Kemal, geschmeidig und geräuschlos wie ein Panther.
„Nur mit Ruhe werden Sie den Weg zu ihr finden, Mr. Bradley", brummte Kemal monoton und einschläfernd langsam. Ruckartig blickte David zu ihm hoch, einen bissigen Kommentar auf den Lippen, aber er biss die

Zähne zusammen. Dieses Mal hatte der Kerl recht, er war viel zu aufgebracht. Er atmete tief durch, um sich zu beruhigen, und rückte vorsichtig näher an Sarah heran.
„Weißt du, was wir uns alle für Sorgen gemacht haben?", fragte er im ruhigen und gedämpften Tonfall.
„Die arme Nala hat sich fast die Augen ausgeweint."
Endlich sah Sarah ihn an, das Gesicht stark gerötet und nass von Tränen. Einige Haarsträhnen klebten wirr an den feuchten Wangen.
„Sie ist böse auf mich."
Zum ersten Male hörte er ihre Stimme. Eine klare, anrührend weiche Kinderstimme. Er musste schlucken, so sehr bewegte es ihn. Sie sprach wieder!
„Wer ist böse auf dich? Nala?", fragte er behutsam.
Sie schüttelte verneinend den Kopf. Noch mehr Haarsträhnen blieben an ihrer Wange kleben.
„Meine Mommy." Die Antwort wurde von einem lauten Schniefen begleitet. David hatte Mühe, sich seine Überraschung nicht anmerken zu lassen. Aus den Augenwinkeln registrierte er, dass sich Kemal umdrehte und entfernte.
„Kemal?"
Kemal drehte herum und sah ihm erhobenen Hauptes entgegen.
„Danke!"
Kemals Gesicht verriet keinerlei Emotionen. Sekundenlang stand er regungslos da, bevor er sich umdrehte und seinen Weg fortsetzte, als habe es die Unterbrechung nie gegeben.
Aus diesem Sklaven würde er niemals schlauwerden.
David konzentrierte sich wieder auf die kleine Sarah.

„Aber nein, deine Mommy hat dich sehr, sehr lieb. Du bist ihr größter Schatz", versuchte er, vorsichtig zu erklären.

„Nein!", rief sie laut. Die Verzweiflung in ihrer Stimme traf ihn tief. Sie begann erneut, haltlos zu weinen. Er fühlte sich unsicher, immerhin hatte er nicht jeden Tag mit einer Fünfjährigen zu tun. Aus einem Instinkt heraus zog er sie in seine Arme und drückte sie tröstend an sich. Sie wehrte sich nicht und schlang sogar ihre Arme um seinen Hals. Ihr kleiner Körper war erhitzt und bebte von den Erschütterungen ihres Weinens.

„Es ist meine Schuld, dass Onkel Joe tot ist", vernahm er die Worte an seiner Halsbeuge.

Er erstarrte kurz. Wie kam sie auf diese absurde Idee? Er bemühte sich, äußerlich ruhig zu bleiben, obwohl sich in seinem Inneren die Gedanken überschlugen.

Sie hob ihren Kopf und sah ihm heftig schniefend ins Gesicht. „Ich habe ihm nicht geholfen."

David verstand nichts mehr. Umständlich verschaffte er sich einen besseren Sitzplatz und zog Sarah auf seinen Schoß.

„Sarah, was passiert ist, ist ganz schrecklich, aber es war nicht deine Schuld. Du hättest ihm nicht helfen können. Selbst mein Bruder Ramon konnte ihm nicht helfen." Er hoffte, ihr damit, die Schuldgefühle nehmen zu können. Er war nicht sicher, ob sie überhaupt wusste, dass Ramon es versucht hatte.

„Doch! Ich hätte ihm helfen können, wenn ich nicht solche Angst im Dunkeln hätte", beharrte sie weiterhin. „Ich habe mich nicht hinausgetraut."

David schob es auf die typische kindliche Naivität, dass sie der Überzeugung war, sie hätte ihm helfen können. Kinder hatten ihre eigene Auffassung von

Dingen. Deshalb suchte er nach einer für sie logisch klingenden Erklärung, um sie von ihrer Ansicht abzubringen. Doch auf die Schnelle fiel ihm nichts Passendes ein.
Sarah lehnte ihren Kopf gegen seine Brust, ihr Körper bebte immer noch.
„Aber er konnte doch nicht raus." Das klang so ernsthaft und überzeugend, dass er stutzte. Er schob sie ein Stückchen von sich, um sie ansehen zu können.
„Was meinst du damit?"
„Der böse Mann hat die Tür von außen verriegelt."
Jetzt war David alarmiert. Handelte es sich tatsächlich um kindliche Fantasie? Konnte sich die niedliche, kleine Sarah so was einbilden? Oder hatte sie wirklich etwas gesehen, was sie nie hätte sehen dürfen?
Vorsichtig, mit viel Fingerspitzengefühl hakte er nach. Nebenbei rutschte er in eine bequemere Sitzposition.
Schluchzend wischte sich Sarah mit dem Ärmel das Gesicht trocken.
„Zuerst hat Onkel Joe mit dem Mann heftig gestritten, und dann haben sie gerauft. Onkel Joe ist zu Boden gegangen, und der böse Mann hat ihn immer wieder in den Bauch getreten und auch gegen seinen Kopf. Das hat bestimmt sehr wehgetan." Sie begann wieder zu weinen, ihre Stimme wurde abgehackter.
David war schockiert. Das war nicht die Erfindung eines Kindes, das war die grausame Wahrheit. Er hielt sie eng an sich gedrückt und ermutigte sie, alles zu erzählen, was sie wusste. Er spürte ihre Erschöpfung. Die Arme war völlig erledigt, tapfer erzählte sie weiter.
„Ich hatte Angst, der Mann könnte mich am Fenster sehen. Ich hab mich geduckt, und als ich wieder hingesehen hab, hat der Mann ihn in die Scheune ge-

schubst und den Riegel vorgeschoben." Die Kleine tat ihm unsagbar leid.
„Und was war dann, Sarah?"
Sarah überlegte und hörte für einen Moment auf zu schniefen. „Er ist umhergelaufen, als suche er was. Dann ist er zu den Pferden gegangen. Ich bin nach unten gelaufen, wollte Mommy Bescheid sagen. Aber Mommy war auf dem Sofa eingeschlafen. Dann habe ich mich an Nala vorbeigeschlichen und bin zur Haustür. Aber es war so furchtbar dunkel, ich habe mich nicht getraut rauszugehen. Ich musste mich verstecken, sonst hätte Nala mich erwischt. Als Nala wieder in der Küche war, bin ich wieder nach oben in mein Zimmer und hab aus dem Fenster gesehen, da ist der Mann gerade fortgeritten."
„Kanntest du den Mann? Hast du ihn schon einmal gesehen?" Sarah schüttelte den Kopf.
„Wie sah er aus? Konntest du ihn sehen?", versuchte er es auf diese Weise.
„Er hatte helle Haare."
„Siehst du, das ist eine gute Information", lobte er. „Fällt dir noch etwas ein?" Sarah überlegte.
„Sein Pferd war braun und hatte einen großen weißen Fleck auf der Stirn." Kurz herrschte nachdenkliches Schweigen.
„Ich bin schuld", begann sie wieder zu schluchzen. „Ich war so feige. Ich hab auf meinem Bett gesessen und geweint. Ich hätte Mommy wecken sollen, aber ich hatte Angst, dass der böse Mann zurückkommt und meine Mommy auch schlägt."
„Das war vollkommen richtig. Du hast nichts Falsches getan." Er küsste sie auf die Stirn.

„Und dann kam plötzlich Nala in mein Zimmer gerannt. Sie hat gesagt, dass es brennt und wir sofort raus müssen."
Er zog ihren Kopf wieder an seine Brust und redete beruhigend auf sie ein.
Sarah sträubte sich. „Draußen hab ich das große Feuer gesehen, aber ich konnte Onkel Joe nirgends sehen. Und Mommy hat so geschrien." Sie legte ihren Kopf gegen seine Brust, fuhr aber gleich darauf wieder hoch. „Warum ist Onkel Joe nicht rausgekommen? Er war doch stark, er hätte die Tür eintreten können. Mommy hat ganz laut nach ihm gerufen. Warum hat er keine Antwort gegeben?"
Was sollte er darauf antworten? Natürlich konnte sie das nicht verstehen, die Gefahr nicht einordnen. Vermutlich war Joe zu dem Zeitpunkt längst tot oder zumindest bewusstlos gewesen. Das konnte er Sarah natürlich nicht sagen. „Ich weiß es nicht", sagte er deshalb nur.
Mit ihr auf dem Arm erhob er sich. „Wir müssen mit deiner Mommy reden, Sarah. Sie muss wissen, was geschehen ist."
Sarah fuhr zusammen. Er drehte sie auf seinem Arm herum, um sie besser halten zu können. Ihr Oberkörper lehnte nun vollständig an seiner Brust, und ihre Beine baumelten rechts und links von seinem Körper. Vertrauensvoll schlang sie ihre Arme um seinen Hals und lehnte ihren Kopf an seine Schulter. Sie weinte wieder. Es klang nicht mehr so verzweifelt, sondern traurig und erschöpft.
„O Gott Sarah, wo bist du gewesen?" Mittlerweile hatte auch Jillian erfahren, dass man Sarah vermisste. In heller Aufregung kam sie auf ihn zugelaufen. Er spürte, dass sich Sarah anspannte und sich ihr Griff

um seinen Hals verstärkte. Er versuchte, ihr Handzeichen zu geben, aber Jillian war zu aufgewühlt, um diese zu erkennen, geschweige denn zu verstehen.

Sie griff nach ihrer Tochter und wollte sie ihm aus den Armen reißen.

„Warten Sie, Mrs. Preston! Bitte!" Mit seiner freien Hand hielt er sie entschieden zurück. Inzwischen kamen seine Mutter, Nala und die anderen Sklaven, aus allen Richtungen auf sie zugelaufen.

„Sarah, soll ich mit deiner Mommy reden und ihr alles erklären?", fragte er die Kleine. Jillian wollte protestieren, doch als Sarah schüchtern den Kopf hob und leise mit „Ja" antwortete, schwieg Jillian abrupt. Erschrocken schlug sie die Hand vor den Mund.

„Gut", sagte er sanft und strich ihr über das verschwitzte Haar. „Dann wird Nala sich jetzt um dich kümmern, ja? Schlaf gut, meine Süße." Nala trat näher und nahm sie entgegen.

„Lässt du sie noch einmal im Stich, bekommst du es mit mir zu tun. Verstanden?", raunte er ihr scharf ins Ohr. Nala riss erschrocken die Augen weit auf und nickte heftig. Sarah bekam davon nichts mit, da alle Anwesenden vor Erleichterung kreuz und quer durcheinanderredeten.

Jillian konnte ihre Ungeduld kaum zügeln und drängte nach Antworten.

„Im Stall", erwiderte er knapp. „Mrs. Preston, wir müssen uns dringend unterhalten. Gehen wir in den Salon." Rowina bedankte sich bei den Sklaven für ihre Unterstützung bei der Suche und wünschte ihnen eine gute Nacht, dann folgte sie den beiden.

„Mrs. Preston, Sie sollten sich lieber setzen", begann er zögerlich.

„Ich möchte mich nicht setzen. Ich möchte wissen, was mit meinem Kind ist", fuhr sie auf und bombardierte ihn erneut mit einer Salve Fragen. Rowina trat an ihre Seite und strich ihr beruhigend über den Rücken.
„Also gut", gab er sich geschlagen. Er konnte ihre Sorge nachfühlen. „Wie es scheint, hat Sarah mehr gesehen als jeder andere."
„Wie meinen Sie das?" Endlich schien er ihre volle Aufmerksamkeit zu haben. Sie machte einen gefassten Eindruck. Trotzdem war ihm nicht wohl bei der Sache. Er entschied sich für eine andere Strategie.
„Konnte Sarah von ihrem Zimmer den Hof einsehen?" Mit einer solchen Frage hatte sie offenbar nicht gerechnet und reagierte irritiert.
„Nicht alles, nur einen Teil. Warum?"
„Aber den Teil, in dem Ramon Ihren Bruder gefunden hatte, konnte sie sehen?", hakte er nach.
„Ja. Warum fragen Sie das?" Sie wurde ungeduldiger.
„Hören Sie, nachdem wir aus dem Haus gerannt waren, schossen bereits hohe Flammen aus dem Gebäude. Es war nicht zu vermeiden, dass Sarah das mit angesehen hat."
„Ja, das ist wahr. Aber sie hat auch gesehen, was vor dem Brand passiert ist."
Sekundenlang herrschte absolute Stille. Besorgt betrachtete er ihr verwirrtes Mienenspiel. Aus den Augenwinkeln sah er, dass Mutter ihn ebenso anblickte.
„Mrs. Preston, es tut mir leid! Wie es aussieht, waren das Feuer und der Tod ihres Bruders kein Unfall gewesen." Schnell berichtete er, was Sarah beobachtet hatte.
Jillian war kreidebleich geworden und begann beträchtlich zu schwanken. Mutter hielt zwar ihren Arm,

aber wenn sie in Ohnmacht fiele, würde sie sie nicht halten können. Besorgt stürzte er auf sie zu und umfasste sie. Zusammen lotsen sie Jillian rückwärts zum nächsten Sessel. Sie schien wie erstarrt, reagierte auch nicht auf Mutters behutsame Worte.
Unterdessen hatte er Brandy in ein Glas gegossen und reichte es ihr – Mutters strafenden Blick übergehend. Sie trank das Glas in einem Zug und begann heftig zu husten. Rowina ließ sich auf der Armlehne nieder und klopfte ihr leicht den Rücken. Währenddessen genehmigte sich David ebenfalls einen Brandy. Er schielte zu der mitleiderregenden Frau, die gebeugt in dem Sessel saß und auf ihre, im Schoß verkrampften Hände blickte. Mit präzisen Worten erzählte er den Rest der Geschichte, die Sarahs Schweigen und ihre Schuldgefühle betraf. Er goss sich einen weiteren Brandy ein, keiner von ihnen sagte etwas.
„Sie hatten davon also keine Ahnung?", nahm er nach einer Weile, die ihm wie eine Ewigkeit vorgekommen war, das Thema wieder auf.
„Was ist denn das für eine Frage?", empörte sich Rowina. David überging den Einwand.
„Sie sagten, Ramon hätte Ihren Bruder aus der brennenden Scheune herausgeholt?", wandte er sich an Jillian. Als ihr trauriger Blick ihn traf, krampfte sein Herz sich zusammen. Als sie stumm nickte, fuhr er fort. „Dann müsste er bemerkt haben, dass die Tür von außen zugesperrt war?" Beide Frauen starrten ihn mit offenem Mund an.
Rowina begriff zuerst, was er damit andeuten wollte und hielt erschrocken die Hand vor den Mund. „O mein Gott!", entfuhr es ihr. „Wer immer das getan hat, weiß, dass Ramon davon Kenntnis hat. Warum hat er nichts darüber gesagt? O Gott, hoffentlich ist der Jun-

ge vorsichtig." Jillian blickte wirr von einem zum anderen. David war nicht sicher, ob sie überhaupt verstanden hatte, worum es ging.

„Mrs. Preston, ich denke, es ist der Zeitpunkt gekommen, uns zu erzählen, in welchen Schwierigkeiten Ihr Bruder gesteckt hat. Ging es um Geld? Schuldete er jemanden Geld?"

„Nein, selbstverständlich nicht", konterte Jillian abwehrend, ihre Stimme bebte.

„Was dann? Hatte er Feinde?"

„Nein! Mein Bruder hatte auch keine Feinde", zischte sie.

„Und da sind Sie sich ganz sicher?" Er zog die Augenbrauen hoch und musterte sie angestrengt mit durchdringendem Blick.

„Natürlich, das wüsste ich!", erklärte sie voller Überzeugung.

„Ihnen ist klar, dass die Angelegenheit nicht mehr Sie allein betrifft. Mein Bruder Ramon könnte in ernste Schwierigkeiten geraten."

Wieder herrschte eine Weile betretenes Schweigen. Entschlossen stellte David sein Glas ab und baute sich vor den beiden Damen auf.

„Ich werde morgen früh sofort mit Mr. Capender sprechen und ihm die nötigen Anweisungen geben. Für ein paar Tage wird er ohne mich klarkommen. Gegen Mittag werde ich losreiten. Bei der Gelegenheit kann ich gleich Mr. Dyke aufsuchen. Es liegt auf dem Weg, dann ist das auch erledigt."

Während Rowina erleichtert ausatmete, wirkte Jillian noch sehr aufgewühlt und etwas konfus. Mehrere Haarsträhnen hatten sich aus ihrer Frisur gelöst, hingen zerzaust um das Gesicht herum und verstärkten den Eindruck der Verwirrtheit.

„Was meinen Sie damit?"
„Ich werde meinen Bruder aufsuchen, und wir werden die Angelegenheit klären, sofern Ramon das noch nicht gelungen ist."

„Nein!", antwortete Jillian heftiger als erwartet. Sie sprang aus dem Sessel hoch. Beide blickten sie überrascht an. „Nein, ich möchte nicht, dass noch mehr Personen in die Geschichte hineingezogen werden. Es ist mein Problem, und ich werde es allein klären. Immerhin war Joe *mein* Bruder."
Sie musste unbedingt verhindern, dass sich auch noch David einmischte.
„Ich wollte es Ihnen eigentlich schon beim Dinner sagen. Ich habe ohnehin beschlossen, dass wir morgen abreisen werden." Die heftigen Einwände von Rowina überhörte sie bewusst.
„Ich bin Ihnen sehr dankbar für alles, was Sie für uns getan haben. Aber es hilft niemanden, wenn ich mich weiterhin verkrieche. Joe ist tot, aber unser Leben geht weiter. Es ist an der Zeit, dass ich es in die Hand nehme." Sie straffte sich und versuchte, einen gefassten und entschlossenen Eindruck zu vermitteln. Dabei hoffte sie, dass niemand bemerkte, wie sehr sie innerlich aufgewühlt war.
Rowina versuchte mit Engelszungen, sie zum Bleiben zu überreden, und nahm auch Sarah als Vorwand. Wäre die ganze Sache nicht so kompliziert gewesen, wäre Jillian gern auf Rowinas Vorschlag eingegangen. Sie waren alle so nett und liebevoll zu ihnen. Aber es ging nicht. Es durfte nicht sein! David hatte mit verkniffener Miene zugehört. Er gab ein gereiztes Stöhnen von sich. „Schluss jetzt! Ich sagte, ich reite, und dann werde ich reiten! Und Sie, Mrs. Preston, sollten

sich darüber klar werden, dass man Ihren Bruder höchstwahrscheinlich ermordet hat. Warum wollen Sie sich und vor allem ihre kleine Tochter unnötig in Gefahr bringen?"
Rowina schnappte erschrocken nach Luft, angesichts der klaren, aber hart geäußerten Worte.
Jetzt waren es David und Jillian, die sich ein Wortgefecht lieferten.
„Kinder, Kinder! Herrjemine, ihr streitet ja schon wie ein altes Ehepaar …", ging Rowina nach einer Weile dazwischen. Abrupt schwiegen beide trotzig.
„Jillian, meine Liebe, David hat recht. Seien Sie vernünftig. Hier sind Sie in Sicherheit. Solange Sie nicht wissen, wer Ihnen etwas Böses wollte, sollten Sie hier bleiben. Sie wissen, ich würde mich glücklich schätzen, Sie noch länger als Gäste beherbergen zu dürfen."
Jillian stiegen Tränen in die Augen. Tränen der Verzweiflung und Tränen der Wut.
Sie hatte keine sinnvollen Argumente mehr, und ein David Bradley würde sich nicht von einem einmal gefassten Vorhaben abbringen lassen. Sie erinnerte sich, was Ramon über seinen Bruder erzählt hatte, jetzt erlebte sie es am eigenen Leib. Es war schwer, sich ihm in den Weg zu stellen. Er wich keinen Millimeter von seinem Standpunkt. Sie verstand, wie Ramon sich gefühlt haben musste und dass er es vorzog, seinen eigenen, unabhängigen Weg zu gehen. David war weiß Gott kein einfacher Gegner. Ramon konnte genauso beharrlich sein, kein Wunder, dass es Reibereien gab. Nur war Ramon derjenige, der eher einlenkte und bereit war, Zugeständnisse zu machen. Was aber das eigentliche Problem nicht löste.

„Gut, das wäre dann ja geklärt." David fühlte sich als Sieger.

Jillian wusste, dass sie nur noch eine einzige Chance hatte. Wenn es ihr nicht gelang, ihn davon abzubringen, musste sie zumindest sicherstellen, dass sie die Fäden in der Hand behielt.

„Also gut! Aber ich werde Sie begleiten!"

„Nein! Kommt nicht in Frage. Es könnte eventuell gefährlich werden." Er verschränkte die Arme vor der Brust. Seine Pose zeugte von Kraft und Überlegenheit.

Jillian platzte endgültig der Kragen. Es war ihr egal, was man von ihr denken mochte. Es war an der Zeit, diesen arroganten Kerl in seine Schranken zu weisen. Er wagte es, sie wie eine unmündige Göre zu behandeln. Wutschnaubend stemmte sie die Hände in die Seiten und machte einen Schritt auf ihn zu.

„Jetzt hören Sie mir mal zu, Sie aufgeblasener Wichtigtuer. Sie wissen nichts von meinem Leben, von unserem Leben. Sie sitzen wie ein König auf seinem goldenen Thron und bestimmen, wie es Ihnen passt. Sie nehmen keinerlei Rücksicht auf die Gefühle anderer Menschen und glauben, dass es nur Ihr Wort ist, das zählt. Ich habe mein ganzes Leben für mich selbst und für die Menschen, die mir am Herzen lagen, kämpfen müssen. Wir werden morgen so bald als möglich aufbrechen. Wenn Sie der Meinung sind, Sie müssten ebenfalls reiten, tun Sie das. Aber sagen Sie mit nicht, was ich zu tun oder zu lassen habe. Es geht hier um meinen Bruder. Sie kannten ihn nicht. Sie kennen ja nicht einmal ihren eigenen."

„Sind Sie jetzt fertig?", unterbrach er sie. Es klang eher gelangweilt denn wütend. Jillian schnaubte und stampfte aufgebracht mit ihrem Fuß auf. Der Kerl wagte es tatsächlich zu grinsen. Sie kochte vor Wut.

David hingegen fand immer mehr Gefallen an ihr, obwohl er zugeben musste, dass ihr Vorwurf, was seinen Bruder betraf, ihn sehr getroffen hatte. Diese Frau wagte es, ihm Kontra zu geben. Sie war keineswegs langweilig, zudem sah sie außerordentlich reizvoll aus, wenn sie wütend war. Sie besaß Leidenschaft, unweigerlich fragte er sich, ob sie im Bett genauso leidenschaftlich sein würde. Diese Frau reizte ihn, und ihn hatte schon lange keine Frau mehr so gereizt und fasziniert wie Jillian Preston. Ein Grund mehr, sie zu beschützen. Nichtsdestotrotz war sie eine halsstarrige Person. Er wurde den Eindruck nicht los, dass sie genau wusste, in welchen Schwierigkeiten ihr Bruder gesteckt hatte. Jeder normale Mensch würde wissen wollen, wie es zu der Tragödie gekommen war. Jillian aber lehnte jede Hilfe ab. Wovor hatte sie Angst?
„Ich denke, zehn Uhr ist eine gute Zeit zum Aufbrechen. Seien Sie fertig."
„Wir werden fertig sein", erklärte sie erhobenen Hauptes.
„Nein, Mrs. Preston! *Sie* werden fertig sein. Sarah und Nala werden hierbleiben. Legen Sie sich schlafen, wir haben morgen einen anstrengenden Tag vor uns. Gute Nacht, Mrs. Preston, Mutter." Mit selbstsicherer Miene schritt er zur Tür hinaus und ließ die beiden Frauen allein. Mutter würde sie schon davon überzeugen ...

An Schlaf war gar nicht zu denken. Erstens saß der Schock viel zu tief, dass ihr geliebter Joe Opfer eines Verbrechens geworden sein sollte, und zweitens ärgerte sie sich über Davids Verhalten. Als sie in ihrem Zimmer eintraf, erwartete die treue Nala sie bereits voller Ungeduld.

„Und Sie wollen tatsächlich allein mit ihm dorthin?", wollte Nala angsterfüllt wissen, nachdem Jillian ihr haarklein berichtet hatte, was sich zugetragen hatte.

„Wollen?", sie schnaubte. „Ich habe keine andere Wahl. Aber sieh es positiv. Du und Sarah, ihr seid in Sicherheit. Euch wird nichts passieren. Versprich mir, dass du gut auf meine Kleine aufpassen wirst, solange ich fort bin."

Nala war nur mit einem hellen, bodenlangen Nachthemd bekleidet. Ihr langes schwarzes Haar trug sie offen.

„Und wenn man Sie erwischt?" Ihre Stimme zitterte.

„Ich werde auf mich achtgeben. Im Moment ist David mein größtes Problem. Wenn ich ihn begleite, kann ich ihn im Auge behalten. Mit Glück hat man den Übeltäter bereits gefasst, und ich bin ganz schnell wieder zurück." Sie versuchte, mehr Sicherheit zu vermitteln, als sie selbst empfand. Auf welche Weise ihr David im Besonderen gefährlich werden konnte, wollte sie gegenüber ihrer Sklavin lieber nicht erwähnen.

Übermüdet und mit dunklen Ringen unter den Augen war Jillian am nächsten Morgen bereit. Sarah hatte weitaus besser auf ihr Gespräch reagiert, als sie angenommen hatte. Offenbar fühlte sie sich hier wohl, das gab Jillian Kraft.

„Was ist das?", fragte Jillian erschrocken?

David, der gerade etwas Proviant in der Satteltasche verstaute, drehe sich verwundert um.

„Das ist Arabella, ein hervorragendes Pferd. Ich habe Ihre Sachen bereits verstaut." Er nickte in Arabellas Richtung. „Es ist alles bereit."
„O nein! Wo ist Missy?" Panik machte sich in ihr breit. Er konnte doch nicht ernsthaft verlangen, dass sie auf dieses Vieh steigen würde.
„Missy?" Er befestigte einen weiteren Beutel und kam dann langsam auf sie zu. „Im Stall, wo sollte sie sonst sein? Können wir dann?"
„Nein, ich reite Missy und kein anders Pferd. Wenn Sie also so freundlich wären und Missy satteln? Ich warte!"
„Den alten Gaul? Sagen Sie bitte, dass Sie scherzen." David war schockiert.
„Missy ist alt, aber ein sehr liebes Tier und keineswegs gebrechlich", entgegnete Jillian trotzig. „Sie ist stärker, als es den Anschein hat."

David verdrehte unmerklich die Augen. Diese Missy hatte gerade mal ein Stockmaß von schätzungsweise einen Meter vierzig. Man hätte es eher als Pony geschweige denn als Pferd bezeichnen können. Das Tier wirkte insgesamt etwas uneinheitlich in seinem Erscheinungsbild. Es hatte einen großen Kopf, einen kurzen, allerdings kräftigen Hals, eine breite Brust, aber klare kurze Beine mit harten Hufen. Er kannte sich mit diesen Tieren nicht aus, aber er vermutete, dass es sich um eine alte, keltische Abstammung handeln musste.
„Hören Sie, Arabella ist ein sehr gutmütiges und vertrauenswürdiges Tier. Glauben Sie mir, ich würde einer Dame mit Sicherheit kein unberechenbares Pferd anbieten. Da können Sie mir gewiss vertrauen."
„Ihnen vertrauen? Ganz bestimmt nicht!"

David verdrehte erneut die Augen und fluchte innerlich. „Meinetwegen sattle ich Ihnen den Hengst, mit dem Sie hergekommen sind, wenn Sie sich damit wohler fühlen", bot er als Friedensangebot an.
„Ich bin auf Missy hergekommen", entgegnete Jillian steif.
Verwundert zog David die Augenbrauen hoch. „Und wie bitte schön kommt dann der Hengst hierher in *meinem* Stall?"
„Auf dem ist Nala geritten. Sie hat wenigstens keine Angst vor großen Tieren."
„Wollen Sie mir allen Ernstes erzählen, dass Sie auf der betagten Missy geritten sind, während Ihre Sklavin auf einem edlen Hengst gesessen hat?", fragte er belustigt.
„Sie haben es erkannt, Mr. Bradley", entgegnete sie.

Jillian reckte trotzig ihren Hals, sein Spott schmerzte sie zutiefst, aber das würde sie ihm niemals zeigen.
Sie erwartete einen weiteren verletzenden Kommentar, doch stattdessen begann er, schallend zu lachen, was noch schmerzvoller als Worte war. Sie kämpfte gegen die aufsteigenden Tränen an. Sie wollte nicht weinen, den Triumph wollte sie ihm nicht geben.
Mehrere Sklavengruppen waren auf sie aufmerksam geworden und schauten verwundert und tuschelnd zu ihnen herüber.
Zwischenzeitlich hatte sich Nala mit Sarah genähert, um sie zu verabschieden. Jillian nutzte die Chance und umarmte und herzte Sarah. Während sie Nala umarmte, raunte sie ihr ins Ohr, dass David sich weigere, Missy zu satteln.
„Oh", entfuhr es ihr, die wusste, was es bedeutete. Zielstrebig ging sie auf Arabella zu und streichelte es.

„Es ist ein schönes Tier und scheint ganz ruhig zu sein. Ich würde sie gern reiten", rutschte es ihr bewundernd heraus.

„Danke, dass du mir in den Rücken fällst", murrte Jillian beleidigt, und Nala trat mit gesenktem Kopf einen Schritt zurück. Ungefragt mischte sich der Sklave Kemal ein.

„Sie müssen wirklich keine Angst haben, Ma'am. Sie ist ein sehr ruhiges, friedliches Tier und kommt mit jedem Reiter zurecht."

„Nenn mich gefälligst nicht Ma'am", fauchte Jillian, die sich immer mehr in die Enge getrieben fühlte. Obwohl die Sonne noch nicht den Weg durch die Wolkendecke gefunden hatte und es daher angenehm kühl war, hatte sie den Eindruck, bereits klatschnass geschwitzt zu sein.

„Ich werde dieses Ungetüm da gewiss nicht besteigen", versuchte sie ein letztes verzweifeltes Aufbegehren.

David war zwischenzeitlich zu seinem Pferd zurückgekehrt. Er beobachtete sie, wie es schien, halb amüsiert und halb wegen der Verzögerung verärgert.

„Mit Verlaub, Mrs. Preston. Erstens handelt es sich nicht um ein Ungetüm, sondern um ein Pferd, und zweitens sollen Sie es ganz gewiss nicht *besteigen*."

Allgemeines Gelächter begleiteten seine Worte. Warum lachten alle so unverschämt, als hätte er einen Witz gerissen? Selbst Nala lachte, obwohl sie krampfhaft versuchte, es nicht zu tun. *Verräterin*, dachte Jillian. Sie kniff die Lippen zu einer schmalen Linie zusammen. Ihr wurde bewusst, dass sie sich gerade zum Gespött machte. Was konnte sie dafür, dass sie Angst hatte? Ihr Blick traf den ihrer Tochter, die als

Einzige nicht lachte. Ihr Blick schien zu sagen: „Du schaffst es!"
„Hören Sie, Mrs. Preston. Sie haben jetzt genau zwei Möglichkeiten: Entweder Sie werden auf Arabella reiten, oder ich mache mich allein auf den Weg, und Sie werden hierbleiben. Ihre Entscheidung!" Er machte Anstalten aufzusitzen.
„Ja, schon gut, Sie haben gewonnen", gab sie kleinlaut ihre Gegenwehr auf. Im Beisein von Sarah wollte sie sich nicht wie eine hysterische Kuh aufführen.
„Wenn Sie wenigstens so freundlich wären, mir behilflich zu sein."

„Selbstverständlich." Mit wenigen Schritten war er bei ihr.
Seine Belustigung war schlagartig verschwunden, als er bei ihr war und erkannte, dass sie wahrhaft Angst hatte. Sie zitterte am ganzen Körper, Schweißperlen liefen ihren zarten Nacken hinunter. Verdammt, was war er nur für ein Idiot. Er stellte sich hinter sie und umfasste mit dem rechten Arm ihre Mitte. Ihr Puls raste, als wäre sie einen Marathon gelaufen. Er murmelte beruhigende Worte in ihr Ohr. Sie musste unbedingt ruhiger werden.
Er spürte die Wärme ihres aufregenden Körpers, nahm den Geruch ihrer makellosen Haut wahr und hatte das Gefühl, das Salz ihres Schweißes auf seinen Lippen zu schmecken. Sein Körper reagierte prompt, auch wenn er sich dafür verfluchte.
Mit der linken Hand ergriff er die ihre und führte sie zum Kopf des Tieres.
„Streicheln Sie Arabella", bat er. „Sprechen sie mit ihr. Machen sie sich vertraut mit ihr. So ist es gut."

Diese Nähe machte ihn wahnsinnig, er konnte kaum noch klar denken. Kurz schloss er die Augen und sog ihren betörenden Duft ein. Was hätte er drum gegeben, sie jetzt zu küssen. Ihr Ohrläppchen lud ihn zum Knabbern ein, ihre Brust hob und senkte sich im schnellen Rhythmus. Sie trug ein fades, eintöniges Kleid, dennoch wirkte sie erotischer und verführerischer als in dem feinsten Seidengewand. Er musste sich zwingen, seine rechte Hand dort zu lassen, wo sie sich befand. Eines stand fest, die Reise mit Jillian würde für ihn zu einer wahren Folter werden.
Die kuschelfreudige Arabella verlangte nach mehr und warf ihren Kopf fordernd zur Seite. Jillian erschrak und machte einen Satz rückwärts.
David versuchte, ein Stöhnen zu unterdrücken, was ihm nicht gelang. Er biss die Zähne zusammen und versuchte, aufrecht stehenzubleiben. Ihr Sprung hatte seine Lendenregion empfindlich getroffen. Wenigstens war Jillian zu sehr mit dem Tier beschäftigt, als dass sie seinen momentanen Zustand bemerkte. Ein Blick zur Seite sagte ihm, dass der Sklave Kemal sehr wohl sein Problem registriert hatte – sein hämisches Grinsen war Aussage genug.
Verflucht sei der Kerl ...
Nala und Sarah standen weiter rechts und wurden gottlob durch Arabella verdeckt.
Das Zeitgefühl war ihm verloren gegangen. Irgendwann saß Jillian tatsächlich auf Arabella, wenn auch sehr verkrampft und kreideweiß. Er versuchte, ihr Mut zuzusprechen, damit sie lockerer wurde. Arabella war das gutmütigste Tier in seinem Stall und die Lieblingstute seiner Mutter. Nach einer Weile würde Jillian merken, dass ihre Angst unbegründet war.

Sie ritten im gemächlichen Tempo, damit Jillian nicht in Panik geriet. Zuweilen gab er ihr freundliche Anweisungen und Hilfestellungen, ansonsten verlief der Ritt relativ schweigsam, da Jillian verbissen auf das Pferd konzentriert zu sein schien. Nur das gleichmäßige Klappern der Pferdehufe und das Vogelgezwitscher in den Bäumen am Wegrand begleiteten sie. Verstohlen schaute er immer wieder zu ihr rüber. Er bewunderte sie für ihren Mut, den sie bewiesen hatte. Sie war eine einzigartige Frau.

„Dort drüben können wir eine kurze Rast einlegen", schlug er vor, nachdem sie etwa die Hälfte des Weges geschafft hatten. „Da ist saftiges Gras für die Pferde, und unter dem Baum dort wäre ein schattiges Plätzchen für einen kleinen Imbiss."

Er hielt sie länger als nötig in seinen Armen, als er ihr vom Pferd half.

„Bitte verzeihen Sie mir, dass ich mich vorhin über Sie lustig gemacht habe. Ich hatte keine Ahnung, wie groß Ihre Angst ist. Sie hätten es mir sagen können."

„Damit Sie mich noch mehr verhöhnen?" Sie entzog sich seinen Armen, ging staksig einige Schritte ins Gras hinein und setzte sich stöhnend. Mitleidig blickte er ihr nach.

„Sie werden argen Muskelkater bekommen, wenn Sie nicht lockerer werden", mahnte er, während er ein Proviantpäckchen aus der Satteltasche zog und danach die Tiere auf die Weidefläche führte. Sie antwortete nicht. Er nahm unmittelbar neben ihr Platz. Er hätte erwartet, dass sie empört von ihm abrücken würde, doch sie reagierte nicht. Stattdessen sah er Tränen über ihre Wangen laufen.

Als sie auf seine besorgte Nachfrage nicht reagierte, legte er vorsichtig seinen Arm um sie und rieb ermutigend den anderen Oberarm.
„Machen Sie sich keine Sorgen. Es wird sich alles aufklären", versuchte er zu trösten, da er annahm, ihr mache das Ziel der Reise Angst.
„Ich bin das erste Mal von Sarah getrennt", gestand sie. „Gerade jetzt, wo sie mich am meisten braucht."
Mit dem Handrücken entfernte sie den Tränenfluss.
„Sie wird gut umsorgt werden, darauf kann ich Ihnen mein Wort geben. Meine Mutter wird sich bestens um sie kümmern, und Ihre Nala ist zudem auch bei ihr."
„Ich weiß." Endlich sah sie auf und blickte ihn an. „Aber sie fehlt mir."
Mit der freien linken Hand berührte er ihre feuchte Wange und streichelte sie sanft. Eine große Welle der Zuneigung erfasste ihn und beraubte ihn seiner Worte.
„Ich hätte doch merken müssen, was mit meinem Kind los ist. Ich bin ihre Mutter."
„Sie sind eine gute und liebevolle Mutter", bekräftigte er zärtlich. „Daran dürfen Sie niemals zweifeln." Sie schob seine Hand zur Seite, um den erneuten Tränenstrom fortzuwischen.
„Bei allem Durcheinander habe ich mich noch gar nicht bei Ihnen bedankt, dass Sie Sarah gefunden haben." Sie versuchte ein Lächeln. „Sie können gut mit Kindern umgehen."
David schmunzelte verlegen. „Das ist nicht weiter schwer. Sie haben eine wunderbare Tochter, Jillian."
Zum ersten Mal nannte er sie beim Vornamen. Falls sie es bemerkt hatte, reagierte sie nicht darauf.
Er bot ihr eine der Hähnchenkeulen an, die man ihnen eingepackt hatte.

„Ich habe keinen Hunger, danke", wehrte sie ab. Sie sah dem Hasen nach, der offenbar durch die grasenden Pferde aufgeschreckt worden ist und nun eilig davonhoppelte.
„Sie sollten etwas essen." Er reichte ihr die anderen Leckereien. Schließlich gab sie klein bei und griff nach einem Butterbrot, das mit Käse belegt war. Schweigend saßen sie nebeneinander und verzehrten ihr Mahl.
„Wie alt waren Sie, als Sie vom Pferd gefallen sind?", begann er die Unterhaltung.
„Wie kommen Sie darauf, dass ich vom Pferd gefallen bin?"
„Nur das erklärt Ihre panische Angst vor den Tieren." Er sah sie mit einem fürsorglichen Ausdruck an. Sie zögerte und zupfte nervös am Ärmel ihres Kleides.
„Ich war zehn Jahre alt, als mein Vater mich eines Tages auf ein großes Pferd gesetzt hatte. Vorher hatte ich nur auf unserem Pony gesessen. Als ich das Pferd zum ersten Mal allein ritt, ist es passiert. Das Tier scheute, und ich wurde abgeworfen. Und als wäre das nicht genug, wurde ich noch von seinen Hinterläufen getroffen."

Mit Erschaudern erinnerte sie sich an den schrecklichen Unfall.
„Man hätte Sie kurze Zeit nach dem Sturz wieder aufs Pferd setzen sollen, damit Sie gar nicht erst diese Angst hätten entwickeln können."
„Das war leider nicht möglich gewesen", brauste sie auf. „Ich habe wochenlang das Bett hüten müssen und zudem eine schreckliche Beinschiene getragen. Ich habe jeden Tag mit der Angst gelebt, vielleicht für den Rest meines Lebens ein Krüppel zu sein. Heute kann

ich von Glück sagen, dass ich außer einer kleinen Narbe keine bleibenden Schäden davongetragen habe."

„Das ist natürlich sehr bedauerlich. Ich hatte keine Ahnung, dass es so schlimm verlaufen ist." Betretenes Schweigen trat ein.

„Haben Sie es je wieder versucht?", hakte er vorsichtig nach. Sie schüttelte heftig den Kopf.

„Ich wollte nicht."

„Wie hat Ihr Vater darauf reagiert?"

„Mein Vater hat nichts auf seine Pferde kommen lassen. Er gab mir die Schuld an dem Unfall. Ich sei zu ungeschickt und hätte nicht das Zeug dazu, ein Pferd zu führen." Traurig sah sie zu Boden. Die Erinnerung schmerzte selbst nach all den Jahren.

„So ein totaler Schwachsinn", schimpfte David. „Wie kann ein Vater so reagieren? Das haben Sie doch nicht wirklich geglaubt?" Verständnislos schüttelte er den Kopf.

„Ich war zehn! Was hätte ich glauben sollen?" Ein wenig beschämt sah sie ihn an. „Die Tochter einer seiner zweifelhaften Freunde hat schon mit zwölf Jahren an Wettkämpfen teilgenommen und sogar Preise gewonnen. Ich denke, mein Vater hatte gehofft, mit mir ebenfalls angeben zu können. Da habe ich ihm wohl einen Strich durch die Rechnung gemacht."

„Klingt, als hätten Sie kein sehr gutes Verhältnis zu Ihrem Vater?"

„Er hatte schon damals getrunken", gab sie kleinlaut zu. Es war ihr unangenehm, darüber zu sprechen.

„Verstehe! Ich nehme an, dann war er, als der Unfall geschah, ebenfalls alkoholisiert. Es ist nicht Ihre Schuld gewesen. Ihr Vater hätte besser auf Sie achtgeben sollen."

„Mag schon sein. Dennoch es ist halt geschehen." Gedankenverloren spielte sie mit einem Grashalm. David betrachtete sie nachdenklich von der Seite.

„Mir scheint, Sie hatten keine einfache Kindheit", mutmaßte er.

„Mit einem Vater, der trinkt? Nein! Er hat im Laufe der Jahre immer mehr getrunken und dadurch letztlich alles verloren. Wir hatten einst eine kleine Tabakplantage mit etwa achtzig Sklaven. Aber Alkohol und Glücksspiel haben ihn schließlich in den Ruin getrieben. Anfänglich hat er immer mehr Sklaven verkaufen müssen und irgendwann die Plantage selbst. Das Geld hat gerade noch für ein kleines, bescheidenes Cottage gereicht. Nur wenige Wochen darauf ist er gestorben. Meine Mutter war seit Jahren krank, sie folgte ihm nur ein Jahr später." Sie wusste nicht, warum sie ihm das alles erzählte.

„Wie alt waren Sie zu dem Zeitpunkt?"

„Siebzehn, und Joe war damals zwölf. Ich musste uns fast allein durchbringen. Es war eine harte Zeit. Aber ich habe es geschafft, auch wenn wir anfangs kaum was zu essen hatten. In der Nachbarschaft wohnte ein nettes älteres Ehepaar, das sich dort zur Ruhe gesetzt hatte. Sie waren uns oftmals eine gute Hilfe gewesen. Ihr Sohn hatte deren Tabakplantage übernommen und dann auf Baumwolle umgestellt. Joe hat ein wenig Geld verdient, indem er nach dem Schulunterricht dem Gemischwarenhändler geholfen hat, seine Waren einzuräumen. Ich habe im Garten Gemüse angebaut und es auf dem Markt verkauft oder kleinere Einkäufe für das nette Ehepaar erledigt. Durch sie habe ich später einzelne Aufträge als Näherin bekommen."

David begann zu verstehen, warum Jillian so eine enge Bindung zu ihrem Bruder hatte. Er versuchte, sich vorzustellen, wie hart ihr Leben gewesen sein musste. Dabei war er immer der Meinung gewesen, ihn hätte es hart getroffen. Im Gegensatz zu ihr hatte er wenigstens keine finanziellen Probleme, das ist natürlich sein großer Vorteil gewesen. Für eine Weile gab er sich seiner eigenen Vergangenheit hin.
Aufgrund der beiden Reiter, die vorbeikamen und freundlich grüßten, wurde ihm bewusst, dass ihre Pause weitaus länger geworden war als geplant.
„Wir sollten allmählich aufbrechen." Er erhob sich und reichte ihr die Hand. Ihre Blicke trafen sich und versanken ineinander. Er wollte etwas sagen, doch er wusste nicht, was er in diesem Augenblick sagen sollte. Mit einem leichten Seufzen wandte er den Blick ab und stieß einen lauten Pfiff aus. Sofort kam sein Hengst angetrabt, Arabella folgte ihm brav. Cäsar blieb unmittelbar vor ihm stehen, lächelnd ergriff er Jillians Hand.
„Kommen Sie, streicheln Sie ihn." Wie zur Ermutigung stupste Cäsar sie an. Dieses Mal lachte Jillian auf und kraulte dem gehorsamen Tier den Kopf. Aber auch Arabella wollte nicht leer ausgehen und drängte sich dazwischen.
„Nun sehen Sie sich Arabella an", lachte David. Ohne Aufforderung seinerseits kraulte Jillian auch Arabellas Kopf, während er seinem Hengst noch ein paar Streicheleinheiten gewährte. Es musste eine große Überwindung für sie sein.
Als er hinter ihr stand, um ihr hinaufzuhelfen, verspürte er erneut die betörende Wirkung, die sie auf ihn ausübte.

„Sie sind eine starke Frau", raunte er ihr ins Ohr, „und eine wunderschöne dazu."
Voller Erstaunen drehte sie herum und sah ihn an. Erregung flutete seinen ganzen Körper. Er konnte nicht anders, als sie in seine Arme zu ziehen. Die Sehnsucht, sie zu umarmen und zu spüren, war zu übermächtig. Nicht um alles in der Welt hätte er es verhindern können. Er stöhnte leise, als sich ihre Körper berührten, sie fühlte sich so wunderbar an. Sein Mund fand ihre weichen, warmen Lippen. Sie versteifte sich kurz, wehrte sich aber nicht gegen ihn. Er stöhnte erneut und zog sie enger an sich, während er den Kuss vertiefte.
Die enorme Wucht dieses Verlangens war selbst für ihn neu. Er musste sich stark beherrschen, um sie nicht augenblicklich zu Boden zu werfen und zu nehmen. Stattdessen legte er all seine Leidenschaft in diesen Kuss. Er hatte das Gefühl, innerlich zu verbrennen, so etwas hatte er noch nie zuvor erlebt. Ungewollt wurde sein Kuss drängender, mit der rechten Hand fuhr er ihren Rücken hinunter bis zu ihrem wohlgeformten Hinterteil und zog sie näher zu sich heran. Sie musste das Ausmaß seiner Erregung spüren. Er wollte, dass sie es spürte. Er zitterte vor Erregung. Gierig bedeckte er ihr Gesicht und ihren Hals mit Küssen, knabberte an ihrem zarten Ohrläppchen, das ihn schon früher gereizt hatte. Als er von ihr ein leises Stöhnen vernahm, war er nahe dran, restlos den Verstand zu verlieren. Seine Lippen suchten erneut die ihren und schienen mit ihnen zu verschmelzen.
„Jillian", keuchte er schwer atmend. Seine Hand fand die zarten Rundungen ihrer Brüste und streichelte sie. Selbst durch den Stoff ihres Kleides spürte er, dass sie auf ihn reagierte. Mit einem lauten Stöhnen bezwang

er seine Hand, wieder zu ihrem Rücken zu wandern. Sonst konnte er für nichts mehr garantieren. Verwirrt über die Reaktion seines eigenen Körpers sah er sie an. Ihr Blick wirkte verschleiert, aber wunderschön.
„Jillian", flüsterte er ergriffen. Er streichelte ihr Gesicht, während er verzweifelt darum kämpfte, seine Atmung wieder unter Kontrolle zu bringen.
„Wir … ähm … wir sollten weiter … ähm … weiterreiten", stammelte sie.
„Ja, ich weiß", keuchte er immer noch. Er lehnte seine Stirn gegen ihre und schloss die Augen, während er sich auf seine Atmung konzentrierte. Was war nur los mit ihm? Bei keiner Frau hatte er jemals so heftig reagiert. So lange war es doch nicht her, dass er sich bei einer Frau Erleichterung verschafft hatte. Er konnte keinen klaren Gedanken fassen. Er drückte sie abschließend noch einmal eng an sich. Dann ließ er sie mit einem bedauernden Seufzen frei, um ihr auf Arabella zu helfen. Wie er selbst allerdings in diesem Zustand reiten sollte, war ihm ein Rätsel. Er ging lächelnd zu seinem Hengst Cäsar, wenigstens hatte sie ihm dieses Mal keine Ohrfeige verpasst.
Es war später Nachmittag, als sie ihre Zimmer in einer gemütlichen Pension am Stadtrand von Brookhaven bezogen hatten. Als die Wirtin ihn fragte, ob sie verheiratet seien, hätte er das am liebsten bejaht, um ein gemeinsames Zimmer zu bekommen. Er hatte sich beherrscht. Immerhin war er ein Gentleman und wollte Jillian nicht in Verlegenheit bringen.
„Wie geht es jetzt weiter?", wollte Jillian wissen, als sie zeitgleich aus den Zimmern in den Flur traten.
„Als Erstes werde ich Ramon aufsuchen, und dann werden wir gemeinsam besprechen, wie es weitergeht." Er sah, wie erschöpft sie aussah. „Ich hab be-

reits veranlasst, dass man Ihnen ein entspannendes Bad bereitet. Es wird Ihren verkrampften Muskeln guttun."
„Oh, vielen Dank" Ein freudiges Lächeln breitete sich auf ihrem Gesicht aus. „Ein Bad wäre etwas Wundervolles. Ich spüre jeden einzelnen Knochen im Leib." Sie stöhnte und rieb sich mit beiden Händen das Kreuz.
„Ich habe Sie gewarnt", lächelte er zärtlich und beobachtete, wie sie sich streckte und dehnte.
„Ich bin immerhin auf Arabella geritten", protestierte sie. „Das ist mehr, als ich jemals von mir selbst geglaubt hätte."
„Nun ja", neckte er sie grinsend, „*geritten* ... daran müssen wir noch etwas arbeiten."
„Oh, Sie Scheusal", schimpfte sie. Spielerisch schlug sie mit dem Schultertuch nach ihm, das sie in der Hand hatte.
David wich lachend dem Schlag aus und zog sie in die Arme. „Sie können mit Recht sehr stolz auf sich sein. Das ist mein voller Ernst." Er küsste ihre Nasenspitze. „Genießen Sie Ihr Bad. Ich werde mich auf den Weg machen. Wenn Ramon nicht in seiner Pension ist, reite ich zu der Plantage."
Sie entzog sich seiner Umarmung und sah ihn überrascht an. „Wissen Sie denn überhaupt, wo das ist?"
David erbleichte. Verdammt, er stand da wie ein Volltrottel. Zerknirscht musste er zugeben, dass er nicht die geringste Ahnung hatte, wo sich sein Bruder das letzte halbe Jahr aufgehalten hatte. Seine Unwissenheit war ihm zutiefst peinlich. Er konnte Jillian nicht ansehen, als sie ihm die Adresse nannte. Stumm nickte er nur.

„Ich werde eventuell erst spät am Abend zurück sein. Wenn ich bei Ihnen noch Licht sehen sollte, gebe ich Ihnen kurz Bescheid. Ansonsten sehen wir uns morgen beim Frühstück."
„Ja, ist gut." Sie nickten einander zu, und er begab sich auf den Weg zur Treppe.

„Mr. Bradley?", rief sie ihm nach. „Sie werden keinen Ramon Bradley finden!"
Verdutzt zog er die Stirn in Falten.
„Er nennt sich Ramon Black." Sie amüsierte sich köstlich über seine verblüffte Miene. Siegessicher verschwand sie in ihrem Zimmer. Kaum war sie allein, verschwand ihre kurzzeitig aufgeflammte gute Laune. Mit dem Rücken lehnte sie gegen die geschlossene Tür und kniff gequält die Augen zusammen.
Was mache ich hier eigentlich? Sie schüttelte den Kopf und verfluchte sich selbst. Sie konnte nicht klar denken, wenn David in der Nähe war. Das musste aufhören! Sie hatte ihm schon viel zu viel erzählt. Er hatte eine Art an sich, die sie schwach machte. Sie war nicht so naiv zu glauben, dass David Bradley ernsthaft an ihr interessiert sein könnte. Er war ein Mann, und Männer suchten ihr Vergnügen. Zudem konnte ein Mann wie er jede Frau haben, immerhin war er reich und überaus attraktiv. So jemand konnte zwischen den begehrtesten Frauen aus ganz Mississippi wählen. Wütend stieß sie sich mit geballten Fäusten von der Tür ab. Er musste sie für ein besonders dummes Huhn halten.
Verdammt, dabei hatte sie im Augenblick ganz andere Sorgen. Aufgewühlt begann sie, im Zimmer auf und ab zu gehen, um sich ihre nächsten Schritte zu überle-

gen. Sie musste zu ihrem einstigen Cottage zurück und sehen, ob noch irgendwas zu retten war – was sie allerdings bezweifelte. Der Gedanke, dorthin zurückzukehren, verursachte ihr eine Gänsehaut. Aber Joe noch einmal nahe sein und sich an seinem Grab zu verabschieden, würde ihr Kraft geben für die weite Reise ins Ungewisse. Als Nächstes müsste sie zur *Bank of Mississippi* und eventuell noch …
Ein Klopfen an der Tür unterbrach ihre Gedanken. Es war das Hausmädchen, die mit einem Arm voller Handtücher vorangeeilt war.
Ja, jetzt würde sie erst mal ihr Bad nehmen und dann …

***

David war ein wenig frustriert. Ramons Pensionswirtin hatte ihm gesagt, sie hätte ihren Gast seit Tagen nicht gesehen. Für alle Fälle hatte er eine Nachricht hinterlassen. Nach einem kurzen Abstecher in eine Bar, wo er sich ein kühles Bier genehmigte, befand er sich nun auf dem Weg nach Woodland. Vielleicht war Ramon dort anzutreffen, oder man konnte ihm zumindest Anhaltspunkte geben. Er war viel zu aufgewühlt, um den restlichen Abend in der Pension zu verbringen, mit dem Wissen, dass Jillian im Nebenzimmer schlief.
Als er durch das große Eingangstor von Woodland ritt, beschlich ihn ein eigenartiges Gefühl. Niemand schien ihn bemerkt zu haben – selbst als er quer über das Grundstück an mehreren mit spanischem Moss behangenen Eichen vorbei zum Hinterhof ritt. Es wirkte wie ausgestorben. Wachsam ritt er weiter, vor-

bei an den Stallungen, wo ein kleiner Haufen Sklaven ihn gelangweilt beäugte, ohne Anstalten zu machen, ihm behilflich zu sein. Vorbei am Waschhaus und dem Ginhouse.
Was war hier los? Er konnte sich nicht vorstellen, dass Ramon hier arbeitete. Das hatte er doch nicht nötig.
Als er erneut um eine Ecke bog, entdeckte er einen Reiter. Sogleich machte er sich bemerkbar und hielt auf den erstaunten Mann zu.
„Verzeihen Sie, Mister, ich suche einen Mr. Ramon Brad… Black", verbesserte er sich schnell. „Ramon Black? Können Sie mir sagen, wo ich ihn finden kann?"
Der Mann schien über sein Auftauchen derart baff zu sein, dass er den Schnitzer nicht bemerkt hatte und ihn sekundenlang nur anstarrte.
„Mr. Black? Ja, ein feiner Kerl, lässt sich aber auch nicht mehr blicken. Wen wundert's?", knurrte der Mann und begann, ihn intensiver zu mustern. „Was wollen Sie denn von ihm?"
„Was Persönliches", wich David aus.
„Haben Sie es schon in seiner Pension versucht?"
„Dort sagte man mir, ich könne ihn hier finden", log er.
Der Alte senkte den Kopf und machte einen traurigen Eindruck. „War ein fähiger Bursche und schien im Gegensatz zu einigen anderen hier …", er warf einen verächtlichen Blick über die Schulter, „tatsächlich Ahnung von dem zu haben, was er sagte. Aber seit dem furchtbaren Unglück war er nur zweimal kurz hier gewesen." Bedauernd schüttelte er den Kopf.
David stellte sich unwissend und hakte geschickt nach.

„Ach wissen Sie, Mister. Einer unserer Leute, ein Mr. Preston, übrigens auch ein hervorragender Mann, ist ums Leben gekommen, als sein Haus abgefackelt ist. Tragisch, sage ich Ihnen. Tut mir so leid um seine Frau und die kleine Tochter."
David traf es wie ein Schlag ins Gesicht – seine Frau?
„Er war verheiratet?"
Leicht verwirrt schaute der Alte ihn an. „Ja, warum? Wie hieß sie noch gleich … Jane? Jill? Nein, Jillian! Jetzt hab ich's."
David ballte unbewusst die Hände zu Fäusten. Wut übermannte ihn. Das Miststück hatte ihn die ganze Zeit angelogen. Von wegen Bruder …
„Kann ich sonst noch was für Sie tun, Mister? Ich bin echt erledigt. Um alles muss man sich hier allein kümmern", schimpfte er ungeniert. „Frag mich, wofür das alles noch? Sehen Sie sich hier um. Im Grunde mache ich das nur noch aus Sympathie für den alten Mr. Franks. Wenn Sie weitere Fragen haben, wenden Sie sich an Mr. Benjamin Pearl. Er ist der Verwalter und zukünftige Hausherr hier." Er spie den letzten Satz förmlich aus. Anscheinend war wohl ein Streit vorausgegangen, mutmaßte David.
David bedankte sich bei ihm und ließ sich zeigen, wo er den ominösen Mr. Pearl finden würde. Verkniffen blickte er dem davonreitenden Mann hinterher. Dieses Weib hatte ihn die ganze Zeit an der Nase herumgeführt. Wahrscheinlich lachte sie gerade herzhaft über ihn. Er hatte die ganze Zeit gewusst, dass irgendetwas faul gewesen war. Warum sagte sie nicht die Wahrheit? Auf jeden Fall würde er die Antwort aus ihr herausbekommen, da konnte sie Gift drauf nehmen. Er kochte innerlich, so würde sie nicht davonkommen!

Er stieg ab, band Cäsar am nächsten Pfahl an und marschierte zu den Sklavenunterkünften. Das Geschrei eines wutschnaubenden Mannes drang bereits an sein Ohr – das musste wohl Mr. Pearl sein.
Langsam schlich er näher. Er konnte sein Gesicht nicht sehen, da er im Schatten stand. Alles, was er erkennen konnte, war seine weiße Hose, die in schwarzen, blank polierten Stiefeln steckte. Das sagte bereits einiges über ihn aus.
„Ihr dreckiges, nichtsnutziges Sklavenpack", brüllte er eine Reihe erbärmlich aussehender Sklaven zusammen. „Ausräuchern sollte man euch, pah. Ihr stinkt schlimmer als Schweine. Verschwindet aus meinen Augen, bevor ich euch Beine mache." Zum Beweis seiner Drohung ließ er die Peitsche mit lautem Knall auf den Boden aufschlagen. Ein widerlicher Kerl. David hatte genug gehört. Er war ohnehin verdammt übel gelaunt nach der Information des Alten.
„Sind Sie Mr. Pearl? Ich wünsche Sie kurz zu sprechen." Sein Ton war scharf und zeigte an, dass mit ihm nicht zu spaßen war. *Was hatte Ramon hier verloren?* David verließ seine Deckung und ging einige Schritte auf den Kerl zu.
„Wer will das wissen?", bellte der Angesprochene.
Mit knappen Worten stellte er sich notgedrungen vor und äußerte sein Anliegen.
„Und da kommen Sie zu mir?", brauste Pearl auf.
„Wegen dieses Schnösels? Meint ständig, alles besser zu wissen, aber taucht seit Tagen nicht zum Arbeiten auf. Meinetwegen kann er bleiben, wo der Pfeffer wächst. Ein so anmaßender Kerl, der es obendrein wagt, meine Verlobte zu betatschen, braucht hier nie wieder aufzukreuzen."

Überrascht zog David die Augenbrauen hoch. Wenn er eines sicher wusste, dann, dass Ramon niemals der Verlobten eines anderen Mannes Avancen machen würde.
„Und jetzt verschwinden Sie von hier, Mr. Bradley. Sofort!" Mit drohender Gebärde kam er auf ihn zu.
Endlich konnte David sein Gesicht sehen, ihm stockte der Atem. Für einen Moment war er wie erstarrt, unfähig sich zu bewegen. Eine eisige Kälte schien seinen Körper zu überfluten – dieses Gesicht hätte er unter Tausenden wiedererkannt.
Auch sein Gegenüber stockte mitten in der Bewegung. Für einen Bruchteil starrte er ihn mit blankem Entsetzen an, bevor er wieder in die Rolle des wütenden Verwalters fiel und ihn erneut aufforderte zu verschwinden.
David hatte keineswegs die Absicht zu verschwinden. Dieses Mal würde er den Dreckskerl nicht davonkommen lassen. Zu lange hatte er auf diesen Moment gewartet. Sein Verstand setzte aus, alles, was er sah, war: rot! Dieses Mal würde er nicht entkommen!
Mit einem lauten Aufschrei stürzte er auf den Mann zu und schlug ihm die Faust ins Gesicht.
Pearl taumelte und prallte mit einem Schmerzensschrei gegen einen Pfeiler, hatte aber blitzschnell seine Lage erkannt und konnte dem nächsten Schlag ausweichen. In Angriffsposition standen sie sich drohend gegenüber und umkreisten einander. Blut tropfte aus Pearls Oberlippe.
„Was wollen Sie jetzt tun?", zischte er mit einem gehässigen Grinsen.
„Ich wusste, dass ich Sie eines Tages finden werde, Sie Schweinehund."
„Und wenn schon", provozierte Pearl unbeeindruckt.

David war eine Sekunde abgelenkt und musste dadurch einen harten Treffer einstecken. Er sackte kurz ein und ging dann unerwartet aus dieser Position zum Gegenangriff über. Durch die Wucht des Aufpralls landeten beide auf dem sandigen Boden. Dort wälzten sie sich verbissen kämpfend hin und her. Beide kamen nach einem misslungenen Würgegriff von Pearl flugs wieder auf die Beine. Das Kräfteverhältnis hielt sich über längere Zeit die Waage, mal dominierte der eine, mal der andere. Die Kämpfer teilten harte Schläge aus und mussten ebensolche einstecken.
Pearl flog durch einen kräftigen Kinnhaken rückwärts. David konnte sich währenddessen nach einem Schlag in die Magengrube wieder aufrichten. Der Kampf verlagerte sich immer weiter ins Innere des Gebäudes. Pearl war etwa einen halben Kopf kleiner und ein paar Jährchen jünger, aber ebenso gut gebaut und trainiert wie David.
Beide Kontrahenten keuchten schwer und zeigten erste Ermüdungserscheinungen, gingen aber nach wie vor unerbittlich aufeinander los. Pearl griff, als er sich in ungünstiger Position befand, nach einer kurzen, abgebrochenen Latte, die dort herumlag, und zog David diese über den Schädel. Er schrie kurz auf, kleine silberne Sternchen flimmerten vor seinen Augen. Blut sickerte durch sein Haar und bahnte sich seinen Weg an der Schläfe entlang. Der Schlag hatte gesessen. David taumelte heftig und sank in die Knie, bemüht, nicht das Bewusstsein zu verlieren. Pearl hockte japsend im Vierfüßlerstand am Boden und versuchte stöhnend, sich aufzurichten, was ihm allerdings erst beim dritten Versuch gelang.
David beobachtete ihn aus den Augenwinkeln. Auch er versuchte, sich wieder aufzurichten. Hilfreich zum

Festhalten waren dabei die Holzverstrebungen an Wand in seinem Rücken. Er hatte es fast geschafft, als ihm leicht schwindlig wurde und seine Beine nachzugeben drohten. Hektisch griff er nach der nächsten Verstrebung, doch die wenigen Sekunden Verlust hatten Pearl den Vorteil verschafft, den er brauchte. David hatte keine Chance. Mit schreckgeweiteten Augen sah er das Messer in Pearls Hand aufblitzen. Woher hatte er plötzlich das Messer? Er konnte es nur aus seinem Stiefel gezogen haben.
„Sag goodbye", zischte er gehässig. David spürte seine aussichtslose Lage, dennoch versuchte er geistesgegenwärtig, dem Angriff auszuweichen, indem er sich zur Seite fallen ließ. Im selben Moment explodierte ein entsetzlicher Schmerz in seinem Körper. Er brüllte lautstark auf. Noch nie hatte er einen solchen Schmerz verspürt. Kraftlos sackte er zu Boden, alles verschwamm vor seinen Augen, und dann war es nur noch schwarz.

Er wusste nicht, wie lange er weggetreten war. Auf einmal hörte er viele Stimmen, die alle durcheinanderredeten. Erst schienen sie weit fort zu sein, dann wurden sie lauter und deutlicher. Sein Körper schmerzte. Was war geschehen? Nur allmählich drang die Erinnerung zurück in sein Bewusstsein. Stöhnend versuchte er langsam, die Augen zu öffnen, die Stimmen verstummten. Er schmeckte Blut auf seinen Lippen, sein Kopf dröhnte. Tastend befühlte er die besonders schmerzenden Stellen seines Körpers. Erschrocken riss er die Augen weit auf, seine Hand war voller Blut – frischem Blut.

Er versuchte sich, aufzurichten, sank aber mit einem Schmerzensschrei sofort wieder zurück in seine Position.
„Das würde ich an Ihrer Stelle sein lassen", erklang neben ihm eine unbekannte Stimme. Er versuchte, sich nach dieser Stimme umzudrehen, auch das misslang. Er schloss noch einmal die Augen, um sich zu sammeln, damit er nicht die Nerven verlor. Wer auch immer bei ihm war, er war denen vollkommen ausgeliefert.
Langsam öffnete er erneut die Augen und blickte in das Gesicht eines Schwarzen.
„Wen haben wir denn hier?" Er klang nicht unbedingt freundlich. Eine ganze Schar von Sklaven versammelte sich um ihn. David schluckte.
„Feine Klamotten hat der Herr an." Er zerrte an Hemd und Weste. David biss die Zähne zusammen und unterdrückte den Schmerz. Sein umnebeltes Hirn arbeitete auf Hochtouren, als er kurz die Sachlage zusammenfasste. Er befand sich nach wie vor auf Woodland, und er lag noch genau dort, wo Pearl ihn niedergestochen hatte. Niemand wusste von seiner Anwesenheit hier. Er war schwer verletzt und brauchte dringend Hilfe, sonst würde er an diesem unseligen Ort verbluten. Er war allein und dieser schwarzen Meute bedingungslos ausgeliefert. Panik flammte in ihm auf. Nein! Großer Gott, er wollte nicht sterben! Nicht hier und nicht jetzt!
„Bist auch so 'n Sklaventreiber, was?", knurrte der Mann neben ihm. „He, antworte gefälligst." Ein Fußtritt traf ihn in die Seite. David krümmte sich vor Schmerzen und kämpfte darum, nicht noch einmal das Bewusstsein zu verlieren. Er hatte nur eine Chance, er

musste kooperieren, wenn er lebend aus seiner misslichen Lage herauskommen wollte.

„Schon gut", versuchte er zu beschwichtigen. „Ich sage euch alles, was ihr wissen wollt."

Der Sklave ging neben ihm in die Knie und betrachtete ihn abfällig.

„Was hast du hier zu suchen?"

„Ich habe meinen Bruder gesucht. Er hat hier gearbeitet, Ramon Black", antwortete er wahrheitsgemäß. Er hatte nicht die Nerven, sich eine Geschichte auszudenken. Die Schmerzen lähmten viel zu sehr seine Sinne. Am Gesichtsausdruck des Schwarzen erkannte er, dass ihm der Name bekannt war. David atmete schwer, er fühlte sich schwach.

„Bitte, ihr müsst Hilfe holen, sonst werde ich verbluten. Bitte!", flehte er. Es war ihm egal, ob er sich erniedrigte; er wollte nur nicht sterben.

„Er hat recht", mischte sich ein anderer Sklave ein. „Wenn der uns hier abkratzt, kriegen wir richtig Ärger. Wir müssen ihn zum Herrenhaus rübertragen."

„Damit er danach in sein schickes Zuhause zurückkehren kann, um weiter unsere schwarzen Brüder zu foltern und unsere Schwestern zu vergewaltigen?"

„Nein, ich verabscheue solche Methoden. Und meine Sklavinnen hab ich nie angerührt." Angst schnürte ihm die Kehle zu. Er konnte nur abgehackt sprechen.

„Du kannst uns viel erzählen. Ihr Weißen seid doch alle gleich." Sein tiefschwarzes, rundes Gesicht kam bedrohlich nahe. Der Blick in seine Augen wirkte furchteinflößend. Seine Pupillen waren geweitet und dunkel wie die Nacht, während das Weiße in seinen Augen aschgrau erschien, durchzogen mit deutlich sichtbaren roten Äderchen.

„Coffie, bitte! Wir dürfen ihn hier nicht liegenlassen. Er stirbt", mischte sich eine Frau ein.

„Ich habe mir immer gewünscht, dass ein Weißer mal unsereins ausgeliefert sein würde", erklärte Coffie triumphierend. „Dieses Mal ist das Machtverhältnis anders herum."

„Aber ich habe euch nichts getan", wehrte sich David.

„Du nicht, aber stellvertretend für alle Weißen, die sich Sklaven halten."

„Was hattest du mit Master Pearl zu tun?" Ein anderer trat aus der Gruppe an ihn heran.

„Ist er dein Freund?", rief ein weitaus jüngerer, der etwas entfernter stand.

„Mein Freund? Würde ich mich mit ihm prügeln, wenn er mein Freund wäre?" Die aufkommende Wut über diese absurde Frage, verlieh ihm etwas Kraft über den Schmerz.

„Pearl ist ein Dreckskerl, der den Tod verdient", spie er dem Schwarzen entgegen und rang nach Luft. Übelkeit stieg in ihm auf. Lange würde er die Tortur nicht durchhalten. Der Gesichtsausdruck, des neben ihm knienden Coffie veränderte sich. Er wirkte nachdenklich.

„Genug! Bring ihn sofort rüber ins Herrenhaus", hörte er wieder die Stimme der Frau, die jetzt in sein Blickfeld kam. „Seht ihr nicht, wie viel Blut er verliert?"

„Willst du Master Pearl einen Gefallen tun, indem du seine Feinde ausschaltest?", wandte sich der Sklave an Coffie, der ihn, David, zuvor nach Pearl gefragt hatte.

„Stimmt", meldete sich ein anderer zu Wort. „Immerhin hat er es dem Master mal ordentlich gegeben. Das Schwein hat es verdient", allgemeines Gemurmel ertönte im Hintergrund. Zwischenzeitlich waren die Frau, die sich für ihn eingesetzt hatte, und eine zweite,

jüngere an ihn herangetreten und drückten Tücher auf seine blutende Wunde. Coffie war zweifelnd zur Seite gegangen, um den Frauen Platz zu machen.
„Danke", brachte David schwach heraus.
„Bist du wirklich der Bruder von Mr. Black?", fragte die ältere der Frauen.
David konnte nicht sofort antworten. Der Schmerz durch den Druck auf die Wunde machte ihn fast besinnungslos.
„Ja, er ist mein kleiner Bruder." Er spürte, dass seine Kräfte schwanden.
„Er und Mr. Preston haben meinen Jungen vor einer Strafe von Master Pearl bewahrt. Dafür bin ich dankbar." Sie lächelte.
Coffie beäugte ihn die gesamte Zeit misstrauisch, ließ aber die Frauen ihre Arbeit tun. „Was ist das für ein Gefühl, auf unsere Hilfe angewiesen zu sein?", brüstete er sich. „Wir könnten dich liegenlassen, bis die Ratten an dir nagen."
David wurde immer wieder schwarz vor Augen. Die Stimmen um ihn herum schwankten, mal lauter mal leiser.
„Wenn ihr Rache wollt, knöpft euch Pearl vor. Ich habe euch kein Unrecht getan", brachte er stockend und schwer atmend hervor. Er blickte Coffie direkt in die Augen. „Bitte Coffie, hilf mir!", bat er mit letzter Kraft. Vage glaubte er, ein paar Lacher zu hören. Sollten sie doch ihren Triumph genießen, Hauptsache sie ließen ihn nicht sterben. Langsam und unaufhaltsam sank er hinüber in eine tiefe Bewusstlosigkeit.

Als er die Augen erneut aufschlug, wusste er nicht, wo er sich befand. Er blinzelte mehrfach, bevor er eine klare Sicht hatte. Definitiv befand er sich in ei-

nem Zimmer, der Blick nach oben zeigte eine dunkle Holzvertäfelung mit golden verzierter Umrandung. Zu seiner Linken befanden sich zwei hohe Fenster. Die grünen, fransigen Samtvorhänge waren zur Hälfte zugezogen. Die Sonne schien hoch am Himmel zu stehen.
Eine wirre Aufeinanderfolge von Bildern flackerte vor seinen Augen auf, da waren Pearl, dieses Messer und die Sklaven …
Er kniff fest die Augen zusammen und versuchte, tief durchzuatmen, in der Hoffnung, danach klarer denken zu können. Er stöhnte schmerzvoll auf, ein breiter Verband zierte seinen Oberkörper und schränkte seine Atmung ein. In dem Bett, wo er sich befand, hatte man ihn mit dem Oberkörper etwas höher gebettet. Vorsichtig versuchte er, noch etwas weiter nach oben zu rutschen, um seine Umgebung besser in Augenschein nehmen zu können. Ein hämmernder Kopfschmerz erschwerte den Versuch.
„Bleiben Sie, wo Sie sind."
David fuhr zusammen und schaute erschrocken zu seiner Rechten. Die Bewegung war zu schnell, stöhnend sank sein Kopf zurück in die Kissen. Alles, was er im ersten Augenblick sehen konnte, war ein Gewehrlauf, der auf ihn gerichtet war. Beim zweiten Blick erkannte er eine junge Frau dahinter.
„Wer sind Sie? Und warum schlagen Sie grundlos meinen Verlobten zusammen?"
Nicht auch das noch. David verdrehte die Augen. Musste ausgerechnet Pearls Verlobte bei ihm auftauchen? Hatte er nur noch Pech?
„Mein Name ist David Bradley, und ich habe ihn nicht grundlos zusammengeschlagen", konterte er. Sein Mund fühlte sich trocken an und seine Stimme krat-

zig. Er wusste nicht, ob sie mit dem Gewehr umgehen konnte, beziehungsweise, ob es überhaupt geladen war, doch er wollte lieber kein Risiko eingehen. Er bemühte sich, einen freundlichen Ton anzuschlagen.
„Hören Sie Miss, Sie können das Gewehr runternehmen. Ich versichere Ihnen, ich werde Ihnen nichts tun. Das war nur eine Sache zwischen mir und ihm."
„Ich kenne Sie nicht, Mr. Bradley."
„Sie sehen doch, ich bin verletzt. Selbst wenn ich wollte, könnte ich Ihnen nichts tun. Sie müssen keine Angst haben."
Nicht ganz überzeugt ließ sie das Gewehr ein Stückchen sinken und schaute ihn an. David betrachtete ihr Gesicht. Sie war eine wunderschöne Frau, ihr ebenmäßiges Gesicht wurde von glänzendem, kastanienbraunen Haar umrahmt. Ihr Blick zeigte keine Angst, wie er erwartet hatte, sondern Entschlossenheit und Kampfgeist.
„Und wer sind Sie, Miss?" Mit der Frage schien sie kurz aus dem Konzept zu bringen.
„Ich bin Amanda Franks. Ich wohne hier."
Kurz klärte er gedanklich die Fakten. Er befand sich im Haus von Pearls Verlobter. Seine Lage war nicht unbedingt die beste. Er konnte nur hoffen, dass der Betreffende hier nicht ein- und ausging, ansonsten wäre er zurzeit ein leichtes Ziel.
„Kann ich bitte ein Glas Wasser haben?"
Zögernd stellte sie das Gewehr ab, um ein Glas Wasser einzugießen und ihm zu reichen.
„Sie kommen mir irgendwie bekannt vor", murmelte sie, während er an dem Wasser nippte.
Ihre Stimme klang um Einiges sanfter. Er versuchte ein Lächeln.

„Sie kennen vermutlich meinen Bruder. Er nennt sich allerdings *Black*, Ramon Black."
Aufmerksam beobachtete er ihren verwunderten Gesichtsausdruck. Er hörte es förmlich hinter ihrer Stirn arbeiten.
„Sie wollen sagen, er heißt in Wirklichkeit Ramon Bradley?"
Mit wenigen Worten erklärte er die Situation, während sie fortwährend sein Gesicht studierte.
„Wie alt war Ihr Bruder, als sein Vater starb?"
Verdutzt sah er die junge Frau an. Mit einer solchen Frage hatte er nicht gerechnet.
„Elf, Ramon war damals elf Jahre alt. Warum?"
„Zumindest scheinen Sie ihn tatsächlich zu kennen", sie lächelte. „Möchten Sie noch ein Glas Wasser?"
David nickte stumm. Das Mädel war ziemlich clever. Anscheinend musste Ramon ihr Einiges erzählt haben. Dann war seine Erinnerung wieder vollständig vorhanden.
Mit Schrecken sah er zum Fenster. „Wie spät ist es?"
„Gleich drei Uhr am Nachmittag. Ihr Zustand war ziemlich kritisch gewesen. Sie waren lange bewusstlos. Sie haben dem Arzt viele Kopfschmerzen bereitet."
„Verflucht, ich muss sofort zur Pension." Er versuchte, die Decke zur Seite zu schlagen und aufzustehen, wurde aber sogleich eines Besseren belehrt. Mit einem scharfen Schmerzensschrei fiel er zurück.
„Um Himmels willen, was tun Sie da?" Sie stürzte auf ihn zu, griff nach ihm und half ihm zurück in eine bequeme Liegeposition.
„Jillian!", schallte es in seinem Kopf. Er hatte sie allein gelassen! Sie hatte keine Ahnung, wo er sich befand und was passiert war. Er hatte versprochen, sie

zu beschützen. Wo war sie jetzt gerade? Was tat sie? Wenn ihr etwas zustoßen würde, das könnte er sich nie verzeihen. Unruhe erfasste ihn.
„Haben Sie mir nicht zugehört? Sie sind schwer verletzt, Sie werden nirgends hingehen. Sie können von Glück sagen, dass Sie noch am Leben sind", schimpfte sie und sah ihn an, als hätte sie einen bockigen Jungen vor sich.
Mit geschlossenen Augen versuchte er, eine Welle der Übelkeit wegzuatmen.
„Was hat der Arzt genau gesagt?", fragte er nach.
„Nun, dass sie verdammtes Glück hatten. Das Messer hat wohl keine lebenswichtigen Gefäße und Organe getroffen, aber Sie haben viel Blut verloren. Er war sich nicht ganz sicher, ob ihre Leber was abbekommen hat. Fest steht, wie Ihnen selbst bekannt sein dürfte, dass Sie schlimme Prellungen und Blutergüsse davongetragen haben." Ihre Stimme nahm einen schmerzlichen Klang an. „Warum hat Benjamin das getan?" Tränen schimmerten in ihren Augen.
„Das ist eine hässliche Geschichte", erwiderte David. Er hatte Mitleid mit Miss Franks, aber er musste jetzt an Jillian denken. Er musste ihr eine Nachricht zukommen lassen, und er musste dringend Ramon ausfindig machen. Sein Körper schmerzte, er fühlte sich schwach und kraftlos. Er spürte kalten Schweiß auf seiner Stirn, und ihm war speiübel. So kurz wie möglich versuchte er zu erklären, dass es um den Tod Joe Prestons ging, dass er dringend Ramon finden müsse und dass Joes Schwester nichts ahnend in einer Pension auf ihn warte und möglicherweise in Gefahr war.
Miss Franks hatte interessiert zugehört und ihn nicht unterbrochen. Das Reden war sehr anstrengend, und das lag nicht an der aufgeplatzten Lippe und dem

wahrscheinlich dicken Bluterguss auf der linken Gesichtshälfte. Sein Kopf schmerzte. Es fiel ihm schwer, die Augen offenzuhalten. Instinktiv griff er sich an den Kopf und fühlte auch dort einen Verband. Er stöhnte. Er musste furchtbar aussehen.
„Was mit Joe Preston geschehen ist, hat mich sehr erschüttert." Sie hatte sich einen Stuhl mit verzierten Armlehnen herangezogen und sich darauf niedergelassen. „Er war ein sehr netter und freundlicher Mensch. Ich hatte gegen Mittag noch mit ihm gesprochen und ein paar Stunden später war er tot. Unfassbar!" Für einen Moment blickte sie geistesabwesend auf ihre Hände im Schoß, bevor sie anscheinend durch einen Gedankenblitz den Kopf hob. „Wie kommen Sie darauf, dass Prestons Tod womöglich kein Unglück war?"
„Es gibt einen Zeugen." Mehr wollte er dazu nicht sagen. Sie nickte, auch wenn die Antwort sie sichtlich nicht zufriedenstellte. Sie überlegte und musterte ihn lange und bedächtig.
„Ich könnte einen Boten zu ihr schicken", schlug sie vor.
David war überrascht, aber konnte er ihr trauen? Andererseits, was hatte er für eine Wahl?
„Sofern es sich nicht um Ihren Verlobten oder einer seiner Lakaien handelt."
Sie fuhr beleidigt von ihrem Sitz hoch. „Sie scheinen mich wohl für besonders dämlich zu halten, Mr. Bradley."
„Wie bitte? Ähm, nein, natürlich nicht. Verzeihen Sie bitte, so habe ich das nicht gemeint."
Sie setzte sich wieder betont langsam, ohne ihn aus den Augen zu lassen.

„Keine Sorge, ich verfüge über einen äußerst zuverlässigen Boten." Sie hob ihr Kinn und sah ihn herausfordernd an. „Aber zuvor werden Sie etwas für mich tun."

Verständnislos starrte David sie an. Was sollte er in seinem Zustand für sie tun?

„Ich möchte wissen, was den Anlass für Ihre …", sie verzog verächtlich das Gesicht, während sie ihn betont musterte, „… Prügelei gewesen ist."

David schloss gequält die Augen. Seit Jahren hatte er nicht darüber gesprochen. Er wollte nicht über den dunklen Teil seines Lebens sprechen. Vor allem nicht mit einer Person, die er nicht mal kannte. „Ich sagte schon, es ist eine Angelegenheit zwischen ihrem Verlobten und mir. Es betrifft Sie nicht!", versuchte er auszuweichen.

Doch er hatte nicht mit ihrer Entschlossenheit gerechnet.

„Gut, wie Sie meinen." Konsequent stand sie auf. „Dann werden Sie eben zusehen müssen, wie Sie Mrs. Preston benachrichtigen. Ich werde Ihnen mal was sagen, Mr. Bradley: Sie haben ohne erkennbaren Grund *meinen* Verlobten angegriffen, liegen hier verletzt in *meinem* Haus und sind auf *mein* Wohlwollen angewiesen. Ich könnte Sie unverzüglich dem Sheriff übergeben. Sie sind nicht in der Position, Bedingungen zu stellen, ich schon! Also sagen Sie mir sofort, was geschehen ist, oder vergessen Sie den Boten."

Trotzig verschränkte sie die Arme vor der Brust und blickte ihn herausfordernd an.

David verdrehte die Augen. So viel Beharrlichkeit hatte er dem hübschen Ding nicht zugetraut. Das Mädel hatte es faustdick hinter den Ohren. Einerseits bewunderte er ihre Art. Da es ihn aber mit voller Här-

te traf, verfluchte er sie und vor allem Jillian, die ihn überhaupt erst in diese missliche Lage gebracht hatte.
„Also gut", gab er sich geschlagen und kämpfte eine neue Welle der Übelkeit nieder. „Aber ich warne Sie, es wird Ihnen nicht gefallen." Das Mädel hatte keine Ahnung, was sie da von ihm verlangte. Sie konnte nicht im Entferntesten verstehen, dass er ihr damit Einblicke in seine private Hölle gewährte.
Er versuchte, sich weiter aufzurichten, und verzog dabei schmerzhaft das Gesicht.
„Es liegt fast zwölf Jahre zurück. Meine damalige Ehefrau wollte ihre Eltern in Magee besuchen. Etwa zehn Meilen hinter Monticiallo kam es nach tagelangen Regenfällen zu einem verhängnisvollen Unfall. Ein entgegenkommender, rücksichtsloser Reiter zwang die Kutsche zu einem Ausweichmanöver. Dabei rutschte die Kutsche in ein wassergefülltes Schlagloch und kippte seitwärts in den Graben." Er musste kurz innehalten, als sein Hirn die alten Bilder wieder heraufbeschwor. „Meine hochschwangere Frau ist in meinen Armen gestorben." Er sah Miss Franks ins Gesicht. „Der Reiter war kein Geringerer als ihr Verlobter. Er hat uns keine Hilfe angeboten, sondern zog es vor, sich aus dem Staub zu machen. Wie ich später erfahren hatte – mit einer Menge gestohlenem Bargeld! Er nannte sich damals Ben Parson."
Miss Franks war sichtlich erblasst. „Es ist so viele Jahre her. Wie können Sie sich sicher sein, dass es Benjamin Pearl gewesen war?"
„Glauben Sie mir, Miss Franks. Ich habe ihm direkt ins Gesicht gesehen. So etwas vergisst man nicht. Niemals!" Er sagte es so streng, wie es ihm in seiner Lage möglich war. Erleichtert stieß er den Atem aus. Soweit die kurzen und knappen Fakten, die Hinter-

gründe gingen sie schließlich nichts an. „Er hat mich ebenfalls erkannt, fragen Sie ihn", setzte er hinzu. „Da fällt mit ein: Wo ist dieser Benjamin Pearl überhaupt?"
Unbehaglich zuckte Miss Franks mit den Schultern und blickte zu Boden.
„Verstehe!", brummte David verärgert.
Eine Weile schwiegen beide. Sie stellte noch ein paar Fragen zum Reiter, bis sie durch das Anklopfen einer Sklavin unterbrochen wurden.
„Verzeihung Miss Franks, Dr. Marlow wäre jetzt da."
„Ja, danke!" Sie wandte sich mit einem Augenaufschlag wieder ihm zu. „Er hat sie wieder zusammengeflickt." Sie erhob sich zum Gehen. „Wo ist die Pension?"
David zögerte einen kleinen Moment, bis er ihr die Auskunft gab. Er musste darauf vertrauen, dass sie nichts von Pearls dunkler Vergangenheit wusste.
Die Tür ging auf, und ein schlanker Herr mit leicht ergrautem Haar tat ein. Er lächelte erfreut, als er seinen Patienten erblickte.
„Sie werden leider noch einige Untersuchungen über sich ergehen lassen müssen." Er stellte seine Tasche auf dem Stuhl ab, auf dem zuvor Miss Franks gesessen hatte, und stellte sich vor. Miss Franks verließ mit einem freundlichen Lächeln das Zimmer und schloss leise die Tür hinter sich.
Es mussten mehrere Stunden vergangen sein seit dem Besuch des Arztes. Es begann bereits, leicht zu dämmern, wie er durch einen Blick aus dem Fenster erkannte. Die Untersuchungen hatten beinah eine Stunde gedauert und ihn sehr erschöpft. Obwohl er noch großes Glück hatte, wie der Arzt bestätigte, war seine Laune auf dem Tiefpunkt. Seinen Plan, in drei Tagen

wieder auf den Beinen zu sein, hatte der Arzt zunichtegemacht. Mindestens zwei Wochen konstante Bettruhe hatte er verordnet. Zudem bestehe immer noch die Gefahr einer Infektion, die zu einer lebensgefährlichen Bauchfellentzündung führen könne. Die Rippen schienen zumindest nicht gebrochen, sondern nur heftig geprellt zu sein. Beim Atmen hatte er wenigstens keine allzu großen Probleme. So war die Gefahr einer Lungenentzündung gering, die durch zu geringe Belüftung der Lunge entstehen konnte. Dennoch könne es bis zu fünf Wochen dauern, bis alles abgeheilt sein würde. Nicht zu vergessen die leichte Gehirnerschütterung, höchstwahrscheinlich verursacht durch den Schlag mit der Latte. Er stöhnte, er hasste es, untätig herumzuliegen. Dr. Marlow hatte ihm etwas gegen die Schmerzen verabreicht, was ihn schläfrig gemacht hatte. Erneut nickte er ein.
Er spürte etwas kühles Feuchtes auf seiner Stirn. Das tat gut und drosselte den hämmernden Kopfschmerz. Langsam öffnete er die Augen.
„Jillian?" Litt er jetzt unter Halluzinationen?
„Oh, Sie sind wach. Ich habe mir wirklich große Sorgen um Sie gemacht."
Sie war es tatsächlich, er konnte es kaum fassen. „Wie kommen Sie hier her?"
„Miss Franks hat mich aufgesucht. Sie hat mir erzählt, was passiert ist." Sie versuchte ein scheues Lächeln.
David wusste nicht, ob er sich freuen sollte, dass sie bei ihm war, oder ob es ihm unangenehm sein sollte, dass sie ihn in diesem jämmerlichen Zustand sah.
„Sie sind doch nicht mit der Postkutsche hergekommen?", fragte er mit hochgezogenen Augenbrauen.

„Nein." Sie verzog das Gesicht zu einer Miene, in der sich die unterschiedlichsten Gefühle widerspiegelten. „Ich bin tatsächlich auf Arabella geritten."
„Was?" Seine Überraschung war perfekt. Jillian rutschte unruhig auf ihrem Stuhl hin und her.
„Hm ... aber die Sache ist die, Miss Franks hat natürlich bemerkt, was los ist."
Er konnte nicht anders – er musste lachen.
Leider wurde er dafür sogleich mit heftigen Schmerzen bestraft. Das Lachen sollte er sich wohl vorerst verkneifen. Als der Schmerz abgeklungen war und er die Augen wieder öffnete, war ihr Gesicht über ihn. Es zeigte ernsthafte Besorgnis.
„Es tut mir leid, ich habe versprochen, Sie zu beschützen und jetzt ..." Er ließ den Satz unvollendet – er fühlte sich wie ein Versager.
„Nein, so dürfen Sie nicht denken. Keiner hätte ahnen können, dass so was passieren würde." Sie senkte traurig den Kopf. „Mir tut es leid, dass ich Sie damit hineingezogen habe. Wenn ich nicht gewesen wäre, dann ..."
„Schluss damit! Das mit Pearl war meine Sache. Ob er etwas mit Ihrem Fall zu tun hat, wissen wir nicht. Sie haben mich nirgends mit hineingezogen. Es war mein Fehler, ich hab mich von meinem Hass auf den Mann leiten lassen. Ich hätte meinen Verstand benutzen sollen."
Tränen rannen über ihre Wangen. Er legte seine Hand auf ihre Wange, streichelte diese und murmelte sanfte, beruhigende Worte. Ihre Tränen berührten ihn zutiefst. Er wollte sie trösten, doch er erreichte anscheinend genau das Gegenteil. Sie begann, haltlos zu schluchzen. Umständlich schlang er die Arme um sie; er fühlte sich so verdammt hilflos.

Nach einer Weile richtete sie sich wieder auf, zog ein kleines besticktes Taschentuch aus ihrer Rocktasche und schnäuzte sich.
„Miss Franks war so frei, mir ihre Gastfreundschaft anzubieten, solange Sie … ähm … verhindert sind. Das ist sehr großzügig von ihr, zumal sie mich kaum kennt. Wir sind uns zuvor lediglich ein paar Mal in der Stadt begegnet. Ich habe vorsorglich einen Brief für Ramon hinterlassen, falls er Ihre Nachricht erhalten hat und uns sucht."
„Haben Sie eine Ahnung, wo er sein könnte?"
Jillian schüttelte heftig den Kopf, während sie das Taschentuch zurück in die Rocktasche stopfte. David gab ein Grunzen von sich und dachte angestrengt nach. „Zumindest weiß er, wo er uns findet und was geschehen ist. Mehr können wir im Augenblick nicht tun." Er betrachtete Jillian eindringlich. „War Joe tatsächlich ihr Bruder? Ich habe anderes gehört."
„Was?" Verblüfft sah sie ihn an. „Ach so, das meinen Sie." Sie lächelte kurz. „Als wir damals hierher kamen und Joe Arbeit gesucht hatte, haben wir uns als Ehepaar ausgegeben. Die Leute tratschten und beäugten uns, wir wollten kein Aufsehen erregen. Als sie glaubten, wir wären verheiratet, war das Thema erledigt. Einige glauben das selbst heute noch …"
„Und Sie sahen keine Veranlassung, das später richtigzustellen?", wunderte sich David.
„Warum?" Sie zuckte mit den Schultern. „Es gab immer wieder Leute, die hinter vorgehaltener Hand getuschelt und spekuliert haben, aber das war gleichgültig. Die wichtigsten Menschen, mit denen wir zu tun hatten, wussten es. Der Rest war ohnehin egal."

Die Art, wie sie es sagte, klang überzeugend. Trotzdem blieb David misstrauisch, entschloss sich aber, vorerst nicht weiter darauf einzugehen.

Die beiden Frauen verbrachten den Abend gemeinsam im Salon des Hauses.
„Ich kann mir nicht vorstellen, dass Benjamin all die schlimmen Dinge getan haben soll", beklagte sich Amanda Franks. „Er war immer freundlich und zuvorkommend. Ich habe einen ganz anderen Mann kennengelernt. Was soll ich denn jetzt machen?", verzweifelt blickte sie Jillian an.
Jillian hatte im Grunde keine Zweifel an Davids Worten, versuchte aber, objektiv zu bleiben.
„Sie sollten sich in jedem Fall seine Version der Geschichte anhören", antwortete sie, während sie sich erinnerte, was ihr Rowina erzählt hatte. Sie wunderte sich kurz, dass die Geschichte bei ihr etwas anders geklungen hatte, aber es ging sie schließlich nichts an.
„In drei Wochen ist die Hochzeit." Resigniert blickte Amanda zu Boden und nippte abwesend an ihrer Limonade. „Aber was macht es für einen Unterschied, ob ich vor oder nach der Hochzeit erfahre, dass ich mich vielleicht in ihn getäuscht habe."
„Es macht einen gewaltigen Unterschied." Fassungslos stellte Jillian ihr Glas auf dem Tisch ab und starrte die Jüngere voller Unverständnis an. „Sie könnten notfalls die Verlobung lösen, nach der Hochzeit bleibt Ihnen nichts mehr."
„So einfach ist das nicht", erklärte sie traurig. Sie berichtete ihr von den herrschenden Problemen der Plantage, dem Tod ihres Bruders Adam, dem langsamen geistigen Verfall ihres Vaters und ihrer letzten

Chance, das Erbe ihrer Familie nicht veräußern zu müssen.

Die beiden Frauen waren näher zusammengerückt. Jillian war schockiert und empfand tiefes Mitgefühl für ihre Verzweiflung. Die junge Amanda Franks wurde ihr von Minute zu Minute sympathischer. Auch Amanda hatte einst ihren geliebten Bruder verloren und war dadurch in die heutige Notlage geraten. Sie fühlte eine tiefe Verbundenheit mit ihr.

Sie wusste schließlich, wie es sich anfühlte, das vertraute Zuhause zu verlieren. Sie hatte ihres schon zum zweiten Male verloren. Sie seufzte traurig.

Hätte ihr Vater nicht derart dem Alkohol zugesprochen, wäre alles anders verlaufen. Es war nicht nur das Zuhause, in dem sie und Joe geboren worden waren, es ist auch Joes Erbe gewesen. Er hätte einst die Tabakplantage übernehmen sollen. Auch wenn damals wegen der Tabak-Subvention viele umgestiegen sind auf den weitaus profitableren Anbau von Baumwolle. Das Land eignete sich hervorragend für Baumwolle. Sie war sich sicher: Joe hätte es geschafft. Oft hatten sie und Joe davon gesprochen, wie es gewesen wäre, hätte er diese übernehmen können. Er hatte jedes Mal einen ganz traurigen Blick, wenn er über den Verlust sprach.

Er hätte sein eigener Herr sein und heute vielleicht ein ebenso prächtiges Anwesen besitzen können wie die meisten Pflanzer im Süden. Er wäre nicht gezwungen gewesen, für andere zu arbeiten. Dennoch hatte Joe es zu etwas gebracht. Etwas, was jetzt in Schutt und Asche lag. *Ihre kleine Farm*, wie sie es immer scherzhaft genannt hatten. Es hatte ihnen alles geboten, was sie zum Leben benötigten, auch wenn sie keine eigenen Sklaven besessen hatten. Wenn sie so darüber

nachdachte, waren diese drei Jahre die glücklichsten in ihrem Leben gewesen. Tränen traten in ihre Augen.
„Ich bin froh, dass Sie da sind, Mrs. Preston", gestand Amanda, als sie sich am Abend trennten. „Manchmal ist es wirklich sehr einsam hier." Es war spät geworden, draußen war es mittlerweile stockdunkel und ein Blick zur Kaminuhr bestätigte ihnen, dass Mitternacht längst vorüber war. Dennoch war Jillian viel zu aufgewühlt, um schlafen zu gehen.
Leise schlich sie in Davids Krankenzimmer, um nach dem Rechten zu sehen, wie sie es sich selbst einzureden versuchte. Seine gleichmäßigen Atemzüge sagten ihr, dass er tief und fest schlief. Sie rückte sich den Stuhl zurecht, der neben dem Bett stand, und setzte sich.
Das einzige Licht war das des Mondes, das durch die obere rechte Ecke des ersten Fensters hinein schien und somit das Zimmer nicht im völligen Dunkel ließ.
Versunken betrachtete sie sein Gesicht. Wie jugendlich er wirkte, wenn er schlief. Fast hätte sie die Hand ausgestreckt, um ihn zu berühren. Sie studierte sein Gesicht, als müsse sie sich jedes Detail genau einprägen. Die Schwellung würde in wenigen Tagen verschwunden sein. Auch die farblichen Schattierungen würden verblassen, und er würde wieder so atemberaubend aussehen wie an dem Abend, als sie ihm das erste Mal gegenübergestanden hatte. Sie lächelte versonnen. Morgen dürfte sich allerdings sein Bartwuchs noch deutlicher abzeichnen, als er es jetzt schon tat.
David stöhnte im Schlaf und bewegte sich ein wenig. Ob er an sie dachte? Oder an seine große Liebe Susanna? Träumte er von ihr? Sie spürte einen schmerzlichen Stich in der Brust. Traurig erhob sie sich. Er ist ihr in den vergangenen Tagen schon viel

zu nah gekommen. Es durfte nicht sein, sie durfte diese Gefühle nicht zulassen. Seine Verletzung allerdings würde ihr Zusammensein zwangsläufig verlängern. Sie musste sich vor ihm schützen.
Eines Tages würde er sie hassen. Er durfte niemals die Wahrheit erfahren.

***

Ramon ritt wie der Teufel und störte sich nicht daran, dass die Straßen zu dieser frühen Stunde recht belebt waren. Farmer kutschierten ihre mit Gemüse oder Obst beladenen Karren zum Markt, um ihre Erträge zu verkaufen. Händler aller Kategorien drängten mit ihren Gespannen durch die teils engen Gassen, und nicht zu vergessen das zahllose Fußvolk, das unterwegs war, um sich die besten Angebote zu sichern.
Die wütenden Beschimpfungen, die hinter ihm ertönten, ignorierte er. Hätte er geahnt, dass etwas Furchtbares geschehen war, hätte er sich noch gestern Abend auf den Weg gemacht. Es war schon spät gewesen, als er in seiner Pension eingetroffen war und die Nachricht seines Bruders gefunden hatte. Wie hätte er ahnen sollen, dass ihn in der noblen Pension am Stadtrand nicht David und Jillian erwarteten, sondern ein verheerender Brief von ihr.
Verdammt, was war nur geschehen? Die wortkargen Zeilen von David hatten nicht im Entferntesten vermuten lassen, dass es dringend sei. *Wir müssen uns unterhalten. Bin mit Mrs. Preston in der Pension Mayflower, 44 Charlsten Road, Erwarten dich, David.*
Alkoholisiert, wie er am gestrigen Abend gewesen war, hatte er es vorgezogen, erst seinen Rausch auszuschlafen, bevor er sich auf den Weg zum Mayflower machte.

Er war frustriert, weil er in den letzten Tagen keine nennenswerten Ergebnisse zutage fördern konnte. Zwar galt es mittlerweile eindeutig als erwiesen, dass das Feuer, bei dem Joe Preston ums Leben kam, Brandstiftung gewesen war, aber vom Täter, geschweige denn vom Motiv des Täters, fehlte jede Spur. Er hatte keine Anhaltspunkte mehr. Jede Spur, die er verfolgt hatte, war im Sande verlaufen.

Was hatte Joe ihm an jenem verhängnisvollen Abend sagen wollen? Hunderte Male hatte er sich diese Frage gestellt. In der Hoffnung einen Hinweis in den verbrannten Ruinen des Hauses zu finden, hatte er dort alles auf den Kopf gestellt. Und wenn er schon mal dabei war, hatte er bei der Gelegenheit das Wenige, das das Feuer unbeschadet überstanden hatte beziehungsweise noch halbwegs brauchbar war, zusammengetragen, damit Jillian diese schwere Aufgabe nicht zufiel. Wirklich hilfreich war die Aktion für seine Ziele nicht gewesen.

Auch die Beschattung von Benjamin Pearl, worauf er sich in den ersten Tagen hauptsächlich konzentriert hatte, hatte nichts ergeben. Es gab keinen Hinweis, dass er etwas mit Joes Tod zu tun hatte. Dennoch wurde er das Gefühl nicht los, dass mit dem Kerl etwas nicht stimmte. Die Tatsache, dass er in Pearls Leben schnüffelte, beruhte wohl eher auf das gemeinsame Interesse an Amanda Franks, denn an Joe Preston.

Die Ergebnisse waren nur insoweit interessant, dass es sich bestätigt hatte, dass Pearl ein Mistkerl war. Doch das war keine sonderliche Neuigkeit. Sein Verschleiß an billigen Huren war beispiellos. Dieser Kerl war die Pest. Wenn er daran dachte, dass er eines Tages

Amandas Gemahl sein würde, könnte er vor Wut explodieren.
Sollte er mit leeren Händen zu Jillian zurückkehren? Sie hatte ein Recht zu erfahren, warum das alles geschehen war. Es gab so viele offene Fragen, aber dem Anschein nach konnte nur noch Jillian diese beantworten. Sie musste etwas wissen. Vielleicht war es ihr nicht bewusst, oder sie hatte es nicht für relevant gehalten. *„Ich musste sie doch beschützen"*, hatte Joe gesagt. Beschützen? Wovor oder vor wem?
Fakt war, dass er so nicht weiterkam. Der Sheriff, mit dem er sich ausführlich unterhalten hatte, kannte keine ähnlich gelagerten Fälle. Brandstiftung hatte es seines Wissens in dieser Gegend noch nie gegeben. Joe war ganz bewusst das Ziel gewesen. Oder war er nur zur falschen Zeit am falschen Ort, wie es Sheriff Barkers Vermutung war?
Unschlüssig, was er als Nächstes tun sollte, hatte er gestern eine Bar angesteuert. Er hatte sich mehrere Bierchen genehmigt und den aufreizenden Darbietungen der leicht bekleideten Damen zugeschaut, in der Hoffnung auf ein wenig Ablenkung.
Ihre speziellen Dienste hatte er jedoch nicht in Anspruch genommen, danach hatte ihm nicht der Sinn gestanden, obwohl er mehr als zahlreiche Angebote erhalten hatte. Damen, die gern mit ihm in eines der über der Bar gelegenen Zimmer gegangen wären – gegen ein fürstliches Trinkgeld, versteht sich.
Sein Hengst schnaubte aus dem letzten Loch. Sein dunkelbraunes Fell glänzte vom Schweiß, als er Woodland erreichte. Er sprang vom Pferd und brüllte nach Jesse, der sein erschöpftes Pferd versorgen sollte. Niemand tauchte auf. Er fluchte lautstark und befreite das Tier eigenhändig von seinem Sattel.

„Coffie, wo ist Jesse?", schnauzte er den Sklaven an, der gelangweilt um die Ecke schlenderte.
„Weg."
„Was soll das heißen: weg?", aufgebracht hielt Ramon in seiner Bewegung inne.
„Na, weg! Geflohen! Er und noch zwei", entgegnete Coffie, während er auf irgendeinem langen grünen Halm kaute. Ramon verdrehte die Augen. Damit dürften es nach seiner Kenntnis bereits acht entflohene Sklaven sein. Woodland stand vor dem Zusammenbruch. Jeder Sklave bedeutete schließlich bares Geld.
„Und Pearl, wo ist der?", hakte er nach, da er ihn nirgends entdeckte. „Ist er auf der Suche nach den Flüchtigen?"
Coffie lachte schmierig und spuckte den zerkauten grünen Brei aus. Ramon verzog angewidert das Gesicht und wandte den Blick ab.
„Nee, der muss sich erst von den Schlägen erholen, die Ihr Bruder ihm verpasst hat."
„Was?" Ramon fuhr herum und starrte ihn voller Entsetzen an. „Mein Bruder?"
Coffies breites Grinsen erstarb. „Zumindest sagt er, er sei Ihr Bruder. Pech für ihn, dass er nicht wusste, dass Pearl immer ein Klappmesser im Stiefel trägt."
Ramon erstarrte, Panik erfasste ihn. Er musste sofort zu David.
„Coffie, kümmer dich bitte um mein Pferd, ja? Danke!" Coffie war ein komischer Kauz und wirkte aufgrund seiner Statur einschüchternd, aber im Grunde war er harmlos.
Die wildesten Gedanken rasten durch seinen Kopf, als er zum Herrenhaus hinüberrannte.
Keuchend erreichte er den Flur. Eine junge Küchensklavin kreischte erschrocken auf und machte

einen Satz zurück Richtung Küche. Er wollte sie gerade ansprechen, als Amanda Franks mit einer Wasserschale in den Händen um die Ecke bog. Wortlos übergab sie die Schale der Sklavin, die ihr gefolgt war.
Mein Gott, was für traurige Augen, durchfuhr es ihn als Erstes. Sie sah aus, als hätte sie nächtelang nicht geschlafen.
„Kommen Sie, Mr. Black." Sie ignorierte seinen aufgeregten Schwall an Fragen und dirigierte ihn in den nach rechts abzweigenden Flur. „Dr. Marlow ist gerade bei Ihrem Bruder. Sie können im Augenblick nicht zu ihm. Gehen wir in den Salon, Mrs. Preston erwartet Sie dort."
Jillian saß in der Ecke des langen Sofas gelehnt, die Beine angezogen. Neben ihr lag ein Buch, jedoch sah es nicht so aus, als hätte sie darin gelesen.
Als sie Ramon sah, sprang sie auf und lief ihm entgegen. Sie umarmten einander herzlich. Amanda blieb unsicher an der Tür stehen, während Jillian Ramon über die Entwicklung der Dinge Bericht erstattete.
„Wenn ich Pearl erwische, kann er was erleben." Zornbebend ging er auf Amanda zu.
„Ihr feiner Verlobter", er schnaubte abfällig, „wo ist er? Sagen Sie mir sofort, wo er ist!" Drohend baute er sich vor ihr auf und drängte sie zurück, bis sie mit dem Rücken gegen die Tür stieß. „Haben Sie den feigen Hund versteckt?"
Amanda duckte sich erschrocken und schüttelte eingeschüchtert den Kopf.
„Ramon, bitte! Sie kann nichts dafür, lass sie in Ruhe. Ramon!" Jillian ging energisch dazwischen und zog ihn mit festem Griff zur Seite. Amanda nutzte die Chance, huschte unter seinem ausgestreckten Arm

hindurch und flüchtete in die Zimmermitte. Ramon schloss die Augen und versuchte, sich und seine aufgepeitschten Nerven zu beruhigen.
„Tut mir leid, Miss Franks. Ich wollte Sie nicht erschrecken."
„Ich weiß." Ihre Stimme zitterte. „Ich denke, unser aller Nerven sind ein wenig überspannt."
Ihre Augen trafen sich und versanken ineinander. Dieser Kontakt beruhigte ihn mehr, als alles andere es je gekonnt hätte. Mit der Hand fuhr er sich durch sein ohnehin vom Reiten zerzaustes Haar und dachte über die neuen Informationen nach.
Hätte er den Angriff auf seinen Bruder verhindern können, wenn er an Pearl drangeblieben wäre? Die Geschichte hatte nur einen Haken, den er allerdings für sich behielt. David hatte den Kerl, der den Unfall der Postkutsche damals verursacht hatte, nie gesehen. Wie also hätte er ihn wiedererkennen sollen? Laut dem, was er wusste, hatte sich David gute dreißig Meilen vom Unfallort entfernt befunden. Sein Bruder hatte ihm einiges zu erklären.
Beim Aufeinandertreffen mit ihm rückte das erst mal in den Hintergrund. David dort in weißen Kissen geschwächt und blass liegen zu sehen, hatte ihn mehr mitgenommen, als er sich selber eingestand. Zumal er zuvor mit Dr. Marlow ausführlich über seinen Zustand gesprochen hatte. Das Gespräch hatte ihm klargemacht, wie nah David dem Tod gewesen war. Wäre das Messer nur zwei Zentimeter höher oder in einem anderen Winkel eingedrungen, wäre David innerhalb weniger Minuten verblutet. Kalter Schweiß war ihm bei dieser Vorstellung ausgebrochen.
Mehr als eine halbe Stunde hatten er und David über die Geschehnisse gesprochen, wobei es hauptsächlich

um die Prestons gegangen war, insbesondere Sarahs Beobachtungen. Der Kampf zwischen ihm und Pearl wurde nur am Rande erwähnt. David hatte sofort versucht, das Thema zu wechseln. Ramon hatte sich sehr bemühen müssen, sich zurückzuhalten. Aber das würde er nachholen, sobald David sich erholter fühlte.
Dennoch war er zufrieden. Wann hatte er sich das letzte Mal friedlich mit ihm unterhalten können, ohne dass es am Ende zu einem Streit gekommen war?
„Ruh dich aus." Ramon erhob sich. „Ich bleibe in der Nähe."
„Ramon?"
Ramon hatte gerade nach dem Türknauf gegriffen. Überrascht drehte er sich um.
„Bei unserem letzten Streit … Ich habe Dinge gesagt, die ich nicht so gemeint habe. Es tut mir leid, Ramon, bitte entschuldige."
„Mir tut es auch leid. Ich glaube, wir haben beide Dinge gesagt, die wir nicht so gemeint haben." Mit einem Nicken verließ er das Zimmer. Im Gang lehnte er sich einige Sekunden an die Wand neben der Zimmertür. Eine eigenartige Melancholie überfiel ihn.
Unten an der Treppe traf er auf Amanda, die gerade aus einem Zimmer zu seiner Linken kam und ihn, wie er fand, mitfühlend anlächelte.
„Ich werde mich, solange mein Bruder hier ist, bei Ihnen einquartieren. Ist das Zimmer neben ihm frei?"
Amanda Franks starrte ihn fassungslos an. „Sie wollen was?"
Er ging die letzten drei Stufen hinunter und auf sie zu. Fast wäre ihm ein Grinsen entwichen.
„Sie glauben nicht ernsthaft, dass ich meinen Bruder jetzt im Stich lasse? Ich werde nicht riskieren, dass

womöglich Ihr Verlobter auftaucht und sein Werk vollendet."
Sie schnappte nach Luft, wie ein Fisch im Trockenen. Endlose Sekunden vergingen.
„Das geht nicht. Was sollen die Leute denken? Sie werden reden, wenn sie erfahren, dass ich hier zwei unverheiratete Herren beherberge."
Es klang wie eine schnell herbeigezauberte Ausrede. Er bezweifelte, dass es wirklich darum ging. Wenn man bedachte, dass sie mit ihrem Verwalter verlobt war, der im Haus ein und aus ging … Auf diese Weise lieferten sie der Sittenmoral weitaus mehr Stoff für Getratsche. Aufmerksam studierte er ihr Gesicht, als müsse er sich jeden ihrer Züge einprägen.
„Benjamin hat in den oberen Räumen keinen Zutritt", setzte sie gekränkt hinzu. „Also ist Ihre Sorge unbegründet. Wenn er im Haus ist, ist er in der Regel in meinem Arbeitszimmer oder gelegentlich im Salon. Wir sind schließlich noch nicht verheiratet." Sie errötete leicht und senkte den Blick.
„Und das werden Sie hoffentlich auch nie sein!", konnte Ramon sich nicht verkneifen.
„Bitte?"
„Nichtsdestotrotz werde ich im Haus bleiben, so lange David hier ist", stellte er unmissverständlich klar. Mit einem Grinsen fügte er an: „Mrs. Preston ist ja notfalls auch noch da …"
„Sie machen sich über mich lustig." Dieses Mal hatten ihre Worte einen traurigen Unterton. Ramon, der sich bereits zum Gehen gewandt hatte, drehte sich auf dem Absatz um und sah ihr in die Augen. Unwillkürlich streckte er die Hand aus und berührte sanft ihre Wange.

„Nein, das tu ich nicht. Ich finde nur, wir haben gerade ganz andere Sorgen. Weitaus schwerwiegendere Probleme, unter anderem auch die Rettung Ihrer Plantage, was eigentlich Pearls Aufgabe wäre, die er aber schon seit langer Zeit sträflich vernachlässigt hat."
Sie senkte beschämt den Kopf. Er fasste ihr unters Kinn und zwang sie, in ihn anzusehen.
„Darum werde ich jetzt da", er wies mit dem Finger zum Ausgang, „rausgehen und sehen, was ich tun kann. Wussten Sie, dass acht Sklaven geflohen sind?"
„O mein Gott! Das hat er mit keinem Wort erwähnt." Sie war entsetzt.
„Hab ich mir gedacht", knurrte er. „Glauben Sie immer noch, er hat alles im Griff?" Er spürte unter seiner Hand, wie sie schluckte und den Blick zu senken versuchte. Zart strich er mit dem Daumen über ihre Lippen, die sich dabei leicht öffneten. Erregung durchströmte ihn und seine Atmung beschleunigte sich. Wie gebannt starrte er auf ihre wundervollen Lippen. Dann beugte er sich hinunter und küsste sie. Es war ein kurzer, aber intensiver Kuss. Sie machte schockiert einen Satz zurück, sofort, als er den Kuss unterbrach. Er ließ sie gewähren.
„Wir sehen uns später." Abrupt drehte er sich um und ging schnellen Schrittes hinaus.
Immer noch mit einem Grinsen im Gesicht machte er sich auf den Weg zu den Sklavenhütten.
Er entdeckte Mr. Conner entspannt an der Scheunenwand lehnend, um ihn herum ein paar Sklaven, ebenfalls lässig herumstehend oder hockend. Weiter hinten kauerte eine kleine Gruppe Sklaven entspannt im Gras und schien sich über irgendetwas zu amüsieren. Zwei weitere lagen unter einer Eiche am Stamm lehnend

und schienen zu schlafen. Solche Bilder wiederholten sich, überall wo er hinsah.

Wut packte ihn, diese verdammten Faulpelze. Lauthals verkündete er, dass sich unverzüglich alle Sklaven zu versammeln hätten. Conner sah ihn überrascht an und nahm eine aufrechte Haltung an. Die Sklaven indes folgten nur widerwillig der Aufforderung. So dauerte es fast zwanzig Minuten und mehreren Ermahnungen, bis sich alle zusammengefunden hatten. Genügend Empörung und Zorn hatte sich unterdessen bei Ramon angesammelt, um diesen nun lautstark loszuwerden.

Stöhnen und Murren war die Antwort aus den Reihen der Schwarzen.

„Pearl hat sich aus dem Staub gemacht", wagte sich einer aus der zweiten Reihe vor, „und Sie bestimmen hier nicht." Die anderen nickten und gaben zustimmende Kommentare ab. Ramon war normalerweise ein ruhiger und friedlicher Mensch, der einen humanen Umgang mit Sklaven bevorzugte, aber jetzt riss ihm endgültig der Geduldsfaden.

Pearl hatte diese Horde nicht im Griff. Er war nicht nur ein Dreckskerl, sondern auch ein Versager auf ganzer Linie. Er näherte sich dem vorlauten Sklaven bedrohlich.

„Da hinten auf den Feldern verkommt langsam die Ernte, nicht nur auf den Baumwollfeldern, beim Mais und Gemüse sieht es nicht anders aus." Er wies mit dem ausgestreckten Arm in die besagten Richtungen. „Wenn die Baumwollernte dieses Jahr nichts einbringt, ist diese Plantage dem Untergang geweiht. Habt ihr Faulpelze euch mal Gedanken gemacht, was dann mit euch passiert? Der neue Besitzer von Woodland wird vielleicht nicht so nachlässig und friedliebend sein und euch antreiben, bis ihr Blut und Wasser schwitzt, und wenn ihr nicht pariert, gibt es ein paar Schläge mit der Peitsche. Wollt ihr das? Oder ihr werdet vorher verkauft, eure Familien auseinandergerissen." Er war jetzt richtig in Rage.

„Dazu wird es nicht kommen", gab ein anderer von sich, „wenn Pearl die Tochter heiratet, gehört ihm die Plantage."

Ramon schnaubte und marschierte auf den Kerl zu, das allgemeine Getuschel war bereits weitgehend verstummt.

„Borath, nicht wahr?" Der Sklave nickte und wich einen Schritt zurück.

„Pearl hat in drei Jahren diese Plantage fast in den Ruin gewirtschaftet. Wie lange wird er wohl brauchen, um sie ganz ins Verderben zu stürzen? Seht euch um, was hat er geleistet?

Eure Hütten brauchen teilweise ein neues Dach, ganz zu schweigen von anderen Mängeln. Glaubt ihr, er wird sich darum kümmern? Was ist mit euren Familien und Kindern, werden sie gut versorgt, haben sie, was sie zum Leben brauchen? Ich habe diverse Klagen gehört, die das Gegenteil bezeugen. In eurem eigenen Interesse solltet ihr euch wünschen, dass Pearl diese Plantage niemals in die Hände fällt." Es war mucksmäuschenstill geworden.

„Die Hochzeit ist in drei Wochen", vernahm er die leise angstvolle Stimme einer Frau.

Ramon stockte und war für einen Moment völlig aus dem Konzept. In drei Wochen, er wusste es, aber es zu hören war dennoch wie ein Schlag.

„Nicht, solange ich es verhindern kann", rutschte ihm die barsche Antwort heraus, die ihn selbst erschreckte.

„Genügend Zeit, um noch zu verschwinden, wie die anderen es getan haben", kam die lang gezogene Äußerung eines Sklaven, der ihn um einen halben Kopf überragte und die Statur eines Kleiderschrankes besaß.
„Fliehen, ja? Wohin denn?", fragte Ramon bissig.
„Dorthin, wo die Sklaverei verboten ist. Im Norden, wo die Menschen frei sind", gab der Angesprochene, von der Drohgebärde unbeeindruckt, von sich. Einige andere murmelten ihre Zustimmung und nickten hastig. Aufgebracht und heftig gestikulierend schritt Ramon vor den versammelten Sklaven auf und ab.
„Seid ihr wirklich so naiv? Wie weit glaubt ihr, ohne Freilassungspapiere oder Passierschein zu kommen? Ihr wärt nur entflohene Sklaven und keineswegs frei. Jeder weiße Mann kann euch einfangen und zurückbringen und dafür eine Belohnung kassieren. Ganz zu schweigen von den berüchtigten Sklavenjägern, die in der Regel keinerlei Gewissen haben. Ihr seid nicht frei, höchstens vogelfrei, ständig auf der Flucht mit der Angst einer Entdeckung im Nacken. Eure Beine werden schmerzen und eure Füße von Blasen übersät sein. Ihr werdet Hunger und Durst haben, aber ihr habt kein Geld, um zu kaufen, was ihr zum Leben braucht. Wie lange würde euer geschwächter Körper das durchhalten? Ihr werdet verhungern und verdursten und eure Kadaver in der Sonne schmoren und stinken, wenn ihr nicht vorher den Händlern in Netz gegangen seid.
Wir leben in Mississippi, habt ihr überhaupt die leiseste Ahnung, wie weit der Norden entfernt ist? Und glaubt ihr ernsthaft, den Schwarzen im Norden geht es besser? Einigen schon, aber nicht alle finden Arbeit. Die, die keine haben, hocken in erbärmlichen Zustand

in den Städten, und betteln um jeden Brotkrumen, den man ihnen hinwirft. Ich war im Norden, ich habe sie gesehen. Aber auch eure eigenen schwarzen Brüder werden euch nicht wohlgesonnen sein, denn ihr seid Konkurrenten, Konkurrenten um den nächsten Job. Und Job heißt, dass ihr nicht weniger arbeiten müsst, ihr müsst sogar härter arbeiten, weil ihr arbeiten müsst, um zu überleben. Je mehr von euch Schwarzen im Norden einfallen, desto mehr Auswahl an Arbeitskräften haben die Weißen, und desto weniger wird man euch für eure Dienste entlohnen.

Ihr braucht zu essen und eine Bleibe, und für beides müsst ihr bezahlen. Das ist nicht so wie hier auf der Plantage. Dort müsst ihr für alles Geld haben oder ihr hungert und schlaft auf der Straße. Frei? Frei seid ihr nicht, ihr seid Flüchtlinge!

Hier macht ihr eure tägliche Arbeit und braucht euch um nichts anderes Sorgen zu machen. Ihr habt zu essen und zu trinken und eure Hütten. Und dass es euch gut geht, da tragt auch ihr euren Beitrag dazu. Wer benötigt denn den Großteil an Mais? Das seid ihr. Damit eure Frauen Maisfladen herstellen können oder eure Brote. Was bleibt, wenn er auf dem Feld verdorrt? Und die Baumwolle? Der Verkauf bringt Geld ein, Geld, das alles hier aufrechterhält, auch euer Zuhause. Ihr Dummköpfe! Und jetzt bewegt eure Ärsche und macht euch an die Arbeit!"

Ramon schnaubte aufgebracht und sah in die Runde. Tatschlich lösten sich immer mehr Sklaven aus der Gruppe.

„Die Jüngeren kümmern sich um das Trockenlager, es muss gereinigt werden." Er wies auf einen etwa dreizehnjährigen Jungen. „Du schnappst dir ein paar deiner Freunde und erledigst das." Der Junge nickte beinah freudig und lief los.

„Coffie, du übernimmst die Verantwortung für die Säuberung der Pferdeställe. Die Boxen sind seit Tagen nicht ausgemistet worden. Sie müssen gründlich gereinigt und neu eingestreut werden, auch bei denen, wo die Tiere zurzeit auf der Weide sind. Such dir die Leute, die du dafür brauchst, und zeig ihnen, was zu tun ist." Coffie starrte ihn überrascht an, dass er selbst Entscheidungen treffen sollte, war ihm neu.

Danach teilte er je einen Trupp für die Gemüsefelder und Maisfelder ein. Vorrangig solche, die dort schon gearbeitet hatten und wussten, was zu tun ist. Einige Frauen bekamen die Aufgabe, sich um das Unkraut in den Blumenrabatten am Herrenhaus zu kümmern.

Am Ende hatte jeder seine Aufgabe, und alle fügten sich, ohne zu muren.

Der Großteil verblieb auf den Baumwollfeldern, wo die meiste Arbeit wartete und keinen Aufschub duldete. Die Pflanzen mussten dringend vom Ungeziefer befreit werden. Systematisch musste Reihe für Reihe genau inspiziert und abgesammelt werden. Beim letzten Durchgang hatte Ramon in einigen Reihen starken Wurmbefall entdeckt.

Dabei handelte es sich um Raupen eines Nachtschmetterlings. Die lästigen Raupen befielen Blütenknospen und Kapseln. Erstes Anzeichen waren deutlich sichtbare Einbohrlöcher an den Kapseln oder bereits ausgehöhlte Knospen und Kapseln. Derart geschädigte Knospen und Kapseln würden später nach Vergilbungserscheinungen abfallen, ältere Kapseln verblieben zwar an der Pflanze, würden sich aber nicht mehr öffnen. Zudem bot der Raupen Fraß, eine ideale Einladung für Bakterien aller Art, sogar

Schimmelpilze könnten entstehen. Wenn man nichts gegen die Raupen unternahm, wären die späteren Ernteeinbußen katastrophal.

„Das war ja wirklich mal eine Ansage", staunte Conner und klopfte ihm anerkennend auf die Schulter. „Ich wusste gleich, dass Sie was draufhaben."

Ramon war noch zu aufgebracht und gereizt, als dass er das Lob als solches wahrnahm.

„Werden Sie fürs Redenschwingen bezahlt?", fuhr er den Älteren an.

Abwehrend hob Conner beide Arme und verzog das Gesicht, was so viel ausdrückte wie: *Schon gut, bin schon weg!*

Ramon verbrachte ebenfalls seine Zeit auf den Baumwollfeldern. Er inspizierte die Reihen, machte Stichproben, um festzustellen, inwieweit die Schädigungen fortgeschritten und welche Bereiche am meisten betroffen waren. Seine anfänglich gereizte Laune verflüchtigte sich nach einer Weile, und er konnte sich auf seine Arbeit konzentrieren. Wenn die Lage nicht so ernst wäre, hätte er sogar gesagt, sie machte ihm Spaß.

Die Sonne brannte gnadenlos vom wolkenlosen Himmel. Schweiß glänzte auf seiner Haut. Sein Hemd stand bis über die Brust offen und war an den Ärmeln bis über die Ellenbogen aufgekrempelt. Einer der Sklaven hatte ihm einen alten, ausgefransten Strohhut angeboten, den er dankend angenommen hatte. An eine Kopfbedeckung hatte er nämlich nicht gedacht. Von den Sklaven trugen einige ebenfalls Hüte, andere nicht. Im Gegensatz zu ihm waren sie an die sengende Hitze gewöhnt.

„Was ist mit dir?", hielt er einen jungen, vorbeihumpelnden Sklaven an. Der Mann stoppte abrupt und sah eingeschüchtert aus.
„Das sieht nicht gut aus", stellte Ramon fest, als er sich die Wunde an seinem Knöchel besah, die sich entzündet hatte. „Warum hast du das nicht heute Morgen gesagt?"
Der Mann senkte ehrfürchtig den Kopf und schwieg.
„Du bleibst morgen in deiner Hütte und schonst dich. Ich werde dir den Doktor schicken, der soll sich das ansehen. Das muss behandelt werden."
„Den Doktor?" Panisch blickte der Mann auf. Ramon konnte sich ein Grinsen nicht verkneifen. „Ja, den Doktor! Und jetzt ist Schluss für dich, setzt dich dort drüben irgendwo hin. So kannst du nicht weiterarbeiten, du kriegst nur noch mehr Dreck in die Wunde."
Die Sklaven, die in Hörweite waren, hatten ihre Arbeit unterbrochen und zu tuscheln begonnen. Sie beäugten den Vorfall ganz genau. Ramon tat, als habe er es nicht bemerkt. Er wusste, dass sich Pearl um die Verletzung eines Sklaven keinerlei Gedanken machte. Schon einmal hatte er deshalb eine heftige Diskussion mit ihm.
Die auf dem Hof verbliebenen Sklaven sollten neben ihrer Arbeit Ausschau nach Pearl halten und Ramon unverzüglich benachrichtigen, falls er auftauchen sollte. Nichts geschah, Pearl war nicht zu sehen.
Stattdessen hatte Pearl Amanda einen riesigen Blumenstrauß zukommen lassen, wie er von Jillian erfahren hatte, dazu eine Karte, in der er sich in aller Höflichkeit bei ihr entschuldigte. Er sei momentan verhindert, hieß es und würde kommen, sobald eine dringende Angelegenheit erledigt sei, unterschrieben mit einem schnulzigen Liebeschwur.

Ramon kochte vor Wut, als er sich in seinem Zimmer für das Abendessen frisch machte und saubere Sachen anzog. Diese hatte er sich zwischenzeitlich aus seiner Pension bringen lassen. Was bildete sich dieser Kerl ein? Er hatte arge Mühe, sich gegenüber Amanda nichts anmerken zu lassen, zumal der gewaltige Strauß ausgerechnet im Esszimmer platziert war. Zumindest hatte er das verhasste Teil im Rücken.

***

Während Ramon die Zeit auf dem Feld verbracht hatte, waren die Damen in der Stadt gewesen. Jillian wusste, dass Amanda einen Termin bei der Bank hatte. Sie hatte gebeten, mitkommen zu dürfen, da sie ohnehin mit dem Bankdirektor Mr. Fraiser sprechen musste. Aufgrund Jillians Angst vor Pferden hatte Amanda den Phaeton genommen, damit ihr das Reiten erspart blieb. Zuvor waren sie bei Dr. Henderson vorbeigefahren, um den notwendigen Totenschein für Joe abzuholen. Dr. Henderson wohnte in der Nähe des abgebrannten Hauses. Er war der Arzt, der an jenem Abend anwesend gewesen war.
Allerdings waren sie einen Umweg gefahren. Die Überreste ihres einstigen Lebens zu sehen, hätte Jillian nicht ertragen.
Besorgt beobachtete Ramon Jillian deshalb. Sie wirkte blass und stocherte mit den Gedanken abwesend auf ihrem Teller herum, ohne etwas zu essen. Offenbar hatte ihr der Termin sehr zugesetzt, oder hatte es Schwierigkeiten gegeben? Von Amanda hatte er erfahren, dass sie den gesamten Rückweg über geschwiegen hatte. Nach dem Abendessen entschuldigte sie sich, sie sei müde und würde sich gern hinlegen.

Ramon passte sie vor der Treppe ab und hakte nach, aber auch ihm gegenüber zeigte sie sich verschlossen. Er wollte nicht aufdringlich erscheinen, darum ließ er es gut sein. Nachdenklich sah er ihr nach, wie sie die Treppe hinaufging und schließlich aus seinem Sichtfeld verschwand.
„Es ist schwer für sie", hörte er Amanda hinter sich sagen. „Zudem vermisst sie ihre kleine Tochter sehr."
„Ich weiß." Langsam drehte er sich um, auch Amanda hatte ihr nachgeschaut. Jetzt trafen sich ihre Blicke. Einen Augenblick schienen beide befangen, dann senkte sie den Blick.
„Ich werde nach David sehen", erklärte er ausweichend.
„Molly sagt, er habe viel geschlafen. Das Mittel, das Dr. Marlow ihm gegeben hat, wirkt schmerzlindernd, aber macht müde."
„Mmpf", machte er und ging ohne ein weiteres Wort nach oben. Er war immer noch verärgert über den Blumenstrauß von Pearl. Er befürchtete, etwas Falsches zu sagen, deshalb hielt er lieber den Mund.
Auch David hatte kaum etwas gegessen. Trotzdem sah er etwas besser aus als am Morgen, was vielleicht auch daran lag, dass der Verband am Kopf fehlte.
„Wie geht es dir?", erkundigte sich Ramon. Er erhielt eine kurze Auflistung des Tagesgeschehens, das sich auf den Besuch von Dr. Marlow bezog, einen Kurzbesuch von Jillian und ansonsten hauptsächlich das Geplänkel der Sklavin Molly und ihrer Helferinnen.
„Wie du siehst, nicht sehr ereignisreich", murrte David.
„Beschwer dich nicht, du hast eh die meiste Zeit geschlafen", grinste Ramon und rückte sich einen Stuhl zurecht.

„Also, was gibt es Neues?", drängte David. „Jillian sagte, du wärst auf den Baumwollfeldern? Also, wenn die genauso verwahrlost sind, wie ich den Eindruck hatte, als ich hier auf dem Anwesen ankam, dann …"
„Das ist nicht die Schuld von Miss Franks", warf Ramon hastig ein. David zog verdutzt die Stirn in Falten und sah ihn eindringlich an.
„Das habe ich auch nicht gesagt!", stellte er klar. Eine Weile unterhielten sie sich über Baumwolle und den Zustand der Plantage. Ramon erzählte ihm in dem Zusammenhang auch, was Amanda ihm über ihren Bruder Adam anvertraut hatte, welches letztlich wohl Auslöser des Schlaganfalls bei ihrem Vater gewesen war.
„Also war Pearl schon hier, als Mr. Franks noch wohlauf war." Es klang nicht wie eine Frage, sondern wie eine Aussage. David überlegte und versuchte währenddessen, in eine bequemere Sitzposition zu rutschen. Er schrie sogleich schmerzvoll auf, kniff die Augen zusammen und presste die Zähne aufeinander."
„Verdammt, sag doch was!", beschwerte sich Ramon. Erschrocken war er aufgesprungen, um zu helfen. David stöhnte vor Schmerz und fluchte ungeniert.
„Das hab ich diesem verdammten Hurensohn zu verdanken. Hast du zwischenzeitlich herausgefunden, wo der sich verkrochen hat? Verflucht, dass der mir wieder entwischt ist."
Ramon schüttelte wortlos das Kissen in seinem Rücken auf, richtete seine Bettdecke, tupfte ihm den ausgebrochenen Schweiß von der Stirn und reichte ihm anschließend ein Glas Wasser.
Er wartete, bis David sich beruhigt hatte, seine Atmung wieder normal und gleichmäßig war und er zudem das Glas geleert hatte.

„Willst du mir nicht endlich sagen, was wirklich an dem Tag geschehen ist, als Susanna starb?"
David schielte einmal mürrisch zu ihm hoch, senkte den Blick und starrte geradeaus in Richtung seiner Fußspitzen, die er unter der Decke hin und her bewegte. Ramon rückte den Stuhl wieder heran und setzte sich wartend.
„Warum warst du dort, David?", hakte er sacht nach, als David keine Anstalten machte zu reden. „Ich weiß, ihr seid nicht zusammen gereist."
„Warum interessiert es dich überhaupt?", flüsterte David betrübt.
„Warum? Weil du mein Bruder bist und ich mir Gedanken um dich mache. Du hast nie ein Wort darüber verloren, was geschehen ist. Alles, was ich weiß, ist das, was Mutter mir erzählt hat. Demnach bist du nicht am Unfallort gewesen und hast auch nicht deine sterbende Frau in den Armen gehalten. Ich habe noch nie deine Version gehört."
David sah ihn nicht an, aber Ramon entging nicht, dass seine Hände zu zittern begonnen hatten. Auch sein Atem ging hektischer als zuvor. Als David ihn schließlich ansah, schimmerten seine Augen feucht. Ramon musste bewegt schlucken, das hatte er bei David seit Vaters Beerdigung nicht mehr gesehen – bei Susannas war er nicht dabei gewesen.
„Mutter hat ihre eigene Geschichte", sagte David traurig, „und glaub mir, das ist die Bessere."
„Sie sagt, dass du sie abgöttisch geliebt hast", begann Ramon vorsichtig. Als David schwieg, fuhr er fort. „Ich weiß, ich habe zu Susannas Lebzeiten nie einen Hehl daraus gemacht, dass ich sie nicht sonderlich leiden konnte. Dafür habe ich mich später Dutzende Male entschuldigt. Natürlich kann ich verstehen, wenn

du aus dem Grund nie mit mir darüber sprechen wolltest und ich …"

„Du warst dreizehn Jahre alt", unterbrach David.

„Ja, schon …", räumte Ramon ein, „und ich war ein dummer Junge gewesen. Aber später, als ich älter war, hätten wir darüber reden können."

„Was hätte das geändert?" Er kratzte sich verlegen am Kopf. „Die Dinge waren geschehen und Mutters Version hatte sich längst zum Selbstläufer entwickelt. Kein Mensch hat daran gezweifelt und so war es auch besser. Jeder Mann, ob Junggeselle oder verheiratet, hatte mich seinerzeit um diese Frau beneidet, um ihrer Schönheit willen und ihrer Eleganz." Er starrte einen Moment versunken auf seine Oberschenkel, dann sah er seinem Bruder ins Gesicht. Es war ein trauriger gequälter Blick.

„Aber die Wahrheit hinter dieser äußeren Fassade sah anders aus." Er atmete tief durch, soweit es seine geschundenen Rippen zuließen. Es fiel ihm nicht leicht, selbst nach all den Jahren nicht. Ramon bemühte sich, ihn nicht zu unterbrechen, und gewährte ihm die Pausen zwischen seinen Worten, auch wenn er vor Ungeduld fast platzte.

„Die Wahrheit ist, sie wollte mich verlassen. Das war auch der Grund, warum sie mit der Postkutsche gefahren ist."

Ramon riss die Augen auf. Er war so perplex, dass ihm der Mund offen stehen blieb. Es schien, als sei David eine Last von der Seele gefallen. Seine Stimme nahm danach ihren allgemein typischen Klang wieder an.

„Unsere Ehe war ein Albtraum gewesen. Sie hatte mir zuvor schon mehrfach gedroht, zu ihrem Vater zurückzugehen. Und manches Mal hab ich tatsächlich gehofft, sie möge endlich aus meinem Leben verschwinden. Ich konnte dieses Weibsbild nicht mehr ertragen. Am Morgen des Unfalls hatten wir uns wieder heftig gestritten. Sie stand oben an der Balustrade und zeterte, ich bin einfach gegangen. Als ich zu ihr hochgesehen habe, habe ich mir sogar für einen Moment gewünscht, sie möge kopfüber hinunterstürzen, damit sie endlich den Mund halten würde." Beschämt blickte er Ramon abgewandt auf der anderen Bettseite zu Boden.

„Und weiter?", fragte Ramon behutsam, da sich das Schweigen in die Länge zog.

David räusperte sich und fuhr sich stöhnend mit gespreizten Fingern durchs Haar. Er presste kurz die Lippen aufeinander und kniff die Augen zu, da seine Rippen sich stärker bemerkbar gemacht hatten als erwartet.

„Nachdem ich das Haus verlassen hatte, hat sie ihre Sachen gepackt und ist abgereist. Ich wusste davon, ich hätte sie daran hindern sollen, aber ich habe es nicht getan. Irgendwann bekam ich doch Gewissensbisse, sie war trotz allem meine Ehefrau. Ich habe einen Schwur geleistet. Der eigentliche Grund jedoch, warum ich ihr schließlich nachgeritten bin, war die Tatsache, dass sie mein Kind unter dem Herzen trug. Ich konnte nicht zulassen, dass sie mich verlässt und mir mein Kind nimmt. Ich hatte zu lange mit meiner Entscheidung gewartet. Hätte ich mich früher auf meine Pflichten als ihr Ehemann besonnen, wäre sie niemals in diese Unglücks-Postkutsche gestiegen." Er war zum Ende hin immer leiser geworden.

„Moment mal", fuhr Ramon auf, „du gibst dir doch nicht etwa die Schuld daran? Das war ein Unfall, David! Ein furchtbarer Unfall, für den du nichts konntest."

David reagierte nicht und starrte wieder auf seine Oberschenkel.

„Ich hatte die Postkutsche fast erreicht, da passierte es. Diese Bilder werde ich niemals vergessen. Ich bin zu spät gekommen. Ich konnte nicht mehr helfen, *ihr* nicht mehr helfen. Den anderen drei Fahrgästen war kaum etwas passiert, sie waren nur leicht verletzt gewesen, aber Susanna …

Ich kniete in diesem Graben und hielt sie im Arm. Blut rann aus ihrem Mundwinkel, und sie sagte mir, bevor sie starb: *Sie hätte mich niemals wirklich verlassen, sie wollte nur, dass ich mehr für sie da bin.* Als ich hochsah, sah ich direkt in Pearls Gesicht. Sein Pferd war erschrockener gewesen als er, es schnaubte und tänzelte wild. Pearl hatte es irgendwie geschafft, sich im Sattel zu halten, und sah auf uns herunter wie auf einen Haufen Abfall. Seine Augen hatten kalt und emotionslos gewirkt. Es schien ihn in keiner Weise zu berühren, dass dort ein Mensch starb. Er riss hart sein Pferd herum und galoppierte davon."

„Verstehe! Und ausgerechnet hier triffst du ihn wieder …" Er versuchte, sich in Davids Lage zu versetzen. „Aber vergiss nicht, er hat den Unfall verursacht! Susannas Tod geht auf sein Konto. Es war nicht deine Schuld, David." Er rutschte auf dem Stuhl näher heran und sah ihn eindringlich an, doch David wollte davon nichts hören.

„Du irrst, es war meine Schuld! Susanna hätte niemals in dieser Kutsche sein dürfen, verstehst du? Ich bin für ihren Tod verantwortlich. Ich habe sie getötet … und mein Kind ebenfalls."

Ramon sprang aus seinem Stuhl hoch und baute sich über David auf.

„Du bist ein Narr! Es war allenfalls eine Verkettung unglücklicher Umstände. Du hättest nicht wissen können, was passiert. Es war ein Unfall!"

Ramon war schockiert, dass sein Bruder sich offenbar all die Jahre eingeredet hatte, er sei schuld an Susannas Tod. Jetzt ergab alles einen Sinn, Davids Verschlossenheit, seine ganze mürrische Art. Warum hatte er nicht eher darauf bestanden zu erfahren, was damals geschehen war? An die Geschichte der großen Liebe hatte er nie wirklich geglaubt. Diesen Eindruck hatte er nie gewonnen während seiner Besuche zu Hause. Er hatte sie immer als selbstsüchtig empfunden und manchmal als etwas unterkühlt. Eine vertrauliche Bindung zu seiner Schwägerin war nie entstanden. Eher hatte er fortwährend das Gefühl, sie dulde ihn lediglich.

Ramon setzte sich langsam wieder. „Erzähl mir, wie sie wirklich war."

David sah auf und sah die Entschlossenheit in seinen Augen. Er schnaubte kurz.

„Ihr Vater hatte sie zu sehr verwöhnt, ihr jeden Wunsch von den Augen abgelesen. Sie war immer seine kleine Prinzessin gewesen. Ich konnte ihr das nicht bieten. Ich hatte viel Arbeit mit der Plantage, konnte mich nicht den ganzen Tag um ihre Belange kümmern, das hat sie nicht verstanden. Sie hat geglaubt, sie könne als meine Gattin nur auf Bällen tanzen und von einer Dinnerparty zur anderen schreiten. Aber das ging nicht, ich hatte weder die Zeit noch die Lust dazu. Ein paar Veranstaltungen und Einladungen waren selbstverständlich, aber das reichte ihr nicht.

Hinzu kam, ich war weiß Gott nicht kleinlich, aber sie hat das Geld mit vollen Händen ausgegeben.

Sie besaß Kleider, die sie im Leben nicht alle hätte tragen können. Dennoch gab sie bei der Schneiderin immer neue in Auftrag, sündhaft teure, das gleiche bei der Hutmacherin. Das meiste hat sie nur einmal getragen. Beim nächsten Ball musste wieder etwas Neues daher. Sie musste stets der strahlende Mittelpunkt sein, die ganze Welt drehte sich nur um sie, alles andere interessierte sie nicht.

Ich konnte keine normale Unterhaltung mit ihr führen. Alles drehte sich nur um die neuste Mode, den nächsten Ball …" Er verdrehte die Augen.

Das deckte sich schon eher mit den Eindrücken, die Ramon von ihr gewonnen hatte. Sie war oberflächlich und nur auf ihr Erscheinungsbild bedacht gewesen.

„Wenn ich mich recht erinnere, gehörte Haushaltsführung nicht zu ihrer Lieblingsbeschäftigung?" Ramon erinnerte sich an einen Vorfall, als es einmal ein recht zusammengewürfeltes geschmackloses Mahl gegeben hat, vorangegangen war ein heftiger Streit, den Susanna mit der Köchin hatte. Diese hatte sich heftig beklagt, dass es an allen benötigten Dingen gemangelt hätte. David gab ein Schnauben von sich.

„Was glaubst du? Bei ihrem Vater hatte sie sich um nichts kümmern müssen. Natürlich hatte sie keine Ahnung. Ich musste sie wie ein kleines Kind an die Hand nehmen, aber glaub nicht, sie sei gelehrig gewesen. Nein, sie beklagte sich fortwährend. Schuld aber waren immer die anderen. Ich konnte das nicht mehr hören und bin ihr mehr und mehr aus dem Weg gegangen."

„Lass mich raten, im Bett war sie auch nicht sehr erquickend …"

David gab ein ironisches Lachen von sich, welches an sich schon, Antwort genug war.
„Susanna wurde nach dem frühen Tod der Mutter von ihrer Großtante, die mit im Haus wohnte, erzogen. Das war eine alte Jungfer, wenn du verstehst, was ich meine."
Beide mussten lachen und warfen sich vielsagende Blicke zu.
„Du kannst dir sicher vorstellen, dass der Einfluss, den die Alte auf sie hatte, verheerend gewesen ist. Der Akt im Ehebett sei lediglich zur Fortpflanzung gedacht und so weiter. Sie wollte sich jeden Abend gemütlich bei mir einkuscheln und konnte nicht verstehen, dass mir das nicht ausgereicht hat. Sie hat mich deshalb sogar als krank bezeichnet."
Ramon schüttelte fassungslos grinsend den Kopf. „Du Armer! Hast du nicht deinen Charme spielen lassen und versucht, sie davon zu überzeugen, dass ihre Tante unrecht hatte? Warum hast du sie nicht nach allen Regeln der Kunst verführt, bis sie dich angebettelt hätte, sie endlich zu nehmen?", frotzelte Ramon.
David sah ihn mit verkniffener Miene an. „Hältst du mich für so blöd? Natürlich habe ich keine Möglichkeit unversucht gelassen, aber die Frau war aus Granit. Als sie schließlich schwanger war, war es ganz vorbei. Am liebsten hätte sie mich noch des Ehebettes verwiesen. Deshalb bin ich meist sehr spät zu Bett gegangen, als sie bereits geschlafen hat. Und morgens, war ich aus dem Haus, bevor sie aufwachte."
„Na, wie reizvoll …", warf Ramon sarkastisch ein.
„Ich hatte nie vor, meine Gattin zu betrügen, aber irgendwann …"

„Kann ich nachvollziehen, das hätte wohl jeder in der Situation getan." Eine Weile schwiegen sie und hingen ihren Gedanken nach.

„Ich habe geglaubt, wenn das Kind da wäre, würde es vielleicht besser werden. Dann hätte sie eine Beschäftigung und … Nachdem ich von der Schwangerschaft erfahren hatte, wollte ich versuchen, unserer Ehe noch eine Chance zu geben. Ich habe mich wirklich bemüht. Hab ihr versprochen, mich mehr um sie zu kümmern … aber das Kümmern endete meist damit, dass ich meine Zustimmung geben sollte, sie zu irgendeinem Dinner und Sonstigem zu begleiten, oder sie ins Theater ausführen sollte. Ich habe es eine Weile mitgemacht, aber stets den glücklichen Ehemann zu spielen, wurde mir zu viel. Diese Scharade konnte ich nicht auf Dauer ertragen. Jedes Mal, wenn wir wieder von einer Veranstaltung zurück waren, ist es anschließend zum Streit gekommen. Ich hätte sie zu lange den alten Damen überlassen, ich hätte mich nicht mit dem oder dem unterhalten, ich wäre zu lange beim Kartenspiel verblieben, hätte zu lange eine Zigarre geraucht, ich hätte zu viel getrunken und, und, und. Es war immer irgendetwas. Tatsächlich hatte ich in der Zeit oftmals mehr getrunken, als mir gutgetan hat, und mich gefragt, welcher Teufel mich geritten hat, diese Frau zu heiraten. Natürlich war ich erfreut, Vater zu werden. Es war das Einzige, was mich noch aufrecht gehalten hatte, aber alles andere …"

„Warum hast du Mutter nie die Wahrheit über ihre Schwiegertochter erzählt?"

„Susannas Tod hat sie endlich aus ihrer Lethargie gerissen, in der sie seit Vaters Tod verfallen gewesen war. Du weißt, wie sehr sie unseren Vater geliebt hat. Für sie war es selbstverständlich zu glauben, dass ich

Susanna ebenso sehr geliebt habe. Etwas anderes hätte sie zerstört, zudem hatte ich Angst, dass sie dann in ihre Betäubung zurückfallen würde."
Ramon nickte zustimmend.
„Aber später, als sie gefestigt war, hättest du es ihr sagen sollen. Ich bin sicher, sie hätte es verstanden."
David zuckte die Schultern. „Vielleicht", räumte er ein, „aber ich war froh, wenn ich mal, und sei es nur für ein paar Minuten, nichts von der Sache hören musste. Die ganze Stadt redete ohnehin von nichts anderem. Es war wie ein Spießrutenlauf. Und dann noch mein Schwiegervater, er betitelte mich als Versager, für ihn war ich der Mörder seiner geliebten Tochter."
„Er hat sein einziges Kind verloren. Verständlich, dass er unbeherrscht reagierte. Aber seine Worte des Zorns und der Trauer hättest du dir nicht zu Herzen nehmen sollen. Hast du noch Kontakt zu ihm?"
„Nein, er verstarb vor etwa fünf Jahren."
Ramon füllte Davids Glas nach und nahm sich ebenfalls ein Glas Wasser, da nichts anderes zur Verfügung stand. Ein Brandy wäre ihm natürlich lieber gewesen. Er wusste allerdings nicht, ob sich überhaupt Brandy in diesem Haus befand.
„Wochenlang habe ich heimlich nach diesem Ben Parson alias Benjamin Pearl gesucht", nahm David das Gespräch wieder auf, „aber er blieb wie vom Erdboden verschluckt. Schließlich wollte ich nur noch vergessen und habe mich wie ein Besessener in die Arbeit gestürzt. Es musste irgendwie weitergehen, ich wollte nicht zurückblicken."
„Pearl ist ein paar Jahre älter als ich", rechnete Ramon, „er müsste damals etwa achtzehn Jahre alt gewesen sein."

„Ja, kommt hin", David sah nur kurz auf. „Warum?"
„Nur so! Für Susannas Tod wirst du ihn nicht mehr zur Rechenschaft ziehen können. Dazu ist zu viel Zeit vergangen, aber für den Versuch dich zu töten, wird er bezahlen. Dass er ein Nichtsnutz und ein Blender ist, war mir klar, aber so viel Kaltschnäuzigkeit überrascht mich."
Noch lange diskutierten sie an diesem Abend. Der Raum lag mittlerweile im Halbdunkel, und die Gesichtszüge des anderen waren kaum noch auszumachen. Dennoch hatten sie kein Licht entzündet, um nicht die lästigen Moskitos anzulocken. Den ganzen Tag hatte schwüle Hitze geherrscht. Deshalb standen die Fenster weit geöffnet, um die wohltuende leichte Brise des Abends hereinzulassen. Besonders David, der für gewöhnlich viel Zeit draußen an der Luft verbrachte, machte die stickige Luft eines Zimmers, noch dazu eines Krankenzimmers, wo es nach Medizin und Kräutern roch, zu schaffen.
Als Ramon sich schließlich mit den Worten verabschiedet hatte, er wolle noch einige Details für den morgigen Tag ausarbeiten, hörte er Amanda und Jillian unten im Salon. Kurz überlegte er, ob er den Damen Gesellschaft leisten sollte, überlegte es sich allerdings anders und ging in sein Gästezimmer. Natürlich musste er nichts mehr erledigen. Es war eine Ausrede gewesen, da er bemerkt hatte, dass sein Bruder schon eine Weile unterdrückt gegähnt hatte. David stand noch unter dem Einfluss der Medikamente. Er hätte aber von sich aus niemals zugegeben, dass er erschöpft wäre.
Ramon war am nächsten Morgen zeitig auf den Beinen. Unruhig ging er in seinem Zimmer auf und ab. Obwohl er sich nicht erklären konnte warum, war er

von nervöser Unruhe erfasst – er würde in Amandas Speisezimmer frühstücken. Wie würde sie ihm begegnen? Schließlich schalt er sich einen Dummkopf, verließ sein Zimmer und stieg entschlossen die Stufen hinab. Eine Dame stand in der Regel nicht um diese Uhrzeit auf. Wahrscheinlich würde er dort allein sitzen und erst die Sklaven dazu anhalten müssen, ihm überhaupt ein Frühstück zu bereiten.

Umso überraschter war er, als er das Speisezimmer betrat und es bereits herrlich nach Kaffee und gebratenen Eiern roch. Er hörte Amandas Stimme aus dem Korridor, der das Speisezimmer mit der Küche verband, wo sie offenbar ihren Küchensklavinnen Anweisungen erteilte. Zur selben Zeit, als Amanda den Raum betrat, erschien hinter ihm Jillian. Nach den üblichen Höflichkeitsfloskeln setzte man sich, und die Sklaven begannen, Kaffee einzuschenken. Kein Vergleich zu dem tristen geschmacklosen Frühstück in seiner Pension, welches ihm von der beleibten Wirtin in der Regel wortkarg und lieblos serviert wurde.

Aus den Augenwinkeln beobachtete er Amanda, sie schien nervös zu sein. Er konnte sich ein erfreutes Grinsen nicht verkneifen.

Man verweilte heute länger am Frühstückstisch, da noch über die Tagesplanung diskutiert wurde. Jillian sollte erneut beim Bankdirektor Mr. Fraiser vorsprechen, der versprochen hatte, bis Mittag alle Formalitäten geklärt zu haben. Ramon bestand darauf, sie zu begleiten, da sie für heute auch die Begutachtung ihres abgebrannten Cottages auf ihre Liste gesetzt hatte.

Ein hektisches Klopfen unterbrach das Gespräch. Überrascht bat Amanda die Sklavin einzutreten. Sie wirkte gehetzt und offenbar erschrocken, dass die Frühstücksrunde noch vollzählig war. Sie schien unsicher, ob sie ihrer Herrin erzählen sollte, was vorgefallen war, und begann daher erst nach Amandas wiederholter Aufforderung.

„Es ist wegen Blake, ich meine … ähm … wegen dem Verwundeten." Scheu schielte sie zu Ramon hinüber und knetete nervös ihre Hände. „Er ist ein wenig übellaunig."

„Übellaunig?", hakte Amanda verwirrt nach und sah Ramon an. „Warum?"

„Er … ähm … er will sich nicht von Blake rasieren lassen." Plötzlich überschlug sie sich beinahe beim Reden. „Er hat gedroht ihm die Finger abzuhacken, wenn er es wagen sollte, ihn anzufassen."

Ramon lachte laut auf und hätte sich dabei fast an seinem Rest lauwarmen Kaffee verschluckt.

„Ja, das hört sich ganz nach meinem Bruder an." Er amüsierte sich köstlich, verstummte aber sofort, als er Amandas erbostes Gesicht bemerkte.

„Sie finden das auch noch lustig, Mr. Black … ähm, Mr. Bradley? Meine Sklaven in Angst und Schrecken zu versetzen? Blake ist seit vielen Jahren auf Woodland, er gehört fast schon zur Familie. Er rasiert jeden Tag meinen Vater, ohne einen einzigen Kratzer. Blake weiß, was er tut, auch wenn er ein alter Mann ist." Sie war aufgesprungen und warf wütend ihre Serviette auf den Tisch. „Ich finde es im höchsten Maße respektlos von Ihrem Bruder, ihn so zu behandeln. Blake wollte nur höflich sein. Ich verbitte mir derart abscheuliches und menschenverachtendes Benehmen gegenüber meinen Sklaven." Sie war mit jedem Wort lauter geworden. Zum Ende hin schrie sie fast, bevor sie wutschnaubend aus dem Raum stürmte und die Tür hinter sich zuknallte. Ramon war so perplex über ihren Aus-

bruch, dass er vergeblich versuchte, zu Wort zu kommen. Hilfesuchend blickte er Jillian an.
„Glaubt sie etwa, er habe das ernst gemeint?"
„Ich fürchte, ja."
„Mein Gott ..." Fassungslos fuhr er sich durch sein akkurat frisiertes Haar und brachte es damit gehörig in Unordnung. Er stöhnte, ihm fehlten die Worte.
Beruhigend legte sie ihre Hand auf seinem Arm. „Sie kennt ihn nicht, was soll sie glauben? Es wird sich aufklären, Ramon. Mach dir keine Gedanken."
„Also ehrlich, ich würde auch nicht jeden x-beliebigen Kerl mit einem Messer an meine Kehle lassen ...", erklärte er, als er sich von dem Schrecken erholt hatte. „Ich werde trotzdem mit David reden." Mit einem freundlichen Nicken verließ er das Speisezimmer.

*

Jillian blieb allein zurück. Gedankenverloren starrte sie auf den verwaisten Tisch. Schließlich erhob sie sich und ging hoch in ihr Zimmer. Bis sie mit Ramon in die Stadt fahren würde, dauerte es noch ein paar Stunden. Zeit, sich mental auf das vorzubereiten, was auf sie zukommen würde. Sobald alles geregelt war, könnte sie im Prinzip nach Natchez zurückkehren und mit Sarah und Nala verschwinden. Mit einem schweren Seufzer ließ sie sich auf das Bett sinken, aber was war mit David? Er konnte noch nicht reisen, geschweige denn reiten. Sie selbst würde ohnehin lieber mir der Postkutsche reisen. Sie könnte ihre vorzeitige Abreise mit einer extremen Sehnsucht nach ihrem Kind begründen, überlegte Jillian. Wenn David genesen war und zu Hause eintreffen würde, wären sie längst verschwunden. Auf diese Weise wäre es einfacher, David zu verlassen. Ob er enttäuscht wäre? Sie ließ sich mit dem Oberkörper in die Kissen fallen und wischte eine Träne von ihrer Wange. Fest stand, wenn sie so lange wartete, bis David reisefähig wäre, würde der Abschied um einiges schwerer werden. Sie alle waren nett und großzügig gewesen, hatten sie herzlich aufgenommen. Sie verbarg ihren Kopf im Kopfkissen und weinte leise. Es war unmöglich, länger zu bleiben, zu viel stand auf dem Spiel.

Durch ein Geräusch, das durch das geöffnete Fenster vom Hof herauf gedrungen war, schreckte sie hoch. Sie musste offenbar eingeschlafen sein. Stöhnend stand sie auf, richtete ihre Kleidung und überprüfte in dem Spiegel an der Frisierkommode ihre Frisur. Mit einem interessanten Buch könnte sie sich noch etwas entspannen. Kurzentschlossen steuerte sie den Weg zur Bibliothek an. Bei ihrem letzten Aufenthalt hatte sie ein paar Bücher ins Auge gefasst, die sie jetzt genauer zu inspizieren gedachte.

Sie wollte gerade nach dem Knauf greifen, als sie Stimmen aus dem Salon hörte. Es handelte sich um Amanda, die andere Stimme gehörte zu einem Mann.

Ohne sagen zu können warum, schlich sie auf Zehenspitzen näher. Die Tür zum Salon war nur angelehnt. Sie wagte kaum zu atmen, als sie vorsichtig durch den schmalen Spalt blickte. Im Sessel saß ein Mann, um die Dreißig, sein mittelblondes, leicht welliges Haar viel ihm fast bis auf die Schultern. Er trug sehr elegant und teuer aussehende Reitkleidung. Seine schwarzen Stiefel waren auf Hochglanz poliert und glänzten wie eine Speckschwarte.

Als er sich im Sessel zurücklehnte, konnte sie auch sein Gesicht sehen. Jillian zuckte zurück und schlug sich erschrocken die Hand vor den Mund. Der Mann hatte einen großen, grün und lila aussehenden Bluterguss im Gesicht.

Ihr Herzschlag beschleunigte sich, es musste sich um den Verwalter Benjamin Pearl handeln. Das der sich hier her wagte …

Was sollte sie tun? Ramon war draußen auf dem Feld, David verletzt und würde sich nicht verteidigen können. Vorsichtig spähte sie in alle Richtungen, ob jemand von den Sklaven in der Nähe war und sie sehen konnte, dann wandte sie sich wieder der Tür zu.

„Ich weiß nicht, was ich davon halten soll", hörte sie Amanda sagen, die außerhalb ihres Sichtbereiches saß.

„Liebes, bald brauchst du dir um nichts mehr Sorgen machen." Pearl beugte sich vor und ergriff ihre Hand. „Bald bist du meine Frau! Hast du mittlerweile geregelt, wer von deiner Seite an unserer Hochzeit teilnimmt? Normalerweise seid ihr Frauen doch diejenigen, die das alles in die Hand nehmen? Du scheinst mir da recht teilnahmslos zu sein. Von meiner Seite ist alles geklärt, meine Freunde aus dem Club freuen sich riesig, dich endlich kennenzulernen."

„Ich habe viel um die Ohren", wich Amanda aus. „Ich habe noch nicht die Zeit gefunden, mir Gedanken darüber zu machen. Im Grunde gibt es außer meinen Vater niemanden …"

„Dein Vater ist nicht klar bei Verstand, Amanda. Ich möchte auf unserer Hochzeit keine peinlichen Szenen, damit das klar ist."

Welch ein arroganter Mistkerl, dachte Jillian. Amanda schwieg zu der Äußerung. Pearl lehnte sich erneut zurück und überkreuzte die Beine. Vor seiner Brust legte er die Fingerspitzen beider Hände gegeneinander und schien Amanda anzusehen.

„Lassen dich die Vorfälle so kalt?", wollte Amanda nach einer kleinen Pause wissen. „Mr. Preston ist auf dramatische Weise umgekommen und …"
„Ach was", wehrte Pearl mit einer Handbewegung ab. „Das mit dem Preston betrifft uns nicht. Es ist immerhin nicht auf Woodland passiert, oder? Natürlich ist das tragisch, aber nicht unser Problem." Jillian musste sich arg zusammennehmen. Am liebsten wäre sie da hineingestürmt und hätte ihm die Meinung gesagt. Tränen der Wut stiegen in ihr auf. Wie konnte er so respektlos von einem Toten reden, von ihrem Joe? Was Amanda dazu sagte, verpasste sie dadurch, außerdem sprach sie ohnehin sehr leise.
„Auf der Plantage kommt alles wieder in Gang, vertrau mir", sagte er gerade. „Ich habe neue Leute, die können nächste Woche gleich mit der Arbeit beginnen. Dieser Besserwisser, Mr. Black, ist auch wieder aufgetaucht. Anscheinend hat er kapiert, was ich versucht habe, ihm beizubringen, zumindest konnte er die faulen Sklaven zur Arbeit antreiben." Er lachte selbstzufrieden.
„Ich mag es nicht, wenn du so redest", entgegnete Amanda.
„Amanda, Amanda, du musst lernen, nicht immer so empfindlich zu sein. Hier muss sich einiges ändern, und das weißt du." Seine Stimme war schärfer geworden.
„Ändern? Du hast doch alles so weit kommen lassen", begehrte Amanda auf. „Du bist Verwalter von Woodland. Erklär mir, warum sich erst nach der Hochzeit alles ändern soll? Was hast du vor? Sieh dich um, ich bin nur froh, dass mein Vater nicht mehr begreift, was sich auf seiner Plantage verändert hat."

Pearl sprang beleidigt aus seinem Sessel hoch, er wirkte bedrohlich. Jillian hielt den Atem an und suchte bereits nach einer Fluchtmöglichkeit. Kurzzeitig verschwand er aus ihrem Sichtfeld.
„Ganz recht, ich bin Verwalter", höhnte er. „Ich darf mich um alles kümmern, aber du weigerst dich standhaft, mir die Führung der Geschäftsbücher zu überlassen. Mein Geld aber soll ich in diese marode Plantage investieren, oder? So läuft das nicht, meine Liebe!" Er erschien wieder in ihrem Blickfeld, wenn auch mit dem Rücken zur Tür gewandt. Er hatte sich einen Brandy eingegossen, wie Jillian feststellte.
„Ich lasse mich von keiner Frau zum Narren halten, das habe ich schon einmal getan." Er nahm einen kräftigen Schluck Brandy und setzte sich wieder. „Deshalb werde ich erst als dein rechtmäßiger Ehemann mein Geld in diese Plantage investieren. Das habe ich dir alles längst erklärt. Warum reitest du jedes Mal darauf herum? Vertraust du mir etwa nicht? Wo sind denn alle deine zahllosen Verehrer geblieben? Kaum hatte es sich herumgesprochen, dass sie mit Woodland keine reiche Erbin heiraten würden, waren sie alle fort. Niemand wollte sein eigenes Geld investieren, so sieht es nämlich aus. Du brauchst mich, und das weißt du!" Er fingerte an seiner Westentasche, zog ein Bündel Geldscheine heraus und legte sie vor Amanda auf den Tisch.
„Ich hasse deine Arroganz", zischte sie.
Pearl beugte sich weit in seinem Sessel nach vorne. „Und ich mag es, wenn dein Temperament mit dir durchgeht." Er lachte lüstern und betrachtete ausgiebig ihren Körper.
„Besorg dir ein hübsches Brautleid. Ich möchte, dass du unvergleichlich aussiehst. Ich habe mich dir ge-

genüber immer als Gentleman verhalten, du hast keinen Grund, dich zu beklagen. Ich denke, nicht jeder Mann hätte die Geduld, so lange auf dich zu warten. Zudem bin ich stets sehr spendabel gewesen, und das werde ich auch als dein Ehemann sein. Es wird dir an nichts fehlen, das verspreche ich dir, aber ich erwarte ein gewisses Maß an Entgegenkommen. Du solltest allmählich aufhören, mir mit kühler Zurückhaltung zu begegnen. Wir werden bald das Bett miteinander teilen, meine Liebe. Was mich betrifft, ich kann es kaum noch erwarten. Ich habe mich lange genug beherrscht. Im Übrigen dürftest du danach ohnehin andere Dinge im Kopf haben als Geschäftsbücher. Dafür dürftest du kaum Zeit haben, wenn erst mal unsere Kinder im Haus herumtollen und diesen Kasten wieder mit Leben und Lachen füllen."
„Du hast ja recht, Benjamin. Ich bin dir auch sehr dankbar für deine Geduld." Er hatte es tatsächlich geschafft, Amanda wirkte eingeschüchtert. Jillian ballte die Hände zu Fäusten.
„Du hast mit keinem Wort erwähnt, dass du dich auf meiner Plantage mit einem Fremden geprügelt hast. Warum? Hast du gedacht, ich erfahre davon nichts? Oder erscheint es dir so unwichtig, mir davon selbst zu erzählen?"
Pearl verdrehte die Augen. „Das ist nicht unbedingt etwas für eine Lady", grinste er.
„Wer war der Mann? Was hat er von dir gewollt?" Offensichtlich wusste Pearl nicht, dass David nur eine Etage über ihm lag. Amanda war klug genug, so zu tun, als wüsste sie die näheren Umstände nicht.
„Ein Spinner! Nichts weiter! Er hat mich hier aufgesucht und verlangte sein Geld zurück. Er hat es nicht verkraftet, dass ich ihm beim Kartenspiel seine Geld-

börse erleichtert habe. Der Kerl war ein schlechter Verlierer. Ich hab ihm gezeigt, was ich davon halte, mich aus dem Hinterhalt anzugreifen. Ich hoffe, er hat es sich gut gemerkt. Erstaunlich, dass der Kerl es noch auf sein Pferd geschafft hat?"
Erneut wagte Jillian kaum zu atmen. Pearls letzter Satz war als Frage gestellt und hatte einen eigenartigen Klang, als ob er eine Vorahnung hätte. Ein kalter Schauer lief ihr den Rücken hinab.
„Die Sklaven werden sicher dafür gesorgt haben, dass er verschwindet. Schon aus Angst, man könnte es ihnen anlasten", antwortete Amanda souverän. „Ich hoffe, es kommt nicht wieder vor, Benjamin. Klärt eure Differenzen anderswo."
Pearl schwieg auffallend lange und schien Amanda genau zu mustern.
„Wie hast du überhaupt davon erfahren, Liebes?" Seine Stimme hatte etwas Raubtierartiges.
„Was glaubst du? Die Sklaven unterhalten sich, selbst meine Haussklaven redeten über kein anderes Thema, als dass du einen Weißen verprügelt hast."
„Ich habe mich lediglich verteidigt. Er hat mich angegriffen", wurde er lauter.
„Wie dem auch sei. Ich hoffe, du hast dem Mann nicht zu sehr zugesetzt und es geht ihm gut."
„Ja, nur komisch, dass sein Pferd noch hier ist, nicht wahr Amanda?" Sein Ton wurde bedrohlicher und er erhob sich erneut aus seinem Sessel. „Wo ist er Amanda?"
„Woher soll ich das wissen?"
„Amanda, ich hoffe für dich, dass du mich nicht anlügst. Der Mann ist gefährlich und extrem gewaltbereit. Hüte dich vor ihm!" Er machte eine Pause. „Seit

Tagen benimmst du dich eigenartig, Amanda. Das gefällt mir ganz und gar nicht."
„Entschuldige, es ist im Moment alles ein bisschen viel für mich. Ich bin durcheinander, kannst du das nicht verstehen?" Es hörte sich an, als sei sie ebenfalls aufgestanden.
„Wann wolltest du mir eigentlich erzählen, dass mehrere Sklaven entflohen sind?" Es klang wie eine belanglose Frage.
„Damit wollte ich dich nicht belasten." Pearl schien gereizt.
„Mich belasten?" Amanda hatte die Stimme erhoben. „Was denkst du dir dabei, mir so etwas zu verheimlichen? Du redest von Vertrauen, wie soll ich dir vertrauen, wenn du mir so wichtige Details verschweigst? Es geht um meine Existenz."
„Unsere! Amanda, unsere! Aber wie ich bereits erwähnte, ich habe neue Leute. Dann werden solche Vorfälle nicht wieder passieren. Und jetzt zerbrich dir bitte nicht dein hübsches Köpfchen." Jillian verschwand flugs hinter einer Säule im Flur, da Pearl offenbar zu gehen gedachte. Wenige Augenblicke später trat er mit einem Lächeln im Gesicht in den Korridor. Er murmelte ein paar Abschiedsworte und zog die Tür hinter sich zu. Jäh verstummte seine geheuchelte Freundlichkeit. Sie wich einem arglistigen und boshaften Ausdruck, der Jillian abermals einen kalten Schauer über den Rücken jagte.
„Du miese, kleine Schlange! Dein Hochmut wird dir noch vergehen", knurrte Pearl. Mehrfach schlug er dabei seine feinen weißen Reithandschuhe, die er in der rechten Hand hielt, in seine linke, geöffnete Hand, bevor er sich umwandte und ging. Erleichtert atmete Jillian aus, stockte dann aber. Seine Schritte waren in

dem Eingangsbereich viel zu schnell verhallt. Alarmiert folgte sie ihm und entdeckte ihn am Treppengeländer stehend und nach oben blickend. Fieberhaft überlegte sie, was sie tun sollte, wenn er hinaufging. Gott sei Dank erübrigte sich die Frage. Zwei Sklavinnen bogen schnatternd um die Ecke. Pearl nahm abrupt seinen Weg wieder auf und verließ den Bereich durch den Seiteneingang.
Erst jetzt bemerkte Jillian, wie sehr sie unter Anspannung gestanden hatte. Sie schloss kurz die Augen, um durchzuatmen, dann raffte sie ihre Röcke, rannte die Stufen hinauf und schloss sich in ihrem Zimmer ein.

***

David starrte gelangweilt zur Zimmerdecke empor. Er fühlte sich deutlich besser und benötigte Dr. Marlows Medizin nicht mehr, die ihn permanent müde gemacht hatte. Seinem Kopf ging es wieder recht gut, zurückgeblieben war dort lediglich eine dicke Beule. Nur die Blutergüsse im Gesicht waren noch deutlich erkennbar und hatten Farben von Violett über Grün bis zu einem blassen Gelb angenommen. Schmerzen bereiteten ihm unvermindert die Rippen, die bei jeder unbedachten Bewegung höllisch wehtaten. Seine Stichverletzung heilte gut und hatte sich Gottlob nicht entzündet, sodass er vom lästigen Fieber verschont geblieben war. Indes aber hinderte ihn die Verletzung daran, ohne fremde Unterstützung aufzustehen. Am Morgen hatte er mit Ramons Hilfe einen Versuch gewagt. Die Muskelanspannung, die nötig war, um sich aus der sitzenden Position aufzurichten, hatten ihn vor Schmerz die Tränen in die Augen schießen lassen. Allerdings, als er erst mal auf seinen Beinen gestanden hatte, war es ihm möglich gewesen, ein paar schlurfende Schritte zu tätigen.

Ramon hatte ihm einige Bücher aus der Bibliothek heraufgebracht, aber er hatte sich diese noch nicht näher angesehen. Es ärgerte ihn, hilflos und nichtsnutzig im Bett zu liegen und die Zeit totschlagen zu müssen, während sein Bruder Jillian in die Stadt begleitete. Er hatte versprochen, sie zu beschützen. Nun lag er hier und konnte nichts dergleichen tun, musste es zwangsläufig Ramon überlassen, an ihrer Seite zu sein. Wie gern hätte er mit ihm getauscht und mehr Zeit mit Jillian verbracht, er vermisste sie. Hielt sie ihn für einen Schläger? Hatte sie Angst vor ihm? Dadurch, dass Miss Franks ihn gezwungen hatte, die Geschichte von Susannas Todestag zu erzählen, hatte auch Jillian davon erfahren. Wie dachte sie darüber? Sie hatte ihn kaum besucht. Er schielte zu der Waffe. Ramon hatte sie ihm für Notfälle gegeben, nachdem Jillian ihm von dem Gespräch mit Pearl berichtet hatte, das sie belauschen konnte. Pearl, dieser verfluchte Mistkerl! Unbewusst ballte er die Hände zu Fäusten.

Um nicht ständig an Jillian zu denken, ging er gedanklich noch einmal das intensive Gespräch mit seinem Bruder durch. Er war froh, dass dieser nun die Wahrheit kannte und ihn nicht verurteilte, obwohl er die Schuldfrage anders sah als Ramon. Nachdem er eine geraume Weile darüber nachgesonnen hatte, musste er resigniert feststellen, dass nur knapp eine halbe Stunde verstrichenen war. Genervt stöhnte er auf. Er musste sich mit etwas Sinnvollem beschäftigen, wenn er in diesem Bett nicht vor Langeweile verrückt werden wollte.

Als wenig später eine Sklavin erschien, um ihm einen neuen Krug mit frischem Wasser zu bringen, bat er darum, Miss Franks sprechen zu dürfen.
Dennoch dauerte es mehr als eine Stunde, bis es klopfte und Amanda Franks eintrat. Ramon hatte ihm von ihrem Zornesausbruch erzählt, den sie aufgrund seiner Äußerung, was Blake betraf, bekommen hatte. Darum nutzte er die Gelegenheit, die Sache klarzustellen und sich persönlich für seine Worte zu entschuldigen.
„Darum hätten Sie mich nicht herbemühen müssen", erklärte sie kühl. David war etwas irritiert über ihren reservierten Ton. Grollte sie ihm immer noch wegen Pearl? Schweigend musterte sie ihn. „Haben Sie bemerkt, dass Blake zwei Finger der linken Hand fehlen?"
David zog überrascht die Stirn in Falten. Nein, das war ihm in der Aufregung nicht aufgefallen.
„Die wurden ihm in jüngeren Jahren von seinem Besitzer abgehackt, für ein belangloses Vergehen."
„Wie bitte?" David war zutiefst entsetzt, jede Farbe war aus seinem Gesicht gewichen. „Wie barbarisch! Hören Sie, Miss Franks, das konnte ich nicht wissen, bitte verzeihen Sie. Vor dem Hintergrund kann ich Ihre Verärgerung selbstverständlich umso mehr nachvollziehen. Glauben Sie mir, ich hätte ihm niemals etwas getan. Das schwöre ich." Als sie ihn weiterhin kritisch musterte, fügte er kleinlaut an: „Ich hatte nur Angst, mich von einem Unbekannten rasieren zu lassen …" Betreten befühlte er sein mittlerweile glattes, von Ramon rasiertes Gesicht.
„Ich habe wohl auch etwas überreagiert", gestand sie, deutlich milder gestimmt. „War es das?" Ohne eine

Antwort abzuwarten, wollte sie sich zum Gehen abwenden.

„Nein! Ich möchte mich gern mit Ihnen unterhalten, Miss Franks." Überrascht sah sie ihn an. David versuchte, behutsam vorzugehen, immerhin war er in ihren Augen nur ein Fremder, der ihren Verlobten angegriffen hatte. Er bedankte sich zuvor in aller Form für ihre Großzügigkeit und die gute Pflege, die sie ihm trotz allem angedeihen ließ.

„Sie schulden mir keinen Dank, Mr. Bradley. Ich hätte Sie schließlich nicht auf meinem Anwesen verbluten lassen können. Ihnen zu helfen, sehe ich als meine Pflicht als Christin."

Obwohl sie versuchte, weiterhin ernst und distanziert zu klingen, sah er doch ein winziges Lächeln über ihre Lippen huschen. Ermutigt fuhr er fort.

„Dennoch möchte ich mich gern bei Ihnen revanchieren und Ihnen ein Angebot machen. Ich habe mich ausgiebig mit meinem Bruder unterhalten. Ramon hat mir von Ihren Sorgen diese Plantage betreffend berichtet. Er hat mir Ihre Situation als besorgniserregend und kritisch geschildert, und genau wie Ramon bewundere ich Ihren Ehrgeiz und Ihre Aufopferung, alles zu tun, um Woodland am Leben zu halten. Deshalb ist mir eine Idee gekommen, Miss Franks. Ich würde mir gern Ihre Geschäftsbücher der letzten Jahre ansehen."

„Meine Geschäftsbücher?", fragte sie verblüfft und trat näher an ihn heran. Einen Moment lang schien sie seinen Vorschlag abzuwägen, bevor sie wieder ihre abwehrende Haltung annahm.

„Ich führe selbst die Geschäftsbücher von Woodland. Ich kann Ihnen garantieren, dass damit alles in Ordnung ist, Mr. Bradley."

David hatte noch von keiner einzigen Frau gehört, die über genügend Wissen verfügte und in der Lage gewesen wäre, diese schwierige Arbeit, die ein hohes Maß an Fachwissen voraussetzte, ausführen konnte. Es gab Frauen, die nicht mal in der Lage waren, ein einfaches Haushaltsbuch zu führen …
Jedoch konnte er ihr seine persönliche Meinung, vor allem in dieser Deutlichkeit, nicht sagen. Geschweige denn, dass er diese überhaupt kundtun durfte. Er wählte einen diplomatischen Weg.
„Das bezweifle ich auch gar nicht, Miss Franks. Sehen Sie, ich erledige seit vielen Jahren die Buchführung meiner Plantage selbst, und meine Plantage ist, bei allem Respekt, Miss Franks, weit mehr als zweimal so groß wie Woodland. Ich verabscheue es, hier untätig herumzuliegen. Auf diese Weise könnte ich mich zumindest nützlich machen. Ich möchte Ihnen nur helfen."
„Ihren guten Willen in allen Ehren, Mr. Bradley. Aber ich denke, es wäre doch ein allzu großer Eingriff in meine Privatsphäre, Ihnen Einsicht in meine Unterlagen zu gewähren."
David rutschte in seiner Sitzposition ein wenig höher und verkniff schmerzvoll das Gesicht.
„Mal ehrlich, Miss Franks, was haben Sie zu verlieren?"
Sie senkte den Blick und sah zu Boden, dabei verzog sie ihre Schnute wie ein kleines Mädchen. Er beobachtete sie interessiert. Kein Wunder, dass Ramon von ihr angetan war, sie war wirklich eine außergewöhnliche Frau. Eine starke, kämpferische Frau, die wusste, was sie wollte, aber gleichzeitig auch zart und verletzlich wirkte.

„Was glauben Sie, in den Büchern zu finden?", riss sie ihn aus seiner Betrachtung.
„Nun, ich könnte mir Ihre Bilanzen ansehen. Ihnen Tipps geben, wo sie Einsparungen vornehmen sollten, welche Ausgaben eventuell unnütz waren. Sehen, ob das Preisleistungsverhältnis der einzelnen Posten akzeptabel ist. Ihre Verträge prüfen, ob die Konditionen stimmen, oder ob Sie mehr herausschlagen können. Gut möglich, dass man Sie übers Ohr gehauen hat und Sie irgendwo einen überteuerten Preis zahlen mussten, beziehungsweise zu wenig Geld für Ihre Waren erhalten haben. Wie hoch ist Ihre Ertragsauslastung? Haben Sie eine Ahnung von dem jeweiligen Kurs der Baumwolle? Wie viel Prozent Ihres Ertrages geht an den europäischen Markt? Oder haben Sie sich nur auf den Handel mit dem industriellen Norden spezialisiert? Wer sind Ihre Zwischenhändler? Haben diese das Bestmögliche für Sie herausgeschlagen oder sich womöglich Profit in die eigene Tasche gewirtschaftet? Die Palette ist groß, Miss Franks. Wie viele Feldsklaven besitzen Sie, gemessen an der Größe Ihrer Baumwollfelder? Ihre Buchführung kann noch so korrekt sein und doch gravierende Fehler im System enthalten." Er hatte bewusst seine Erklärung einfach gehalten, damit sie verstand, was er meinte. Sie wirkte verunsichert, aber nicht gänzlich abgeneigt.
„Sie können natürlich auch einen renommierten Buchprüfer engagieren. Der wird sich seine Arbeit jedoch fürstlich entlohnen lassen."
„Also, ich weiß nicht." Sie überlegte. „Ich habe irgendwann angefangen, die liegengebliebenen Belege zu ordnen und die aufgelaufenen Rechnungen zu begleichen Es hat sich so ergeben. Mein Vater hat sich immer mehr gehen lassen, und nachdem er den

Schlaganfall bekommen hatte, konnte er ohnehin nichts mehr. Und plötzlich blieb es an mir hängen. Anfangs habe ich das System überhaupt nicht durchschaut, die Aufgliederung, die mein Vater bevorzugte, und seine komplexen Abkürzungen, aber nach und nach habe ich meine eigene Methode entwickelt. Alle Posten und alle Einnahmen und Ausgaben sind fein säuberlich aufgelistet." Sie schob ihr Kinn vor, offenbar hatte sie den Eindruck, sich verteidigen zu müssen.
„Es kann nur zu Ihrem Vorteil sein, Miss Franks. Es muss einen Grund geben, warum Sie so wenige Einnahmen haben, dass Sie ums Überleben kämpfen. Der Markt expandiert. Wissen Sie, wie viele Tonnen Baumwolle jährlich allein in New Orleans verschifft werden?" Er wollte sie nicht bedrängen, deshalb erklärte er ihr, was genau er benötige, und bat sie, sein Angebot zu überdenken. Wenn sie klug war, würde sie sein Angebot annehmen. Er hatte zumindest ein gutes Gefühl bei der Sache.

***

Ramon war mit Jillian mit dem Phaeton nach Brookhaven gefahren und hatte sie vor der Mississippi National Bank abgesetzt. Sie hatte darauf bestanden, allein hineinzugehen. Er hatte dafür volles Verständnis, natürlich gingen ihn die finanziellen Belange der Prestons nichts an. Er besorgte unterdessen für David tagesaktuelle Zeitungen und persönliche Dinge, um die er ihn gebeten hatte.
Die Mississippi National Bank lag in der Mainstreet, im Zentrum von Brookhaven. Hier reihten sich Dutzende Geschäfte aneinander, die ihre Auslagen in den

Schaufenstern darboten, auch mehrere Clubs und Pups, diverse Pensionen und Restaurants sowie eine Bäckerei und ein Buchladen. Die Straße war voller Menschen und wartenden Kutschen. Er folgte dem Strom in Richtung des großen Marktes. Im hinteren Teil, etwas abgeschirmt vom allgemeinen Markttrubel, genauer gesagt hinter der Lagerhalle, fand der Sklavenmarkt statt.
Er mischte sich unter die zahlreichen interessierten Käufer. An der Kleidung der Männer erkannte er einige sehr einflussreiche und gut situierte Herren. Unterschiedliche Dialekte drangen an sein Ohr. Er drängelte sich durch die Menge weiter nach vorn. Er selbst hatte noch nie an einer Sklavenversteigerung teilgenommen und solche bislang ignoriert. Da er erst in einer Stunde Jillian an der Bank treffen sollte und seinen Teil erledigt hatte, blieb ihm genügend Zeit, die er sich vertreiben musste.
Vorn in der zweiten Reihe entdeckte er Mr. Martinez aus Natchez, einen guten Bekannter seines Bruders. Er sprach ihn an und sie plauderten eine Weile. Nach David gefragt, antwortete er ausweichend, dass es ihm gut gehe und er viel Arbeit habe.
„Haben Sie schon von den Übergriffen auf die Siedlertracks gehört?", wechselte Martinez das Thema. „Gott sei Dank hat es nur Leichtverletzte gegeben. Diese verfluchten Indianer."
„Ich habe mich schon gewundert, warum so viele Militärs unterwegs sind", gestand Ramon. „Ich habe die letzten Tage auf einer Plantage in der Nähe verbracht, deshalb bin ich nicht auf den neusten Stand."
„Dann wissen Sie gar nicht, dass das Militär die Hauptwege nach Natchez kontrolliert? Man befürchtet neue Angriffe der Semiolen."

Durch das Indianer-Umsiedlungsgesetz oder Indianer-Ausweisungsgesetz, genannt Indian Removal Act, das fünf Jahre zuvor vom Senat beschlossen und vom Repräsentantenhaus abgesegnet worden war, wurden große Teile ehemaligen Indianerlandes für die Besiedlung durch die Europäer freigegeben. So kamen immer neue Siedler, die große Ländereien erworben hatten und sich niederlassen wollten. Viele von ihnen waren schon zuvor auf dem Kontinent angesiedelt gewesen, sie hofften in Mississippi auf ein wirtschaftliches Weiterkommen, durch freies und sehr fruchtbares Land im Staat sowie durch die Anbindung an den Mississippi River und damit auch an die europäischen Märkte.

Mississippi war ein Land im Wirtschaftsboom, auch neue Banken schossen aus dem Boden. Der Aufschwung wurde zusätzlich noch durch den schuldenfinanzierten Ausbau der Verkehrswege gefördert.

Die meisten Indianerstämme beugten sich der Umsiedlung, aber es gab immer wieder Zwischenfälle. Größtenteils waren es die Muskogee, die Chickasaw und die Choctaw, die in Mississippi ansässig waren, aber auch andere Stämme wie die Semiolen, die ansonsten vorwiegend in Florida lebten, aber auch teilweise im südlichen Mississippi.

Ramon unterhielt sich eine Weile mit ihm, bis die Sklaven an der Reihe waren, auf die Martinez sein besonderes Augenmerk gelenkt hatte.

Ramon schlenderte weiter zur rechten Seite, wo bereits eine Gruppe verkaufter Sklaven auf ihre neuen Herren wartete. Ein kleiner Auflauf von Plantagenbesitzern hatte sich gebildet, die noch ihre erstandene Ware zahlten. Mit gemischten Gefühlen betrachtete er den traurigen Haufen, der mit gesenkten Köpfen in eine ungewisse Zukunft starten würde. Nicht jeder von ihnen würde es gut antreffen. Einige Plantagenbesitzer waren für ihre Strenge und unmenschlicher Härte bekannt. Mitleid regte sich in ihm. Er atmete einmal durch und wollte sich abwenden, um zurück zum Markt zu schlendern, als er mitten in der Bewegung stockte. Konnte das sein, oder spielte ihm sein Hirn einen Streich? Er beschirmte mit der Hand seine Augen gegen die Sonne und blickte angestrengt in die Sklavengruppe. Er war sich nicht sicher, und der große breitschultrige Sklave in der ersten Reihe nahm ihm die Sicht.

Er drängelte sich an einigen Herren vorbei, die ihm die Attacke übel nahmen und ihm unfreundliche Kommentare nachriefen. Ramon interessierte das nicht.

Endlich konnte er zwischen dem Breitschultrigen und der neben ihm stehenden Frau mit auffallend rotem Turban hindurchsehen. Tatsächlich, er hatte sich nicht geirrt, es war Jesse – einer der entflohenen Sklaven von Woodland. Eigentlich hätte es ihm egal sein können, dieser Dummkopf hatte es nicht weit gebracht in seiner Flucht. Aber er war ein Entflohener und durfte nicht verkauft werden. Warum hatte man ihn nicht zu seinem Besitzer zurückgebracht, wie es allgemein üblich war, wenn Entflohene aufgegriffen wurden?

Er hatte die Absperrung erreicht, die die Sklavengruppe von den Weißen trennte, und sprang mit einem Satz über das aufgestellte Gitter.

„Halt!", brüllte jemand hinter ihm. Er ignorierte den Kerl.

„Jesse", rief er lauthals. Alle Sklaven richteten den Blick auf ihn, einige überrascht, einige apathisch und teilnahmslos.

Jesse hob träge den Kopf und riss erstaunt die Augen weit auf, als er ihn erkannte. Die anderen Sklaven machten ihm unaufgefordert Platz.

„Na, das war wohl nichts mit deiner Flucht, was?", schnauzte er Jesse an.

„Flucht?" Jesse sah ihn verblüfft an. „Ich bin nicht geflohen, Mr. Black, ehrlich nicht."

Ramon zog verwundert die Stirn kraus und er vergaß, was er dem Sklaven gerade noch an den Kopf werfen wollte.

„Bitte, Mr. Black. Holen Sie mich hier raus, bitte", jammerte Jesse erbärmlich.

„Warum bist du geflohen, Jesse?", drängte Ramon ernster.

„Aber ich bin doch gar nicht geflohen, Mr. Black. Fliehen? Ich würde niemals ohne meine Masha fliehen. Mr. Pearl hatte Papiere." Hilflos sah er ihn an, in seinen Augen stand die nackte Angst.

„He, Sie da, was fällt Ihnen ein?" Einer der Männer, die für die Sklavenauktion verantwortlich waren, hatte ihn erreicht. Er stieß ihn grob an die Schulter, sodass er ihn ansehen musste. Der Mann war mittleren Alters, in einfacher Arbeitskleidung und roch nach einer Mischung aus Pferd und Schweiß. Seine Stirn glänzte feucht, sein Gesicht war gerötet und er hatte einen ungepflegten Stoppelbart.

„Der Mann ist Sklave der Woodland-Plantage. Sie können ihn nicht verkaufen. Er ist Eigentum der Familie Franks", entgegnete Ramon ebenso unfreundlich. Ihm war das rüde Benehmen des Kerls zuwider.

„Hier hat alles seine Ordnung, Mister", schnauzte der Kerl. „Sein Besitzer hat ihn offiziell zum Verkauf freigegeben. Er wurde verkauft, und sein neuer Besitzer erwartet ihn. Und nun verschwinden Sie gefälligst hier." Mit einer Handbewegung, als wolle er ein lästiges Insekt vertreiben, untermalte er seine Aufforderung.

„Mr. Black, bitte lassen Sie mich nicht hier, bitte." Er fiel fast auf die Knie dabei.

„Jesse, sag mir, was passiert ist?", forderte Ramon, behielt aber den Kerl im Auge, der schräg hinter ihm stand und nach Verstärkung rief.

„Mr. Pearl hat gesagt, die Plantage müsse sich von allen Sklaven, die nicht auf den Feldern arbeiten, trennen. Und von solchen, die angeblich zu langsam wären."

Ramon glaubte dem verzweifelten Sklaven. In ihm keimte ein unheimlicher Verdacht.

„Dann wolltest du gar nicht fliehen?", hakte er dennoch nach.

„Nein, Sir, das sage ich doch die ganze Zeit. Er hat mich, Haze und Billy zum Kutschenstand geschickt. Wir sollten das Holz der alten Wagenräder klein hacken. Aber als wir dort ankamen, sollten wir uns alle mit dem Rücken zu ihm aufstellen. Er hat versucht, uns zu fesseln. Wir haben uns gewehrt, dann hat er Haze mit einem Knüppel eins übergezogen, das er zu Boden ging. Mir und Billy hat er mehrmals in den Magen getreten und gedroht, dass uns dasselbe passieren würde. Dann hat er uns gefesselt, und wir sollten auf den alten Planwagen klettern." Jesse sprach schnell und voller Panik.

Zwei weitere Männer waren zur Verstärkung angetreten und wollten Hand an Ramon legen. Er schaffte es mit einer gefährlichen Drohung, die Männer in Schach zu halten. Auch die Männer, die ihre Zahlungen tätigten, waren mittlerweile auf den Vorfall aufmerksam geworden und begannen zu reden.

„Wo sind die anderen beiden, Jesse?"
„Ich … ich weiß nicht. Haze hab ich nicht mehr gesehen, und Billy ist schon weg.
Ein älterer, dickbäuchiger Herr mit Zigarre und sehr finsterem Gesichtsausdruck näherte sich.
„Tut mir leid, mein Herr, aber Sie kommen zu spät. Der Knabe da gehört mir." Er musterte Ramon ungeniert von oben bis unten, bevor er seinen Blick zu Jesse schweifen ließ.
„Er ist zwar noch etwas schwach in den Armen, aber das wird sich legen, wenn er erst mal gelernt hat, was es heißt zu arbeiten." Er lachte gekünstelt und nahm einen Zug von seiner dicken Zigarre.
Ramon versuchte, dem Herrn, der sich als Mr. Crossman vorstellte, die Situation freundlich zu erklären. Mr. Crossman zeigte wenig Verständnis und bestand darauf, den Sklaven ausgeliefert zu bekommen, für den er bezahlt habe.
Inzwischen waren sie allgemeiner Mittelpunkt des Interesses geworden.
„Nehmen Sie einen anderen, noch sind welche da", witzelte jemand der Zuschauer, einige Lacher ertönten daraufhin.
Ramon war nicht zu Scherzen aufgelegt und verlangte, den Verantwortlichen zu sprechen.
„Das geht nicht, die Versteigerung ist noch nicht zu Ende." Damit war klar, dass er sich an den Mann wenden musste, der die Versteigerung durchführte.
„O doch, jetzt ist sie zu Ende", entgegnete Ramon unbeeindruckt und machte Anstalten, auf den Mann zuzugehen. Die beiden zu Hilfe gerufenen Lakaien packten ihn und zerrten ihn zur Seite. Erst dort ließen sie ihn widerwillig los. Wutschnaubend richtete Ramon seine Kleidung. Mittlerweile war es still ge-

worden. Alle Käufer schauten gebannt auf den Vorfall, als befänden sie sich in einer Theateraufführung.
„Hier werden Sklaven verkauft, hinter dem Rücken ihrer Eigentümer, als kleiner Nebenverdienst korrupter Aufseher", nutzte Ramon gezielt die Neugier der Zuschauer. Ein Raunen ging durch die Menge und sofort setzten heftige Diskussionen ein. Endlich hatte er die Aufmerksamkeit der Sklavenhändler.
„Das ist ein ungeheurer Vorwurf, Mister." Der gut gekleidete Mann, der am Tisch saß und die Zahlungen verwaltete, erhob sich.
„Mein Name ist Blackburn, und wer sind sie, Mister?"
„Bradley."
„Bradley?", horchte Blackburn auf und musterte sein Gegenüber skeptisch.
„Ganz recht. Ich schätze, der Name ist Ihnen bekannt. Sicher haben Sie das eine oder andere Geschäft mit meinem älteren Bruder getätigt, Mr. David Bradley."
Blackburn räusperte sich verlegen, musterte ihn aber dennoch argwöhnisch. „Und warum hat der Bursche Sie Mr. Black genannt?"
„Das ist eine andere Geschichte", konterte Ramon.
„Ich würde gern die angeblichen Papiere sehen, die der drei Sklaven von der Woodland-Plantage."
Blackburns Ton war freundlich, aber zweiflerisch.
„Ich kenne Mr. Bradley. Ohne Ihnen zu nahetreten zu wollen, Sie sehen nicht aus, als seien sie sein Bruder."
Ramon ärgerte sich innerlich, dass er in einfacher Kleidung unterwegs war. Natürlich konnte er deshalb Blackburns Zweifel verstehen.
„Können Sie beweisen, dass Sie, Mr. Bradley sind?", hörte er den Mann weiter fragen.
„Nein, das kann ich im Augenblick nicht, aber darum geht es hier nicht. Der Sklave da vorn ist Eigentum

von Howard Franks sowie zwei weitere, die offenbar nicht mehr hier sind."
Erste Käufer begannen zu murren, dass es nicht weiterging. Blackburn beorderte einen Jason, einen der Männer, die ihn festgehalten hatten, seinen Posten zu übernehmen.
Als Ramon sich die Wartenden ansah, entdeckte er Mr. Martinez, der offenbar seinen favorisierten Sklaven erstanden hatte. Er winkte den überraschten Mann heran und bat ihn, Mr. Blackburn zu erklären, wer er sei.
„Das ist Mr. Ramon Bradley aus Natchez, Sir." Verdutzt blickte er von Ramon zu Blackburn.
Ramon hatte keine Zeit für weitere Erklärungen. Er bedankte sich bei Mr. Martinez und ließ ihn stehen.
„Bruce, sag Mr. Gordon, er soll zu mir kommen, sobald er fertig ist", richtete Blackburn das Wort an den Mann, der ihm zuerst in die Quere gekommen war. Der Angesprochene knurrte unwillig und strafte Ramon mit einem abfälligen Gesichtsausdruck. Blackburn hatte unterdessen einen Stapel Papiere vom Zahltisch an sich genommen und bat, ihm zu folgen.
„Bei uns ist alles korrekt, Mr. Bradley", redete Blackburn weiter. Sie betraten einen kleinen Raum der Lagerhalle, der außer einem klapprigen Tisch und vier Stühlen nichts weiter enthielt. „Ich will nicht abstreiten, dass es viele dubiose Händler gibt, die alles anzubieten versuchen und nicht groß nachfragen, woher die Ware kommt. Da haben sie dann Alte oder Kranke, Unterernährte oder Schwachköpfe dabei. Sie zahlen natürlich auch einen dementsprechend niedrigen Preis, aber selbst damit machen sie noch Geschäfte. Wir hingegen bieten ausschließlich gesunde und qualitativ gute Sklaven an, Männer wie Frauen, mit ord-

nungsgemäßen Papieren." Während er redete, war er die ganze Zeit damit beschäftigt, den Stapel Papiere in seiner Hand durchzusehen.

„Ah, hier haben wir ja schon was." Er zog einen Zettel heraus, legte ihn auf den Tisch und ging den restlichen Stapel durch. „Und hier ist der zweite." Er legte auch diesen auf den Tisch.

Noch bevor Ramon den ersten Zettel zur Hand genommen hatte, erkannte er die Prägung, die das Schriftstück mittig oberhalb des Briefkopfes zierte. Bei der Strichzeichnung handelte es sich unverwechselbar um die Darstellung der Woodland-Plantage. Sein Blick wanderte weiter nach unten, unterzeichnet war mit A. Franks. Seine Verwirrung war komplett.

„Sehen Sie, die Sklaven wurden zum weiteren Verkauf an uns überstellt." Er kramte in seiner Aktentasche. „Hier ist die dazugehörige Vollmacht, die Mr. Benjamin Pearl berechtigt, im Namen der Woodland-Plantage die besagten Sklaven zu verkaufen."

Er reichte ihm ein weiteres Dokument, das ebenfalls mit A. Franks unterzeichnet war. Für einen kurzen Moment kamen ihm Zweifel. Sollte das ein verzweifelter Versuch von Amanda gewesen sein, durch den Verkauf der Sklaven ihre Situation zu verbessern? War sie in weitaus größeren Schwierigkeiten, als er ahnte? Warum hatte sie nichts gesagt? Schämte sie sich ihrer Notlage? Er verwarf den Gedanken wieder. Pearl musste sie dazu gedrängt haben. Jesses Worte fielen ihm ein, und er war sich sicher, es konnte unmöglich in Amandas Sinne gewesen sein. Während sich seine Gedanken noch überschlugen, öffnete sich die Tür und Mr. Gordon gefolgt von einem aufgebrachten Mr. Crossman traten ein.

Blackburn und Gordon beratschlagten sich flüsternd etwas abseits. Mr. Crossman trat auf Ramon zu und ihn beschimpfte ihn wegen der Ärgernisse lautstark. Dabei wischte er sich mit einem Taschentuch den Schweiß von Stirn und Nase.
Ohne auf seine Beleidigungen einzugehen und ohne zu überlegen, zog Ramon seine Geldbörse hervor und wedelte mit einigen Banknoten vor Crossmans Nase.
„Wir können die Angelegenheit ganz einfach aus der Welt schaffen. Wie viel haben Sie für den Sklaven bezahlt? Ich erstatte Ihnen den Preis und lege noch etwas drauf."
Crossman verstummte augenblicklich. Gierig starrte er auf die Scheine und versuchte seinerseits, den Preis höher zu treiben. Ein Gegengebot ließ Ramon gelten, dann wies er den Mann in seine Schranken. Crossman akzeptiere, und Kaufvertrag und Geld wechselten den Besitzer.
„Damit haben wir das Problem nicht gelöst", mischte sich Gordon ein und sah Ramon missbilligend an.
„Nein, das eigentliche Problem nicht, aber diesen Käufer hätten Sie zufriedengestellt." Er machte eine kurze Pause, bis Mr. Crossman den Raum verlassen hatte. „Wenn Sie dann so freundlich wären, den Vertrag auf meinen Namen zu ändern, meine Herren."
Mit einem Seitenblick auf Gordon nahm Blackburn das Dokument an sich und marschierte hinaus. Als sie allein waren, ließ sich Gordon von Ramon das ganze Dilemma ausführlich erklären. Das erste Mal, dass er positiv vom Namen Bradley und dem Bekanntheitsgrad seines Bruders profitieren konnte – von dem Aspekt der Vergnügungen mal abgesehen.
Er fühlte einen gewissen Stolz.

„Eine üble Geschichte", bekräftigte Gordon. „Was haben Sie in Bezug auf die anderen Sklaven vor, Mr. Bradley? Sie verstehen sicherlich, dass wir mit Derartigem nicht rechnen konnten und es von unserer Seite keinen Grund gab, die Echtheit des Zertifikats anzuzweifeln."
Da musste er dem Mann leider recht geben. Er bedankte sich für die gute Kooperation.
Mr. Blackburn betonte die finanziellen Verluste der Franks.
„In der Tat sehr bedauerlich. Mr. Franks sollte diesem Mr. Pearl unverzüglich das Handwerk legen und ihn sofort feuern sowie das Geld für die widerrechtlich verkauften Sklaven von ihm zurückfordern oder gleich von seinem Lohn einbehalten."
Ramon musterte den Mann, den er auf Ende dreißig schätzte. Er ertappte sich bei der Frage, ob der Mann auch so etwas wie ein Gewissen hatte? Jeden Tag hielt er das Schicksal Dutzender Sklaven in seinen Händen, die er in eine ungewisse Zukunft schickte. Würde er sich je die Frage stellen, wie die Sklaven es bei ihren neuen Besitzern antreffen würden? Nicht jeder Plantagenbesitzer behandelte seine Sklaven human. Sein Kleidungsstil ließ vermuten, dass er zumindest sehr gut von seiner Arbeit profitierte.
Im Gegensatz zu Blackburn, der von Natur aus ein friedvoller Mensch zu sein schien, zeigten die markanten Gesichtszüge von Gordon, dass dieser auch eine harte, unnachgiebige Seite besaß.
„Es gibt noch fünf weitere Sklaven von Woodland, deren Verbleib nicht geklärt ist", brachte Ramon das Gespräch auf den heiklen Punkt.

„Wollen Sie damit ausdrücken, dass man uns die auch mit falschen Papieren untergeschoben hat?" Gordon sprang gereizt von seinem Stuhl hoch.

„Hat man?" Ramon ließ ihn nicht aus den Augen. Gordon erweckte einen gehetzten Eindruck wie ein Tier, das sich in die Enge gedrängt fühlt.

„Man hat uns versichert, dass die Plantage aufgrund falscher Investitionen in Zahlungsschwierigkeiten geraten sei und man sich daher gezwungen sehe, ein paar Sklaven zu verkaufen. Man bat uns um Diskretion." Gordon begann, leise vor sich hin zu fluchen.

„Hätten Sie mir das erzählt, wenn ich nicht nach den fünf gefragt hätte? Nach den heutigen Erfahrungen muss Ihnen doch klar geworden sein, dass Sie schon vorher reingelegt worden sind."

Ramon wusste, wenn man Gordon und seinen Leuten nachweisen konnte, dass sie illegale Geschäfte machten, zudem mit Eigentum anderer, konnte das schwerwiegende Konsequenzen haben. Nicht nur die zukünftigen Geschäftseinbußen, sondern auch jede Menge Ärger mit den teilweise sehr wohlhabenden Käufern – von Gesetzes wegen, ganz zu schweigen.

Das Gesicht von Gordon zeigte mühsam im Zaum gehaltene Wut.

„Ich frage mich, ob dieser Franks ein Taugenichts ist. Acht Sklaven? Bekommt er nicht mit, was vor seinen Augen geschieht? Wie unfähig kann man sein?"

Auch Ramon erhob sich, hielt es aber nicht für notwendig, ihm zu erklären, dass sich hinter A. Franks keine männliche Person verbarg.

„Warum glauben Sie, hat Woodland einen Verwalter? Weil Mister Franks erkrankt ist und sich im Augenblick außerstande sieht, die Geschäfte selbst zu füh-

ren", antwortete er in der gleichen vorwurfsvollen Tonart.
„Dort sollte man mal gehörig aufräumen." Gordon schimpfte weiter, um von sich abzulenken.
„Ganz Ihrer Meinung, Mr. Gordon, deshalb bin ich hier! Was können Sie mir über diese fünf sagen?"
Gordon musterte Ramon von Kopf bis Fuß und schien zu überlegen, was er sagen durfte, ohne sich selbst zu belasten. Seine Miene war verkniffen.
„Wenn derselbe Kerl ... dieser Verwalter da", er wedelte, unwirsch mit dem Arm, „hinter der ganzen Sache steckt, hatte er zumindest Helfer. Mr. Pearl war zum ersten Mal bei uns. Damals war ein jüngerer Mann hier gewesen. Fragen Sie Blackburn, der hatte mit ihm zu tun."
Wie auf ein Stichwort trat dieser im gleichen Moment ein.
„Wie hieß noch mal der andere Mann, der uns damals die Sklaven von Woodland beinah aufgedrängt hatte?"
Blackburn schaute etwas verwirrt und überlegte.
„Wenn Sie vorhaben, Ihre Sklaven wiederzubeschaffen", wandte er sich unterdessen an Ramon, „ist das nicht unser Problem. Ich kann und werde Ihnen keine Auskünfte über Ihren Verbleib geben. Von unserer Seite sind die Geschäfte ordnungsgemäß verlaufen."
Gordons Stimme wurde deutlich schärfer. Er schaute wieder zu Blackburn. „Wie hieß der Kerl denn noch? Junger Bursche, etwa vier- oder fünfundzwanzig, dunkles lockiges Haar ... wirkte immer etwas unsicher ... kein Geschäftsmann ... ähm, Mr. Brenan oder so ähnlich?"
Blackburn tippte sich nachdenklich mit dem Finger ans Kinn. „Ich weiß, wen Sie meinen. Er hat mit fast leidgetan. Er hatte sie undankbare Aufgabe, sich um

den Verkauf zu kümmern, weil den Herrschaften selbst ihre finanzielle Notlage zu peinlich gewesen ist. Ich müsste ansonsten in den Unterlagen nachsehen, aber die habe ich nicht hier. Brenan? Prenton? ... Preston! Der Mann hieß, Preston – Joe Preston!"
Ramon entgleisten alle Gesichtszüge. Er hatte größte Mühe, sich seine Fassungslosigkeit nicht anmerken zu lassen. Joe?
„Sind Sie absolut sicher?"
„Ja! Kennen Sie den Mann?"
„Er ist tot."
„Tut mir leid", kam die wenig sensible Antwort. Die Atmosphäre im Raum war angespannt.
„Gut, ich denke, wir wären hier fertig", entgegnete Ramon lapidar. „Achten Sie in Zukunft besser darauf, was man Ihnen anbietet." Bei Gordon stieß die Bemerkung übel auf, und er gab einen unwilligen Laut von sich. Ramon faltete die Besitzurkunde in seinen Händen einmal mittig und sah dann beide Herren nacheinander an, bevor er sich verabschiedete.
Er war kurz vor dem Platzen. Was hatte Joe mit diesem miesen, hinterhältigen Betrug zu tun?
Wutschnaubend kickte er einige Steinchen, die auf dem Weg lagen, im hohen Bogen fort.
Der Platz, wo die Versteigerung der Sklaven stattgefunden hatte, war mittlerweile wie leer gefegt. Jetzt hatte er auch noch Jesse am Hals, aber was hätte er machen sollen? Ihn Mr. Crossman überlassen?
Er fluchte vor sich hin. Wie konnte dieser Tag eine solche Wendung nehmen? Er hatte doch nur Jillian in die Stadt begleiten wollen. Jillian! Verdammt, er hatte sie völlig vergessen! Sie musste seit Ewigkeiten auf ihn warten und sich fragen, wo er geblieben war. Er stieß einen weiteren obszönen Fluch aus. Im Augen-

blick empfand er weiß Gott keine Lust, diese Frau zu sehen, er war zu sehr aufgebracht. Was wusste sie?
Er musste sich beruhigen, aber dazu blieb keine Zeit. Blackburn hatte alles in die Wege geleitet, damit ihm Jesse unverzüglich ausgeliefert wurde.
„Oh, ich bin ja so froh", quasselte Jesse drauflos. „Der andere Master war echt unheimlich. Der hatte so einen irren Blick, wissen Sie?"
Ramon hörte nicht hin. Mit forschen Schritten ging er zu der Stelle, wo er den Phaeton abgestellt hatte. Jesse rannte permanent zwei Schritte hinter ihm, redete ununterbrochen und gestikulierte dabei wild mit den Armen.
Am Phaeton angekommen fuhr er genervt herum. Jesse wäre beinah gegen ihn gerannt.
„Halt verdammt noch mal endlich deine Klappe", schnauzte Ramon unbeherrscht. Jesse erstarrte und nickte nur heftig.
Jillian saß bereits wartend auf ihrem Platz und sah ihn erschrocken an.
„Bist du verärgert, dass es so lange gedauert hat? Tut mir leid, Ramon, es gab da noch was zu klären und ich …"
„Das hat nichts mit dir zu tun", unterbrach er sie gereizt. Verwundert blickte sie von Ramon zu dem Sklaven, wagte aber angesichts seiner schlechten Laune nicht zu fragen.
Mit harten Griffen und ruckartigen Bewegungen machte er den Phaeton abfahrbereit. Er fuhr auch in dieser Verfassung an, sodass Jillian sich angstvoll an der Seite festhielt.
War die Freundschaft zwischen ihm und Joe eine einzige Farce gewesen? Wie hatte Joe das tun können? Er hatte sich an der finanziellen Ausbeutung von

Amandas Plantage beteiligt. Hatten er und Pearl gemeinsame Sache gemacht und den Gewinn unter sich aufgeteilt? War er in solchen finanziellen Schwierigkeiten? Aber warum war Joe jetzt tot, war Pearl zu gierig geworden?
Unbewusst fuhr er im rasanten Tempo um die Kurve.
„Fahr bitte etwas langsamer", kreischte Jillian panisch. „Was ist denn los mit dir? So kenne ich dich überhaupt nicht?"
Abrupt brachte er das Gefährt zum Stehen, dass um sie herum eine riesige Staubwolke hochwirbelte. Jesse, der unbequem hinter ihnen auf einem winzigen Vorsprung hockte, wäre fast auf sie gefallen.
„Was los ist?" Hart schaute er Jillian an, die bereits durch seinen Fahrstil blass geworden war.
„Jillian? Hast du mir irgendetwas zu sagen? Solltest du wissen, warum man deinen Bruder umgebracht hat, dann wäre jetzt der richtige Zeitpunkt, endlich den Mund aufzumachen!"
Er hatte Mühe, sich zu beherrschen, am liebsten hätte er sie gepackt und geschüttelt.
Jillian riss die Augen weit auf und verfiel in eine Art Schnappatmung.
„Was soll die Frage? Was ist passiert?" Tränen schossen ihr in die Augen.
Endlich kam er wieder ein wenig zur Besinnung. Er sprang hinunter, entfernte sich einige Schritte, stemmte die Hände in die Seiten und starrte in die offene Landschaft.
„Ramon?", rief Jillian angsterfüllt. „Was ist, wenn das Pferd jetzt losrennt? *Ramon*?"
„Keine Angst, Ma'am. Da kann nichts passieren", beruhigte Jesse sie.

Ramon kehrte zurück, stieg auf und nahm die Zügel wieder in die Hand. „Entschuldige, Jillian."
Schweigend fuhren sie zu ihrem einstigen Zuhause. Jillian wollte in den Ruinen nach persönlichen Sachen stöbern. Sie wirkte ruhig und gefasst.
Er selbst blieb mit Jesse am Phaeton stehen und wartete.
„O Mann, ist Mr. Preston hier umgekommen?" Jesse staunte und machte einen langen Hals.
Gedankenverloren betrachtete Roman den Sklaven, dann kam ihm eine Idee.
„Jesse", sprach er ihn an, der immer noch wie fasziniert die Ruinen betrachtete.
„Dir ist klar, dass du jetzt mir gehörst." Er zog kurz das Dokument aus seiner Innentasche und zeigte es ihm, auch wenn Jesse natürlich nicht lesen konnte.
Jesse nickte ergeben.
„Das bleibt vorerst unter uns. Wenn Pearl dich fragt, sagst du, du seist den Sklavenhändlern entflohen, aber von Sklavenjägern aufgegriffen und zurückgebracht worden. Hast du das verstanden?"
„Äh ... ja ... äh ... warum?" Jesse war verwirrt.
Ramon überging die Frage. „Du tust, als sei alles wie zuvor. Aber da du nun mein Sklave bist, wirst du mir von allen Vorfällen auf der Plantage genau berichten. Egal, was es ist, ob irgendwelche Gerüchte die Runde machen, Streitigkeiten unter deinesgleichen, aber vor allem wirst du mir alles berichten, was Pearl betrifft. Ich will über jeden seiner Schritte informiert sein, ist das klar?"
„Werden Sie mich behalten, Mr. Black?", fragte Jesse ernst.

„Das kommt darauf an, wie gut du deine Arbeit machst", entgegnete Ramon, um ein leichtes Druckmittel in der Hand zu haben.
„Was passiert mit mir, wenn Master Pearl Miss Franks geheiratet hat?", fragte Jesse weiter.
Ramon schwieg. Das Wissen um diese verdammte Hochzeit schwebte wie ein dunkler, verzehrender Dämon über ihm. Er hatte versucht, nicht daran zu denken, aber durfte er nach allem, was er über Pearl wusste, zulassen, dass er Amanda heiratete? Konnte er es zulassen? Könnte er es ertragen, sie in den Armen eines anderen Mannes zu wissen? Ihr Antlitz erschien vor seinem geistigen Auge, ihr zartes Lächeln, wenn sie verlegen war, manchmal war ihr Lächeln aber auch keck und hatte etwas Freches. Er erinnerte sich an ihre erste Begegnung, wie er sie in den Armen gehalten und ihre weichen, verführerischen Lippen geküsst hatte, und an ihre wunderschönen Augen, die ihn verstört angeblickt hatten.
„Noch ist nicht sicher, ob es so weit kommen wird", antwortete er ausweichend. „Was hast du in der Vergangenheit mitbekommen? Weißt du etwas über Pearl in Verbindung mit Preston? Streit? Irgendwas?" Er musste Jesse einen Grund geben, der ihn ermutigte, überlegte Ramon. Pearl war keineswegs beliebt bei den Sklaven. Wenn es Probleme gegeben hatte, waren sie meist zu ihm oder zu Joe gekommen, mit Conner gingen sie eher gesellig um.
„Ich habe den Verdacht, dass Pearl etwas mit Joe Prestons Tod zu tun hat. Ich kann es nur nicht beweisen", erklärte er ihm deshalb, ebenso die näheren Umstände seines Todes.
Jesse wirkte wirklich schockiert und sah erneut zu den rußgeschwärzten Überresten.

Während sie auf Jillian warteten, erzählte Jesse alles, was ihm einfiel und woran er sich erinnerte. Das meiste war Ramon bereits bekannt und deckte sich mit der Beobachtung, die er selbst kurz vor Joes Tod gemacht hatte.
Er war etwas ruhiger geworden. Höchstwahrscheinlich hatte Joe nicht freiwillig Pearls Anweisungen erledigt. Hatte Pearl ihn gezwungen, die Sklaven zu veräußern, damit er selbst eine saubere Weste behielt? Warum hatte Joe sich nicht geweigert? Hatte Pearl etwas gegen ihn in der Hand?
Er verwarf den Gedanken wieder. Aber was hatte Joe ihm so Wichtiges sagen wollen? Ging es um die Sklaven? Verflucht, warum hatte Joe nicht einfach seine Anstellung hingeworfen und sich woanders einen Job gesucht?
Jillian kehrte mit einem Beutel Habseligkeiten zurück, ihre Miene war ausdruckslos.
„Wir können dann", bestimmte sie tonlos, ohne ihn anzusehen.
Ramon musterte sie kritisch, entschied aber, sie in diesem Zustand nicht anzusprechen und ihr ihre Trauer zu lassen. Schweigend ging die Fahrt weiter, bis sie Woodland erreichten.
Nachdem er sich auf der Plantage umgesehen und vergewissert hatte, dass alles lief, wie er angeordnet hatte, betrat er das Herrenhaus und begab sich auf den Weg zu seinem Bruder.
Eine Stunde später rief er Jesse zu sich. Er führte ihn durch den Hintereingang zum Arbeitszimmer, wo Amanda mit der Korrespondenz beschäftigt war. Jesse, der noch nie das Innere des Hauses betreten hatte, blieb immer wieder stehen und bestaunte mit großen Augen die Einrichtung. Ramon ließ ihn trotz seiner

angespannten Nerven gewähren. Seine beinah kindliche Bewunderung entlockte ihm sogar ein Grinsen. Es war die richtige Entscheidung gewesen, Jesse vor Crossman zu bewahren. Das wurde ihm klar, als er Jesse beobachtete, wie er fast ehrfürchtig mit den Fingern über eine mit Intarsien veredelte Kommode strich.

Endlich im Arbeitszimmer angekommen, erklärte Ramon der verblüfften Amanda, was sich in der Stadt zugetragen hatte und dass ihre angeblich geflohenen Sklaven gar nicht geflohen waren.

Jesse unterdessen stand vor dem großen Kamin und bewunderte die bunten Porzellanfiguren, die auf dem Kaminsims dekorativ platziert waren, sowie das große Bildnis von Howard Franks, welches über dem Kamin hing. Er war so in seinen Betrachtungen vertieft, dass er von dem Gespräch, das Ramon mit Amanda führte, offenbar nichts mitbekam. Zweimal musste Ramon ihn ansprechen, bis er wieder seine Aufmerksamkeit hatte.

„Jesse, ich möchte, dass du Miss Franks erzählst, was du mir erzählt hast." Jesse wirkte nervös und eingeschüchtert und stammelte wirr durcheinander. Ramon fasste ihn an den Schultern und zwang ihn, ihn anzusehen. „Dir geschieht nichts, Jesse. Ich möchte nur, dass Miss Franks die Geschichte aus deinem Mund hört. Also atme einmal tief durch, und dann erzählst du ihr, was passiert ist", sprach er beruhigend auf ihn ein. Es half, Jesses Nervosität sank. Er redete wieder wie ein Wasserfall und beantwortete auch Amandas Zwischenfragen.

„Das kann ich kaum glauben … warum … warum sollte Benjamin das tun?", stammelte sie und sah hilflos zu ihm auf.

„Miss Franks, er hat Sie hintergangen. Sehen Sie es ein! Aber woher hatte er die Papiere mit Ihrer Unterschrift?"
„Ich habe keinerlei Papiere zum Verkauf meiner Sklaven unterzeichnet. Ich verstehe das nicht." Sie war verständlicherweise vollkommen durcheinander. Er beschrieb das Dokument, das er gesehen hatte. Amanda sah ihn konzentriert an. Eine steile Falte bildete sich oberhalb ihrer Nase. Sie öffnete die rechte obere Schublade des Schreibtisches, zog eine lederne Mappe heraus und klappte diese auf. Zum Vorschein kamen die Blankopapiere mit dem besagten Woodland-Symbol.
„Mein Vater hat es vor Jahren bei der Druckerei in Auftrag gegeben. Es ist unverwechselbar." Ramon nahm einen Bogen zur Hand. Es handelte sich exakt um das gleiche Papier.
„Aber wie kann das sein? Diese Schublade ist stets verschlossen. Sofern ich nicht wie jetzt hier sitze und arbeite."
„Sie erklärten mir neulich selbst, dass Mr. Pearl sich entweder im Salon oder im Arbeitszimmer aufhielte", erinnerte Ramon sie.
„Aber doch nicht allein!", empörte sich Amanda. „Nur in meiner Gegenwart."
„Nun, viel Zeit bräuchte er auch nicht", gab Ramon zu bedenken. „Er kennt sich aus, hat gesehen, wo sie die Papiere verwahren, so wie ich jetzt … ein Leichtes! Er muss nur noch den Schlüssel finden. Selbst ohne – ein einfaches Schloss lässt sich auch mit einer Haarnadel öffnen."
Sprachlos schüttelte Amanda den Kopf und starrte auf die Tischplatte, wo sich fein säuberlich sortiert mehre-

re Stapel Unterlagen, Rechnungen, Belege und Briefe türmten.

„Ähm … das stimmt nicht." Jesse meldete sich ungefragt zu Wort, zuckte aber doch zusammen, als beide ihn verwundert ansahen.

„Was stimmt nicht, Jesse?", verlangte Ramon zu wissen.

„Ähm … na, dass er nie allein hier war. Ich hab ihn oft ins Haus gehen sehen, wenn Sie nicht da waren, Miss Franks." Jesse sah zu Ramon und fügte an: „Und dann ist er immer erst nach Stunden wieder herausgekommen."

„Wahrscheinlich irrst du dich, Jesse, und er …"

„Nein, Ma'am", fiel Jesse ihr ins Wort, „meistens geht er, wenn Sie ausgeritten sind oder in der Stadt Besorgungen machen. Wenn er den Stall betritt, guckt er immer nach, ob eines Ihrer Pferde fehlt. Manchmal hat er mich direkt gefragt, wo Sie hin wollten und wie lange Sie schon fort sind. Und dann ist er zum Herrenhaus gegangen."

Jesse, dessen Aufgaben die Pflege und Versorgung der Pferde umfasste sowie Instandsetzung und Wartung der Kutschen und Gespanne, konnte derlei Dinge natürlich problemlos mitbekommen. Amanda schnaufte lang gezogen.

„Wenn das so ist, müssen die Hausklaven davon wissen. Ich werde sie allesamt befragen."

„Jemand hat ihm mal Kaffee über den Ärmel gegossen, Ma'am. Da hat er ganz schön getobt. Ist noch gar nicht lange her …", grinste Jesse schadenfroh.

„Ist gut, Jesse, du hast uns sehr geholfen. Geh jetzt zurück an deine Arbeit", sagte Ramon. Jesse zog ein enttäuschtes Gesicht, vermutlich, weil es noch so viel im Haus zu bewundern gab. Ramon begleitete ihn zur

Tür und gab einer vorbeieilenden Sklavin den Auftrag, Jesse nach draußen zu begleiten. „Damit du dich nicht verläufst, Jesse." Er grinste.
Jesse musste Anfang zwanzig sein. Auch wenn er sich manchmal wie ein großes Kind aufführte, war er keineswegs dumm. Er hatte eine rasche Auffassungsgabe und konnte gut kombinieren, wie sich gerade gezeigt hatte. Außer dass er manchmal zu viel redete, war er ein ruhiger und friedlicher Mensch, der keinerlei Anzeichen von Aggression zeigte.
Amanda hatte sich von ihrem Schreibtischstuhl erhoben und stand nun mit dem Rücken zu ihm am Fenster und starrte hinaus.
„Ich dachte, ich wüsste, was sich in meinem Haus abspielt", sagte sie tonlos.
Ramon trat dicht hinter sie. Der zarte Duft ihres Parfüms stieg ihm in die Nase.
„Ich wünschte, ich hätte Ihnen die anderen Sklaven ebenfalls zurückbringen können." Er fühlte sich etwas hilflos. Amanda schwieg und starrte weiterhin aus dem Fenster. An ihrer Handbewegung erkannte er, dass sie weinte.
„Tut mir leid, wenn ich Ihre Illusion zerstört habe."
„Illusion?" Sie fuhr herum, wobei ihr langes Haar ihn streifte. Ihre tränennassen Augen blickten ihn in einer Mischung aus Ärger und Trauer an. Statt etwas zu sagen, drehte sie ihm erneut den Rücken zu und schwieg eine Weile. „Ich habe ihm nicht geglaubt, als er bei mir gewesen ist."
„Mr. Pearl hat Sie belogen und …"
„Ich meinte nicht Benjamin", fiel sie ihm ins Wort. „Ich meinte Mr. Preston."
„Was?" Ramon fasste sie an den Oberarmen und drehte sie zu sich herum. Amanda wischte sich mit beiden

Händen hektisch die Tränen fort, bevor sie zu ihm aufblickte.

„Mr. Preston war bei mir gewesen. Er meinte, er müsse mich vor Benjamin warnen. Dass er ein schlechter Mensch sei und ich ihn auf keinen Fall heiraten dürfe, weil er mich unglücklich machen würde und ich ihm im Grunde egal wäre und so weiter. Er würde mich hintergehen und heimlich Gelder abzweigen, um seinen Lebenswandel zu finanzieren. Und noch einige unschöne Dinge, dass er eine Mätresse hätte und sich mit Huren herumtreiben würde." Sie senkte beschämt den Blick. Ramon biss sich auf die Lippen. Letzteres stimmte leider auch, wie er bei seiner Recherche erfahren hatte. Benjamin Pearl war in jedem Bordell im Umkreis bestens bekannt. Zahlreiche Gedanken gingen Ramon durch den Kopf. Warum hatte Joe ihn nicht eher ins Vertrauen gezogen?

„Haben Sie Ihren Verlobten mit diesen Vorwürfen konfrontiert."

Erschrocken riss sie die Augen auf. „Glauben Sie, ich hätte Mr. Preston dadurch in Gefahr gebracht?"

„Nein, natürlich nicht", antwortete Ramon, obwohl er in dem Moment genau *das* gedacht hatte. Woher hätte sie ahnen können, was geschehen würde? Sanft zog er sie in seine Arme.

„Selbstverständlich habe ich ihm nicht erzählt, dass Mr. Preston mit mir gesprochen hatte."

Das musste sie vermutlich auch gar nicht, dachte Ramon. Pearl konnte eins uns eins zusammenzählen. War das das fehlende Motiv? Musste Joe sterben, weil er Pearls Unterschlagung aufdecken wollte? Wegen ein paar lausiger Sklaven musste Joe sein Leben lassen? Irgendwie hatte er das ungute Gefühl, dass noch mehr dahintersteckte.

„O Joe, warum hast du nicht mit mir gesprochen?"
Erst als Amanda ihn verdutzt ansah, bemerkte er, dass er die Frage laut ausgesprochen hatte.
„Hatte Benjamin etwas mit seinem Tod zu tun?", fragte sie ängstlich. Ramon blickte abwesend ins Leere und zog sie unbewusst näher an sich heran.
„Ich weiß es nicht, Amanda", antwortete er ehrlich, dabei fiel ihm nicht auf, dass er sie vertraut beim Vornamen genannt hatte, „aber es ist durchaus möglich."
Sie wehrte sich nicht gegen die Umarmung, im Gegenteil. Sie schmiegte sich Schutz suchend an ihn. Als ihm das bewusst wurde, reagierte sein Körper prompt. Er verfluchte sich im Geheimen, es war weiß Gott ein unpassender Zeitpunkt. Dennoch genoss er die Umarmung. Liebevoll strich er über ihr seidiges Haar, das sie heute weitgehend offen trug, nur die Seitenpartien waren mit einer verzierten Spange im Nacken zusammengefasst. Sein Beschützerinstinkt erwachte, und eine tiefe Welle der Zärtlichkeit übermannte ihn.
„Ich habe schon lange keine Illusionen mehr", griff sie das Thema wieder auf und löste sich ein wenig von ihm, aber nur so weit, dass sie sich immer noch in seiner Umarmung befand.
„Ich habe Benjamin vertraut. Er war immer höflich und zuvorkommend und ist mir nie zu nahe getreten. Das habe ich immer an ihm bewundert. Natürlich war mir nicht entgangen, dass die Plantage nicht mehr so gut lief wie zu Vaters Zeiten, aber Benjamin hatte immer eine überzeugende Erklärung.
Nachdem Mr. Preston gegangen ist, war ich verunsichert. Er hatte so aufrichtig geklungen. Ich konnte mir nicht vorstellen, dass Mr. Preston das erfunden haben sollte, trotzdem konnte ich es nicht glauben. Dann hörte ich von seinem tragischen Tod.

Und als man Ihren Bruder schwer verwundet aufgefunden hatte und es hieß, dass mein Verlobter es gewesen sein sollte, wusste ich gar nicht mehr, was ich denken sollte. Die Geschichte, die Ihr Bruder mir erzählt hatte, klang plausibel und zeichnete ein ganz anderes Bild von Benjamin Pearl. Auch wenn er damals noch jung gewesen war und vielleicht töricht und unbeherrscht, aber dennoch passte es nicht zu dem Mann, den ich kenne.
Habe ich mir die ganze Zeit etwas vorgemacht? War ich so sehr in dem Willen versteift, die Plantage meines Vaters um jeden Preis zu erhalten, dass ich nicht gesehen habe oder nicht sehen wollte, was um mich herum geschah?" Neue Tränen stiegen in ihren Augen auf.
„Du bist überfordert, und das ist auch kein Wunder", tröstete er. Falls sie den vertraulichen Ton bemerkt hatte, zeigte sie es nicht.
Sie atmete tief durch und ließ sich wieder in eine engere Umarmung ziehen.
„Manchmal bin ich richtig wütend auf Adam. Warum ist er nicht zurückgekommen, wie er es versprochen hatte? Warum hat er uns im Stich gelassen? Anschließend schäme ich mich so dafür, diese Gedanken zu haben …" Sie sah ihn dabei nicht an.
Ramon konnte durchaus nachvollziehen, dass man in der Verzweiflung solche Gedanken hegte. Beruhigend sprach er auf sie ein und strich über ihren Hinterkopf.
„Es ist für alle gerade eine schwierige Zeit für dich und Jillian. Ihr wisst beide nicht, wie es für euch weitergeht. Für meinen Bruder, der sich plötzlich mit seiner Vergangenheit auseinandersetzen muss. Und für mich, ich habe meinen besten Freund verloren. Ich

frage mich ständig, warum er sterben musste und ob ich es hätte verhindern können."
Sie hob ihren Kopf und sah ihn in die Augen.
„Sie dürfen sich keine Vorwürfe machen." Langsam wanderte ihre Hand hinauf zu seiner Wange und streichelte sie sanft. Er hatte das Gefühl, seine Haut würde dort brennen, wo sie ihn berührte.
Ein unbekanntes, wohliges Kribbeln breitete sich von dort im gesamten Körper aus, insbesondere in seiner Magengegend. Sein Blick versank in ihren Augen. Sie war so nah, er spürte ihren Atem, und die Wärme ihres Körpers machte ihn schwindlig. Ihre zärtliche Geste hatte ihn so erregt, dass er Mühe hatte, sich zu beherrschen. Heiße Wellen des Verlangens überschwemmten ihn und trieben seinen Puls in ungeahnte Dimensionen. Nicht einmal bei einer Frau, die nackt in seinen Armen gelegen hatte, hatte er je ein solches Gefühl in dieser Heftigkeit verspürt. Ergeben fuhr er mit der Hand unter ihr Haar bis zu in ihrem Nacken, während er langsam seinen Kopf senkte, bis ihre Lippen sich berührten. Er stöhnte genussvoll und umarmte sie fester. Er wollte sie spüren, mit jeder Faser seines Körpers. Schnell vertiefte er den Kuss, er spürte ihre Unerfahrenheit, aber sie öffnete ihm bereitwillig die Lippen und gewährte seiner Zunge Einlass. Mit ihren Fingerspitzen kraulte sie seinen Haaransatz im Nacken und trieb ihn mit ihrer Zärtlichkeit fast in den Wahnsinn. Ohne den Kuss zu unterbrechen, drängte er sie vom Fenster zurück, bis sie mit ihrem Hinterteil gegen den Schreibtisch stieß.
„Amanda", hauchte er und sah sie voller Bewunderung an. Ihre Augen hatten einen verträumten Glanz angenommen, ihre Lippen waren feucht und von den Küssen geschwollen. Stöhnend bedeckte er ihr Ge-

sicht mit vielen kleinen Küssen und zog eine Spur bis zu ihrem Ohrläppchen und dann ihren schlanken Hals hinunter. Als er ein leises Stöhnen von ihr vernahm, hatte er das Gefühl, er würde gleich zerbersten. Seine rechte Hand fuhr ihre schlanke Taille hinauf und verharrte unterhalb ihres Brustansatzes. Sie hatte eine atemberaubende Figur. Er bedauerte, dass sie heute ein hochgeschlossenes Kleid trug, das kein Dekolleté zeigte. Mit dem Daumen begann er, ihren wohlgeformten Busen zu streicheln, während er die keine pochende Ader an ihrem Hals küsste und hinaufwanderte bis zu einer empfindlichen Stelle hinter ihrem Ohr. Wieder hörte er ein leises Stöhnen und sie bog ihren Rücken durch, um ihm Zugang zu gewähren. Er war kurz davor, den Verstand zu verlieren. Er wollte sie, aber er musste sich beherrschen, vermutlich war sie noch Jungfrau.

Noch nie war es ihm so schwergefallen, sich zu beherrschen. Am liebsten hätte er sie hier und jetzt genommen. Keuchend löste er sich von ihr und brachte einen schmalen Abstand zwischen ihnen. Verwundert schaute sie zu ihm auf. Zart streichelte er ihre Wange und fuhr mit dem Daumen über diese wundervollen Lippen. Mit einem tiefen Seufzer versuchte er, die wilden Fantasien in seinem Kopf zu vertreiben und wieder Herr der Lage zu werden.

„Wenn ich jetzt nicht aufhöre, werde ich nicht mehr in der Lage sein, mich zu beherrschen", flüsterte er. Zuerst wirkte sie verwirrt, dann schien sie zu verstehen und zeigte ein herausforderndes Grinsen. Mit der flachen Hand fuhr sie seinen Brustkorb hinunter. Sie biss sich dabei, wahrscheinlich unbewusst, auf die Unterlippe. Er hielt die Luft an und schloss die Augen, trotz Weste und Hemd, ging ihm die Berührung durch und

durch. *Kleines Biest*, dachte er. Hatte sie überhaupt eine Ahnung, wie erotisch sie aussah?
Als ihre Hand über seine Brustwarze glitt, zuckte er zusammen. Sie zog blitzartig ihre Hand zurück und kicherte schadenfroh. Er schnappte überraschend nach ihr und sie quiekte amüsiert auf. Feixend drückte er seinen Körper gegen den ihren, sodass sie keine Bewegungsfreiheit mehr hatte und sich ihr Rücken der Schreibtischoberfläche näherte. Sie zappelte kichernd und versuchte, sich zu befreien. Mit einem lauten Rascheln fiel ein Stapel Mappen zu Boden, gefolgt von mehreren einzelnen Briefbögen, die langsam nach unten segelten. Ramon und Amanda verharrten abrupt in ihrer Bewegung und folgten mit den Augen der Bescherung.
„Jetzt kann ich wieder von vorn beginnen", tadelte sie ihn mit lachendem Unterton. Er grinste frech und fuhr demonstrativ mit seiner Hand aufreizend über ihre Brust. Wieder biss sie auf ihre Unterlippe und schien die Luft anzuhalten.
„Das passiert, wenn du mich derart reizt", flüsterte er ihr ins Ohr, bevor er diese Stelle küsste.
Langsam zog er sie wieder hoch in die stehende Position.
„Benimm dich, Ramon Bradley!" Sie tippte mit dem Zeigefinger gegen seine Brust und versuchte ernst zu klingen.
„Jawohl, Miss Franks, wie Sie wünschen." Er vollführte eine formvollendete Verbeugung.
Bevor beide es bewusst registrierten, hatte es geklopft, und schon war die junge Sklavin eingetreten. Sie sah verwundert ihre Herrin an, erblickte das Chaos auf dem Fußboden, begann zu kichern und lief ohne ein Wort zu sagen wieder hinaus.

„Na wunderbar", stöhnte Amanda und rollte mit den Augen. „Hast du eine Ahnung, was die Sklaven jetzt reden werden?"

„Ja … ich habe da so eine Ahnung", amüsierte sich Ramon, während er sich hinhockte und begann, die Mappen aufzusammeln.

„Das ist nicht witzig!", beschwerte sich Amanda und ihre vergnügte Stimmung war verflogen. Ramon legte alles ordentlich zurück auf den Schreibtisch. Sie beobachtete ihn mit verkniffenem Blick. Selbst wenn sie verärgert war, war sie das süßeste Ding, das er jemals kennengelernt hatte. Stumm fixierten sie einander eine Weile.

„Wie sehen uns später, meine Süße", sagte er zärtlich und verließ das Arbeitszimmer.

Er brauchte dringend etwas Abkühlung.

***

Die kleine Kaminuhr hatte zur vollen Stunde gegongt. Sie musste nach ihrem Vater sehen. Mit einem leisen Stöhnen begab sie sich auf den Weg. Seine Pflege kostete viel Kraft. Er lebte längst in einer eigenen Welt, und die Gegenwart schien an ihm vorüberzuziehen.

Wusste er überhaupt noch, dass sie seine Tochter war? An manchen Tagen bezweifelte sie es, an anderen zeigte er zumindest ein freudiges Aufleuchten seiner Augen und Anzeichen eines Lächelns. Seine unartikulierten Laute waren kaum zu verstehen, aber meistens wusste sie, was er meinte, oder glaubte es zumindest.

Der Schlaganfall hatte ihn stark verändert. Er war nicht mehr der kraftstrotzende, vitale Mann, der er einst gewesen war. Er war abgemagert, blass und kraftlos. Sein Körper verfiel, und sein Geist folgte ihm in großen Schritten.

Beging sie einen schweren Fehler, wenn sie versuchte, die Plantage zu retten? Nicht zum ersten Mal stellte sich Amanda diese Frage. Adams Tod hatte alles verändert. So oder so, sie würde bald allein dastehen. Wenn sie Benjamin heiraten würde, könnte sie zumindest in ihrer vertrauten Umgebung bleiben, aber wäre es den Preis wert, den sie dafür zahlen müsste?

Nachdenklich ging sie im Salon auf und ab, nachdem sie ihren Vater versorgt hatte. Noch könnte sie die Plantage zu einem anständigen Preis verkaufen und sich von dem Erlös ein neues Leben aufbauen, ein freies und unabhängiges. Mit der Plantage im Rücken war sie bei Weitem besser dran als Jillian, der wahrscheinlich nur die magere Hinterlassenschaft ihres Bruders blieb. Sie hielt kurz in ihrer unruhigen Wanderung inne: Jillian!

Sie war ihr in der kurzen Zeit, die sie einander kannten, so vertraut geworden, fast wie eine Schwester, die sie nie hatte. Jillian stand ein viel schwererer Weg bevor, und sie hatte ein Kind, für das sie sorgen musste. Wenn sie es schaffte, dann könnte sie selbst es ebenso schaffen, oder?

Aber war sie so stark? Jillian besaß mehr Lebenserfahrung und war ein paar Jahre älter.

War sie, Amanda Franks, so mutig? Mit einem traurigen Seufzen ließ sie sich in einen Sessel fallen und starrte zur Decke.

Die andere Option wäre die Ehe mit Benjamin. Es würde sich nicht viel ändern, nur dass Benjamin in dieses Haus einziehen würde. Ihr Zuhause wäre dann auch seines. Ein Gedanke, der ihr irgendwie nicht behagte, vor allem wenn sie daran dachte, dass sie das Bett mit ihm teilen müsste. Bisher hatte sie es vermieden, über diesen kleinen Nebenaspekt nachzudenken. Jetzt, wo der Termin immer näher rückte, machte es ihr Angst.

Er ist ihr immer ein guter Freund gewesen, doch von ihm berührt zu werden, wie nur ein Ehemann seine Frau berührte, vermochte sie sich nicht vorzustellen. Es war nett und unterhaltsam, wenn sie im Salon oder im Arbeitszimmer saßen und bei einem Gläschen Wein gemütlich plauderten, oder wenn er sie ins Theater oder zu einem Ball ausführte. Er machte stets eine gute Figur und war ein exzellenter Tänzer.

Lange Zeit hatte sie es ignoriert, als er begonnen hatte, ihr den Hof zu machen. Sie hatte seine Avancen nicht ernstgenommen. Damals träumte sie noch von einer romantischen Liebesheirat, wie es in einigen delikaten Büchern beschrieben wurde, die sie heimlich las. Unter normalen Umständen wäre sie niemals auf sein Werben eingegangen.

Sie mochte ihn, aber sie liebte ihn nicht! Beschämt blickte sie zu Boden. Vater hatte ihn als Verwalter eingesetzt, kurz nachdem sich der Verdacht erhärtet hatte, dass Adam nie mehr nach Hause zurückkommen würde. Benjamin hatte ihn entlastet. Er hatte sich um alles, was die Plantage betraf, gekümmert, als Vater gramgebeugt vor Kummer kaum sein Zimmer verlassen hatte. Nach dem Schlaganfall war sie froh gewesen, Benjamin zu haben. Ohne ihn hätte sie nicht gewusst, was sie hätte tun sollen. Wäre Benjamin nicht gewesen, hätte sie Woodland längst verloren. Es war nicht gerecht, dass sie schlecht von ihm dachte. Er hatte seine Fehler, jeder Mensch hatte Fehler, niemand war vollkommen.

Aber wenn er sie hintergangen, ja sogar bestohlen hatte, war das etwas ganz Anderes. Eine Unterschrift zu fälschen, galt schließlich als Verbrechen. Warum diese Heimlichkeiten? Was wollte er damit bezwecken? Warum alles hinter ihrem Rücken?

Was würde er erst unternehmen, sobald er alle Machtbefugnisse innehatte, die mit der Heirat auf ihn übergehen würden?

Wie sollte sie ihm weiterhin vertrauen? Sie war verärgert, hatte er ihr Vertrauen mutwillig ausgenutzt? Sie stöhnte laut auf und schloss kurz die Augen. Was sollte sie nur tun?

Abrupt sprang sie auf und lief hinüber ins Arbeitszimmer. Vor ihrem Schreibtisch blieb sie stehen und betrachtete lächelnd den Stapel Mappen, den Ramon vom Fußboden aufgehoben hatte. Wäre ihr Verlobter doch nur ein kleines bisschen wie Ramon.

Benjamins Umarmungen und seine Küsse hatte sie lediglich als angenehm empfunden und geglaubt, das sei eine gute Basis. Wie naiv sie doch gewesen ist. Seit Ramon sie das erste Mal geküsst hatte, konnte sie an nichts anderes denken als an dieses atemberaubende Gefühl, das dieser Mann in ihr entfacht hatte. Ramon verwirrte sie und machte sie nervös. In seiner Nähe konnte sie kaum klar denken. Bei Benjamin hatte sie sich nie die Frage gestellt, wie es sein würde, wenn er sie entkleidete und sie seine Hände überall auf ihrer Haut spüren würde – sie wollte es auch gar nicht wissen. Als Ramon sie vorhin im Arbeitszimmer geküsst hatte, war der Wunsch, ihn noch näher zu spüren, fast übermächtig gewesen. Er wollte sie, aber auch sie wollte ihn.

Allein bei dem Gedanken errötete sie, als sie an seine Reaktion dachte, als sie ihm mit der Hand über seine

muskulöse Brust gefahren war. Sie hatte seine männliche Erregung deutlich durch ihre Röcke hindurch spüren können, und es hatte ihr gar keine Angst gemacht. Im Gegenteil, sie hatte es sogar aufregend gefunden.
In Gedanken versunken, strich sie mit den Fingerspitzen über den Stapel Mappen und seufzte, bevor sie sich mit undamenhaften Flüchen zur Ordnung rief. Ein Mann wie Ramon Bradley konnte schließlich jede Frau haben, er würde sich nicht für eine so unscheinbare Person wie sie interessieren. Sie musste der Tatsache ins Auge sehen, sie war mit Benjamin verlobt und würde bald seine Gemahlin sein.
Ihre Cousine Marleen war drei Jahre jünger als sie und auf Wunsch der Eltern mit einem Mann verheiratet worden, der fast doppelt so alt war. Als Amanda sie das letzte Mal gesehen hatte, auf dem Ball der Millers, war sie sechs Wochen zuvor Mutter eines kleinen Jungen geworden. Sie hatte sehr glücklich ausgesehen. Amanda würde Vincent Helbourne nicht als attraktiv bezeichnen, eher als jemand, der sich kaum aus der Masse abhob. Er hatte bereits deutlich graue Schläfen und eine kahle Stirn. Aber trotzdem und trotz seines unauffälligen Erscheinungsbildes schien ihre Ehe zu funktionieren. Also, was beklagte sie sich eigentlich? Benjamin war wenigstens jung und sah attraktiv aus, wenn auch bei Weitem nicht so attraktiv wie Ramon.
Entschlossen trat sie vor das erste der drei großen, deckenhohen Regale. Etwa in Augenhöhe zog sie mehrere Geschäftsbücher heraus und platzierte sie übereinander auf dem Stuhl. Alles war systematisch nach Themen und Jahreszahlen geordnet, so erübrigte sich eine umfangreiche Suche. Fast schadenfroh blick-

te sie auf den Aktenberg, der sich, von der Stuhllehne gestützt, dort aufgetürmt hatte.

Zusammen mit einer Sklavin schaffte sie die Bücher nach oben in den ersten Stock.

David Bradley wollte Arbeit? Die würde er haben!

Fast war sie ein wenig enttäuscht, dass er bei diesem Anblick nicht schockiert reagiert hatte, sondern tatsächlich erfreut. Was hatte sie noch zu verlieren? Sie glaubte nicht daran, dass er Fehler oder Unstimmigkeiten finden würde, schließlich hatte sie die Bücher sehr gewissenhaft geführt. In der Anfangsphase, wo sie versucht hatte, Vaters Versäumnisse nachzuholen, wies das Geschäftsbuch natürlich zahlreiche Lücken auf. Summen, die sie nicht mehr nachvollziehen konnte, einerseits wegen fehlender Rechnungen, andererseits, weil einfach Gelder ohne zu dokumentieren entnommen worden waren. Quittungen, von denen sie keine Ahnung hatte, was damit bezahlt worden war, oder Notizen, von denen sie nicht gewusst hatte, was sie bedeuteten. Dennoch hatte sie alle diese zweifelhaften Posten unter dem Oberbegriff „Unbekannt" aufgelistet.

Sie war stolz, das alles geleistet zu haben, und doch hatte es einen bitteren Beigeschmack. Trotz aller Bemühungen hatte sie nicht verhindern können, dass es um die Finanzlage schlecht stand. Anfangs war ihr nicht wohl bei dem Gedanken, einen Wildfremden in die Unterlagen von Woodland sehen zu lassen. Sie hatte sich zudem den Rat von Jillian geholt. Jillian war auf der Plantage der Bradleys gewesen und konnte bestätigen, dass Woodland in keinem Vergleich zu dem Anwesen von David Bradley stand. Er musste also alles richtig gemacht haben. Womöglich konnte sie doch von seiner Erfahrung profitieren, versuchte sie, sich Mut zu machen. Benjamin brauchte ja nicht zu erfahren, dass sie Rat bei seinem Feind einholte. Sicher gab es auch Details, die Benjamin besser machen könnte, dann müsste sie eben eine Notlüge erfinden, um David Bradley aus der Sache herauszuhalten. Sie war guter Dinge.

*

Auf den Feldern ging die Arbeit gut voran. Einige Sklaven murrten, dass ihre Zeit des Herumsitzens und Faulenzens zu Ende war. Ramon hatte Achtung vor dem weitaus älteren Mr. Conner, aber Conner mangelte es bisweilen an Durchsetzungsvermögen. Probleme jedoch bereitete ihm der Neue, ein Mr. Rooney, der auf Anweisung von Mr. Pearl dort aufgetaucht war. Der Kerl bedeutete Ärger. Seine aggressive Art gegenüber den Sklaven gefiel Ramon ganz und gar nicht. Da er keine Entscheidungsgewalt hatte, musste er den Kerl erdulden, aber er würde ihn im Auge behalten.

Am späten Vormittag erschien Benjamin Pearl höchstpersönlich in Begleitung zweier Herren, die er wichtigtuerisch herumführte. Ramon knurrte angewidert. Was hatte der arrogante Mistkerl jetzt wieder vor? Jesse schlich sich von hinten an ihn heran. Fast wäre Ramon zusammengefahren, da er so auf Pearl konzentriert gewesen war.

„Das sind die neuen Aufseher", flüsterte Jesse. „Ich hab gehört, wie Pearl zu dem Größeren gesagt hat, er werde den Haufen hier komplett umkrempeln, aber er müsse noch ein paar Tage die Füße stillhalten."

Ramon starrte Jesse entgeistert an und stöhnte. So was hätte er sich ja denken können.

„Gut gemacht, Jesse", lobte er. „Geh jetzt lieber!", setzte er nach, als er Pearl auf sich zukommen sah.

„Oh, Mr. Black, Sie legen sich ja richtig ins Zeug. Gute Arbeit!", tönte er und stellte seine Begleiter Mr. Houser und Mr. Sparks vor. Rooney schlenderte heran und stellte sich an Pearls rechte Seite.
„Aber ab jetzt werde ich das Kommando hier wieder übernehmen, Mr. Black."
Ramon kochte innerlich vor Wut, ließ aber äußerlich keine Reaktion erkennen. Anscheinend wusste Pearl noch nicht, dass sein Name nicht Black war. Er sah keine Veranlassung, ihn darüber aufzuklären, immerhin nannten ihn alle Black.
Er stieg auf sein Pferd und ritt in Richtung der Baumwollfelder, um weiteren Provokationen aus dem Weg zu gehen. Die halbe Nacht hatte er mit David über den Geschäftsbüchern von Woodland gesessen. Die Zeit würde kommen, da Pearls Thron fallen würde. Er brauchte noch etwas Geduld.
Amanda hatte alle Einnahmen und Ausgaben genau dokumentiert. David hatte sofort gesehen, dass diverse Preise überzogen waren. Ebenso waren Ausgaben für Material und Ersatzteile aufgeführt gewesen, deren Käufe Ramon stark bezweifelte. Er war lang genug hier, davon hätte er etwas mitkommen müssen. Auch hatte sich Pearl einen besonders edlen, hochwertigen Sattel auf Amandas Kosten anfertigen lassen.
Alles drehte sich momentan um Pearl. Dabei verlor er mehr und mehr sein eigentliches Ziel aus den Augen. Das bereitete ihm Kopfschmerzen. Joe! Er war in der Angelegenheit keinen entscheidenden Schritt weitergekommen. Woher hatte Joe von Pearls Betrügereien gewusst, und was verschwieg Jillian?
Als Ramon zwei Stunden später zurückkehrte, schienen Houser und Sparks nicht mehr da zu sein. Aber ein anderes Pferd war nahe dem Eingang an dem

Pfosten gebunden. Er entdeckte Amanda auf der Veranda, zusammen mit Pearl. Dem Anschein nach stritten sie. Er hielt sich verdeckt, um von den beiden nicht gesehen zu werden. Pearl stand mit dem Rücken zu ihm. Von seinem Standort aus konnte er die Diskussion nicht verstehen.
Als Amanda sich abwenden wollte, zog Pearl sie in seine Arme. Ramon hielt den Atem an – er wollte sie doch nicht etwa küssen? Tatsächlich, er tat es!
Wut wallte in ihm auf, und ein ganz neues, schmerzhaftes Gefühl: Eifersucht! Ohne nachzudenken, stürmte er aus seiner Deckung und brachte sein Pferd unmittelbar neben der Veranda abrupt zum Stehen. Am liebsten wäre er heruntergesprungen und hätte ihm die Faust in seine Visage gerammt, stattdessen erstattete er einen belanglosen Bericht über den Raupenbefall. Seine Stimme triefte vor Sarkasmus und stark unterdrückter Wut.
Wenigstens ließ er Amanda los, als er herumfuhr und ihn wüst beschimpfte, da Ramon eine Menge Staub aufgewirbelt hatte.
Amanda blickte ihn ebenfalls aufgebracht an, raffte ihre Röcke und verschwand fluchtartig im Haus. Hatte er etwa ihr kleines Techtelmechtel vereitelt? Er kochte vor Wut, wie konnte sie sich von ihm küssen lassen?
Nur langsam kühlte seine Wut wieder ab, als er im Stall sein Pferd trocken rieb und versorgte. Er vermied, es Amanda zu begegnen, und wie es ihm schien, versuchte sie dasselbe. Sie schlug demonstrativ eine andere Richtung ein, als sie einander im Korridor sahen. Allmählich machte sich ein schlechtes Gewissen bei ihm breit. Er war zu weit gegangen. Er verstand sich selbst nicht, wie konnte er so die Beherrschung verlieren?

Sein Bruder sah ihn fragend an. Er wollte nicht darüber reden, also versuchte er, sich weiter auf die Bilanzen zu konzentrieren. David schaffte es mittlerweile aus dem Bett bis hinüber zu dem kleinen, runden Tisch am Fenster. Dort brütete er über den Geschäftsbüchern und machte sich nebenbei auf einem Zettel Notizen.

„Rechnen kann sie. Ich habe es überprüft, es ist alles richtig", erklärte David, ohne aufzusehen. „Sie hat alles notiert, ohne zu wissen, dass manche Summen unsinnig sind. Hier sieh dir die Abrechnung der verkauften Ballen an." Er zeigte ihm die Verkaufsabschlüsse des vergangenen Jahres. „Das kann unmöglich stimmen! Pearl muss einen Teil abgezweigt und eigenmächtig verkauft haben." Zum Vergleich zeigte er das letzte vollständig geführte Geschäftsbuch von Howard Franks. „Miss Franks wusste offenbar nicht, welche Erträge Woodland tatsächlich erwirtschaftete. Das hat Pearl sich zunutze gemacht."

Das Buch glitt ihm aus der Hand und fiel zu Boden. David wollte sich danach bücken und verkniff sofort schmerzhaft das Gesicht. Ramon hob es auf. Als er es David zurückgeben wollte, rutschte ein weißer Umschlag heraus.

„Was ist das?", fragte Ramon.

David zuckte mit den Schultern. Es handelte sich um einen Brief an Howard Franks, datiert vom 22. Februar 1832.

Er warf einen Blick auf den Absender: Adam Franks. Zögerlich hielt Ramon den Brief in Händen, es muss der letzte vor dessen Tod gewesen sein. Ob Amanda wusste, dass Adams Brief versteckt im Jahrbuch 1832 lag? Sie hatte ihm erzählt, dass Adam ihr in einem kurzen Schreiben mitgeteilt hatte, er käme nach Hause. Aber warum lag der Brief hier?

„Gib mal her", verlangte David und hielt die Hand auf. Zögerlich reichte Ramon ihm den Brief und David zog ihn heraus.

Liebster Vater,
es tut mir so leid, dass ich dir solchen Kummer gemacht habe. Du hattest recht, es war eine unsinnige Idee, etwas von der Welt sehen zu wollen.
Ich habe weit mehr gesehen, als ich je hätte sehen wollen, Elend und Tod. Es ist so grausam, die Menschen sterben wie die Fliegen, überall riecht es nach Tod und Verderben. Du machst dir keine Vorstellung, diese Bilder werde ich wohl niemals vergessen. Es gibt keine Versorgung der Kranken, jeder ist auf sich allein gestellt. Freunde werden zu Feinden im nackten Kampf ums Überleben, diese Stadt ist schlimmer als die Hölle. Wer fliehen kann, der flieht. Auch ich will nur noch weg, hier habe ich nichts mehr verloren. Alles, was von Bedeutung war, hat die Cholera dahingerafft. Ich komme nach Hause und ich verspreche dir, ich werde mich unverzüglich in die Arbeit stürzen. Ich vermisse euch so sehr.
Die Seadog legt in zwei Tagen ab. Ich musste beinah den dreifachen Preis zahlen, aber das war es wert. Ich will nach Hause, Vater. Wie konnte ich je etwas anderes sehen wollen als Woodland?
Meine liebste Elena ist in meinen Armen gestorben, ich konnte nichts für sie tun, außer ihr beim Sterben zuzusehen. Und mit jeder Minute, die verstrich, war es, als würde ein Teil von mir mit ihr sterben.
Wofür hat Gott mich so sehr bestraft? Sie hätte dir als Schwiegertochter gefallen, Vater.

Mir geht es gut, mach dir keine Sorgen. Es sind bei mir noch keine Symptome aufgetreten. Wahrscheinlich liegt es daran, dass in mir bereits alles gestorben ist, ich fühle nichts mehr außer Schmerz. Ich funktioniere nur noch, ohne etwas zu empfinden.
Keiner weiß genau, was die Cholera ausgelöst hat. Einige sagen, das Wasser sei schuld, aber keiner kann es wirklich sagen. Ich habe seit drei Tagen nichts Richtiges mehr gegessen. Ich habe Durst, aber ich traue mich nicht, das Wasser zu trinken. Ich fühle mich schwach und habe eine Höllenangst vor der Überfahrt, sie wird grausam werden. Möge Gott mir beistehen.
Vater, bitte hilf mir, ich will nicht sterben.
Ich habe Amanda extra einen Brief geschrieben, ich möchte sie vor der Grausamkeit der Realität verschonen. Gib ihr einen Kuss von mir.
Bitte erwarte mich bei meiner Ankunft und hole mich heim. Ich verspreche dir, ich werde nie mehr fortgehen. Verzeih mir bitte!

In Liebe
Adam

„Ich glaube nicht, dass Miss Franks von der Existenz dieses Briefes weiß. Ich denke, dabei sollte es bleiben." David sah zu ihm auf. Ramon nickte stumm.
„Das ist der verzweifelte Brief eines jungen Mannes, der den Tod vor Augen hat." Bedächtig steckte er den Brief in den Umschlag und schob ihn zurück zwischen die Seiten. Nach kurzer Gedenkpause galt die Aufmerksamkeit wieder den Geschäftsbüchern.
Sie waren so vertieft, dass sie das Klopfen überhörten und verwundert aufsahen, als Jillian hereinkam. Sie

wirkte verstört und verlegen, was nicht ihrer Art entsprach.
„Amanda möchte es nicht", wandte sie sich an Ramon, „aber wir schaffen es nicht allein." Fast flehend sah sie ihn an.
„Was ist passiert, Jillian?" Ramon war alarmiert.
Jillian knetete unruhig die Hände vor dem Bauch. „Es geht um Amandas Vater. Er hat … nun ja … er hat sich eingenässt. Wir müssen ihn aus dem Bett hieven, um die Bettwäsche wechseln zu können, und eine neue Matratze holen und …"
„Puh", stöhnte Ramon betreten und kratzte sich am Hinterkopf. „Natürlich helfe ich, keine Frage. Der Mann ist viel zu schwer." Jillians erleichtertes Aufatmen war nicht zu überhören.
„Die Sklaven weigern sich nämlich, sie sind abergläubisch. Sie glauben, der Tod habe seine Fühler ausgestreckt, und wenn sie helfen, seien sie verflucht oder so was in der Art …"
Ramon verdrehte die Augen, während er Jillian folgte. Amanda sah keineswegs erfreut aus, als sie ihn kommen sah. Zielstrebig ging er an ihr vorbei ins Krankenzimmer von Howard Franks. Amanda sagte nichts, doch ihr Blick drückte deutliches Missfallen aus. Vermutlich war ihr die Angelegenheit peinlich, mutmaßte er. Mehrere Haarsträhnen hatten sich aus ihrer Frisur gelöst und hingen ihr wirr ins blasse Gesicht. Ihre Augen waren gerötet, sie musste geweint haben.
Er rümpfte kurz die Nase über den Geruch. Die Luft war gesättigt von durchdringlichem Geruch von Urin, menschlichen Ausdünstungen und abgestandener Luft. Mit einem gezielten Blick erfasste er die Situation und wendete.

„Wir brauchen sofort ein Bad", richtete er das Wort an drei Sklavinnen, die argwöhnisch zusammengedrängt im Flur verharrten. Die drei nickten heftig und rannten davon, offensichtlich erleichtert, dass man sie nicht ins Zimmer hineingeschickt hatte. Mit großen Schritten durchmaß er das Zimmer und riss mit Schwung beide Fenster weit auf.
„Was tun Sie da?", fauchte Amanda. „Soll er sich den Tod holen?"
Warum war sie so wütend, wunderte sich Ramon verdutzt.
„Wollen Sie, dass er in diesem Mief erstickt?", gab er in ähnlicher Tonart zurück und wartete in provokant männlicher Art.
Die Hände in die Seiten gestützt funkelte sie ihn an, zögerte aber mit der Antwort.
„Wir müssen ihn waschen, er wird sich erkälten …"
„Waschen?" Ramon sah sie mit hochgezogenen Augenbrauen an. „Der Mann muss in die Wanne und anständig gebadet werden, alles andere ist Unsinn."
„Aber wir können nicht …", begann Amanda zu protestieren, brachte den Satz aber nicht zu Ende, da Ramon sie einfach stehenließ.
Es herrschten Unruhe und geschäftiges Treiben, es wurden Handtücher und Bettwäsche herbeigeschafft, eine Schüssel mit Wasser und dergleichen. Nur der alte Sklave Blake stand seelenruhig neben dem Bett seines Herrn, dem er treu ergeben war.
Ramon wartete in der Ecke, bis eine Sklavin ihm meldete, dass das Bad bereit sei. Plötzlich lenkte Unruhe im Flur ihn ab, als er gerade zur Tat schreiten wollte.
Er trat hinter die unschlüssig wirkende Amanda an die Tür. Dort standen zwei kräftige Sklaven mit gesenkten Köpfen, aber hektischen, furchtsamen Blicken. Er

konnte gerade noch verstehen, dass sie von Pearl geschickt worden waren, um Amanda zu unterstützen. *Typisch Pearl*, dachte Ramon, *der Kerl macht es sich einfach. Er kommandiert schlicht und ergreifend zwei Sklaven ab, um sich nicht persönlich darum kümmern zu müssen – dieser erbärmliche Feigling!*
„Ihr könnt gehen, wir brauchen eure Hilfe nicht", erklärte er unmissverständlich über Amandas Kopf hinweg. Die Erleichterung war den beiden deutlich anzusehen, dennoch äußerte der Jüngere seine Bedenken. „Master Pearl wird darüber sehr wütend sein."
„Master Pearl interessiert mich nicht! Wenn er ein Problem damit hat, soll er zu mir kommen", erklärte Ramon schärfer als beabsichtigt.
„Was fällt Ihnen ein, hier Befehle zu erteilen?", fuhr Amanda ihn an. Sie stampfte mit dem Fuß auf den Boden, ihre Hände waren zu Fäusten geballt. „Benjamin hat es nur gut gemeint, es war eine freundliche Geste von ihm. Die Männer sollten helfen, und Sie schicken sie einfach zurück. Sie werden bald fort sein, Mr. Bradley, und wer hilft mir dann?"
Er entdeckte Wut und Verzweiflung in ihren schönen Augen. Am liebsten hätte er sie in den Arm genommen und ihr versichert, dass alles wieder gut werden würde. Mit einem Seufzen wandte er sich um, er konnte ihr Leid nicht ertragen.
Souverän kümmerte er sich darum, dass ihr Vater sein Bad bekam. Das Einseifen und die Waschung überließ er dem alten Blake, der ohnehin die tägliche Körperpflege des alten Mannes übernommen hatte.
Zusammen mit Jillian besorgte er eine neue Matratze aus einem der Gästezimmer und überspannte sie mit einer wasserundurchlässigen Folie.

Solange Mr. Franks in der Wanne verweilte, so hatte er den Sklavinnen aufgetragen, sollte das Zimmer gründlich gereinigt werden. Von Amanda kamen keine Einwände. Sie arbeitete stillschweigend und in sich gekehrt vor sich hin und sah währenddessen nicht einmal auf.
Immer wieder sah er zu ihr hinüber, aber sie schien es nicht zu bemerken. Ebenso nahm sie von den Sklaven, die um sie herum hantierten, keinerlei Notiz, als wäre sie ganz allein im Raum.
Nach einer Stunde war alles erledigt, und Amandas Vater saß frisch gebadet und frisiert in seinem Bett. Die ganze Prozedur hatte er mit der Freude eines Kindes über sich ergehen lassen, ohne wirklich verstanden zu haben, was geschehen war.
Amanda verließ wortlos das Zimmer, ohne nach rechts oder links zu blicken. Besorgt sah Ramon ihr nach.

„Es ist schwer für sie", flüsterte Jillian und sah zu ihm auf. Ramon nickte stumm. Sein Blick haftete immer noch auf der Tür, durch die Amanda entschwunden war.
„Ich denke, deine Hilfe hat ihr gutgetan." Vorsichtig legte sie ihre Hand auf seinen Unterarm und endlich sah er sie an. „Lass ihr Zeit, Ramon! Ich weiß du hast sie gern …" Er antwortete nicht, und sie hatte auch keine Antwort erwartet. Schweigend gingen sie den Flur entlang. Nur das leise Klacken seiner Stiefelabsätze auf dem hellen Steinboden war zu hören.
„Meine Postkutsche geht morgen früh um zehn Uhr."
„Wie bitte?" Ramon blieb abrupt stehen und sah sie fassungslos an.

„Ramon, ich muss zurück! Ich habe Sarah seit Tagen nicht gesehen. Ich kann sie nicht noch länger allein lassen. Für sie ist es auch nicht einfach. Sie hatte ein Trauma erlitten und tagelang nicht gesprochen, ich möchte nicht, dass sie einen bleibenden Schaden behält." Das war wenigstens nicht gelogen. So leid ihr Amanda auch tat und so gern sie bei ihr geblieben wäre, sie musste an sich selbst denken. Sie musste fort!

„Warte noch ein paar Tage, bis David dich begleiten kann. Es sind unruhige Zeiten, Jillian. Sarah wird es gut gehen. Ich weiß, meine Mutter wird sich ausgezeichnet um sie kümmern. Du musst dir keine Sorgen machen."

Sie mochte Mrs. Bradley von Herzen, sonst hätte sie Sarah niemals bei ihr zurückgelassen. Sie hatte große Sehnsucht nach ihrer kleinen Sarah, aber das war nicht der Grund. Wenn David sie begleiten würde, hätte sie ein noch größeres Problem – seine betörende Nähe.

„Ich muss zu Sarah", entgegnete sie. Extrem gereizt raffte sie ihre Röcke und lief in schnellen Schritten in ihr Zimmer. Was sollte sie zur Erklärung vorbringen? Sie konnte ihm keine geben!

Kopfschüttelnd ließ Ramon sie gewähren, manchmal waren Frauen einfach nicht zu verstehen.

Das Abendessen nahm Ramon in Davids Gesellschaft zu sich. Amanda hatte verkündet, sie hätte keinen Appetit, und Jillian hatte ihr Zimmer offenbar nicht mehr verlassen.

Nach dem Essen ruhte David wieder auf dem Bett, das war bequemer. Den halben Tag hatte er auf dem einfachen Holzstuhl am Tisch zugebracht, nur unterbro-

chen von gelegentlichen Schritten zum Fenster. Das Hinsetzen und Aufstehen bereiteten ihm noch Probleme, aber es ging jeden Tag besser. Die Wunde heilte gut. Trotzdem verlief der Heilungsprozess für seinen Geschmack viel zu langsam, und er wurde allmählich mürrisch. Die Inspizierung der Woodland-Geschäftsbücher hatte ihn zwar eine Weile beschäftigt, aber ein erfahrener Geschäftsmann wie David brauchte nicht lange, um das Kernproblem zu erfassen.
„Vielleicht sollte Jillian dabei sein", schlug David vor, während er noch einmal seine Notizen überflog. „Ich glaube, die beiden verstehen sich sehr gut. Für Miss Franks wird es sicherlich ein Schock werden."
„Hm … ja, vielleicht hast du recht. Aber ich bin ja auch noch da."
David blickte auf und sah seinen Bruder direkt an.
„Nach dem, was du vorhin erzählt hast, behaupte ich mal, herrscht bei euch gerade eine etwas angespannte Stimmung."
„Pah", brauste Ramon auf. „Ich", er tippte mit dem Zeigefinger wild gegen seine Brust und seine Stimme wurde lauter, „ich war wenigstens für sie da. Ich habe ihr geholfen, ihren Vater anständig zu versorgen. Der Mistkerl schickt lediglich zwei Sklaven vorbei, und Amanda verteidigt ihn und seine ach so noble Geste." Ramon schnaubte und gestikulierte wild. „Was hat er getan? Der Kerl schert sich doch einen Dreck um den alten Mann."
„Erwartest du Dankbarkeit von ihr?", fragte David seelenruhig.
„Was?" Er war währenddessen unruhig hin- und hermarschiert, jetzt blieb er verdutzt stehen. „Nein, natürlich nicht!", beschwerte er sich barsch.

„Aha, also doch …"
„Also doch, … *was*?", knurrte Ramon verständnislos.
„Du liebst sie!"
Ramon war so perplex, dass ihm der Mund offen stehen blieb. Erst langsam schien er zu verstehen, was sein Bruder gesagt hatte. Verlegen klappte er den Mund wieder zu und wandte den Blick ab.
„Ist mir nicht entgangen, wie du sie ansiehst", triumphierte David grinsend.
„Etwa so, wie du Jillian ansiehst?", konterte Ramon jetzt seinerseits gelassen. Ihre Blicke trafen sich für einen kurzen Moment, und dieses Mal war es David, der den Blick abwandte.
Betretenes Schweigen trat ein. Wenige Augenblicke später klopfte es, zwei Sklaven kamen, um das Abendbrotgeschirr abzuholen.
Bei der Gelegenheit bat David, den Damen auszurichten, dass man sie zu sprechen wünsche. In der Zwischenzeit platzierten sie einen Teil der Bücher auf dem Bett neben Davids Oberschenkel, den anderen Teil auf dem Nachtschränkchen, als hätte es das kleine, intime Gespräch nie gegeben.

Amanda Franks war die Erste, die der Bitte gefolgt war. Sie bedachte Ramon mit einem flüchtigen Seitenblick, richtete ihre Aufmerksamkeit auf David und erkundigte sich nach seinem Wohlbefinden. Jillian erschien gute fünf Minuten später. Sie wirkte abwesend und derangiert, fasste sich aber relativ schnell, nachdem Ramon ihr ins Ohr geflüstert hatte, dass sie eventuell für Amandas seelischen Beistand gebraucht wurde.
Vorsichtig und mit Bedacht begann David die Analyse seiner Buchprüfung.

„Mir ist aufgefallen, dass der Vertrag mit Mr. Bakersfield, den Ihr Vater noch unterzeichnet hat, ausgelaufen ist. Ich finde hier aber keine neue Vereinbarung."
Er sah Amanda Franks eindringlich an. „In etwa drei Wochen beginnt die Baumwollernte. Sie besitzen keine eigene Egreniermaschine, daher die Vereinbarung mit Mr. Bakersfield." Er reichte ihr den Vertrag und tippte mit dem Zeigefinger auf das Datum. „Sie sollten sich schleunigst darum kümmern, dass Sie entweder den Vertrag sofort verlängern oder zusehen, dass ein anderer Pflanzer noch einen Termin zur Benutzung der Egreniermaschine frei hat, sonst sieht es übel aus."
„Oh, das ist mir entgangen ..." Erschrocken studierte Amanda das Schriftstück.
Bei der Egreniermaschine handelte es sich um eine Textilmaschine, die 1793 erfunden worden war und die die Baumwollfasern von den Samenkapseln und den zum Teil klebrigen Samen trennte. Eine Kombination aus Drahtsieb und kleinen Drahthaken, die die Baumwolle durch das Sieb zogen. Die Bürsten entfernten dabei kontinuierlich die losen Baumwollfasern, um Verstopfungen zu verhindern.
Erst diese Erfindung ermöglichte den Südstaaten den Baumwollanbau im großen Stil und machte damit auch den Einsatz von Sklaven erst wirklich profitabel.
Allerdings waren die Maschinen sehr teuer, nicht jeder Pflanzer konnte sich die Anschaffung leisten. Man hatte sich daher zusammengeschlossen und half seinen Nachbarn. Diejenigen, die eine Egreniermaschine besaßen, boten umliegenden Pflanzern deren Benutzung an und verdienten somit an deren Umsatz.
„Haben Sie eine Ahnung, welchen Arbeitsaufwand es für Ihre Sklaven bedeuten würde, wenn sie wie in

alten Zeiten die Baumwolle von Hand rupfen müssten? Es ist eine ungeheure Mehrarbeit und vor allem sehr zeitaufwendig, die Baumwolle für die Weiterverarbeitung zu präparieren.
Diese Zeit haben Sie nicht, Miss Franks."
„Ich werde mich gleich morgen darum kümmern", versprach Amanda kleinlaut.
„Ich werde Sie begleiten und versuchen, einen guten Preis für Sie auszuhandeln."
Amanda reagierte nicht auf Ramons Angebot und blickte konzentriert auf David, der mit seinen Erläuterungen fortfuhr.
David hatte sich die drei Jahrgänge 1829, 1830 und 1831 angesehen. Die Erträge lagen alle im etwa gleichen Rahmen. Ende Februar 1832 verstarb Adam Franks und die Erträge von 1832 zeigten bereits ein auffallend deutliches Minus. Der Schlaganfall von Howard Franks fiel genau in die Erntezeit, das war Ende August. Bis zu dem Zeitpunkt war Howard Franks aufgrund der Trauer um seinen Sohn in vielerlei Dingen nachlässig geworden, aber noch im Vollbesitz geistiger und vor allem körperlicher Kräfte gewesen. Theoretisch hätten die Erträge 1832 in etwa die der Vorjahre ergeben müssen. Im April hatte Franks seinen Aufseher Pearl vorübergehend als Verwalter eingestellt, um sich mehr den Nachforschungen nach Adams Verbleib widmen zu können.
David zeigte Amanda auf, wie viel Baumwolle 1831 und wie viel 1832 die Egreniermaschine durchlaufen hatte, es war nur unwesentlich weniger. Der große Unterschied zeigte sich erst in der Anzahl der tatsächlich verkauften Ballen. Hier gab es eine deutliche Differenz, die keinen Zweifel offenließ, dass hier ein Betrug vorlag. Dasselbe Prinzip in den darauffolgen-

den Jahren Hier hatte sich *jemand* eine beträchtliche Summe in die eigene Tasche gewirtschaftet.

Schockiert und fassungslos starrte Amanda immer wieder auf die Zahlen, die sie selbst notiert hatte. Warum war ihr das nicht aufgefallen?

„Übrigens haben Sie Anfang September 1832 eine Mahnung von über 180 Pfund an einen Mr. Hart beglichen, diese Rechnung war aber von Ihrem Vater am 2. August schon bezahlt worden. Offenbar hatte es Mr. Hart nicht für nötig gehalten, Sie über die doppelte Zahlung aufzuklären, eine Rückbuchung ist nämlich nirgends verzeichnet."

„Es waren derzeit eine Menge Mahnungen aufgelaufen. Ich hatte Angst vor Konsequenzen und hab jede Mahnung schnell beglichen, sofern es möglich war", seufzend strich sie sich eine Haarsträhne aus dem Gesicht.

Eine Sklavin brachte ein Tablett mit einem Krug frischer Limonade für die Damen und eine Karaffe Brandy für die Herren sowie eine Schale mit Gebäck.

„Stell es dort drüben auf den Tisch, wir kümmern uns selbst darum", bat Amanda knapp und wandte ihre Aufmerksamkeit wieder den Geschäftsbüchern zu.

Die Sklavin nickte und verließ wortlos das Zimmer.

„Die doppelte Zahlung ist, mit Verlaub, leider nur das kleinste Übel…"

Mit klaren, auch für einen Laien verständlichen Worten zeigte David ihr eine ganze Reihe weiterer Auffälligkeiten und ließ ihr die Zeit, die sie benötigte, diese zu verinnerlichen. Strategisch ging er mit ihr die Jahrgänge ab 1832 bis zum vergangenen Monat, Juni 1835, durch und verwies auf den damaligen Kurs der Baumwolle im Jahr 1832 bis 1834 und den tatsächlich in den Büchern notierten. Er ging auf diverse Bestellungen und Mengen ein, die teilweise in keinem Verhältnis zueinander standen, sowie deren Preise. David kommentierte Rechnungen von Tierarzt, Schmied, dem Eisenwarenhändler und dem Sägewerk und verwies auf fast identische Rechnungen nur wenige Monate später. Anhand der bestellten Ware sollte man annehmen, es hätten umfangreiche An- oder Umbauten stattgefunden, was aber nicht der Fall gewesen war.

Die dokumentierten Renovierungsarbeiten der Sklavenunterkünfte waren mit billigem Material und alten Restbeständen durchgeführt worden. Für das neue Backhaus hatte die Ware bereits im hinteren und nicht benutzten Teil des Baumwolllagers gelegen und war von Howard Franks im Januar 1832 bestellt und bezahlt worden. Mr. Conner hatte bestätigen können, dass Mr. Franks den Bau spätestens nach der Erntezeit 1832 durchführen lassen wollte.

Pearl hatte den Bau im Sommer 1833 beginnen lassen und laut Quittungen war das Material erst wenige Wochen davor bestellt worden.

Amanda erinnerte sich sehr gut daran, weil sie das Projekt mit besten Kräften unterstützt hatte. Lange hat sie Benjamin damit in den Ohren gelegen, weil sie wusste, dass ihr Vater diesen Bau geplant hatte. Wie glücklich war sie, als Benjamin ihr mitteilte, er habe alles Nötige bestellt und werde sofort nach Lieferung mit dem Bau des Backhauses beginnen. Sie konnte nicht wissen, dass das Material schon bereitlag. Sie hat keinen Grund gesehen, Benjamin zu misstrauen. Es wäre ihr nicht einmal im Traum eingefallen.

Was war mit der Rechnung, die er ihr vorgelegt hatte? Wozu hatte er das Geld, das sie so bereitwillig gezahlt hatte, verwendet?

Ramon hielt sich weitgehend zurück, reichte nur zur gegebenen Zeit das eine oder andere Geschäftsbuch oder andere Unterlagen an, die nicht in Davids unmittelbarer, greifbarer Nähe lagen. Besorgt beobachtete er Amandas Gemütsverfassung. Sie war deutlich blasser und stiller geworden.
Auf einem externen Zettel stellte David zum besseren Verständnis Rechnungen an, um seine Erklärungen zu untermalen und ihr zu verdeutlichen, welche Verluste sie unbemerkt erlitten hatte. Seitlich notierte er die Beträge, die sich unterm Strich zu einer erschreckenden Zahl summierten.
„Miss Franks, es tut mir leid. Sie sind Opfer eines äußerst hinterhältigen Betruges geworden. Und da außer Ihnen nur Ihr Verlobter Mr. Pearl mit der Verwaltung zu tun hatte, dürfte sich die Frage erübrigen, wer dafür verantwortlich ist. Das Ganze hatte System und war gut durchdacht. Erst in kleinen Beträgen, aber deren Spanne ist bis heute mehr und mehr ausgeweitet worden" Er zeigte erneut auf ihre Zahlenreihen und ließ sie selbst vergleichen. „Er war wirklich sehr clever … und vergessen Sie nicht die Angelegenheit mit den Sklaven, die mein Bruder aufdecken konnte."
Amanda sah auf und blickte Ramon ins Gesicht, der auf der anderen Seite des Bettes stand. Ihre Augen wurden feucht. Sein Gesicht wirkte leicht verschwommen. David addierte gerade seine neuerlich aufgestellte Rechnung und bemerkte von dem Blickkontakt daher nichts. Ohne aufzusehen, fuhr er fort.
„Mr. Pearl kannte Ihre Art der Buchführung. Er hat genau gewusst, wo er ansetzen musste, damit Sie nichts von dem Schwindel merken. Was die Sklaven anbetrifft, so ist natürlich anzunehmen, dass er zuvor schon versucht hat, einige von ihnen zu veräußern.

Um das zu überprüfen, müsste ich mir die Bestandsliste Ihrer Sklaven ansehen und sie mit den Besitzurkunden vergleichen."
Einen Moment lang herrschte beklemmendes Schweigen.
Anhand der erdrückenden Beweise, die jetzt vor ihren Augen ausgebreitet lagen, konnte sie es nicht mehr leugnen. Benjamin hatte sie betrogen, sich heimlich Geld erschlichen und sich vermutlich über ihre Dummheit und Naivität ins Fäustchen gelacht. Warum? Warum hatte er das getan? Sie hatte ihm vertraut, Vater hatte ihm vertraut …
Wie konnte er das tun? Hatte er keinerlei Respekt, keine Skrupel? Eine Gänsehaut überzog ihren Körper und sie erbebte unmerklich.
„Blieben noch die unterschiedlich hohen Summen, die Sie ohne Belege an Mr. Pearl ausgegeben haben. Neben seinem ohnehin recht großzügigem Gehalt, welches Sie offenbar aus eigenem Impuls mit Wirkung des Januar 1833 erhöht haben, kann ich diese zusätzlichen Zahlungen nicht nachvollziehen und …"
Amanda hörte ihn nur noch wie durch einen Nebel, ihre kleine heile Welt hatte sich längst in Luft aufgelöst, zurück blieb die schmerzhafte Gewissheit. Sie hatte sich immer für halbwegs intelligent gehalten und sich eingeredet, sie könne imstande sein, Woodland zu führen.
Ein fataler Irrtum! Stattdessen hatte sie zugelassen, dass man sie ausgenommen hatte wie eine Weihnachtsgans. Wie hatte es so weit kommen können? Sie hatte versagt, versagt in allen Punkten. Verzweiflung und Scham, Wut und Trauer kämpften in ihrem Inneren um die Oberhand.

Sie spürte Jillians Hand auf ihrem Unterarm, aber ihre beruhigenden Worte hörte sie kaum.
„Die Summen an Benjamin waren für den Händler. Ein Bekannter von ihm, bei dem er immer Rabatt bekam, so kamen wir viel günstiger an dringend benötigte Waren. Der Mann konnte alles besorgen, weit unter dem offiziellen Verkaufspreis." Sie war von ihrem Stuhl aufgesprungen und beschwerte sich aufgebracht bei David Bradley. Er musste sie für ein besonders dummes Ding halten. Sie sah sich gezwungen, sich verteidigen zu müssen, aber selbst in ihren eigenen Ohren klang die Erklärung unrealistisch.
Wie hatte sie diesen Schwachsinn jemals glauben können? Benjamin hatte sie bewusst manipuliert und dabei alles in feine, zuckersüße Worte verpackt.
Davids skeptischer Blick und seine hochgezogenen Augenbrauen fühlten sich an wie ein Schlag ins Gesicht. Man hatte sie gedemütigt, benutzt, betrogen und belogen. Sie versuchte, sich einen weiteren Ansatz zu erklären, ließ es aber verzweifelt bleiben und brach mitten im Satz ab. Benjamins Lügengespinst war zusammengebrochen und drohte, sie mit in den Abgrund zu reißen.
Sie musste hier raus. Sie musste allein sein, um ihren Schmerz und die Verzweiflung hinausschreien zu können, anstatt sich weiterer Demütigung auszusetzen.
Jillian hatte sich ebenfalls erhoben und versuchte, sie zu trösten, ihr einzureden, es sei nicht ihre Schuld gewesen. Natürlich war es das! Alles war ihre Schuld! Sie, Amanda Franks, hatte das alles mit sich machen lassen.
„Hör auf", schrie sie Jillian erbost an und riss sich los. „Ich will das nicht hören. Ich will gar nichts mehr

davon hören." Zornbebend sah sie erst David, dann Ramon an. „Lasst mich in Ruhe, alle! Das Schauspiel ist zu Ende." Ihre Stimme kippte. Sie raffte ihre Röcke und rannte blindlings und stolpernd in Richtung Tür.
„Amanda, nicht!", rief Ramon und stürzte ihr nach. An der Tür bekam er sie zu fassen.
Heftig zerrte sie am Türknauf, doch Ramon stand im Weg und drückte die Tür mit seinem Körper zurück ins Schloss.

Er versuchte, die aufgebrachte Amanda zu bändigen, und biss schmerzvoll die Zähne zusammen, als sie ihm kräftig und wiederholt gegen das Schienbein trat.
„Hör auf, das bringt doch nichts", zischte er und griff fester zu. Sie wehrte sich so verzweifelt, als ginge es um ihr Leben. Wild trommelte sie mit den Fäusten gegen seine Brust und verlangte, augenblicklich losgelassen zu werden. Dabei beschimpfte sie ihn, als hätte er ihr etwas angetan.
„Mein Leben war in Ordnung, bevor ihr hier aufgetaucht seid." Sie warf einen wütenden Blick erst zu ihm, dann zu David und Jillian. „Ich hatte wenigstens noch eine Zukunft, jetzt habe ich nichts mehr."
„Das ist nicht wahr, Amanda, und das weißt du!" Er versuchte, sie zu schütteln, doch dadurch erlangte sie nur eine neue Gelegenheit, ihn gegen das Schienbein zu treten – unglücklicherweise traf sie immer dieselbe Stelle.
„Kleine Wildkatze", zischte er leise, dass nur sie es hören konnte. Blitzschnell packte er ihre Arme und drehte ihr diese auf den Rücken. Dann umschlang er ihren Oberkörper mit beiden Armen und drückte sie fest gegen seine Brust. Durch die Anstrengung war er

selbst außer Atem geraten. Sein Brustkorb hob und senkte sich kraftvoll.
Sie hatte keine Bewegungsfreiheit mehr, trotzdem versuchte sie weiter, gegen ihn zu kämpfen. Seinem unnachgiebigen, stahlharten Griff konnte sie nichts entgegensetzen. Tränen rannen ihr über das Gesicht. Langsam wurde ihre Gegenwehr schwächer. Sie sank laut weinend und schluchzend gegen seine Brust.
Er lockerte seinen Griff und ließ vorsichtig ihre Arme los, bereit, gegebenenfalls sofort wieder zupacken zu können. Sie hatte offenbar keine Kraftreserven mehr. Mit einem Aufatmen umarmte er sie diesmal liebevoller. Ihre Hände ruhten auf seiner Brust. Ihr ganzer Körper erbebte durch ihr herzzerreißendes, hemmungsloses Weinen.

Jillian waren ebenfalls die Tränen gekommen, sie versuchte verstohlen, sie fortzuwischen. Sanft griff David nach ihrer Hand und zog diese zu sich auf seine Brust. Dort hielt er sie zärtlich fest. Verlegen wollte Jillian sie zurückziehen, doch das ließ David nicht zu. Ihre Blicke trafen sich und versanken ineinander, es bedurfte keine Worte. Er hatte sie beobachtet, sie war eine gefühlvolle und einfühlsame Frau, der das Leid anderer nicht egal war. Ein weiterer Pluspunkt, den diese Frau auszeichnete. Er konnte nicht aufhören, sie anzusehen. Sie versuchte nicht mehr, ihre Hand fortzuziehen, aber sie wich seinem Blick aus und wirkte nervös.

Amanda schluchzte immer noch heftig. Ihr Weinen wurde lediglich ein wenig durch Ramons Körper gedämpft. Beruhigend strich er über ihr zerzaustes Haar und murmelte tröstende Worte in ihr Ohr. Es wirkte fast, als wäre ihnen nicht bewusst, dass sie sich nicht allein im Raum befanden. Ihr Leid bewegte Ramon tief, aber im Augenblick konnte er nichts anderes tun, als sie zu halten. Er würde für sie da sein, komme, was wolle.

Zärtlich hauchte er immer wieder Küsse auf ihr Haupt oder strich sanft darüber. Durch ihre Kleidung hindurch spürte er ihre enorme Hitze. Sie musste vor Erschöpfung am ganzen Körper schweißnass sein.

Das Bild schweißnasser, sich im Bett wälzender Körper tauchte vor seinen Augen auf. Energisch verdrängte er die erotischen Fantasien, aber ihre Wärme, der Geruch ihrer Haut, gemischt mit dem zarten Duft ihres Parfums machten es ihm schwer.

„Du bist nicht allein, Amanda", flüsterte er, „ich bin bei dir. Vertrau mir, Liebes."

Sie löste ihren Kopf von seiner Brust und sah zu ihm auf.

„Ich kann niemandem mehr vertrauen." Ihre Stimme klang abgehackt und rau.

„Doch, das kannst du." Er nahm ihr nasses Gesicht in beide Hände. „Du musst es zulassen, es fühlen. Du wirst misstrauischer, kritischer sein, aber du wirst lernen zu unterscheiden."

Als Antwort erhielt er lediglich ein leises Schniefen. Sanft wischte er mit seiner flachen Hand über ihre feuchten Wangen, ohne den Blick in ihre rot geschwollenen Augen zu unterbrechen.

Zärtlich küsste er ihre Stirn und zog sie wieder in eine enge Umarmung.

Ein unnatürliches Hüsteln von David erinnerte ihn wieder daran, wo sie sich befanden.

Er lockerte die Umarmung so weit, dass er sie ansehen konnte.

„Geht es wieder?", fragte er leise.
Amanda nickte stumm, ohne ihn anzusehen. Ganz langsam geleitete er sie zurück zu ihrem Stuhl. Ramon blieb neben ihr stehen, sein Arm verblieb auf ihrer Schulter. Sie wehrte sich nicht, im Gegenteil, sie lehnte sich sogar ein bisschen an.
„Tut mir wirklich leid, Miss Franks", begann David vorsichtig. „Ich wünschte, ich hätte Ihnen bessere Ergebnisse präsentieren können."
„Schon gut, es ist nicht Ihre Schuld", antwortete sie lakonisch. Ihr Blick war immer noch auf einen imaginären Punkt auf den Fußboden gerichtet.
„Was bedeutet eigentlich die Abkürzung J. L. P. hinter den Eintragungen?", wollte David wissen. Amanda wischte sich mit dem Handballen energisch die Augen trocken und versuchte, ein paar widerspenstige Haarsträhnen hinter den Ohren zu verstecken.
„Ich werde uns etwas Limonade einschenken", warf Jillian ein. „Sie ist in der Zwischenzeit sicher schon warm geworden." Sie erhob sich und ging zu dem Tisch hinüber, wo die Sklavin es vor einer Weile abgestellt hatte.
„Wissen sie den Namen dieses Händlers?", fragte David weiter.
Amanda nickte. „Er ist ein enger Vertrauter von Benjamin. Ich persönlich habe ihn nie kennengelernt." Sie räusperte sich, da ihre Stimme vom Weinen immer noch belegt klang.
„Er ist nicht von hier, aber er ist öfter in der Stadt. Sein Name ist Jethro Lou Parson. Er stammt aus Collins."
Ein lautes Klirren ließ alle erschrocken zusammenfahren. Alle Blicke waren auf Jillian gerichtet, die wie erstarrt dastand und auf das Malheur stierte. Das Glas

lag zersplittert auf dem Boden und die Limonade bahnte sich zügig ihren Weg.

„Das ... äh ... das tut ... tut mir leid", stammelte sie. Amanda hatte ihre Fassung wiedererlangt und beteuerte, dass es absolut nicht schlimm sei und es ihr keineswegs unangenehm sein müsse.

„Eine Sklavin kann das aufwischen und die Scherben zusammenfegen." Unterdessen lief sie bereits zur Tür.

„Vorsicht! Schneiden Sie sich nicht", rief David vom Bett her besorgt, als Jillian sich bückte, um die großen Scherben aufzuheben. Endlich reagierte auch Ramon. Er ging auf sie zu, griff nach ihren Schultern und zwang sie, sich wieder zu erheben und die Scherben fallen zu lassen.

„Jillian, was ist los?", fragte er strenger als beabsichtigt.

„Mir ... mir ist schwindlig geworden." Sie wirkte mit einem Male vollkommen wirr.

„Schwindlig?", wiederholte Ramon skeptisch.

Jillian straffte sich und bestätigte ihre Aussage erneut. „Ich schätze, ich habe heute zu viel Zeit in der Sonne verbracht."

In der Sonne? Ramon starrte sie ungläubig an. Es war seit dem Mittag durchgehend bewölkt gewesen und weitaus weniger heiß als an den Tagen zuvor. Er glaubte ihr kein Wort. Er hatte sie zwar auf der Veranda sitzen gesehen, vertieft in ein Buch, aber erst nachdem der Himmel sich bereits zugezogen hatte. Unmöglich sich dort einen Sonnenstich geholt zu haben.

„Jillian? Kennst du einen Jethro Lou Parson?" Er war nähergetreten und beobachtete jede ihrer Regungen mit Adleraugen.

„Was? Nein! Nie von ihm gehört!" Ihre Antwort klang erschrocken und trotzig.
„Jillian?", warnte er lang gezogen. „Du bist weiß wie die Wand und du zitterst."
„Was willst du von mir?", zischte sie und ging zurück zum Tisch, um ein neues Glas einzuschenken. „Die Herren einen Brandy?"
„Weich mir nicht aus, Jillian! Wer ist der Mann?"
„Woher soll denn ich das wissen? Du hast doch gehört, er ist nicht von hier. Also?"
Ramon verdrehte stöhnend die Augen. Mittlerweile war eine Sklavin eingetreten, die Jillians Missgeschick beseitigte. Er wollte den Sklaven keinen Grund zum Tratschen geben, deshalb schwieg er und wartete ungeduldig, bis sie wieder unter sich waren.
„Also? Ich warte immer noch!" Mittlerweile war er gereizt. „Ich habe euch nach Joes Tod immer geholfen und unterstützt. Ich finde dein Verhalten mir gegenüber unangemessen."
„Ich sagte, ich kenne den Mann nicht." Sie fuhr wutentbrannt herum. „Was daran verstehst du nicht?"
„Ramon, hör auf! Du hast gehört, was sie gesagt hat. Lass sie in Ruhe!", mischte sich David mit kräftiger Stimme ein.
„Ich habe es satt, permanent belogen zu werden", fuhr Ramon auf und starrte seinen Bruder an. „Sie verschweigt doch etwas."
„So! Du glaubst also, ich bin eine Lügnerin, ja?", empörte sich Jillian. „Ich habe nie um deine Hilfe gebeten! Nur weil Joe dein Freund war, gibt es dir nicht das Recht, in mein Leben einzufallen und mich herumzukommandieren. Lass mich gefälligst in Ruhe!"

Schäumend rannte sie hinaus und ließ die Tür mit einem lauten Knall hinter sich zufallen. Mit einer so heftigen Reaktion hatte Ramon nicht gerechnet. Perplex starrte er ihr nach.
„Musste das jetzt sein?", beschwerte sich David. „Hättest du nicht etwas sensibler an die Sache herangehen können?"
„Merkst du es nicht? Sie hat das Glas in dem Augenblick fallen lassen, als sie den Namen hörte. Glaubst du etwa an einen Zufall? Sie war vollkommen versteinert. Sie kennt ihn, jede Wette", beharrte Ramon aufsässig.
„Ja, mag sein das sie ihn kennt", räumte David ein, „aber vergiss nicht, ihr Bruder wurde umgebracht. Sie hat Angst und reagiert deshalb vielleicht manchmal irrational."
„Wenn sie vor irgendjemanden Angst hat, dann soll sie endlich den Mund aufmachen. Wie sonst können wir ihr helfen?"
„Hm", machte David, „wir wissen nicht, mit wem oder was wir es in dem Falle zu tun haben, also sollten wir uns kein Urteil darüber erlauben. Was wäre, wenn sie bedroht wird?"
Ramon sah seinen Bruder nachdenklich an, diese Möglichkeit hatte er noch gar nicht in Betracht gezogen.
„Es wäre möglich, dass sie ihn kennt", mischte sich Amanda ein, die etwas abseits stand und das Streitgespräch aufmerksam verfolgt hatte. Beide Augenpaare waren auf sie gerichtet.
Etwas unsicher, plötzlich im Mittelpunkt zu stehen, begann sie zaghaft. „Na … immerhin stammt sie doch aus Collins."

„Sie stammt aus Collins?", hakte Ramon verblüfft nach.
„Ähm, ja ... zumindest hat sie dort gelebt, als sie noch verheiratet war. Sie hat es erwähnt, als sie von ihrer Tochter gesprochen hatte. Ich dachte, das wäre bekannt?" Verwundert sah sie die beiden Brüder abwechselnd an.
„Jillian hat nie über ihre Vergangenheit gesprochen, und auch von Joe weiß ich nicht viel darüber. Ich weiß nur, dass ihr Ehemann ein ziemlich brutaler Mistkerl gewesen ist, der sie geschlagen hat.
„Er hat *was*?" David war über alle Maßen schockiert.
„Er hat Jillian geschlagen?"
Ramon nickte stumm.
„So ein Dreckskerl! Er kann froh sein, dass er schon tot ist", regte sich David auf.
„Verständlich, dass sie an den Mann nicht erinnert werden will und alles ausblendet, was mit ihm zu tun hat", unterbrach Amanda das entstandene Schweigen.
David hatte begonnen, die Geschäftsbücher, von denen er umlagert war, zusammenzuräumen. Ramon half ihm, sie ordentlich aufeinanderzustapeln und abzulegen.
Befreit davon, verschaffte er sich eine bequemere Sitzposition. Amanda schüttelte intuitiv die Kissen in seinem Rücken auf.
„Ich glaube, ich habe ihn gesehen", gab Ramon plötzlich von sich. Er tippte sich nachdenklich mit dem Zeigefinger an die Lippe.
„Wen? Diesen Parson?", fragte David nach. Er war offenkundig mit seinen Gedanken ganz woanders gewesen. Ramon konnte sich sehr wohl denken, an wen er gedacht hatte, und grinste wissend. Angesichts

Amandas Anwesenheit vermied er es aber, einen frivolen Kommentar zu äußern.

„In den ersten Tagen nach Joes Tod, als ich keinen Anhaltspunkt hatte, wo ich nach dem Übeltäter suchen sollte, bin ich Pearl gefolgt …"

„Du hast ihm nachspioniert?", fragte Amanda empört. Sie schwieg aber sofort, als Ramon sie mit einem eigenartigen Blick bedachte. Laut ausatmend senkte sie den Blick. „Im Grunde ist das jetzt auch egal."

„Er hat sich in einer Bar mit einem Mann getroffen. Ich konnte nicht verstehen, worüber sie gesprochen hatten, aber ich habe deutlich gehört, dass Pearl ihn Jethro genannt hat. Wenn du mich fragst, kein Zufall. Der Name ist schließlich nicht alltäglich." Er sah seinen Bruder an, der auf seine Fußspitzen starrte und konzentriert nachdachte. „Der Mann war im Hotel Kingdomstreet, Ecke Mainstreet, abgestiegen, also offensichtlich war er nicht von hier." Verwundert, dass David keine Reaktion zeigte, wartete er einige Sekunden lang, bis er schließlich nachhakte, worüber er grübelte.

David wirkte abwesend und ließ sich mit der Antwort sehr viel Zeit.

„Er nannte sich damals Parson, Ben Parson."

Ramon verstand nicht sofort, worauf sein Bruder hinauswollte.

„Der Unglücksreiter hat damals den Namen Parson benutzt", erklärte Amanda. „Das haben Sie mir gesagt." Sie sah David an, der monoton nickte.

„Der Mann war älter", fuhr Ramon fort, „schätzungsweise Ende vierzig, Anfang fünfzig." Mit einem Blick auf Amanda fügte er hinzu: „Und er sah keineswegs wie ein Händler aus. Er war elegant gekleidet und zweifelsohne ein gut situierter Mann."

„Mich wundert nichts mehr", murmelte Amanda vor sich hin. Ramon legte erneut tröstend seinen Arm um sie.

„Könnte das ein Familienmitglied gewesen sein?", wollte David wissen.

„Schwer zu sagen, ich habe ihn immer nur von der Seite gesehen. Etwaige Ähnlichkeiten konnte ich dadurch nicht ausmachen, aber wäre denkbar."

„Miss Franks?", wandte David sich an Amanda. „Was wissen Sie über seine Familienverhältnisse?"

„Nun ja …" Sie nippte an ihrer Limonade. „Er wollte darüber nie wirklich reden. Ich weiß nur, dass er sich mit seiner Familie vor langer Zeit überworfen und seitdem keinen Kontakt mehr zu ihnen hat. Sein älterer Bruder würde eines Tages die Plantage des Vaters erben, und er als zweiter Sohn hätte das Nachsehen. Ich weiß, dass er seinen Vater hasst und sich von ihm nie akzeptiert gefühlt hatte. Was im Einzelnen gewesen ist, weiß ich nicht. Er hat nie jemanden von seiner Familie direkt erwähnt. Benjamin hat immer betont, dass er sehr stolz darauf sei, sein Leben in die eigenen Hände genommen zu haben."

„Ich bin auch der zweite Sohn …" Mit einem verschmitzten Grinsen sah er David an, der aber dem Spruch keinen Witz abgewinnen konnte und ihn scharf ansah. „Ich will damit nur sagen, dass es mich nie gestört hat, es hat eben auch seine Vorteile." Er knuffte ihn scherzhaft in den Oberarm.

Kommentarlos wandte David Sekunden später seinen prüfenden Blick wieder ab und kam zum Thema zurück.

„Ich kenne jemanden in der Nähe von Collins. Er besitzt dort einige Ländereien und züchtet nebenbei

Quarter und Tennessee, erstklassige Pferde. Ich könnte ihn mal kontaktieren."
Ramon fand den Vorschlag gut und nickte zustimmend.
„Was soll das jetzt noch bringen?", fragte Amanda leise und niedergeschlagen.
„Vielleicht hat er nicht allein gehandelt", gab Ramon zu bedenken. „Ich konnte den Kerl nie leiden!" Er füllte Brandy nach und ging wortlos mit seinem Glas zum Fenster hinüber. Die hereinbrechende Dunkelheit ließ alles in friedlicher Ruhe und Eintracht erscheinen. Dunkle Wolken zogen am Halbmond vorüber und verdeckten ihn mal mehr, mal weniger. Irgendwo, aus einem der nahen Bäume, erklang der stetige Ruf eines Nachtvogels.
In die Dunkelheit starrend, nippte er an seinem Brandy.
Im Hintergrund hörte er David mit Amanda sprechen. Er versuchte, ihr Mut zu machen, und lobte ihren guten Willen und ihre Bemühungen, sich mit der komplexen Buchhaltung auseinanderzusetzen. Eine plötzliche Melancholie überfiel ihn, die er sich nicht erklären konnte. Seine Gedanken schweiften immer weiter ab. Unzählige Bilder und Gedankenfetzen stürmten auf ihn ein und verschwanden wieder, ohne dass sie einen Sinn ergaben. Nur eines blieb immer konstant – Amandas Antlitz.
Es hatte sich in sein Hirn gebrannt für alle Ewigkeit. Er warf einen Blick über seine Schulter. Amanda saß wie ein Häufchen Elend auf dem Stuhl neben Davids Bett, blickte auf ihre im Schoß ineinander verkrampften Hände und nickte bestätigend zu Davids Worten. Er hatte ihr Leben gehörig durcheinandergewirbelt, aber er würde das wieder in Ordnung bringen.

„Ich habe ihn gestern gebeten, den Hochzeitstermin um einen Monat zu verschieben", hörte er Amanda plötzlich sagen. Ramon kippte den letzten Rest Brandy in sich hinein und stellte das Glas vor sich ab. Gespannt auf die folgenden Worte, drehte er herum und lehnte sich mit verschränkten Armen gegen den Fenstersims.
„Was wollen Sie weiterhin unternehmen?", fragte David daraufhin. Amanda zuckte die Schultern und warf einen scheuen Blick zu ihm.
„Es verschafft mir zumindest erst mal Zeit. Das heißt, ich hoffe es zumindest. Er ist ziemlich wütend und aufgebracht gewesen."
Ramon sagte nichts dazu. Er hoffte inständig, dass sie nicht nach wie vor daran dachte, ihn zu heiraten. So dumm konnte sie nicht sein! Ob sie ihn liebte, fragte er sich plötzlich. War das ein Grund, warum sie so verzweifelt gewesen ist? Er verspürte einen schmerzlichen Stich in der Brust und kniff die Lippen zu einer schmalen Linie zusammen. Anscheinend hatte er vor sich hin gestiert, er hatte nicht mitbekommen, dass Amanda ihn angesprochen hatte. Verlegen räusperte er sich und bat um Entschuldigung.
„Ich werde mich zurückziehen, ich wünsche eine angenehme Nacht." Sie nickte David zu, dann sah sie ihn an. „Wirst du Jillian morgen zur Poststation begleiten?"
Verdammt, Jillians fixe Idee hatte er in dem ganzen Trubel völlig vergessen.
David hakte hektisch nach und war sichtbar verärgert darüber, dass man ihn in Unwissenheit gelassen hatte.
„Warum hast du nicht versucht, es ihr auszureden?", beschwerte er sich beleidigt. Bevor Ramon antworten konnte, erklärte Amanda, dass sie es bereits versucht

hätte, aber Jillians Sehnsucht nach ihrem Kind zu groß sei.

„Dann werde ich sie begleiten! Ich will nicht, dass sie allein reist, das ist viel zu gefährlich."

„Vergiss es!", fuhr Ramon ihn an. „Du bist noch zu schwach und keineswegs reisefähig."

„Sag du mir nicht, was ich kann und was nicht", empörte sich David extrem aufbrausend. Er reagierte zunehmend gereizter auf Ramons Versuche, ihn auf die Gefahr für seine Wunde hinzuweisen. Amandas Anwesenheit schienen beide vergessen zu haben, während sie sich gegenseitig wie zwei Trotzköpfe die Argumente an den Kopf warfen.

„Entschuldigung!", ging Amanda schließlich mit lauter Stimme dazwischen. Beide verstummten sofort. „Entschuldigung, Mr. Bradley, aber Ihr Bruder hat recht. Sie sind für die Reise noch nicht ausreichend bei Kräften, das wird Dr. Marlow Ihnen gern bestätigen." Sie warf einen Seitenblick auf Ramon und fuhr dann an David gewandt fort. „Geben Sie Ihrem Bruder nicht die Schuld, er macht sich nur Sorgen um Sie." Ramon schluckte bewegt, sie verteidigte ihn! Er war von dem Glücksmoment so hingerissen, dass ihm die Worte fehlten. David hingegen wirkte sehr niedergeschlagen.

„Ich gebe ja gar nicht Ramon die Schuld, sondern mir selbst. Wäre ich nicht verletzt worden … Sie ist in meiner Begleitung und unter meinem Schutz von Natchez hergekommen und sollte ebenso die Rückreise antreten. Ich würde es mir nie verzeihen, wenn ihr etwas zustoßen würde." Er senkte betreten seinen Blick. „Außerdem hab ich Sarah versprochen, dass ich gut auf ihre Mommy aufpassen werde." Er wechselte einen Blick mit Ramon.

„Ich werde noch mal mit ihr reden, vielleicht kann ich sie umstimmen", lenkte Ramon ein.

***

Am darauffolgenden Morgen ließ David es sich nicht ausreden, zum Frühstück hinunter in den Speiseraum zu gehen. Die Treppe gestaltete sich schwierig, er biss die Zähne zusammen. Bei der zweiten Hälfte der Treppe wusste er bereits, wie er sich am besten zu bewegen hatte, um keine Schmerzen zu spüren. Die Anstrengung versuchte er, sich nicht anmerken zu lassen. Auch den leichten Schwindel, der ihn oben am Geländer erfasst hatte, konnte er überspielen. Die Sklavin, die ihn begleitete, schien zumindest nichts dergleichen bemerkt zu haben.
Jillian zeigte sich sehr überrascht, beinah erschrocken, als sie ihn erblickte. Ramon befand sich irgendwo auf dem Außengelände. Amandas Stimme hörte man gelegentlich aus dem Küchentrakt, offenbar besprach sie mit den Sklaven das Mittagsmahl.
David nutzte die Chance, Jillian unvermittelt auf die Reisepläne anzusprechen.
„Natürlich, ich kann Sie voll und ganz verstehen, dass Sie Sehnsucht nach Ihrem Kind haben", kommentierte er ihre Ausführungen. „Es hätte mich auch gewundert, wenn es nicht so wäre, aber ich kann Sie unmöglich allein reisen lassen." Jillian öffnete den Mund, um etwas zu erwidern, doch David ließ keinen Einwand zu und sprach mit kräftiger Stimme weiter.
„Geben Sie mir noch zwei Tage, Mrs. Preston! Ich bin überzeugt, bis dahin wird es mir möglich sein, Sie zu begleiten." Mit einem Schmunzeln fügte er an: „Sie wollen mir doch nicht zumuten, die ganze Rückreise

ohne Ihre bezaubernde Gesellschaft verbringen zu müssen. Zumal ich befürchten muss, dass Ramon mir verbieten wird, auf Cäsar zu reiten, und ich gezwungen sein werde, in einer Kutsche zu reisen." Über Jillians Züge huschte ein Lächeln.
„Mr. Bradley, ich …" Weiter kam sie nicht. Ohne Anklopfen wurde die Tür geöffnet und es war weder Ramon noch Amanda oder einer der Haussklaven.
„Oh …", wunderte sich der Eingetretene mit einem zynischen Grinsen. „Ich wünsche einen guten Morgen, ich hoffe, ich habe Sie nicht gestört …" Er musterte die beiden herausfordernd und zog dabei einen Mundwinkel abwertend nach oben. David straffte sich und nahm eine steife Haltung an, während er den Mann unbeeindruckt ansah.
„Wie ich sehe, geht es Ihnen wieder blendend", spottete er und trat provozierend näher. Jillian keuchte vor Schreck auf und lenkte somit dessen Aufmerksamkeit auf sich.
„Es wundert mich offen gestanden, Sie hier anzutreffen." Mit prüfenden Augen maß er jeden Zoll ihres Körpers, als sei sie ein Pferd, das er zu kaufen gedachte. Ohne ihn aus den Augen zu lassen, versuchte David, sie vorsichtig hinter sich zu schieben.
„Was wollen Sie, Mr. Pearl?" Davids Stimme war scharf wie eine Rasierklinge.
Benjamin Pearl reagierte nicht darauf, sein Blick ruhte weiterhin auf Jillian.
„Sie müssen Mr. Prestons Schwester sein. Bedauerlich, dass wir uns nie offiziell vorgestellt worden sind." Sein kalter Blick wanderte von ihrem Kopf bis zu ihren Fußspitzen und wieder zurück, dabei wurde sein Grinsen immer breiter. „Sie sind hübscher als ich gedacht hätte, Mrs. Cunningham."

David hatte seinen linken Arm schützend vor Jillian gehalten. Obwohl er sie kaum berührt hatte, spürte er, dass sie zusammengezuckt war. Cunningham? Ein kurzer Seitenblick bestätigte ihm, was er befürchtet hatte. Ihre eben noch rosige Gesichtsfarbe war kreideweiß.
Er machte einen Schritt nach links und verdeckte somit Jillians Körper mit seinem Eigenen.
„Wie rührselig", lachte Pearl belustigt. „Jetzt verstehe ich, sie gehört also zu Ihnen."
„Ich wiederhole mich nur ungern! Was wollen Sie, Pearl?" David konnte sich nur schwer zusammenreißen. Was glaubte er eigentlich, wer er war?
„Für Sie immer noch *Mister* Pearl!" Seine Belustigung war zu Ende, er war wütend. „Was ich will? Sie haben mich drüben bei den Quartieren grundlos angegriffen. Ich kann Genugtuung verlangen", plusterte Pearl sich auf.
„Sie wissen genau, wessen Sie sich schuldig gemacht haben, *Mister* Pearl."
„Wegen der alten Geschichte?", tat Pearl überheblich. „Längst verjährt. Zudem war es nicht meine Schuld gewesen, wenn der Kutscher zu blöd war, das Gefährt zu beherrschen."
„Dann geben Sie zu, dass Sie es waren? Ein Mensch ist dabei gestorben, und Sie hatten es nicht für notwendig gehalten, von ihrem Ross zu steigen, um zu helfen.", donnerte David und ballte seitlich die Hände zu Fäusten. Pearl trat einen Schritt zurück und rieb sich das Kinn, als würde er nachdenken.
„Im Grunde habe ich Ihnen damals einen Gefallen getan. Stellen Sie sich nur die Blamage vor, wenn bekannt geworden wäre, dass Ihre Frau Sie verlassen wollte."

„Sie widerlicher Bastard", fluchte David. Für einen Moment geriet er ins Wanken, ließ aber äußerlich nichts davon erkennen. Pearl musste ihre letzten Worte gehört haben.
„Falls es Ihnen entgangen sein sollte, ich bin mit Amanda Franks verlobt." Er trat näher und stieß mit dem Zeigefinger unsanft gegen seine Brust. Wütend schlug David den Arm zur Seite. Trotz dessen, das er die Zähne zusammengebissen hatte, konnte er einen kleinen dumpfen Laut nicht unterdrücken, als ein heftiger Schmerz ihm durch die Glieder fuhr.
Pearl trat einen Schritt zurück und grinste zufrieden; er fühlte sich sicher.
„Meine Verlobte ist manchmal etwas arglos und neigt zu übertriebenem Großmut, was wohl der Grund dafür ist, dass Sie noch hier sind." Er machte eine Pause, in der sich sein Gesichtsausdruck zu einer kalten Maske wandelte. Mit gedämpfter Stimme sprach er weiter.
„Wie ich sehe, sind Sie weitgehend genesen, also verlassen Sie unverzüglich dieses Haus! Wenn ich Sie noch einmal hier sehe, werde ich dafür sorgen, dass Sie nie wieder aufstehen. Haben Sie das verstanden?"
Bevor David etwas erwidern konnte, war Pearl blitzschnell vorgeprescht und versetzte ihm einen gezielten Stoß in die Seite.
David schrie auf und krümmte sich vor Schmerz. Hätte Jillian nicht hinter ihm gestanden, wäre er vermutlich zu Boden gegangen. Mühsam, mit zusammengebissenen Zähnen, richtete er sich wieder auf. Schweiß brach ihm auf der Stirn aus.
„Was sind Sie nur für ein ekelhafter Mensch? Haben Sie keinerlei Respekt und Anstand?", fauchte Jillian ihn an, die hinter David hervorgetreten war.

„Das sagt die Richtige", konterte Pearl. „Weiß er, was Sie für eine sind?"
Er zerrte Jillian am Arm von David fort und raunte ihr ins Ohr: „Wär doch schade, wenn Ihr Bruder umsonst gestorben wäre." Er ließ sie so ruckartig wieder los, dass sie ins Taumeln geriet und gegen David prallte. „Verschwinden Sie, beide, oder Sie werden mich kennenlernen."
„Das haben wir schon!"
Von einem wuchtigen Aufwärtshaken getroffen flog Pearl nach hinten. Der massive Esstisch gab ein quietschendes Geräusch von sich, zwei Stühle fielen mit lautem Gepolter zu Boden. Die Kristallvase auf dem Tisch kippte um, und das Blumenwasser wurde von der weißen Tischdecke begierig aufgesogen.
„Sind Sie vollkommen verrückt geworden, Black?", brüllte Pearl wutentbrannt, während er sich die Hand über die stark blutende Nase hielt. „Was machen Sie überhaupt hier? Haben Sie nichts zu tun, Sie Vollidiot? Sie sind fristlos entlassen!" Blut rann zwischen seinen Fingern hindurch und lief in schmalen Bahnen an Kinn und Hals entlang und begann, seinen weißen Hemdkragen rot einzufärben. Tropfen landeten auf seiner bestickten Weste, seiner weißen Hose und leider auch auf dem Läufer.
„*Du* bist entlassen!" Von allen unbemerkt stand Amanda im Raum.
Pearl rappelte sich erschrocken vom Boden auf und versuchte, vor Amanda das bedauernswerte, unschuldige Opfer zu spielen.
„Das kommt davon, wenn man solches Gesindel in seinem Haus aufnimmt. Von Dankbarkeit keine Spur. So etwas hast du nicht nötig, Amanda." Er griff nach

einer Serviette, die für das Frühstück eingedeckt war, und hielt sich diese vors Gesicht.

„Ich will dich nie wieder sehen, Benjamin! Verschwinde von meiner Plantage!" Während sie das sagte, zog sie ihren Diamantring vom Finger und warf ihn Pearl vor die Füße.

Mit offenem Mund starrte Pearl seine Verlobte an. Im Hintergrund geleitete Jillian den erschöpften David zu einem Stuhl, damit er sich setzen konnte. Zwei Sklavinnen steckten neugierig ihre Köpfe durch die offene Tür und tuschelten.

„Du bist nicht bei Sinnen, Amanda. Wir klären das später in Ruhe, Liebes."

„Es gibt nichts mehr zu klären! Ich will, dass du gehst. Ich weiß alles über dich und deine schamlosen Betrügereien." Ihre Stimme war klar und unmissverständlich und zeugte von wilder Entschlossenheit.

„Sie haben gehört, was die Dame gesagt hat", ergriff Ramon das Wort und wies auf die Tür.

Pearl war viel zu verdattert, als das er auf Ramons Worte reagieren konnte.

„Das kannst du nicht machen, Amanda. Was soll aus deinem geliebten Woodland werden? Du brauchst mich, und das weißt du. Also beruhige dich." Einen Moment lang herrschte eisige Stille. „Fassen Sie mich nicht an!", schnauzte er Ramon an, der ihn zur Tür drängen wollte.

„Bist du so tief gesunken dass du dich von dem da hast einlullen lassen?" Er zeigte angewidert auf Ramon. „Was glaubst du, kann er dir bieten? Ein einfacher Arbeiter kann deine Plantage nicht retten. Du wirst noch zurückgekrochen kommen, Amanda Franks. ... Nehmen Sie Ihre Pfoten weg!" Er entriss sich Ramons Griff, bückte sich nach dem Ring und ließ ihn in seiner Westentasche verschwinden. „Das wird dir noch leidtun!" Mit einem eiskalten Blick in die Runde zupfte er seine Weste zurecht und verließ wutschnaubend Amandas Speiseraum.

„Bist du in Ordnung, David?", wandte sich Ramon an seinen Bruder, der daraufhin nur schwach nickte. Jillian stand neben seinem Stuhl und hatte ihren Arm auf Davids Schulter gelegt.
Wortlos ging Ramon zu Amanda hinüber und nahm sie in den Arm. Sie reagierte nicht und ließ es lediglich geschehen. Mit leeren Augen starrte sie teilnahmslos vor sich hin. Er bugsierte sie zum nächsten Stuhl, da er befürchtete, sie könne ohnmächtig werden. Anschließend schob er den Tisch in seine Position zurück und stellte die Stühle wieder auf. Mit Handzeichen gab er einer Sklavin, die schüchtern um die Ecke lugte, Anweisungen.
Wenige Augenblicke später trugen die Sklaven das Frühstück auf. Amanda beteuerte, ihr sei der Appetit vergangen, doch Ramon wies die Sklavin an, ihr dennoch etwas von dem köstlichen Rührei auf den Teller zu geben. Das Mädchen blickte verunsichert von einem zum anderen und zögerte. Ramon nickte ihr aufmunternd zu, er wusste inzwischen, dass Amanda gern Rühreier mit Speck aß.
Es roch köstlich nach Gebratenem, gemischt mit dem Duft von frisch gebrühtem Kaffee. Die Atmosphäre allerdings war angespannt. Die Aufregung am Morgen war an niemandem spurlos vorübergegangen, und jeden beschäftigte der Vorfall auf seine ganz eigene Art.

Stumm und in sich gekehrt starrten alle vor sich hin und schienen eher gezwungenermaßen und ohne Genuss das Frühstück einzunehmen.
„Damit ist es dann wohl um Woodland geschehen", brach Amanda als Erste das bedrückende Schweigen. Ihre Stimme klang matt und tonlos. Alle Augen waren auf sie gerichtet. Es war so still, dass man eine Stecknadel hätte fallen hören können, abgesehen vom Ticken der Standuhr.
„Ich habe es versucht und ich bin gescheitert." Sie bedachte alle der Reihe nach mit einem kurzen Blick, bevor sie niedergeschlagen auf ihre Hände im Schoß starrte und anfügte: „Ich werde alles Nötige in die Wege leiten, um für Woodland einen passablen Käufer zu finden."
Die Sklavin, die gerade damit beschäftigt war, Kaffee nachzuschenken, fuhr erschrocken zusammen. Ein entsetzter Laut entfuhr ihr. Die Hand angstvoll vor den Mund gepresst und mit weit aufgerissenen Augen starrte sie ihre Herrin an, während sich ein großer brauner Fleck neben der Kaffeetasse ausbreitete.
„So weit ist es längst nicht. Es gibt kein Grund zur Besorgnis", beruhigte Ramon das Mädchen. Nichts war schlimmer als tratschende Sklaven, die womöglich aus einer Mücke einen Elefanten machten. Dennoch rannte das Mädchen schockiert und wortlos aus dem Raum.
Eine hitzige Debatte begann, die Amanda fast teilnahmslos über sich ergehen ließ. Ramon war alarmiert, er durfte nicht zulassen, dass sie in ihrer Verzweiflung einen fatalen Fehler beging. Er würde nicht zulassen, dass Amanda die Woodland-Plantage, an der ihr Herz hing, verlieren sollte. Grübelnd rieb er sich

mit Daumen und Zeigefinger die Nasenwurzel. Es musste schleunigst eine Lösung gefunden werden.

Der Tag verlief so turbulent, wie er begonnen hatte. Dass Woodland eventuell verkauft werden sollte, hatte sich unter den Sklaven rasant herumgesprochen, wilde Spekulationen machten die Runde. Die Aufregung der Sklaven war verständlich – sie fürchteten sich. Ramon hatte Mühe, die aufgebrachte Menge zu beruhigen, und verfluchte innerlich die Urheberin dieser Unruhen. Er hatte Besseres zu tun, als sich um eine Horde Sklaven zu kümmern.

Mit Conner besprach er den weiteren Ablauf, der still und ohne zu widersprechen seine Aufgaben annahm und keine Fragen stellte. Ramon war dankbar dafür, denn auch sein Disput mit Pearl war niemanden unbekannt geblieben, was zu einer derben Auseinandersetzung mit Rooney führte. Die Sklaven versammelten sich geschlossen hinter Ramon und einzelne wie Coffie oder Noah, denen von Rooney bereits die Peitsche angedroht worden war, bewaffneten sich mit einer Mistgabel aus dem Pferdestall. Angesichts der drohenden Revolte wurde Rooneys große Klappe schweigsamer. Schließlich zog er es vor, fürs Erste das Weite zu suchen, jedoch nicht ohne eine Reihe von Drohungen auszustoßen. Die Sklaven jubelten und johlten.

Conner hatte das Ganze aus sicherer Entfernung mit gelassener Miene beobachtet, ihm war nicht anzusehen, was in ihm vorging.

Der Besuch bei Amandas Nachbarn verlief besser als erwartet. Mr. Bakersfield stimmte einer Verlängerung des Vertrages ohne Umschweife zu, sofern er nicht mit Benjamin Pearl zu tun haben würde.

Mr. Bakersfield war ein sehr freundlicher und sympathischer Mann mittleren Alters. Er und seine Frau hatten vier Kinder, zwei Söhne und zwei Töchter, und sie schienen der Inbegriff einer glücklichen Familie zu sein. Er war groß und kräftig gebaut und in gewöhnlicher Arbeitskleidung mit aufgekrempelten Hemdsärmeln auf seiner Plantage beschäftigt, als Ramon dort eintraf.

Beim Tee im Salon erkundigte man sich besorgt nach dem Gesundheitszustand von Mr. Franks. Man bedauerte, dass die Beziehung zu ihren Nachbarn in den letzten zwei Jahren sehr eingeschlafen sei und dass Miss Franks auf Einladungen zum Tee oder Dinner in der Regel nicht reagiert oder diese mit Hinweis auf ihren Vater freundlich zurückgewiesen habe. Ramon wurde schnell klar, dass Pearl die Tatsachen etwas verdreht hatte, sodass die Bakersfields lediglich von dem Schlaganfall wussten, nicht aber von seinem zunehmenden geistigen Verfall. Allerdings befürchtete er auch, dass dies aus Scham von Amanda gewollt war. Er entschied sich, mit offenen Karten zu spielen und die Wahrheit preiszugeben. Man zeigte sich sichtlich schockiert und betroffen. Insbesondere Mr. Bakersfield ging es sehr nahe. Mit stockender Stimme erzählte er, dass sein letzter Besuch bei Howard Franks etwa vier Monate zurückliege und er nur kurz mit ihm hatte sprechen können. Er habe verwirrt gewirkt, aber Amanda hätte ihm glaubhaft versichert, es sei die Auswirkung des neuen Medikaments und würde sich wieder legen.

„O Gott, die arme Amanda", hauchte Mrs. Bakersfield mit Tränen in den Augen. „Was musste sie alles durchmachen? Wir hätten sie doch unterstützen kön-

nen. Sie hätte nur ein Wort sagen müssen, wir sind doch Nachbarn …" Bestürzt brach sie ab.
„Bestimmt steckt Mr. Pearl dahinter, dieser aufgeblasene Emporkömmling", brauste Mr. Bakersfield auf. „Ich konnte ihn nie leiden. Ich hab nur Howard zuliebe mit ihm Geschäfte gemacht, aber ständig hat er den Preis drücken wollen. Nur Ärger hatte ich mit dem Kerl." Er war dabei aufgesprungen und unruhig hin- und hermarschiert, während er wild gestikulierte.
Ramon war froh, dass er allein zu den Bakersfields geritten war, um die Angelegenheit zu klären. Amanda hätte gewiss nicht gewollt, dass er offen über den Zustand ihres Vaters gesprochen hatte. Er bereute seine Entscheidung nicht, Amanda hatte vortreffliche Nachbarn.
Der erste Schritt zur Rettung Woodlands war geschafft.

*

Auf der Plantage sorgte eine Geburt für Aufregung. Die gebärende Sklavin war noch jung und unerfahren. Sie war durch die plötzlichen Wehen und dem Abgang des Fruchtwassers in Panik geraten und konnte nur mit Mühe von den älteren Frauen zur Ruhe gebracht werden. Amanda stand der jungen Sklavin bei und auch Jillian half, wo sie konnte. Es war eine schwere Geburt, die dem jungen Mädchen alle Kraft raubte. Zeitweilig sah es so aus, als würde es ernsthafte Komplikationen geben. Alle Anwesenden waren erschöpft, aber glücklich, als das Neugeborene endlich das Licht der Welt erblickte.
Jillian freute sich ebenfalls, doch hatte das Ereignis einen bitteren Nachgeschmack. Sie hatte ihre Postkutsche verpasst und war gezwungen, einen weiteren Tag

auf Woodland zu verbringen. Ihre Situation wurde dadurch nicht besser.

Benjamin Pearl wusste, wer sie war, wie lange würde es dauern, bis …? Panik erfasste sie, was hatte sie getan? Sie würde Sarah niemals wiedersehen. Niemand bemerkte in dem Trubel ihren inneren Aufruhr. Die Sklaven außerhalb der Hütte stimmten eigenartige Gesänge an, wozu sie rhythmisch tanzten, um den neuen Erdenbürger zu feiern.

Pearls Worte hallten ihr noch in den Ohren und schienen mit jedem Mal lauter zu werden. Sie brauchte ein sicheres Versteck, niemals durfte man sie finden. Kurz überlegte sie, ob David ihr helfen würde, wenn sie nur die richtigen Worte wählte. Sie verwarf den Gedanken wieder. David war zu clever, als dass er nicht merken würde, dass sie ein entscheidendes Detail verbarg.

Cunningham, wie lange war es her, dass man sie so genannt hatte? Nie wieder wollte sie diesen verhassten Namen hören. Die Vergangenheit hatte sie eingeholt. Vor dem Geschehen hatte sie jahrelang Albträume, und nun war es gefährlich nah – zu gefährlich! Ein eisiges Beben durchfuhr ihren Körper, Tränen schossen ihr in die Augen. Es konnte kein Zufall sein, Pearl musste in irgendeiner Verbindung zu dem Widerling Jethro Lou Parson stehen. Aber was hatte Joe damit zu tun? Hatte Joe gewusst, dass Pearl ihren wahren Namen kannte? Joe hatte nie Derartiges erwähnt, oder hatte er sie nur in Sicherheit wiegen wollen?

Hektisch blickte sie in alle Richtungen, als befürchte sie, dass man sie bereits entdeckt hatte. Bislang hatte es nur David vernommen, würde er sie verraten? Jemand fasste nach ihrem Arm, sie schrie entsetzt auf. Es war eine lachende Sklavin, die der Ansicht war, sie müsse mittanzen. Aufgelöst raffte sie ihre Röcke und rannte zurück zum Herrenhaus. Sie durfte keine Zeit mehr verlieren. In ihrem Kopf schmiedete sie neue Fluchtpläne. Ihr blieb nur eine Möglichkeit, sie musste sich nach Einbruch der Dunkelheit Arabella schnappen und verschwinden. Sie konnte das Risiko nicht eingehen, länger zu bleiben. Der Gedanke, ohne Davids oder Amandas Hilfe auf Arabella reiten zu müssen, ließ ihr erneut einen Schauder über den Rücken fahren. Was, wenn das Tier sie abwerfen würde, oder sie den Weg nicht allein finden könnte? Dann wurde ihr klar, dass sie das Tier vorher satteln und aufzäumen musste. So etwas hatte sie nie zuvor gemacht, und sie hatte keine Vorstellung, wie man das anstellte. Wut erfasste sie, warum hatte sie sich so ablenken lassen? Es waren genügend Frauen da gewesen, die dem Sklavenmädchen beigestanden hatten. Sie hätte ohne Weiteres verschwinden können, man hätte es nicht einmal bemerkt. Sie war eine dumme Kuh.

Sie war so in ihren Gedanken versunken, dass sie David im oberen Flur erst bemerkte, als sie fast gegen ihn geprallt wäre.

Mit ausgestreckten Armen hielt er sie vor sich und sah sie eindringlich an. Ihr desolater Zustand musste ihn alarmierte haben. Sie versuchte, sich an ihm vorbei zu drängeln, um in ihr Zimmer zu gelangen. David war unnachgiebig und verlangte Antworten.

Seine sonore Stimme, seine betörende Nähe und seine Berührung, das alles war zu viel für sie. Sie verspürte im Augenblick nicht mehr die Kraft, sich dagegen zu wehren.

„Bitte lassen Sie mich gehen", flehte sie verzweifelt.

„Jillian, was ist los? Wovor hast du solche Angst?", fragte er mit sanfter Stimme. Er war offenbar bewusst zur vertraulichen Anrede übergegangen. Erneut versuchte sie zu gehen, Tränen rannen ihre Wangen hinunter.
„Hat es etwas mit deinem verstorbenen Ehemann zu tun?", hakte David nach. Ihr ganzer Körper erzitterte. Zärtlich zog er sie an sich und umarmte sie.
„Er kann dir nichts mehr tun, Jillian. Ich weiß, dass er dich geschlagen hat. Vergiss die Vergangenheit und schau nach vorn." Jillian schloss die Augen und weinte leise in seinen Armen. Es tat so gut, von ihm in den Armen gehalten zu werden. Sie genoss es. Er war der Wahrheit so nahe gekommen, aber er würde sie hassen, wenn er alles erfuhr. Das durfte nicht geschehen. Sie roch seinen markant männlichen Duft und sehnte sich danach, ihn zu berühren. Einmal im Leben wollte sie erfahren, wie es sich anfühlte, von einem Mann begehrt zu werden. Sie fühlte seine Hände über ihr Haar streichen und ihren Rücken.
„Jillian, ich werde keine Fragen stellen. Ich werde warten, bis du von selbst bereit bist, mir von diesem Abschnitt deines Lebens zu erzählen."
Sanft küsste er ihre Stirn und hauchte eine Spur von Küssen abwärts, bis er ihre Lippen fand und diese mit einem Stöhnen verschloss. Er zog sie enger an sich und vertiefte den Kuss.
Jillian schmiegte sich in seine Arme, sie wollte ihn. Noch nie hatte ein Mann sie auf diese erotische Weise geküsst. Nur einmal wollte auch sie die Erfahrung machen, wie es sein könnte. Mutig erwiderte sie alles, was er tat, und öffnete bereitwillig ihre Lippen, als seine Zunge um Einlass bat. Es war berauschend und erregend.

Die Küsse ihres Ehemannes hatte sie stets als widerlich empfunden. Er war grob gewesen wie in allem, was er tat. Sie hatte stets die Luft angehalten und sich geekelt, wenn er seine glitschigen, nassen Lippen auf ihre presste. Dabei kam es vor, dass er ihr in die Lippe biss und diese blutete. Seine dickfleischigen Hände auf ihrer nackten Haut, die sie wild und zügellos überall begrapschten, und sein schwitzender, keuchender Körper auf ihr waren das Schlimmste. Nachdem er sein Werk vollendet hatte und schnarchend neben ihr lag, weinte sie sich in den Schlaf. Es kam auch vor, dass er sie danach verließ, dann hatte sie wenigstens die Chance, sich anständig zu waschen. Sie hatte sich jedes Mal benutzt und schmutzig gefühlt.

Sie verdrängte die schlimmen Erinnerungen und schmiegte sich an Davids muskulösen Körper. Sie umklammerte ihn und streichelte ihn, wie er es zuvor bei ihr getan hatte. Seine Muskeln zuckten unter ihren Berührungen, es faszinierte sie und machte sie selbstsicherer. Sie spürte seine harte Erregung durch ihre Kleider hindurch. Dieses Mal machte ihr dieser Zustand eines Mannes keine Angst. David würde ihr nicht wehtun.

Schwer atmend und keuchend unterbrach David den Kuss, streichelte ihr Gesicht und flüsterte liebevolle Worte in ihr Ohr. Jillian konnte ein Stöhnen nicht unterdrücken, als er mit seinen Lippen ihr Ohrläppchen berührte.

Stimmen einiger Sklavenmädchen, die von unter heraufdrangen, erinnerten sie daran, dass sie sich für alle sichtbar im Flur befanden.

„Wenn ich jetzt nicht aufhöre, werde ich nicht mehr in der Lage sein, mich zu beherrschen", keuchte er in ihr Ohr. Jillian hob den Kopf und sah ihm in die Augen.

Sie zeugten von Zärtlichkeit und Verlangen. Nein, sie wollte nicht, dass er aufhörte. Er sollte nicht aufhören! Dies war ihre letzte Chance. Er begehrte sie, und sie wollte begehrt werden. Sie wollte, dass er die Beherrschung verlor, auch wenn sie keine Vorstellung hatte, was sie erwartete, aber die Aussicht erregte sie. Sie hatte keine Angst, nicht vor David. Sie brauchte etwas, wovon sie den Rest ihres Lebens zehren konnte. Nie hätte sie gedacht, dass sie jemals etwas so Ungehöriges tun würde. Aber sie hatte noch ein ganzes Leben Zeit, sich darüber Gedanken zu machen.
Sie griff nach seiner Hand und führte ihn die wenigen Schritte bis in ihr Zimmer.
Einen Moment stockte sie, als David mit dem Rücken zur Tür dastand. Sein Brustkorb hob und senkte sich heftig. Fasziniert nahm sie diesen Anblick in sich auf. Als sie sah, wie er, ohne den Blick von ihr abzuwenden, mit der Hand nach hinten griff und den Schlüssel herumdrehte, flackerte kurz Unsicherheit in ihr auf. Ein Blick in seine feurigen Augen ließ es sie vergessen.
„Jillian", keuchte er, „du bist die atemberaubendste Frau, der ich je begegnet bin."
Er löste sich von der Tür, und sie fielen einander in die Arme. Seine Küsse wurden drängender. Seine Hände tasteten intensiver über die Konturen ihres Körpers. Sie stöhnte leise, als er ihre Brust umfasste, sie drängte sich ihm entgegen. Sie verschwendete keinen Gedanken, ob sie sich schamlos benahm. Er begann mit geübten Fingern, die Knöpfe an ihrem Kleid zu öffnen, und sie ertappte sich bei dem Wunsch, er möge schneller machen. Seine Küsse schienen ihre Haut zu verbrennen. Als seine Hand ihre verborgene Haut berührte, hatte sie das Gefühl,

schwindlig zu werden. Er löste sich kurz von ihr. Sie gab einen enttäuschten Laut von sich, was ihm ein breites Lächeln entlockte. Hingerissen beobachtete sie, wie er sich hastig Hemd und Weste vom Körper zerrte und dann mit nacktem Oberkörper vor ihr stand. Abgesehen von seinen blauen Flecken, die mittlerweile die unterschiedlichsten Farben angenommen hatten, war er ein wunderschöner Mann. Ehrfürchtig strich sie mit den Fingern darüber und spürte ihre Macht, als er unter ihren Berührungen erzitterte.

Als er sich weiter an den Knöpfen ihres Kleides zu schaffen machte, ertappte sie sich bei der Frage, ob er sie überhaupt attraktiv fand. Würde ihr Körper ihm gefallen? Sie hatte immerhin ein Kind geboren. Sie bekam keine Gelegenheit mehr, darüber nachzusinnen. Kurz nacheinander fielen Kleid und Unterröcke zu Boden und bauschten sich um ihre Füße.

Als er nach den Schnüren seiner Hose griff, legte sie erschrocken ihre Hände auf seine.

„Vertrau mir", bat er heiser und ließ seine Arme seitlich am Körper hängen. „Wenn du möchtest, überlasse ich dir die Aufgabe." Abwartend betrachtete er sie. Sie biss sich auf die Unterlippe und zögerte. Unsicher starrte sie auf die mächtige Ausbuchtung seiner Hose, dann schüttelte sie den Kopf. Ganz bedächtig hob David seine Hände und öffnete betont langsam seine Hose. Amanda schluckte bewegt.

Die Angst, die sie immer panikartig überkommen hatte, sobald George seine Hose zu öffnen begonnen hatte, blieb aus. David war nicht George!

Tränen der Rührung stiegen ihr in die Augen, als ihr bewusst wurde, wie rücksichtsvoll David sich verhielt, als er nackt wie Gott ihn schuf, vor ihr stand und still verharrte, bis sie sich gefangen hatte.

„Wenn ich könnte, würde ich dich auf meinen Armen hinüber zu deinem Bett tragen. Aber ich fürchte, darüber wäre mein geschundener Körper sehr verärgert." Er lächelte sanft und nahm ihre Hand, wie sie es im Flur getan hatte. „Hab keine Angst, mein Liebling."
Nein, sie hatte keine Angst, sie erwiderte sein Lächeln und ließ sich von ihm zu ihrem Bett führen, wo auch ihre letzten Hüllen zu Boden fielen.

***

Das Wetter hatte entscheidend umgeschlagen, ein Sturm zog herauf. Ramon fluchte innerlich. Besorgt blickte er zum Himmel und betrachtete die Wolkenformationen, während er seinen Hut auf dem Kopf festhielt. Wirbelstürme waren zwar keine Seltenheit, in der Regel traten diese jedoch erst im Spätsommer auf, jetzt hatte man Anfang August.
Gefährlich konnten insbesondere die Stürme werden, die sich über dem Meer bildeten und dann über den Golf von Mexiko auf das Festland trafen. Vor einigen Jahren waren dadurch viele Schiffe im Hafen von New Orleans schwer beschädigt worden, und Küstenregionen von Louisiana und Mississippi waren überschwemmt gewesen, was Auswirkungen auf den Export der Baumwolle nach sich gezogen hatte. Man konnte nie wissen, wie sich ein aufziehender Sturm entwickelte.
Sklavinnen waren hektisch damit beschäftigt, ihre Wäscheleinen zu leeren, und rannten eiligst mit ihren Körben über den Hof. Die Feldsklaven kehrten eher von den Feldern zurück und halfen, alle Tiere in ihre

Ställe zu sperren, von den Hühnern bis zu den Pferden. Alle Türen und Scheunentore wurden verriegelt.
Amanda empfing ihn besorgt auf der hinteren Veranda. Skeptisch blickte sie zum Himmel.
„Ich glaube, es wird nicht so schlimm werden", beruhigte er sie, während er mit den Fingern versuchte, sein stark zerzaustes Haar in Ordnung zu bringen. Seinen Hut hatte er irgendwo in der Sattelkammer liegenlassen.
Sie schien sich wieder gefangen zu haben, stellte er zufrieden fest. Sie lächelte sogar und bot ihm an, eine Tasse Tee mit ihr zu trinken, den sie sich gerade hatte aufbrühen lassen. Bei der Gelegenheit konnte er ihr gleich die gute Nachricht und die guten Wünsche der Bakersfields übermitteln. Ihre Freude darüber war jedoch verhalten. Über den Rand der Teetasse hinweg betrachtete er ihr Gesicht. Sie hatte leichte Schatten unter ihren Augen und war etwas blasser als gewöhnlich. Ihr Blick ging an ihm vorbei. Ihre geschlossenen Lippen zuckten unruhig, unbewusst schien sie ihre Unterlippe mit den Zähnen zu malträtieren.
„Ich denke, der Verkauf sollte auf jeden Fall erst nach der Ernte erfolgen. Diese Einnahmen stehen noch mir und meiner Familie zu." Nervös knetete sie ihre Hände im Schoß, offenbar konnte sie ihn nicht direkt ansehen. „Würden Sie …", sie räusperte sich, „würdest du bis dahin Benjamins Position als Verwalter übernehmen?"
Im Grunde tat er dies bereits die ganze Zeit. Betont langsam setzte er seine Tasse ab. Selbstverständlich würde er ihr helfen, dennoch konnte er sich nicht erklären, warum ihn diese Frage derart ernüchterte. Er wusste nicht, was er antworten sollte. Gekränkt starrte

er in seine Teetasse, als wolle er die winzigen schwarzen Staubpünktchen darin zählen.

„Selbstverständlich!", antwortete er sarkastisch, ohne sie anzusehen. Er stand abrupt auf und trat zum Fenster hinüber. Was hatte er erwartet? Dass sie ihm sofort um den Hals fallen würde, nachdem sie die Verlobung mit Benjamin Pearl gelöst hatte? Er fühlte eine schmerzliche Leere in sich. Mit einem bitteren Seufzen studierte er die sich vom Wind zur Seite neigenden Baumkronen und horchte den zischenden und pfeifenden Lauten, die sich überall dort ergaben, wo der Wind durch die Ritzen fegte.

Amanda hatte sich ebenfalls erhoben und war zögerlich bis auf etwa vier Schritte an ihn herangetreten.

„Natürlich würde ich dir auch den Lohn zahlen, den Benjamin bekommen hat."

„*Wie bitte?*" Ramon glaubte, sich verhört zu haben. Aufgebracht fuhr er herum und starrte sie an, dabei schüttelte er immer wieder fassungslos den Kopf.

„Du glaubst, es ginge mir um Geld?", fuhr er sie an. Es war ihm gleichgültig, dass sie bei seinen lauten Worten ängstlich zusammenzuckte. „Ich tue es für dich, Amanda! Dein verdammtes Geld interessiert mich nicht. Ich verfüge über weitaus mehr Gelder im Monat, als dir deine mickrige Plantage einbringt."

Zutiefst beleidigt und wütend stürmte er an Amanda vorbei aus dem Salon und ließ die Tür hinter sich knallend ins Schloss fallen.

Warum war er so wütend? Was hatte sie falsch gemacht? Weinend sank sie auf das zweisitzige Sofa und verbarg ihr Gesicht in beiden Händen. Sie hatte doch nur versucht, ihm einen Anreiz zu liefern, auf der Plantage zu bleiben.

David würde in zwei Tagen zusammen mit Jillian Woodland verlassen, es war ungewiss, ob sie die beiden jemals wiedersehen würde. Im Grunde war Ramon nur noch wegen seines verletzten Bruders hier. Was sollte sie tun, wenn er auch noch fortgehen sollte? Angst machte sich in ihr breit, zittrig zog sie die Knie zu sich heran und schlang die Arme um ihre Beine. Sie wollte nicht von ihm verlassen werden, sie wollte Ramon nicht verlieren!
Amanda hatte sich nach der Enttäuschung vorerst in ihre Räumlichkeiten zurückgezogen und später lange Zeit am Bett ihres Vaters gesessen. Sie wusste nicht, wie sie sich verhalten sollte, und war froh, weder ihn noch Jillian oder David an dem Abend sehen zu müssen.
Von der Sklavin Lisa hatte sie allerdings erfahren, dass der Sturm die Dächer zweier Sklavenquartiere abgedeckt hatte und Ramon mit einer Gruppe Sklaven damit beschäftigt war, dem Sturm zu trotzen und zu retten, was noch zu retten war.
In der Nacht fand sie keinen Schlaf. Das stetige Heulen des Windes, knackende Deckenbalken, klappernde Fensterläden und die Äste der Eichenbäume, die unbarmherzig gegen Fenster und Wände schlugen, vibrierende Fenster und Türen schufen eine gespenstische Atmosphäre.
Es war daher nicht verwunderlich, dass auch die Männer schon früh auf den Beinen waren, rund eine Stunde früher als zur üblichen Frühstückszeit. Sie vernahm ihre Stimmen im Speisezimmer. Man unterhielt sich über den Sturm, die Schäden der letzten Nacht und weitere mögliche Auswirkungen.
„Ich werde gleich mit der Bestandsaufnahme beginnen", sagte Ramon gerade, als sie das Speisezimmer

betrat. Die Herren zeigten sich überrascht und hatten offenbar nicht damit gerechnet, dass sie schon aus den Federn war. Aber Amanda war keine Langschläferin, sie konnte es sich nicht erlauben, bis zum Mittag zu schlafen wie die feinen Damen der Gesellschaft. Die Hausklaven kannten ihre Gewohnheiten. Sie ahnten bereits, dass ihre Herrin nach der unruhigen Nacht noch früher aufstehen würde. Doch heute verfielen sie in hektischem Treiben, da sie mit drei Frühaufstehern offenbar nicht gerechnet hatten.

Der Sturm war in den Morgenstunden deutlich abgeflaut, lediglich ein laues Lüftchen wehte, als sei nichts geschehen. Ein Blick aus den Fenstern zeigte ein anderes Bild. Mehrere abgebrochene Äste und Zweige lagen auf den Wegen. Reste des einstigen Sklavendaches hatte der Wind bis in den Vorgarten geweht. Alles, was nicht niet- und nagelfest war, lag über dem Hof verstreut.

„Anscheinend hat Jillian einen gesunden Schlaf", witzelte Ramon eine Viertelstunde später, als die Sklavin Manu mit einer Kanne Kaffee den Raum betrat und sie sich zu Tisch begaben.

„O nein, Sir", meldete sich die massige Manu zu Wort. „Die Misses war sogar als Erste auf den Beinen." Sie goss zuerst ihrer Herrin Kaffee ein.

Ramon und David, die sich gegenübersaßen, hielten in ihrer Bewegung inne und sahen sich verdutzt an.

„Du musst dich irren, Manu", widersprach Amanda ungläubig und ein wenig amüsiert. „Ich hätte sie doch sehen müssen. Sicher warst du noch nicht ganz wach."

„Natürlich war ich das, Miss", entgegnete sie beleidigt, während sie die Kaffeekanne mit beiden Händen vor ihrer Brust hielt. „Sie hat sich noch etwas von dem Brot dort mitgenommen." Sie wies auf die Schale, die auf der kleinen Kommode auf der anderen Seite stand. „Ich sagte ihr noch, wenn sie einen Augenblick warten würde, hätte ich frisches für sie, aber sie hatte es eilig. Sie sagte, sie mache sich Sorgen um ihr Pferd und wolle nachsehen, ob es die Sturmnacht gut überstanden habe, und dann ist sie zur Tür raus."

„*Ihr Pferd?*", stießen Ramon und David gleichzeitig hervor und blickten auf Amanda, die ebenso verwirrt war. Angesichts der ausgelösten Reaktionen verharrte die Sklavin irritiert und hielt verkrampft die Kaffeekanne umklammert, als befürchte sie, man wolle ihr diese entreißen.

„Da stimmt doch irgendetwas nicht", knurrte Ramon und erhob sich wieder. „Ich werde nachsehen!" Ein ungeheurer Verdacht keimte in ihm auf.

„Ich komme mit", erklärte David bestimmt und verzog schmerzhaft das Gesicht bei der zu forschen Aktion.

Ramon kam natürlich schneller bei den Stallungen an. „Was, bitte schön, soll das werden?", schnauzte er unbeherrscht und voller Zorn.

Coffie und ein weiterer Sklave, die die fertig gesattelte Arabella am Zügel hielten, senkten demütig ihr Haupt. Jillian, die unbeholfen versuchte, allein aufs Pferd zu steigen, erstarrte förmlich. Auch Arabella erschrak, schnaufte und trippelte zur Seite, woraufhin Jillian erschrocken aufschrie und zurückwich. Somit hatte sie Arabella noch mehr verunsichert und irritiert. Zittrig und in kurzen Stößen atmend wandte sich Jillian um. Mittlerweile hatte auch David die Stallungen erreicht, er hielt sich leicht verkrampft die Seite.

„Hast du vollkommen den Verstand verloren?" Ramon zerrte Jillian grob am Arm zur Seite und be-

fahl den Sklaven, das Pferd zurück in ihre Box zu bringen.
„Lass sie doch gehen! Reisende soll man nicht aufhalten" Davids Stimme klang hart und kalt. Jillian wehrte sich nicht mehr gegen Ramons harten Griff, deshalb ließ er sie angewidert los. Sie stürzte unsanft zu Boden. Keiner der Männer bot ihr seine Hilfe an. Schluchzend rappelte sie sich langsam auf, ohne den Blick von David abzuwenden.
„Ihr versteht das nicht", jammerte sie. Sie ging einen Schritt auf David zu, zögerte aber, als seine versteinerte Miene unverändert blieb.
„Ich verstehe sehr gut, Jillian!" Sein Blick schien sie mit Eiseskälte zu durchbohren.
Ramon zog verwundert die Stirn in Falten. So hatte selbst er seinen Bruder noch nie erlebt. Hatte er irgendwas nicht mitbekommen? Verblüfft starrte er die beiden an.
„David, bitte! Es hat nichts mit dir zu tun. Ich habe keine andere Wahl", flehte sie.
David blieb unbeeindruckt. Immer mehr Sklaven hatten sich eingefunden und warteten neugierig ab, was geschehen würde. Für die Sklaven war es ihre normale Zeit, in der sie aufstanden und sich für die tägliche Arbeit bereitmachten.
„Wir sollten das im Haus klären", bestimmte Ramon und schob Jillian unsanft, aber entschieden vor sich her. David folgte mit langsamen, gemäßigten Schritten.
Amanda sah sie verkniffen an, als sie das Speisezimmer betraten. Ramon konnte ihre Enttäuschung nachvollziehen. Dass Jillian sich aus dem Staub machen wollte, ohne sich zu verabschieden, musste sie arg kränken – genau wie ihn.

Wie ein Häufchen Elend hockte Jillian auf einem der Stühle, während alle um sie herumstanden und ihrem Ärger über ihr Verhalten Luft machten. Amanda hatte währenddessen die Sklaven hinausgeschickt und die Tür geschlossen.
„Nun, ich glaube, du bist uns allen eine Erklärung schuldig", brummte Ramon. Er baute sich mit verschränkten Armen vor ihr auf. Die Stille war emotionsgeladen und ihre Schwere beinah greifbar. Dieses Mal kam sie nicht mit irgendeiner Ausrede davon. Er ahnte seit Langem, dass sie mehr wusste. Seine Geduld war am Ende.
„Es tut mir leid", gestand Jillian reumütig, ohne aufzusehen. „Ich wollte niemanden kränken oder verletzen."

Davids Herz krampfte sich zusammen. Sie so gepeinigt zu sehen, war beinah mehr, als er ertragen konnte, aber er blieb hart. Sie hatte ihn verlassen wollen! Wie konnte sie einfach so gehen wollen, nach allem, was sie miteinander geteilt hatten? Hatte es ihr nichts bedeutet?
Er hatte ihr sein Herz zu Füßen gelegt. Noch nie hatte ihn eine Frau so tief berührt wie Jillian.
Sollte es das jetzt gewesen sein? Hatte er sich zum Narren gemacht? Schmerz, Trauer und unbeschreibliche Enttäuschung lähmten und zerrissen ihn gleichermaßen. Ein Teil von ihm wollte sie in seine Arme reißen und trösten, der andere wollte sie zum Teufel schicken. So verharrte er stumm und regungslos in seiner Position.
Er hörte Ramon kaum, der unablässig auf sie einredete und andeutete, dass sie die ganze Zeit etwas verheimlicht und seinen Nachforschungen Steine in den

Weg gelegt hätte. David konnte seine Wut verstehen, immerhin hatte er viel für sie getan und sie stets unterstützt.
„Na gut." Jillian war mit geballten Fäusten aufgesprungen und funkelte Ramon giftig an. „Hier scheint mich ohnehin jeder zu verurteilen, dann sollt ihr auch die Wahrheit erfahren." Sie schnaubte und sah alle drei der Reihe nach an – Amanda, die etwas abseits stand, Ramon, der sie herausforderte, und ihn. David sah sie mit ausdrucksloser Miene an.
„Jethro Lou Parker … ich kenne ihn." Sie atmete tief durch, um sich zu sammeln. Ramons spitze Bemerkung überging sie.
„Er war ein Freund meines Mannes." Sie ließ sich zurück auf den Stuhl fallen.
„Na und?", drängte Ramon verständnislos weiter.
„Das heißt, Mr. Pearl weiß, wer ich bin. Er nannte gestern meinen Namen."
„Cunningham", warf David hart ein. Er bemerkte, wie ihr die Erwähnung des Namens ein Frösteln verursachte. Amanda war nähergetreten und stellte sich beschützend hinter ihrem Stuhl auf.
„Ich denke, dein Mann ist tot?", murrte Ramon. David fing einen strafenden Blick von ihm auf, offenbar war er verärgert, dass er dieses kleine Detail wusste. „Oder etwa doch nicht?", wandte er sich einer plötzlich lauter werdend an Jillian.
„Doch, doch!", erschrocken zuckte Jillian zurück. „Er ist tot!"
Ramon verdrehte stöhnend die Augen, er war gereizt. „Also kein Grund, seinetwegen in Panik zu geraten." Sein Blick wanderte von einem zum anderen.

„Nicht ganz richtig", erwiderte Jillian. Sie erschien mit einem Male vollkommen ruhig. „Ich habe ihn getötet!"

Fassungslos starrte man sie mit offenem Mund an. Amanda zog sich einen Stuhl heran und setzte sich neben Jillian.

Das überraschende Geständnis wog schwer. Ramon drehte sich zur Seite und schien angestrengt zu überlegen. Die englische Standuhr in der Ecke begann zu schlagen, wie sie es zu jeder vollen Stunde entsprechend der Uhrzeit tat.

„Was genau ist geschehen?", wollte David wissen, kaum dass der letzte Gong verklungen war.

Jillian eine eiskalte Mörderin, das passte nicht zu ihr. Ihre Blicke trafen sich. Er erkannte Verzweiflung und panische Angst in ihren Augen.

„George war ein Choleriker. Ein exzentrischer und unzufriedener Mensch, und wenn er zudem Alkohol getrunken hatte, war er unberechenbar." Ihre Stimme war leise, aber klar und deutlich. „Er hat mich nur geheiratet, weil er einen Erben für seine Plantage brauchte und nicht wollte, dass sein Vermögen nach seinem Tod an den Sohn seiner verhassten älteren Schwester fallen würde. Vor mir war er bereits zweimal verheiratet gewesen, das erfuhr ich allerdings erst sehr viel später. Seine erste Ehefrau konnte keine Kinder bekommen, deshalb hatte er sie verstoßen, und seine zweite Ehefrau starb während der Geburt des Kindes."

Ramon war ungeduldig, sein Hauptinteresse galt dem Teil der Geschichte, dessen Ende Jillian bereits vorweggenommen hatte. David brachte ihn mit einem strengen Blick zum Schweigen.

Ramon seufzte und starrte schuldbewusst auf den Boden.

„Ich habe damals bei einer alten Dame in Barten gewohnt, die mich für meine Gesellschaft entlohnte. Ihre Augen waren schlechter geworden, deshalb las ich ihr manchmal vor oder erledigte kleine Botengänge für sie und dergleichen. Joe arbeitete in einem Lager in der Nähe. Wir hatten kaum genug Geld zum Überleben, deshalb nahm ich noch eine weitere Arbeit bei einem Herrenschneider an. Dort lernte ich George kennen.
Er war charmant und freundlich und fing schon bald an, mir den Hof zu machen. Ich war dumm und naiv. Stolz war ich darauf, dass sich ein wohlhabender Pflanzer wie George Cunningham ausgerechnet für mich interessierte. Zum ersten Mal in meinem Leben besuchte ich ein Theater und tanzte auf einem Ball. Es waren ganze neue, herrliche Erlebnisse für mich. Er hat mich von einer namhaften Schneiderin mit einer komplett neuen Garderobe ausstaffieren lassen. Ich hatte immer ein schlechtes Gewissen gegenüber Joe, aber er hat darüber nur gelacht und gesagt, ich solle glücklich sein, dass ich es offenbar gut getroffen hätte. Dann starb die alte Dame innerhalb weniger Tage an einer Lungenentzündung. Ihr ungehobelter Enkelsohn wollte das Haus schnellstmöglich veräußern. Ich musste dort unverzüglich raus, ohne einen Plan zu haben, wo ich hin sollte. Joe war mit seiner Arbeit und dem geringen Verdienst sehr unzufrieden und hatte zudem Probleme mit seiner Wirtin wegen der Mietrückstände. Da war es wie ein Geschenk Gottes gewesen, dass George um meine Hand angehalten hatte. Kaum drei Wochen später heirateten wir, und ich zog

auf seine Plantage. Mit meinem Ersparten zahlte ich Joes Mietrückstände, und George besorgte ihm einen anständigen und gut bezahlten Job."
Sie schnaufte lang gezogen bei der Erinnerung. Ramon brach sich ein Stück von dem frischen Maisbrot ab und verspeiste es im trockenen Zustand. David ließ sich von Amanda Kaffee einschenken, trank aber nicht. Mittlerweile hatte man sich gesetzt. Betroffen und mit unterschiedlichen Gefühlen fieberte man dem weiteren Bericht entgegen.
„Erzähl weiter", bat David. Seine Stimme klang belegt.
Jillian nahm ein Schluck Wasser und räusperte sich, mit gesenktem Blick fuhr sie fort.
„Ich habe sofort die ängstliche und äußerst demütige Haltung der Sklaven bemerkt, sobald George in der Nähe war. Mich beäugte man ebenso skeptisch und zurückhaltend, aber es war mir gelungen, ihr Vertrauen zu gewinnen. Nala wurde mir gleich zu Beginn als persönliche Sklavin zugeteilt.
Nach der Hochzeit veränderte sich George zusehends. Er nahm mich kaum wahr, außer um seine ehelichen Rechte einzufordern." Sie errötete und wagte nicht aufzusehen. „Es kam immer wieder zum Streit. Er hatte an allem und jedem etwas zu meckern, mal schmeckte ihm das Essen nicht, mal war der Wein zu fad.
Seine Sklaven behandelte er wie Aussätzige. Für jedes kleine Fehlverhalten bestrafte er sie hart, manchmal war es nicht einmal deren Schuld. Die Feldarbeiter lebten in heruntergekommenen Baracken, die kaum Schutz vor Wind und Regen boten. Ich habe mich so geschämt, als ich das gesehen habe. Sie taten mir so furchtbar leid. Damals war ich noch in dem Glauben,

ich könnte etwas bewirken. Ich habe mich für die Sklaven eingesetzt, doch er wurde handgreiflich und erklärte, dass mich das alles nichts angehe und ich mich nicht in Männerangelegenheiten einzumischen hätte. Er beschimpfte mich als undankbares Geschöpf. Ich sollte ihm ergeben sein dafür, dass er mich überhaupt zur Frau genommen hatte. Ständig hat er mit vorgehalten, wie großzügig es von ihm gewesen sei und dass er im Gegenzug dafür Gehorsam und gewisse Gefälligkeiten verlangen könne.

Sonntags nach dem Kirchgang sah ich die anderen Frauen aus Collins hinter vorgehaltener Hand über mich tuscheln. Man mied mich. Einmal kam eine ältere, schwarz gekleidete Frau auf mich zu, tätschelte mir die Hand und wünschte mir viel Kraft. Im Nachhinein erfuhr ich, dass es sich um die Mutter seiner zweiten Ehefrau gehandelt hatte. Ich hab sie nie wiedergesehen. George verbot mir fortan, ohne seine Begleitung irgendwo hinzugehen.

Immer öfter ließ er seinen Frust an mir aus. Er beschwerte sich, dass Joe zu oft Gast in seinem Haus sei, und verbot ihm, mich zu sehen. Aber natürlich ließ ich mir das nicht gefallen. Wir trafen uns heimlich. Ich steckte ihm mein gespartes Geld zu und versorgte ihn mit den Leckereien aus der Küche. Samoa, die Köchin, wusste es und hob immer eine Portion von allem für Joe auf. Die anderen Reste ließ ich heimlich zu den Sklavenunterkünften bringen.

Ich hatte schließlich alles, was ich benötigte, und Joe war immerhin erst achtzehn, ich musste ihn unterstützen. Aber George erwischte mich eines Tages. Er brüllte herum, ich hätte ihn hintergangen. Das war das erste Mal gewesen, dass er mich geschlagen hatte –

vor den Sklaven. Er meinte, ich würde schon lernen, ihm den nötigen Respekt entgegenzubringen.

Drei Tage sperrte er mich im Schlafzimmer ein, damit mir klar werden sollte, dass es meine einzige Pflicht sei, ihm einen Sohn zu gebären. In der Zeit hat er mich immer wieder …" Weinend brach sie ab.

Amanda reichte ihr ein Tuch und sie schnäuzte sich.

„Von Nala erfuhr ich, was er der Köchin angetan hatte … Ich war so schockiert und dachte darüber nach, George zu verlassen, doch dann wurde mir klar, dass ich schwanger war. Ich habe tagelang nur geweint, ich erwartete ein Kind von einem brutalen Bastard. Ich sagte George erst mal nichts, aber ewig konnte ich meinen Zustand nicht verheimlichen.

Als er schließlich von der Schwangerschaft erfuhr, war er überglücklich, und vorerst verlief alles wieder in geordneten Bahnen. Er versprach, dass solche Dinge nie wieder geschehen würden. Er führte mich aus und machte mir teure Geschenke. Aber als dann Sarah geboren war, zeigte er sein wahres Gesicht. Als die Hebamme ihm sein Kind zeigen wollte, hat er sich umgedreht und ist gegangen. Auch in den folgenden Tagen und Wochen wollte er sie weder sehen, geschweige denn hören. Er bekam jedes Mal einen Wutanfall, wenn sie schrie, und drohte damit, er würde sie auf seine Weise zum Schweigen bringen.

Seiner Meinung nach war ich dafür verantwortlich, dass es ein Mädchen war. Immerhin hatte er zwei männliche Nachkommen mit seinen Sklavinnen gezeugt. Eine andere Sklavin hatte sich umgebracht, als sie erfuhr, dass sie ein Kind von George bekommen würde. Wir fanden sie eines Morgens mit aufgeschnittenen Pulsadern in ihrer Hütte."

Jillians Stimme begann zu zittern und eine Träne rann ihre Wange hinab. Amanda griff nach ihrer Hand und drückte sie. Die Männer schüttelten fassungslos den Kopf.

„Du hast eine wunderbare Tochter, auf der du stolz sein kannst", bekräftigte David nickend.

„Dein Ehemann war ein Dummkopf", kommentierte Ramon und entschuldigte sich aufrichtig für sein rüdes Verhalten zuvor.

Jillian lächelte scheu. Ihr war nicht bewusst, welche Konsequenzen ihr Geständnis haben würde, und sie wollte sich in diesem Augenblick auch keine Gedanken darüber machen. Sie hatte zu lange geschwiegen, zu lange die schwere Bürde getragen. Es war nicht mehr wichtig, was aus ihr wurde. Alles, was zählte, war, dass es Sarah an nichts fehlen würde. Ihr zuliebe war sie bereit, die Strafe für ihre Tat anzunehmen. Sie konnte nicht weitermachen wie bisher. Sollten *sie* entscheiden, was weiter mit ihr geschehen sollte. Weitere Tränen rannen ungehindert ihre Wangen hinab. Sie spürte Davids Hand auf ihrer Schulter, wagte aber nicht, ihn anzusehen. Sie war eine Mörderin.

„Erzähl weiter", sagte David. Seine Stimme hatte wieder seinen gewohnten, charakteristischen Klang. Jillian griff nach dem Glas Wasser und nahm mehrere Schlucke. David trank endlich seinen mittlerweile lauwarmen Kaffee.

„Immer öfter kam er betrunken nach Hause, und jedes Mal wurde er aggressiver und gewalttätiger." Sie hielt das Glas mit beiden Händen umklammert und starre ins Leere. „Er behauptete, ich hätte ihn in seinem Club zur Lachnummer gemacht, und Sarah sei eine Entwürdigung für ihn." Sie machte eine Pause, um noch einmal tief durchzuatmen. Davids und Ramons erschütterte Kommentare zu dem Ausspruch nahm sie nur am Rande wahr. Mit gesenktem Blick fuhr sie fort.

„Weil ich mich ihm fortan verweigert habe, hat er vor meinen Augen eine junge Sklavin vergewaltigt – als Warnung hatte er gesagt. Sie war noch Jungfrau. Ich höre noch heute ihre furchtbaren Schreie. In derselben Nacht bin ich zusammen mit Sarah zu Joe geflüchtet. Ich wollte nie mehr zurück, aber dann tauchte George auf, zusammen mit zwei Schlägern. Sie entrissen mir Sarah und schlugen Joe brutal zusammen. Gefesselt brachte man mich zurück. Sarah sah ich fast einen Monat lang nicht. Er hatte sie in den Sklavenhütten einer Amme übergeben. Ich war eingesperrt in meinem Zimmer, man brachte mir das Essen, und ich durfte das Zimmer nur für meine Notdurft verlassen. Ich wusste von den Sklaven, dass mein Kind wohlauf war, aber ich wusste nicht, ob Joe überhaupt noch am Leben war. Es war so furchtbar. Mehr als einmal habe ich daran gedacht, mir das Leben zu nehmen, aber dann sah ich Sarah vor mir. Sie hatte doch nur mich."
Lautes Schluchzen brach aus ihr heraus und ließ ihren Körper erbeben. David rückte näher und zog sie in seine Arme. Für einen Moment gab sie sich dieser Geste hin, dann zog sie sich zurück und setzte sich wieder aufrecht. Sie konnte Davids Nähe jetzt nicht ertragen. Es war zu schmerzhaft, da ihr nur allzu bewusst war, dass sie diesem Gefühl niemals wieder nachgeben durfte.

„Manchmal glaubte ich, George sei dem Wahnsinn verfallen. Ich habe ihm schwören müssen, ein braves Mädchen zu sein und mich stets an seine Anweisungen zu halten. Mir blieb keine andere Wahl, als die demütige Gattin zu spielen, sonst hätte er mich auf

ewig eingesperrt. Trotzdem fand er immer Gründe, mich zu erniedrigen oder zu schlagen. Manchmal hat er sich unter Tränen bei mit entschuldigt und versprochen, dass er sich ändern würde. Dass er nie wieder die Hand gegen mich erheben würde, aber sobald er getrunken hatte, waren diese Worte vergessen.
Heimlich plante ich meine Flucht. Ich hatte daher immer eine gepackte Reisetasche mit dem Allernötigsten für mich und Sarah unter dem Bett versteckt. Es fand sich immer ein Weg, mit meinem Bruder Joe Informationen auszutauschen. Anfangs bezahlte ich den alten Krämer dafür, der jeden zweiten Mittwoch mit seinen Waren vorbeikam. Er war dankbar für den Extraverdienst, aber seine Gesundheit war nicht die Beste, und eines Tages kam er nicht mehr. Joe hingegen hatte einen Mann eingeschleust, den George ahnungslos als Aufseher eingestellt hatte.
Ich lebte nicht mehr, ich existierte und funktionierte nur noch. Meine einzige Freude im Leben war Sarah. Meine Gesellschaft waren, bis auf wenige Ausnahmen, die Sklaven – allen voran natürlich Nala. So vergingen zwei ganze Jahre. Es war Sarahs zweiter Geburtstag …" Ein Lächeln huschte über ihr Gesicht. „Ich hatte zusammen mit den Sklaven einen schönen Kuchen gebacken. Sarah spielte vergnügt mit Niam, der im Grunde genommen ihr Halbbruder war … Es sollte ein wunderschöner Geburtstag für Sarah werden. Sie war so glücklich über ihr neues Kuscheltier.
Überraschend früh kam George an dem Abend nach Hause. Es hatte wohl Ärger in seinem Club gegeben, zumindest fluchte er lautstark und wünschte sie allesamt zum Teufel. Betrunken, wie er war, geriet er sofort in Rage über den unnützen Firlefanz, wie er es nannte.

Er erblickte Niam, der nicht schnell genug fortrennen konnte, packte ihn am Kragen und schleuderte ihn quer durchs Zimmer ...", erklärend blickte sie zu Ramon und David auf, „wir befanden uns nämlich im Salon, wo George natürlich kein Sklavenkind duldete. Mir war es unwichtig, ich dachte nur an Sarah, wenn sie schon keine weiße Spielgefährtin hatte ..."
Sie verbannte energisch eine Haarsträhne hinter dem Ohr, die sich aus ihrer einfachen Frisur gelöst hatte, und wappnete sich für den schwierigsten Teil.
„Sarah warf sich verängstigt schreiend in meine Arme. Niam versuchte, zu seiner Mutter zu flüchten, doch George hatte sie bereits gepackt und schlug wie wild auf sie ein. Ich schrie und flehte ihn an aufzuhören, aber ich konnte ihn nicht davon abbringen. Zudem hatte ich Sarah auf dem Arm, die mich so fest umklammerte, dass ich kaum Luft bekam. Nala griff sich Niam und wollte den Dreijährigen durch das Fenster nach draußen schmuggeln, denn die Tür war durch George versperrt, aber Niam wollte Nala nicht loslassen ..."
Jillian hatte so schnell gesprochen, dass sie jetzt nach Atem ringen musste. Wie sehr hatte sie gehofft, diesen Tag für immer aus ihrem Gedächtnis streichen zu können. Sie schloss die Augen und versuchte, ihren rasenden Puls unter Kontrolle zu bringen. Die schrecklichen Bilder waren wieder so real, als wäre es gestern gewesen. Sie erschauderte. Sie hatte nichts von alldem vergessen. Es war, als wäre sie wieder am Ort des Geschehens.
Nala hatte sich tief aus dem geöffneten Fenster gebeugt, doch erst als Niam den Peiniger seiner Mutter hinter Nala erblickt hatte, hatte er sie losgelassen. Er flüchtete, auch seine Mutter konnte im selben Moment

in die sichere Obhut der anderen Sklaven fliehen. Mit Erschaudern erinnerte sich Jillian daran, wie ihr Ehemann keuchend durch die Prügelattacke im Raum gestanden hatte, Speichel aus seinen Mundwinkeln geflossen und zu Boden getropft war. Mit irrem Blick hat er sie angestarrt. Sie rutschte vor Angst ganz in die Ecke der Chaiselongue, Sarah fest an sich pressend. Sie rechnete damit, er würde nun auf sie zustürmen, um ihr und Sarah etwas anzutun. Doch sein Augenmerk lag längst auf Nalas Hinterteil. George hat sich immer ohne jegliche Skrupel seiner Sklavinnen bedient, ganz wie es ihm in den Kram passte. Sie wusste, was der armen Nala blühen würde. Es gelang ihr noch, ihrer getreuen Sklavin eine Warnung zuzurufen, dann nutzte sie ihre eigene Chance und rannte mit Sarah hinaus. Hastig legte sie Sarah oben in ihr Bettchen und befahl einer anderen Sklavin, auf sie aufzupassen. Obwohl Sarahs Weinen ihr beinah das Herz zerrissen hatte, war sie wieder die Stufen zum Salon hinuntergerannt, um Nala zu helfen.

Sie kniff die Augen zusammen, als könne sie so die ekelhaften Bilder auslöschen, wie er Nalas Röcke weit nach oben geschoben hatte und gerade damit beschäftigt gewesen war, sein Geschlechtsteil aus seiner Hose zu befreien. Angewiderte schüttelte sie sich.

Im Nachhinein konnte sie nicht mehr sagen, woher sie die Kraft und den Mut genommen hatte, ihn von seinem Vorhaben abzubringen, indem sie sich selbst dargeboten und ihn veranlasst hatte, ihr ins Schlafgemach zu folgen. Einen genauen Plan hatte sie nicht, fürs Erste war es wichtig, dass er von Nala abließ. Nala war eine sehr hübsche Mulattin und zuvor schon einige Male von ihm geschändet worden. Nala hatte nach dem letzten Mal immer wieder betont, dass sie

lieber sterben würde, als *es* noch einmal durchmachen zu müssen. Vielleicht war es ihre Panik, Nala könne es tatsächlich tun, die sie bewogen hatte dieses Risiko einzugehen. Anfangs war er nicht auf ihr vermeintliches Angebot eingegangen. Dann schienen ihm die Tränen und das Gewimmer von Nala auf die Nerven zu gehen. Lüstern, mit heruntergelassenen Hosen wankte er auf sie zu. Die Tatsache, dass er zuerst seine Hosen wieder hat hochziehen müssen, gab ihr den benötigten Vorsprung, nach oben ins Schlafgemach zu laufen, wo sie ihn angeblich sehnsüchtig erwarten würde. Wie einfältig doch ein Mann sein konnte, wenn er von seinen Trieben gesteuert wurde.
Sie hatte nicht nachgedacht, sondern nur funktioniert. Sie hatte gedacht, sie würde wie jedes Mal einfach die Augen zusammenkneifen und im Stillen beten, das es möglichst schnell vorüber sein würde. Danach schlief er für gewöhnlich sofort ein und schnarchte laut. Am anderen Morgen würde er wieder seine Reue bekunden und sie mit teurem Schmuck um Verzeihung bitten.
Doch an dem Abend war alles anders!
Sarah hatte plötzlich weinend neben dem Bett gestanden. Die andere Sklavin hatte das verstörte Kind nicht beruhigen können. George war außer sich, zumal sich seine Manneskraft in dem Augenblick abrupt verabschiedete. Es waren Jillians schlimmste Augenblicke und sie hätte alles Menschenmögliche getan, um zu verhindern, dass George Sarah dafür zur Rechenschaft gezogen hätte. Wie eine Hure hatte sie sich George angeboten und ihm versprochen, seine Männlichkeit für die kleine Störung tausendfach zu entschädigen. Dann kam Nala hereingestürmt, um sich Sarah zu schnappen. Sarah hat nicht mitgehen wollen und laut-

hals nach ihrer Mommy geschrien. Dabei krallte sie sich an den Holzstreben des Bettes fest. George wurde immer ungehaltener. Es gelang ihr, sich von ihm loszumachen und Sarah in die Arme zu nehmen. So schnell sie konnte, brachte sie Sarah hinaus, küsste und herzte sie und versprach ihr hoch und heilig, sie würde ganz bald zurückkommen. Im Stillen betete sie, George möge auch an dem Abend schleunigst einschlafen.

Als sie ins Schlafgemach zurückgekehrte, bot sich ihr ein entsetzliches Bild. Nala lag mit dem Rücken auf dem Fußboden. George saß rittlings auf ihr und würgte sie. Für George ist *sie* an allem schuld gewesen, hätte er sie unten im Salon genommen, hätte er seine Gelüste längst befriedigt und hätte nicht die Schmach seines schrumpfenden Geschlechts erdulden müssen. Verzweifelt wand sich Nala unter ihm und versuchte seine großen Hände von ihrem Hals zu lockern, aber gegen seine Kraft hatte sie keine Chance. Panisch versuchte Jillian, ihn von ihr fortzuziehen, und schrie ihn an, er solle sie loslassen. Es half nicht, und Nala lief bereits dunkel an. Hektisch sah sie sich nach einer Art Waffe um und entdeckte dann die Whiskey- Karaffe, die George aus dem Salon mit hochgenommen hatte.

Ohne eine Sekunde zu überlegen, ergriff sie diese ergriffen und schlug zu.

George kippte sofort leblos zur Seite.

Während sich Nala den Hals hielt, hustete, röchelte und nach Luft rang, zog Jillian ihre Reisetasche unter dem Bett hervor, steckte ihren wertvollen Schmuck ein und die kleine Geldkassette, die George immer in seinem Nachtschrank aufbewahrte.

George Cunningham hatte sich nicht mehr bewegt, und ein Puls war ebenfalls nicht mehr fühlbar.

Nur eine Viertelstunde später hatten sie dieses Haus des Grauens für immer verlassen. Nala kam selbstverständlich mit ihnen.

Es war ungewiss, wie lange es dauern würde, bis man die Leiche entdeckt hätte und der Sheriff mit seinen Männern aufgetaucht wäre, um sie wegen Mordes an ihrem Ehemann zu verhaften.

Aus dem Grund hat Joe entschieden, keine Zeit zu verlieren und noch in derselben Nacht aufzubrechen. Er hat ebenfalls alles stehen und liegen gelassen und nur das Nötigste mitgenommen. Etwa eine Woche später hatte der Mord an einem Plantagenbesitzer aus Collins bereits die Runde gemacht. Selbst in der Nähe von Columbia, wo sie sich derzeit aufgehalten hatten.

Eine Weile herrschte betretene Stille. Nur das gleichmäßige Ticken der Uhr war zu hören und Stimmen, die vom Flur gedämpft zu ihnen drangen.

„Aber das war doch eindeutig Notwehr, oder?", wandte sich Amanda an Ramon und David.

„Das Problem wird sein, dass sie das nicht beweisen kann", entgegnete David leise.

Jillian wagte nicht aufzusehen, zu sehr schämte sie sich. Auch wenn sie die brisanten Details natürlich nicht in all ihrer Deutlichkeit erwähnt hatte. Ramon und David waren Männer, sie war sicher, dass sie wussten, was sie gemeint hatte.

David erhob sich und Ramon tat es ihm nach kurzem Zögern gleich.

„Werdet ihr jetzt den Sheriff informieren?", fragte Jillian matt.

„Nein, natürlich nicht", bekräftigte David, und Ramon pflichtete ihm bei. „Aber es könnte nicht schaden, Erkundigungen einzuziehen."

„Erkundigungen?", fuhr Amanda entsetzt auf. „Das würde nur Staub aufwirbeln, und man würde Verdacht schöpfen."

„Natürlich diskret", versicherte Ramon. „Wir sind ja keine Dummköpfe." Wieder entstand eine längere Gesprächspause.

„Jillian?", fragte Ramon, dem plötzliche eine Idee gekommen war. Als Jillian immer noch nicht zu ihm aufsah, begab er sich in die Hocke, damit sie ihn ansehen musste. „Gibt es jemanden, der seinen Tod rächen würde?"

Verdutzt sah Jillian ihn nun doch an. „Was meinst du damit?"

„Nun ja, es dürfte für die Menschen aus Colins keine große Überraschung gewesen sein, dass dein Bruder nach der Tat ebenfalls untergetaucht war. Und wenn Pearl wusste, wer du bist, dann wusste er auch, wer Joe ist." Jillian zuckte nicht zusammen, wie er erwartet hatte.

„Seit Joes Tod habe ich mit immer wieder die Frage gestellt, ob es irgendwie mit George zu tun haben könnte, aber es ergab keinen Sinn. Außerdem hätte man dann nicht Joe getötet, sondern mich."

„Nicht unbedingt", murmelte David. „Vielleicht wollte dich jemand leiden sehen."

„Das ist doch Unsinn." Endlich sah Jillian auf. „In Gesellschaft hat George sich stets wie ein Gentleman benommen, aber dennoch war er in gewissen Kreisen wegen seines aufbrausenden Temperaments bekannt und gefürchtet. Deshalb hatte er in einigen Lokalen

und Clubs auch Hausverbot. Niemand würde um seinetwegen einen Mord begehen."
„Und was ist mit diesem Jethro Lou Parson?", hakte Ramon nach.
„Natürlich war ich bei der Erwähnung des Namens zutiefst erschrocken, vor allen, als du sagtest, dass er offenbar mit Mr. Pearl bekannt sei. Parson war ein häufiger Gast und Mitglied von Georges Pokerrunde. Ein alter, widerlicher Lustmolch. In seiner Nähe habe ich mich stets unwohl gefühlt. Man hatte immer das Gefühl, er würde einen einzig mit seinen Augen entkleiden. Ein paar Mal musste ich George zu den Parsons begleiten, seine Gattin war mir gegenüber zwar freundlich, aber sie war die größte Tratsche von ganz Collins."
„Ja, manche Frauen scheinen sich darin zu verstehen", knurrte David.
„Wir sollten uns jetzt erst mal stärken, was meint ihr?", schlug Amanda vor. Ramon, dem schon hörbar der Magen knurrte, stimmte sofort zu. David nickte nur zögerlich.
Man war inzwischen zur vertraulichen Anrede übergegangen. Man hatte sich in der kurzen Zeit intensiver kennengelernt, als es normalerweise in dem Zeitrahmen möglich war. Die Förmlichkeit wäre ein Hohn gewesen, wenn man bedachte, inwieweit sie in die persönlichen und finanziellen Angelegenheiten des Anderen vorgedrungen waren.

„Was wird nun aus mir?", fragte Jillian ängstlich.
David reichte ihr beide Hände und gab ihr zu verstehen, dass sie sich erheben solle.
„Jedenfalls wirst du nicht mehr versuchen, dich heimlich davonzustehlen." Zärtlich strich er mit dem Dau-

men über ihre Wange. Er glaubte ihr, und er würde dafür Sorge tragen, dass sie die schreckliche Vergangenheit hinter sich lassen konnte, auch wenn er noch keine Ahnung hatte, wie er das bewerkstelligen sollte.
„Ich bin eine Mörderin, David", hauchte sie unter Tränen.
Er legte seinen Zeigefinger auf ihre Lippen. „Ich werde meinen Anwalt bitten, sich die Akten kommen zu lassen. Dann wissen wir den genauen Stand der damaligen Ermittlungen und können im Einzelnen die nächsten Schritte besprechen."
„Ich habe Angst." Er hielt sie an den Oberarmen und hauchte einen Kuss auf ihre Stirn – dass er ebenfalls Angst verspürte, verschwieg er. Amanda stand in der Tür und sprach mit einer Sklavin, und Ramon stand gerade mit dem Rücken zu ihm, deshalb nutzte er die Gelegenheit für eine intensive Umarmung und einen Kuss. Als er erneut über Jillians Schulter sah, blickte er direkt in Ramons Gesicht, dessen Ausdruck tausend Fragen enthielt, aber ein ebenso feixendes Grinsen.
Die Sklavenmädchen brachten frischen Kaffee. Die gute Seele Manu fühlte sich in ihrer Ehre gekränkt und jammerte, weil sie nun aufgewärmtes Rührei servieren musste.
Außer Ramon schien niemand ernsthaft Hunger zu haben, dennoch ließ er sich davon nicht beirren und langte kräftig zu.
„Eines verstehe ich nicht", sagte Ramon zwischen zwei Bissen. „Wenn Pearl die ganze Zeit wusste, dass du Mrs. Cunningham bist, was hat ihn davon abgehalten, dich zu melden?"
Abwesend und leicht verwirrt sah Jillian auf. Sie hatte noch keinen Bissen zu sich genommen.

„Darüber habe ich mich auch schon gewundert", antwortete stattdessen David gedehnt. „Ich habe das merkwürdige Gefühl, dass wir etwas übersehen."
„Übersehen? Was denn?", hakte Amanda nach und nahm einen Schluck Kaffee. „Hätten wir das eher gewusst, vielleicht hätte ich aus Benjamin etwas herausbekommen, aber nun ist es zu spät." Sie betupfte ihren Mund mit der Serviette.
„Bereust du es?", wollte Ramon wissen und sah sie ernst an.
„Das ich ihn nicht mehr danach fragen kann, ja. Aber ansonsten bin ich erleichtert, dass er fort ist, auch wenn ich noch nicht weiß, wie es mit Woodland weitergeht."
Allgemeines Schweigen breitete sich aus, in der nur das leise Klappern von Geschirr zu hören war.
„Ich musste sie doch beschützen …", murmelte Ramon. Verwundert waren alle Augen fragend auf ihn gerichtet.
„Ich musste sie doch beschützen", wiederholte er und sah zu Jillian. „Das waren Joes Worte, wenige Stunden vor seinem Tod."
Jillian, die gerade etwas im Mund hatte, verschluckte sich und begann heftig zu husten. Amanda klopfte ihr fürsorglich auf den Rücken, bis sich ihr Anfall gelegt hatte.
„Du weißt, er wollte mir etwas sagen, Jillian?"
„Joe hätte mich niemals verraten", konterte sie.
„Das hat nichts mit Verrat zu tun. Er war mein Freund", stellte er klar und erinnerte sich. „Joe hat sich die Tage zuvor manchmal ziemlich merkwürdig verhalten. Er war still und verschlossen, als bedrücke ihn eine große Last. Teilweise ist er mir sogar aus dem Weg gegangen. Ich habe ihn ständig gefragt, was

los ist, aber er wich immerzu aus. Stattdessen redete er davon, dass ihr bald nach South Carolina gehen würdet."

„Dort lebt die Schwester unserer Mutter, die letzte lebende Verwandte. Seit dem Tod unserer Mutter gab es allerdings keinen Kontakt mehr, da sie mit unserem Vater nicht zurechtkam. Ursprünglich wollten wir dorthin, aber die Reise hätte zu viel Geld verschlungen." Sie blickte nachdenklich zur Zimmerdecke empor. „Aber jetzt, wo du es erwähnst ... Joe sprach plötzlich dauernd davon, dass wir gleich dorthin hätten gehen sollen. Er hatte den Gedanken wieder aufgenommen und sich eine genaue Reiseroute zurechtgelegt, selbst mit den Gasthöfen, in denen wir nächtigen könnten. Ich hielt es für Hirngespinste, es ging uns doch gut ..." Plötzlich verstummte sie abrupt, „O mein Gott ...", erschrocken hielt sie die Hand vor den Mund, „aber wenn es Schwierigkeiten gegeben hatte, dann hätte er mir doch etwas gesagt? Wir hatten doch keinerlei Geheimnisse!"

„Wie gesagt, er wollte dich beschützen ..."

David hatte schweigend zugehört. Er legte sein Besteck nieder und rieb sich seine verwundete Seite, die manchmal unangenehm juckte. Vorsichtig streckte er sich gegen die Stuhllehne.

„Das würde alles erklären", warf er ein, weil Ramon nur um den heißen Brei redete. Sofort verstummten beide und sahen zu ihm.

„Pearl hat Jillian nicht gemeldet, weil er das Wissen für seine Zwecke nutzen konnte."

An Ramons Gesichtsausdruck erkannte er, dass ihm derselbe Gedanke gekommen war.

Auf Jillians Stirn bildete sich eine steile Falte, während sie David nachdenkend anstarrte.
„Du meinst, er hat meinen Bruder damit erpresst?" Ungläubig blickte sie zwischen den Brüdern hin und her und bemerkte, dass Ramon zustimmend nickte.
„Aber das ... das ... warum? ... Was hätte Mr. Pearl davon?" Sie war fassungslos, sollte es tatsächlich möglich sein, dass Joe erpresst worden war? Er hatte nie das Geringste angedeutet. Wenn es so gewesen sein sollte, warum hatte er nie etwas gesagt? Sie hätten doch eine Lösung gefunden!
Dann wären sie eben fortgegangen und hätten sich woanders niedergelassen. Die Gedanken überschlugen sich in ihrem Kopf. Seit wann kannte Pearl ihr Geheimnis? Wie lange schon war Joe erpresst worden, und um welche Gegenleistung? Warum hatte sie nichts bemerkt? Hatte Joe ihr womöglich Zeichen gegeben, die sie übersehen hatte? O Joe ...
„Aber warum wurde Joe dann umgebracht?", fragte sie und hatte die vage Hoffnung, dass sich die Sache mit der Erpressung doch noch als falsch herausstellen würde.
„Weil Joe nicht mehr mitspielen wollte", erklärte Ramon. „Pearl ließ Joe für seine Zwecke arbeiten, ließ ihn die Drecksarbeit machen. Joe wusste zu viel über Pearls Machenschaften. Wenn Joe ausgepackt hätte, wäre Pearl erledigt gewesen ..."
„Aber andersherum doch genauso", gab Jillian zu bedenken, „wenn Pearl ausgepackt hätte, wäre Joe, oder besser gesagt *ich*, erledigt, und das hätte Joe niemals bewusst riskiert."
„Wenn Pearl sein Wissen preisgegeben und dich als Mrs. Cunningham den Behörden als Mörderin gemeldet hätte, was hätte deinen Bruder in dem Falle noch

davon abgehalten, sein Wissen über Pearl offenzulegen? Pearl wusste, wenn Joe Preston fällt, würde er ebenfalls untergehen", erklärte David.
„Ja, schon, aber im Grunde konnte doch Pearl sicher sein, dass Joe ihn nicht verraten würde."
„Pearl konnte nur damit drohen, wegen des Todes von George Cunningham zu den Behörden zu gehen. Joe war kein Dummkopf, er wusste, dass Pearl ihn nicht verpfeifen konnte, ohne selbst zu stürzen. Dieses Wissen hat er gegen ihn eingesetzt", brachte Ramon Davids Worte auf den Punkt.
„Aber nicht gezielt gegen Pearl selbst, sondern indem er versuchte, Zweifel und Misstrauen zu sähen, und Pearls Umfeld, beziehungsweise die betreffenden Personen, vor ihm zu warnen", ergänzte David.
„Du meinst, Joe hat Pearl in Sicherheit gewiegt und ihm das Gefühl gegeben, er hätte alle Fäden in der Hand, während er heimlich hinter dessen Rücken versucht hat, ihn aufzuhalten, ohne dass der Verdacht auf ihn zurückfällt?", fasste Jillian zusammen.
„Ganz genau!"
„Und ich habe ihm damals nicht glauben wollen …", gab Amanda betroffen zu und sah versunken vor sich hin. Überrascht richtete Jillian ihr Augenmerk auf Amanda, doch diese schien davon nichts zu bemerken. Daher signalisierte sie mit den Augen die Frage an Ramon.
Ramon berichtete ihr von Joes Unterredung mit Amanda und seinem Versuch, sie über ihren Verlobten und dessen Betrügereien aufzuklären.
Umfassend erklärte Ramon ebenso, was er auf dem Sklavenmarkt in Erfahrung gebracht hatte, nachdem er Jesse freigekauft hatte. Er ließ auch seine eigenen

Beobachtungen nicht unerwähnt, als er beispielsweise Pearl und Joe hinter der Scheune belauscht hatte.
„Also war er es? Dieser Benjamin Pearl hat meinen Bruder umgebracht?"
„Alles sieht im Augenblick danach aus", gab David nüchtern zu.
„Dieser verdammte Dreckskerl", fluchte Ramon ungeachtet der anwesenden Damen. „Wenn ich den in die Finger bekomme, mache ich Hackfleisch aus ihm."
„Ganz ruhig", entgegnete David. „Wir müssen überlegt vorgehen, sonst wird er vorgewarnt sein. Soll er sich ruhig noch ein Weilchen in Sicherheit wiegen."
„Nein!", kreischte Jillian auf. „Ihr dürft nicht gegen ihn vorgehen! Dann wird er mich belasten. Er wird sagen, dass ich meinen Ehemann getötet habe."
„Du hast aus Notwehr gehandelt, um deinen Ehemann Einhalt zu gebieten, nicht, um ihn zu töten. Pearl hingegen hat vorsätzlich gehandelt und bewusst den Tod eines Menschen in Kauf genommen, das ist ein gewaltiger Unterschied", versuchte David zu trösten und griff nach ihrer Hand.

„Vergiss nicht, dass auch Susannas Tod auf seine Kappe geht", erinnerte ihn Ramon und fing sich einen strafenden Blick seines Bruders ein. Davon ließ er sich nicht beirren und setzte noch einen obendrauf: „Und um ein Haar hätte er dich getötet, David."
„Ich will ihn auch drankriegen, aber alles zu seiner Zeit." Er senkte den Blick, als habe er vergessen, dass er selbst beinah ein Opfer Pearls geworden wäre. „Erst einmal möchte ich Jillian aus der Schusslinie haben."

David sah Jillian liebevoll an und drückte zum Beweis ihre Hand, bevor er diese sanft streichelte und ihr tief in die Augen sah.
„Ja, natürlich, entschuldige." Verlegen senkte Ramon den Blick. Ihm war längst bewusst, dass sich sein Bruder in Jillian verliebt hatte. Er war der Meinung, dass sie ein wunderbares Paar ergaben, aber er machte sich auch seine Gedanken. Sein Bruder hatte es verdient, endlich glücklich zu werden. Deshalb betrübte ihn diese Liebe, zumal man nicht wusste, was mit Jillian geschehen würde. Es war keine leichte Situation für David. Was, wenn man Jillian wegen Mordes anklagen würde? Würde David das verkraften? Die Umstände hätten schwieriger nicht sein können.

***

„Ich kann es nicht fassen!", klagte Amanda. „Ich hätte fast ihn geheiratet. Warum tut er mir das an? Womit habe ich das verdient?" Sie barg ihr Gesicht in beiden Händen und schüttelte den Kopf. Besorgt stand Ramon auf und ging um den Tisch herum. Zärtlich legte er seinen Arm um sie und streichelte ihre Schulter.
„Ich frage mich, wann ich die Wahrheit über ihn herausgefunden hätte." Bang schaute sie zu ihm auf.
„Wahrscheinlich hätte er mich vorher auch umgebracht." Ramon versuchte, sie davon zu überzeugen, dass derartige Gedanken zu nichts führten. Er wollte verhindern, dass sie sich verrückt machte. Sie hatte ohnehin schon mehr als genug zu ertragen. Insgeheim allerdings stimmte er zu. Der Gedanke war gar nicht so abwegig.

Solange sie ahnungslos war, war sie sicher. Aber was, wenn sie ihm eines Tages auf die Schliche gekommen wäre? Mit hoher Wahrscheinlichkeit wäre das Risiko gestiegen. Egal wie, er vermochte nicht, sich vorzustellen, wie ihr Leben an Pearls Seite verlaufen würde. Mit einem Gemahl, der sie weder liebte noch verdiente. Pearl wollte nur eines – Woodland in seinen Besitz bringen.

Dass die Chancen dafür gut standen, dafür hatte er in seiner Zeit als Verwalter gesorgt. Er hatte die Plantage absichtlich und zum Schein heruntergewirtschaftet. Da bestand für Ramon kein Zweifel, das Geld aber hatte er in seine eigene Tasche gesteckt. Dieses konnte er später, wenn sich Woodland in seinem Besitz befand, problemlos wieder investieren. Mit der maroden Plantage konnte er Amanda an sich binden und zudem andere Verehrer von ihr fernhalten. Eine reiche Erbin hatte eine Vielzahl an Verehrern, das galt es zu verhindern. Amanda hatte selbst gesagt, dass sie Pearls Werben nie in Betracht gezogen hatte, als ihr noch andere Möglichkeiten offengestanden hatten.

Als Plantagenbesitzer genoss ein Mann ein gewisses Privileg, das nur Mitgliedern dieser Pflanzeraristokratie offenstand. Man gehörte zum erlesenen Kreis, der ein bestimmtes Monopol voraussetze und von Einfluss und Reichtum zeugte. Ein Status, den Pearl in seinem Geltungsdrang offensichtlich anzustreben versucht hatte.

Jemand klopfte energisch an die Tür des Speisezimmers, vermutlich eine Sklavin, die das Frühstücksgeschirr abräumen wollte.

„Nicht jetzt!", rief Ramon, da Amanda keine Regung zeigte.

„Aber, Sir, da ist ein Bote", rief die Sklavin vom Flur her. „Er sagt, er habe ein amtliches Schreiben, und Miss Franks müsse es unterzeichnen."
„O Gott", hauchte Jillian. Panik spiegelte sich in ihren Augen. „Er hat den Sheriff schon informiert. Sie werden kommen und mich holen …"
„Sie sagte, Amanda müsste unterzeichnen", beruhigte David sie. Er rutschte näher und legte den Arm um Jillian.
Erneut hakte die Sklavin nach und wollte wissen, was sie dem Boten melden dürfe.
„Also gut, sehen wir mal, was er will." Amanda straffte sich und rief der Sklavin zu, sie solle den Boten in den Salon führen und ihm eine Erfrischung anbieten, sie käme gleich.
„Ich wollte längst auf dem Hof sein und nachsehen, ob der Sturm noch mehr Schäden angerichtet hat", sagte Ramon, nachdem Amanda aus dem Zimmer gegangen war. Skeptisch blickte er aus dem Fenster. Mittlerweile war es beinah windstill. Er dachte an die beiden Sklavenhütten, die ein neues Dach benötigten, daran, die Dächer zu flicken, war nicht zu denken. Sie würden schon beim nächsten Sturm erneut abgedeckt werden.
Hinter ihm hörte er David und Jillian über ihre Abreise sprechen.
„Ich bin eigentlich der Meinung, du solltest dich noch etwas erholen …", mischte er sich in das Gespräch ein, „aber angesichts der veränderten Sachlage ist es wohl besser, wenn du Jillian von hier fortbringst."
„Ja. Wir haben Pearl aufgeschreckt. Keiner kann sagen, was er als Nächstes plant, auch wenn er denkt, dass lediglich seine Betrügereien aufgeflogen sind. Er

wird handeln müssen. Ich kann besser agieren, wenn ich weiß, dass Jillian vor ihm sicher ist."
Ramon stimmte nickend zu und überlegte. Er wollte sich gerade dazu äußern, als aufgeregte Stimmen vom Flur zu hören waren.
„Was ist denn da los?" Die Brüder sahen einander achselzuckend an.
Dann wurde auch schon die Tür aufgerissen. Eine Sklavin stürmte aufgebracht herein.
„O je, bitte kommen Sie schnell, Miss Franks geht es nicht gut. Sie ist ohnmächtig geworden."
Ramon stürmte los und hätte beinah die Sklavin umgerannt. Auch Jillian und David waren aufgeschreckt und verlangten zu wissen, was geschehen ist.
Minah, die noch erschrocken dreinblickte, nachdem Ramon so forsch an ihr vorbeigepresCht war, trat ein paar Schritte von der Tür weg.
„Sie muss eine besonders schlechte Nachricht bekommen haben. Die Miss hatte das Schreiben noch in der Hand, als sie ohnmächtig wurde", gab sie eilig Auskunft.
„Ich werde nach ihr sehen, vielleicht kann ich helfen", meinte Jillian. David nickte und folgte ihr in den Salon, wo Ramon Amanda bereits auf die Chaiselongue gelegt hatte.
Amanda kam gerade wieder zu sich und war entgegen Ramons Rat im Begriff, sich aufzusetzen.
„Ich bin noch nie ohnmächtig geworden", erklärte sie beschämt. Sie hielt noch immer das Schriftstück verkrampft in den Händen. Zittrig nahm sie das Glas Wasser entgegen, das eine fürsorgliche Sklavin ihr reichte.
Ramon wartete, bis alle Sklaven den Raum verlassen hatten, bis er behutsam seine Frage stellte. Amanda

antworte nicht gleich, ihre Atmung war unregelmäßig. Jillian nahm neben ihr auf der Chaiselongue Platz. Ramon kniete noch immer und wirkte äußerst besorgt. David stand, wie ein Beobachter, etwas abseits.
Langsam beruhigte sie sich wieder. Mit leeren Augen sah sie Ramon an.
„Benjamin hat beantragt, meinen Vater zu entmündigen und ihn als seinen Vormund zu bestimmen."
„Was?", fassungslose Gesichter blickten sie an. Ramon erhob sich und nahm an ihrer freien Seite Platz.
„Aber damit kann er doch nicht durchkommen? Oder? Benjamin hat sich nie um meinen Vater gekümmert. Ich habe ihn gepflegt und umsorgt, ich bin schließlich seine Tochter. Man will vom Gericht einen Arzt schicken, der seinen Gesundheitszustand prüfen soll, und dann wird man entscheiden, ob seinem Antrag stattgegeben werden kann."
Ramon rieb sich mit Daumen und Zeigefinger die Nasenwurzel.
„Er will die Plantage." Er warf einen beiläufigen Blick zu David, der sich lässig halb auf der Tischecke niedergelassen hatte. „Nachdem du die Verlobung gelöst hast, sucht er einen anderen Weg, um zu bekommen, was er will."
Mit weit aufgerissenen Augen starrte Amanda ihn an.
„Aber das ging viel zu schnell, er muss das schon vorher eingefädelt haben", fügte er noch an.
„Ich bin eine Franks", beharrte Amanda, „damit wird er nicht durchkommen. Er ist mein Vater, und ich werde mich weiterhin um ihn kümmern, komme, was wolle."
„Wahrscheinlich wird sich in dem Punkt nichts ändern", äußerte sich jetzt David. „Du wirst weiterhin

mit seiner Pflege betraut sein, denn das ist nicht Pearls Ziel. Wenn ihm die Vormundschaft zuerkannt wird, bedeutet das: Er fungiert als der gesetzliche Vertreter deines Vaters. Er wäre in dem Falle voll geschäftsfähig, das heißt, auch zeichnungsberechtigt, und er hätte zudem Zugriff auf das Vermögen."
Amanda war während seiner Worte immer blasser geworden. Ramon hätte es ihr gern etwas schonender erklärt, deshalb strafte er seinen Bruder mit vorwurfsvollen Blicken. Diese waren David nicht entgangen, aber er hielt es für angebracht, nichts zu beschönigen. Die Situation war ernst, denn nach allem, was er von Ramon wusste, stand es außer Frage – Howard Franks war nicht mehr geschäftsfähig!
Auch, wenn es ungewohnt war, dass ein Nicht-Verwandter die Vormundschaft beantragte, so hatte Pearl anhand der Vorgeschichte dennoch gute Chancen. Ein Anwalt, der skrupellos genug war, die menschlichen Aspekte außer Acht zu lassen, würde durchaus gegen ausreichend Bares in diesem Fall tätig werden. Immerhin hatte Mr. Franks selbst Pearl damals als seinen Verwalter auf Zeit eingesetzt, ihn somit bereits mit eingeschränkten Rechten ausgestattet und ihm das Vertrauen ausgesprochen.
Mr. Franks' Schlaganfall hatte die Situation zu Pearls Vorteil verändert.
„Was für ein durchtriebener Mensch", brachte Jillian fassungslos hervor und erinnerte sich an ihre Begegnung mit Benjamin Pearl. Ein Frösteln durchfuhr ihren Körper.
„Ich werde die nötigen Gelder auftreiben und mir selbst einen Anwalt besorgen", äußerte Amanda trotzig und kampfbereit. Ramon klärte sie sogleich darüber auf, dass dies keine Frage des Geldes sei. Allen-

falls könnte sie Mitspracherecht erreichen, was die Privatangelegenheit von Howard Franks betreffe, wie Pflege, Medizin, Unterbringung und dergleichen, niemals aber würde man ihr als Frau die Verantwortung für Woodland übertragen.
„Aber ich kann doch nicht tatenlos zuschauen?", wisperte Amanda, der erst langsam zu dämmern begann, welche Macht ihr einstiger Verlobter dann innehaben würde. Schockiert zählte sie an den Fingern einige Szenarien auf, die geschehen konnten. Er musste dazu weder mit ihr verheiratet sein, noch bedurfte es ihrer Erlaubnis. Wenn er seine Unterschrift unter ein Dokument setzen würde, dann hätte es für Woodland Bestand.
„Ich bin verloren …" Tränen füllten ihre Augen.
„Soweit muss es nicht kommen", antworte Ramon zärtlich und drehte ihr Gesicht zu sich.
„Wo soll ich denn so schnell einen Käufer für Woodland finden?"
„Musst du nicht! Es gibt einen einfacheren Weg."
Ramon grinste geheimnisvoll, küsste sanft ihre Nasenspitze und hauchte anschließend einen kurzen schnellen Kuss auf ihren Mund. Jillian erhob sich peinlich berührt und trat mehrere Schritte zur Seite, während Amanda Ramon verständnislos ansah.
„Was meinst du? Was für einen Weg?"
„Er meint, du benötigst einen neuen Verlobten …", mischte sich David ein.
Ramon verdrehte stöhnend die Augen. „Danke, du Vollpfosten!", beschwerte er sich und warf seinem Bruder einen vernichtenden Blick zu. David grinste nur breit. Er schien die Situation zu genießen.

„Komm, Jillian, ich denke, wir sollten die beiden jetzt allein lassen." Etwas verblüfft über die plötzliche Wendung der Ereignisse ging sie auf ihn zu.

„Oder brauchst du meine Hilfe noch?", rief er feixend über seine Schulter.

„Nein, vielen Dank!", knurrte Ramon bitterböse und sah ihnen nach, bis die Tür ins Schloss gefallen war. Erst dann wagte er es wieder, Amanda anzusehen. Er war nervös geworden, sein Herz hämmerte wild gegen seine Brust. Was sollte sie jetzt von ihm denken?

„Amanda", seine Stimme vibrierte. Bewegt musste er schlucken.

Amanda hingegen wirkte vollkommen ruhig. Sie musterte ihn aufmerksam und intensiv, als habe sie sein Gesicht nie zuvor gesehen.

Er nahm ihre Hände und sah ihr tief in die Augen. Er erkannte sowohl Vorsicht als auch Misstrauen in ihnen. Verflucht, hätte sein Bruder nicht die Klappe halten können? Jetzt hatte er ihn in Zugzwang gebracht. Er hätte bei Weitem einen geeigneteren Moment für seine Worte gewählt, zudem hätte er sich diese vorher zurechtgelegt. Nun blieb dafür keine Zeit mehr, er musste improvisieren.

Ehe er reagieren konnte, war Amanda aufgestanden und zum Fenster hinübergegangen. Sie zog die halbgeschlossenen, dicken Samtvorhänge mit Schwung auf und gab vor hinauszusehen.

„Dein Bruder meint, ich solle dich an Benjamins Stelle setzen?" Nüchterner hätte eine Frage nicht klingen können.

„Du würdest es nicht bereuen, meine Liebe. Ich bedauere zutiefst, dass die Umstände gerade schwierig sind. Der Zeitpunkt ist unpassend, auch dass ich nicht

auf dem üblichen Wege um dich werben kann, aber das ändert nichts an meinem Bestreben."
Amanda tat, als denke sie über seine Worte nach. „Hm, wer weiß, vielleicht könnte ich mich mit dem Tauschgeschäft sogar anfreunden?"
„*Tauschgeschäft?*", wiederholte Ramon mit fassungslosem Entsetzen und sprang auf. Amanda hatte ihm nach wie vor den Rücken zugewandt.
„Immer noch besser als zu verkaufen, das hast du doch gemeint, oder?"
„Nein! Das habe ich selbstverständlich nicht gemeint."
„Nun, ich denke, du hast Ahnung von deinem Metier, bist ein fähiger Geschäftsmann, verstehst in jedem Fall mehr von Buchführung als ich, und darüber hinaus traue ich dir sogar zu, dass du Woodland wieder zu einer florierenden Plantage führen kannst."
„Dein Lob in allen Ehren Amanda, aber das bedeutet mir nichts." Er trat hinter sie und schlang die Arme um ihre Taille. „Du bedeutest mir etwas, Amanda! Ich will nicht deine Plantage, sondern dich. Ist das so schwer zu verstehen?" Er zog eine Spur von zärtlichen Küssen ihren Hals hinunter. Als sie sich nicht sträubte, zog er sie enger an sich. „Wenn ich eine Plantage gewollt hätte, hätte ich mir irgendwo eine kaufen können, um sie dann aufzuziehen."
„Warum ich, Ramon?" Endlich drehte sie sich um und sah ihn an. „Du könntest jede Frau bekommen."
„Oh, danke!" Er grinste frech. „Ja, vielleicht könnte ich das, aber ich will es nicht."
„Ich … ich … bin nicht mal besonders hübsch und ich …"
„Wie bitte?" Er schob sie auf Armeslänge von sich. „Ich glaube, ich werde dir als erstes einen besonders

großen Spiegel schenken, damit du siehst, wie wunderschön du bist."
„Mach dich nicht lustig", mahnte sie und senkte verlegenden den Blick. „Ich habe hässliche Sommersprossen und ich …"
Entschieden griff er unter ihr Kinn und zwang sie, ihn anzusehen.
„Amanda Franks, du bist eine wunderschöne Frau. Ich liebe deine Sommersprossen und deine kleine Stupsnase. Einfach alles an dir, ich liebe dich."
Tränen liefen ihre Wangen hinab, als sie ihn ungläubig bat, es zu wiederholen.
„Amanda Franks, du bist eine wunderschöne …"
„Nein, nicht das", fiel sie ihm ins Wort, „das Letzte."
„Ich liebe dich, Amanda", wiederholte er aus tiefstem Herzen. Er zog sie in seine Arme und vereinte sich mit ihr zu einem langen innigen Kuss.
„O je, es wird dauern, bis sich die Klatschmäuler wieder beruhigen werden. Ich glaube, ich werde ihnen genügend Gesprächsstoff für die nächsten Jahre liefern", amüsierte Amanda sich und zog die Augenbrauen hoch. „Schon meine Beziehung zu Benjamin empfanden gewisse sittentreue Damen als skandalös, jetzt bin ich wohl völlig vom Pfad der Tugend abgekommen." Lachend schlang sie ihre Arme um seinen Nacken.
„Warum? Weil du dich in kurzer Zeit entlobt und neu wieder verlobt hast?", lachte Ramon. „Du wirst bald eine verheiratete Frau sein. Damit dürfte der Sittlichkeit wohl genüge getan sein." Glücklich hob er sie hoch und wirbelte sie im Kreis, bis sie vor Vergnügen quiekte. Dann ließ er sie langsam an seinem Körper hinuntergleiten und stellte sie wieder auf die Füße.
„Ich liebe dich, Ramon Bradley."

Tief sahen sie einander in die Augen und die Welt um sie herum versank.

Epilog

Es war Ende August und die Baumwollernte in vollem Gange. Auf den Plantagen des Südens herrschte allerorts Hochbetrieb, die hektischste und arbeitsintensivste Zeit des Jahres. Überall auf den riesigen Feldern waren die Kapseln aufgesprungen und gaben ihr weißes Gold preis.
Normalerweise liebte David diese Zeit und war von morgens bis zum späten Abend mit der Kontrolle und Überwachung der Abläufe beschäftigt, doch in diesem Jahr war alles anders.
Er konnte sich kaum konzentrieren, war mit seinen Gedanken nicht bei der Sache. Er bereute es, gerade jetzt so wenig Zeit für Jillian zu haben.
Gleich nach ihrer Rückkehr nach Natchez hatte er zusammen mit Jillian seinen Anwalt Jarek Keene aufgesucht, damit Jillian ihm die Geschehnisse im Hause Cunningham berichten und er so schnell als möglich in der Angelegenheit tätig werden konnte.
Jarek war ein guter Freund seines Vaters gewesen. Er kannte ihn schon, seit er ein kleiner Junge war. Er wusste, er konnte Jarek hundertprozentig vertrauen. Jarek würde sich alle Information besorgen, die er brauchte, und ihm dann genauestens erklären, wie es um Jillians Chancen bestellt war. Auch wenn Jarek ihnen anhand von Jillians Erzählungen bereits gute Aussichten eingeräumt hatte, hatte ihn das wenig be-

ruhigt. Zwar hatte er stets versucht, gegenüber Jillian Stärke und Zuversicht zu zeigen, doch in seinem Inneren sah es anders aus. Jillian war die Liebe seines Lebens, und diese wollte er um keinen Preis verlieren.
Wie mit Ramon abgesprochen war, waren sie aus Sicherheitsgründen zügig aus Woodland abgereist. Jillians Sorge, Sarah könnte durch die lange Trennung Schaden genommen haben, hatte sich schon bei ihrer Ankunft als unbegründet erwiesen. Sie tollte vergnügt mit einem gleichaltrigen Sklavenmädchen umher, die sie stolz als ihre Spielgefährtin Mina vorgestellt hatte. Sarah lachte und war guter Dinge. Sie war wieder das lebhafte Energiebündel, das sie vor dem Brand gewesen war.
Was David davon halten sollte, dass aus Nala und Kemal ein Paar geworden war, vermochte er anfangs nicht zu sagen. Aber es zeigte sich, dass sie wahrhaft ineinander verliebt waren. Auch sie hatten Angst, was aus ihrer Liebe werden würde, wenn Jillian zurückkehrte und sie in ein unbekanntes, neues Leben aufbrechen würden. Die Nachricht, dass Jillian am Ziel ihrer Reise angekommen ist und an der Seite von David Bradley ihr Glück gefunden hatte, war für sie wie ein Geschenk Gottes gewesen.
Nala galt im Grunde immer noch als entflohene Sklavin, doch das war das geringfügigste Problem. Das ließe sich mit Geld schon regeln. Selbstverständlich würde er Nala nicht zurückschicken. Sie gehörte zu Jillian und Sarah, und diese zwei gehörten zu seiner Familie. Fast beneidete er die beiden um ihr Glück. Für Nala war die Gefahr vorbei, für seine geliebte Jillian noch nicht.
Seine Mutter war ganz aus dem Häuschen gewesen, als sie erfahren hatte, dass sie in absehbarer Zeit zwei

Schwiegertöchter auf einmal bekommen würde. Seitdem lag sie ihm jeden Tag in den Ohren, dass sie Amanda noch nicht kennengelernt hatte.

Sie schmiedete Pläne, was die Hochzeitsfeierlichkeiten anbetraf und hatte bereits für sich entschieden, dass sie jeweils einen Teil des Jahres auf Woodland verbringen wolle.

Man hatte ihr die dunklen Schatten von Jillians erster Ehe nicht verschwiegen. Sie hatte großen Anteil an ihrem schweren Schicksal genommen und mit ihnen gelitten. Es hatte ihrer Liebe zu ihrer zukünftigen Schwiegertochter keinen Abbruch getan. Für Jillian war es einfacher gewesen, sie musste sich nicht verstecken und konnte über ihre Sorgen reden, wenn David mit der Ernte alle Hände voll zu tun hatte. Ebenso hatte David Ramons Rat beherzigt und seiner Mutter die Wahrheit über seine Ehe mit Susanna gebeichtet. Es war ihm auch nichts anderes übrig geblieben. Wie hätte er sonst erklären sollen, dass er in Pearl den Verursacher erkannt hatte?

Auch auf Woodland hatte die Ernte begonnen. Ramon hatte vier neue Männer eingestellt, die auf der Plantage für einen reibungslosen Ablauf sorgen sollten. Zwei Sklaven hatten versucht zu fliehen, waren jedoch aufgegriffen und zurückgebracht worden, weil sie keine Papiere vorweisen konnten. Feste Regeln, ein durchkalkulierter Tagesablauf, Schluss mit der Faulenzerei und vor allem neue Aufseher hatten für Panik gesorgt. Doch Ramon hatte seine Männer genau ausgewählt und ihnen klargemacht, was er erwartete und was er keinesfalls hinnehmen würde. Conner hatte zudem die Aufgabe, die Männer im Auge zu behalten, ob sie sich auch während seiner Abwesenheit an ihre Vereinbarung hielten.

Von Pearl hatten sie wider Erwarten nichts gehört, aber er hatte dafür gesorgt, dass Amandas Ruf ruiniert war. Er hatte seine eigene Version der Geschichte im Umlauf gebracht, demnach habe er die Verlobung gelöst, weil sie *herumgehurt* hätte.
Amanda hatte von ihrer Cousine von den üblen Gerüchten erfahren. Am liebsten wäre sie gar nicht mehr aus dem Haus gegangen. Ramon hatte sich für den Weg nach vorn entschieden und sich öffentlich mit ihr gezeigt.
Die Damen der Gesellschaft waren darüber zutiefst empört gewesen. Man hatte die Nase gerümpft und hinter vorgehaltener Hand getuschelt. Die Herren hingegen waren ihnen eher neugierig interessiert entgegengetreten. Es hatte sich ebenso schnell herumgesprochen, wer der junge Mann an Miss Franks Seite war. Der Name Bradley war vielen ein Begriff.
Geheiratet werden sollte, sobald die Ernte eingebracht war. Im kleinen Kreis auf Woodland und in einer großen Feier, zusammen mit der Hochzeit von David und Jillian, in Natchez.

Jillian hatte darauf bestanden, erst zu heiraten, nachdem geklärt sein würde, welche Strafe sie für den Mord an ihrem Ehemann George Cunningham zu erwarten hatte.
Deshalb war David in höchster Aufregung, als am Morgen ein Brief von Jarek Keene eintraf, mit der Bitte, er möge unverzüglich in seine Kanzlei kommen. David beschloss, Jillian nichts von dem Schreiben zu sagen und erst mal allein mit Jared zu sprechen. Er hatte keine Ahnung, was ihn erwartete. Jared hatte keine näheren Andeutungen gemacht. War das ein gutes Zeichen oder ein Schlechtes? Unter einem Vor-

wand war er in die Stadt geritten, vor lauter Anspannung war ihm speiübel.

Doch was er dann von seinem Freund und Anwalt Jared Keene zu hören bekam, übertraf seine kühnsten Erwartungen. Mit allem hatte er gerechnet, aber nicht mit dem, was ihm Jared eröffnete. Unzählige Male hatte er sich vergewissert, dass ein Irrtum ausgeschlossen war, und dennoch konnte er es kaum glauben. Mit einem Wahnsinnstempo galoppierte er zurück zur Plantage, sein Hengst schnaubte sich vor Anstrengung die Seele aus dem Leib. Lachend und voller Übermut sprang er vom Pferd und warf dem verdutzten Kemal die Zügel zu.

„Kümmere dich gut um ihn."

Kemal zog die Stirn in Falten, als er ihm erstaunt hinterherblickte, so hatte er seinen Herrn noch nie erlebt.

„Jillian?", rief er, kaum dass er die Tür des Herrenhauses erreicht hatte. „Jillian?" Er rannte in den Speiseraum, weiter zur Bibliothek, schaute herein und rannte weiter.

„Herrgott, Junge! Was ist denn passiert?" Alarmiert lugte Rowina Bradley aus dem Salon. David rannte ungestüm an seiner Mutter vorbei auf Jillian zu, riss sie in seine Arme und wirbelte sie freudestrahlend herum.

„Ich komme gerade von Jared Keene." Langsam stellte er sie wieder auf die Füße und lachte über ihr verdutztes Gesicht.

Rowina schloss die Tür. „Ich entnehme deiner Laune, dass du gute Neuigkeiten hast?"

„Ja, Mutter, die habe ich. Du kannst jetzt unsere Hochzeit offiziell planen."

Er wandte sich wieder der Frau in seinen Armen zu.

„Jillian, du hast nicht das Geringste zu befürchten. Es ist vorbei!"

„Aber ... warum ...? Ich verstehe nicht?", stammelte sie.

„Ganz einfach, Jillian, du hast niemanden getötet! Georg Cunningham starb am 6. Mai, vier Tage, nachdem du ihn verlassen hast. Irgendjemand, höchstwahrscheinlich einer der Sklaven, hat ihm ein Küchenmesser in die Brust gerammt, als er geschlafen hat."

Ungläubig schüttelte Jillian immer und immer wieder den Kopf.

„Tatsächlich hat sich in der Stadt einige Zeit das Gerücht gehalten, *du* hättest ihn getötet. Aber das hast du nicht! Du hast ihn lediglich bewusstlos geschlagen. Der Arzt hatte eine schwere Gehirnerschütterung festgestellt und ihm strikte Bettruhe verordnet. Cunningham hat persönlich den Sheriff über den Vorfall informiert und verlangt, dass man nach dir fahndet – du hättest versucht, ihn zu töten.

Aber der Sheriff hat abgelehnt und klargemacht, dass er mit Ehestreitigkeiten nichts zu tun habe. Cunningham soll daraufhin geflucht haben wie ein Fuhrknecht und gedroht haben, dich zu töten, sobald er dich in die Finger bekäme. Dann hat wohl jemand beschlossen, dem zuvorzukommen, und hat zum Messer gegriffen."

Ganz langsam sackte Jillian in seinen Armen zusammen. Erschrocken trug David sie behutsam zum dreisitzigen Sofa hinüber und streichelte ihr blasses Gesicht. Besorgt sah er zu seiner Mutter auf, die missbilligend den Kopf schüttelte.

„Du solltest dich in Zukunft etwas mehr bemühen, sie nicht zu sehr aufzuregen. Zuviel Aufregung ist nicht gut in ihrem Zustand."

„Ihrem, *bitte was*?" Ihm entgleisten alle Gesichtszüge.
„Sie erwartet ein Kind?"
„Na, hör mal? Ich muss dir ja wohl nicht erklären, wie so was zustande kommt, oder?"
„Nein, natürlich nicht!" Er bemühte sich, seinen offenen Mund zu schließen.
„Freust du dich nicht darüber?", hörte er Jillian zaghaft fragen, Sie kam allmählich wieder zu sich.
„Und ob ich mich darüber freue! Seit wann weißt du es? O Jillian, du machst mich zum glücklichsten Menschen auf der ganzen Welt."
Während Rowina auf leisen Sohlen den Salon verließ, drückte David seine Jillian voller Liebe an sich. Tränen der Freude und des Glücks traten in seine Augen.
Noch etwas blass strahlte Jillian ihn an, sie konnte nicht in Worte fassen, was sie empfand. Endlich war ihr Albtraum zu Ende, und sie konnte nach vorn schauen in eine glückliche Zukunft, eine Zukunft mit David. Das Einzige, was sie traurig stimmte, war, dass ihr geliebter Bruder Joe nicht mehr bei ihr war. Sie vermisste ihn. Aber jetzt war der Weg frei, Benjamin Pearl für seine schäbigen Taten zur Rechenschaft zu ziehen.
„Es wird alles gut werden", flüsterte David und zog sie an sich.
„Ja", wisperte sie, bevor sie mit ihm in einen langen innigen Kuss versank.

Ende

Wenn Ihnen dieses Buch gefallen hat, empfehlen Sie mich bitte weiter und bewerten Sie dieses Buch.
Herzlichen Dank!

Weitere Bücher und E-Books von mir:

Fluch und Segen: Der Name Coleman

Auf der Baumwollplantage seines Vaters wächst Jayson offiziell als legitimer Sohn auf.
Doch die Wahrheit birgt ein brisantes Geheimnis, das der Vater um jeden Preis schützen will.
Jaysons einzige Verbindung zur Familie beschränkt sich auf seinen kränklichen Bruder Calvin.
Als dieser erneut schwer erkrankt, bittet er Jayson um einen Gefallen.
Jayson willig ein, er ahnt nicht, auf was er sich eingelassen hat.
Er gerät in einen tiefen Zwiespalt, zudem verliebt er sich ausgerechnet in Calvins Freundin.
Jemand verfolgt ihn, und auch sein Vater verhält sich eigenartig.
Doch alles kommt noch weitaus schlimmer ...

Entscheidung auf Greendale

Als der Vater unerwartet stirbt, trägt Thomas die Verantwortung für die Greendale Plantage.
Erste Probleme lassen nicht lange auf sich warten, denn durch seine lockere Haltung zur Sklavenfrage macht er sich nicht nur Freunde.
Thomas verkennt die Gefahr und umwirbt die schöne Christina.
In einem schwachen Moment leistet er sich einen Fehltritt, der sein Leben und seine Gefühlswelt vollkommen aus der Bahn wirft. Und auch auf der Plantage läuft nicht alles nach Plan. Alles scheint sich gegen ihn zu wenden. Ausgerechnet sein schwarzer Halbbruder bringt ihn in Schwierigkeiten und zwingt ihn zum Handeln.
Das Unheil nimmt seinen Lauf ...